STAR TREK
THE NEXT GENERATION®

DEN FRIEDEN VERLIEREN

WILLIAM LEISNER

Based on
Star Trek: The Next Generation
created by Gene Roddenberry

Ins Deutsche übertragen von
Bernd Perplies

cross cult

Die deutsche Ausgabe von STAR TREK – THE NEXT GENERATION: DEN FRIEDEN VERLIEREN
wird herausgegeben von Amigo Grafik, Teinacher Straße 72, 71634 Ludwigsburg.
Herausgeber: Andreas Mergenthaler und Hardy Hellstern, Übersetzung: Bernd Perplies;
verantwortlicher Redakteur und Lektorat: Markus Rohde; Lektorat: Anika Klüver und Gisela Schell;
Satz: Rowan Rüster/Amigo Grafik; Cover Artwork: Martin Frei;
Druck: CPI Morvia Books s.r.o., CZ-69123 Pohorelice. Printed in the Czech Republic.

Titel der Originalausgabe: STAR TREK – THE NEXT GENERATION: LOSING THE PEACE

This book is published by arrangement with Pocket Books, a Division of Simon & Schuster, Inc.,
pursuant to an exclusive license from CBS Studios Inc.

ISBN 978-3-941248-66-3 April 2011

WWW.CROSS-CULT.DE · WWW.STARTREKROMANE.DE

Für jene, die überleben
und durchhalten

HISTORISCHE ANMERKUNG

Die Hauptereignisse dieses Buchs finden im späten Februar und frühen März 2381 statt, direkt nach dem Einfall der Borg sowie der Beendigung der Krise durch die Rasse der Caeliar (STAR TREK - DESTINY Band 3: *»Verlorene Seelen«*) und vor der Entdeckung der Föderation, dass eine neue Macht in der Galaxis am Werk ist (STAR TREK *»Einzelschicksale«*).

Ich bin aber der Überzeugung, dass die Menschen in unserem Land unbedingt verstehen müssen, wie komplex die Situation ist, anstatt sich von Vorurteilen, Wut oder starken Gefühlen leiten zu lassen. Wie ich eben schon ein wenig formeller gesagt habe, sind wir sehr weit von dem Krisengebiet entfernt. Es ist unmöglich, sich auf diese Entfernung und nur anhand von Zeitungs- und Rundfunkberichten, Fotos oder Filmaufnahmen ein annähernd realistisches Bild von der Lage dort zu machen. Trotzdem hängt die Zukunft der ganzen Welt davon ab, dass wir die Situation richtig einschätzen.

- George C. Marshall,
Außenminister der Vereinigten Staaten
5. Juni 1947

PROLOG

»Auf die Borg: Mögen sie alle in der Hölle verrotten und verbrennen!«

Eine Welle des Applauses rollte durch die Latinum Lounge des Transportschiffes. Mehrere Gläser mit alkoholischen Getränken - echtem Stoff, denn replizierte oder syntheholische Getränke waren bei einem solchen Anlass einfach nicht angemessen - wurden erhoben, während die Anwesenden die größte Tat in der Geschichte der Föderation seit dem Sieg über das Dominion feierten, vielleicht sogar die größte seit Gründung der Föderation überhaupt.

Arandis hob ebenfalls ihr Glas, auch wenn es nur Chininwasser enthielt. Es war das erste Mal, dass sie Risa verließ - wie die meisten Risaner hatte sie niemals das Bedürfnis verspürt, ihrem Heimatplaneten den Rücken zu kehren -, und seit sie aus dem Orbit heraus waren, kämpfte sie gegen die Raumkrankheit an. Natürlich ließ sie niemanden sonst ihr Unwohlsein sehen, denn schließlich waren einer guten Gastgeberin die Bedürfnisse ihrer Gäste stets wichtiger als die eigenen. Obwohl sie sich mittlerweile Lichtjahre von Risa entfernt befanden, stellten all diese Leute genau genommen nach wie vor Gäste der Hotelanlage der Temtibi-Lagune dar, und entsprechend oblag es Arandis, für ihre Zufriedenheit zu sorgen.

Diese Zufriedenheit zu gewährleisten, war nicht eben leicht - weder zu Beginn noch zuletzt. In den frühen Morgenstunden war der Befehl zur Evakuierung hereingekommen. »Eine reine Vorsichtsmaßnahme« hatte der Sicherheitsminister das Ganze in seiner Verlautbarung genannt. Arandis wusste, dass es in den letzten

Wochen zu einer Reihe von Nadelstichangriffen auf andere Föderationswelten gekommen war und dass die Sternenflotte daraufhin eine aus sechs Raumschiffen bestehende Flotte abkommandiert hatte, um ihre Heimatwelt zu verteidigen. Doch dann waren heute, gerade als sie das wöchentliche Strand-Hoverball-Turnier in Angriff nehmen wollte, auf einmal Berichte von einer gewaltigen Armada aus Borg-Kuben eingetroffen. Diese hatte im Azur-Nebel eine Blockade aus kombinierten Streitkräften der Sternenflotte, Klingonen und Romulaner durchbrochen und schwärmte daraufhin überall im Alpha- und Beta-Quadranten aus. Alle geplanten Aktivitäten waren abgesagt worden, und man hatte die Gäste so rasch und geordnet wie möglich aus der Hotelanlage und zum benachbarten Raumhafen gebracht.

Den Spendern sei Dank war es kaum zu Panik gekommen. Die schlichte Erwähnung der Borg genügte, um die Herzen der meisten Bürger der Föderation vor Schreck erstarren zu lassen. Das galt besonders für Arandis' menschliche Gäste, schließlich hatten sich all die Borg-Einfälle in den Alpha-Quadranten gegen deren Heimatwelt, die Erde, gerichtet, und der letzte war kaum ein Jahr her. Arandis war besonders darauf bedacht gewesen, solch verängstigte Seelen beiseitezunehmen, ihnen eine tröstende Hand auf die Schulter zu legen und sie daran zu erinnern, dass all jene Vorfälle in der Vergangenheit letztendlich stets mit einem Sieg der Sternenflotte über die kybernetischen Invasoren endeten. Es war ihr gelungen, sie davon zu überzeugen, dass die Sternenflotte sie letzten Endes auch diesmal alle retten würde.

Tatsächlich wurde ihr Glaube belohnt. Die Borg waren besiegt worden - nicht nur diese Invasionsflotte, sondern die gesamte Rasse. Sie waren auf eine Weise in einer neuen Daseinsform aufgegangen, die Arandis nicht verstand. Als die Piloten des Transportschiffes die Nachrichten, die über die offiziellen Kanäle reinkamen, weiterleiteten, war der ganze Passagierbereich - der bis dato kollektiv den Atem angehalten hatte - in ohrenbetäubenden Jubel ausgebrochen. Später erfuhr Arandis, dass eines der drei Schiffe, die maßgeblich zum Triumph der Sternenflotte beigetragen hatten, unter dem Befehl von Captain Ezri Dax stand, dem gegenwärtigen Wirt des Trill-Symbionten ihres geliebten, alten Freundes Curzon. Daraufhin war ein besonderes Gefühl des Stolzes auf den Erfolg der Sternenflotte in ihrer Brust aufgewallt.

Arandis ging durch die belebte Lounge auf die Bar zu, wobei sie darauf achtete, dass alle Gläser gefüllt waren und es keinem ihrer Gäste an etwas fehlte. Gerade als sie einem ihrer Assistenten ein Zeichen gab, ein Tablett mit Getränken in die hintere Ecke des Raumes zu bringen, trat der Mann an ihre Seite, der den letzten Toast ausgesprochen hatte. Es war ein junger Mensch mit strubbeligem sandblondem Haar, der farbenfrohe Strandbekleidung trug und um dessen Hals noch immer ein gestreiftes Hotelstrandtuch lag. »Hey, Süße!«, rief er und schenkte ihr ein breites, betrunkenes Grinsen. »Iss'n großer Tag heute, nich?« Er hob sein Weinglas und prostete ihr zu.

Der übermächtige Alkoholgestank seines Atems ließ erneut Übelkeit in ihr aufsteigen, aber sie unterdrückte das Gefühl. Ihr junger Gast - Donald Wheeler war sein Name, wie sie sich erinnerte - hatte während des Nachrichtenblackouts in den ersten Stunden nach der Evakuierung bereits ziemlich viel getrunken. Und auch im Anschluss an die Verkündigung ihres Sieges hatte sich daran nichts geändert. »Ja, Sie haben recht, Donald«, erwiderte Arandis mit einem Lächeln und strich ihm über den Arm, während sie sich zugleich abwandte, um weiterzugehen.

Doch Wheeler packte ihr Handgelenk, nicht fest, aber mit genug Bestimmtheit, dass sie sich veranlasst sah, sich wieder zu ihm umzudrehen. »Ich dacht' mir also, wir sollt'n diesen wichi... wichti... wichtig'n Moment inner Geschichte feiern.« Er hatte sichtlich damit zu kämpfen, seine Lippen und seine Zunge dazu zu bringen, das zu tun, was er von ihnen wollte. »Ich hab meinen *Horga'hn* auf Risa vergess'n. Isses okay, wenn ich einfach grad'heraus sage, dass ich Lust auf 'ne Runde *Jamaharon* mit dir hätte, Schätzch'n?«

Arandis schenkte ihm ein perfekt einstudiertes Lächeln. »Natürlich. Alles, was unser ist, ist euer«, erwiderte sie. »Aber bei all den anderen Leuten und so einem kleinen Schiff fürchte ich, dass es einfach unmöglich ist, eine angemessene Atmosphäre zu erzeugen.«

»Hey, ich bin im Urlaub!« Wheeler bedachte sie mit einem, wie er zweifellos glaubte charmanten, Zwinkern, lockerte seinen Griff an ihrem Handgelenk und ließ seine Finger ihren Arm emporwandern. »Ich muss nicht angemess'n sein.«

Ohne ihrem Lächeln zu gestatten, auch nur um einen Millimeter zu verrutschen, nahm Arandis die Hand des Mannes von ihrem Arm und umfasste sie sanft. »Sie mögen *Jamaharon* suchen«, sagte sie und blickte ihm direkt in die braunen, trübe dreinschauenden Augen. »Aber Sie werden es mit dieser Einstellung nicht finden. Es ist nicht allein eine körperliche Erfahrung, sondern auch eine emotionale und spirituelle.« Arandis arbeitete schon lange in der Gästebetreuungsbranche. Dennoch erschreckte es sie immer wieder, wie viele Besucher nach Risa kamen und behaupteten, *Jamaharon* zu suchen, in der Annahme, dass es sich dabei um nichts anderes als eine exotische Form des Beischlafs handelte - als würde ihr Volk keiner edleren Weltanschauung als dem puren Hedonismus anhängen. »Aber ich verspreche Ihnen, dass ich Ihnen, sobald wir nach Risa zurückgekehrt sind, zeigen werde, wie all diese Aspekte, in angemessener Form vereint, zu etwas Größerem und Außergewöhnlichem werden können.«

Einen Augenblick lang starrte Wheeler ihr in die Augen, so als hätte er in ihnen etwas gesehen, das jenseits der Oberfläche lag. Dann war der Moment vorüber. »Ich brauch einen *Horga'hn*«, brüllte er, während er sich von ihr abwandte und dabei sein Glas Rotwein beinahe über den Rücken eines Bolianers hinter ihm verschüttete. »Kommt schon, Leute! Wer hat'n *Horga'hn*, den ich mir leihen kann?«, rief er, wobei er sich langsam entfernte und die Lounge nach jemandem absuchte, der ihn nicht angestrengt zu ignorieren versuchte.

So erleichtert sie auch war, dass sie ihn hatte abwimmeln können, bedauerte Arandis doch zugleich, dass sie nicht inder Lage gewesen war, seine Wünsche zu erfüllen. Dieses Bedürfnis lag schließlich in der Natur der Risaner. Sie entschied, dass sie ihn, sobald sie nach Risa zurückgekehrt waren (und Wheeler sich hoffentlich ein wenig gefangen hatte), aufsuchen und ihm anbieten würde, diesen Missstand zu beheben. Arandis warf einen Blick auf die verzierte, alte Uhr, die hinter der Bar der Lounge an der Wand hing, und bemerkte, dass zu Hause bald die erste Sonne unterging. Es wurde Zeit für das Abendessen. Für diesen Abend war ein großes Meeresfrüchtebankett geplant gewesen, zu dem über zwei Dutzend verschiedene Gerichte frisch aus Risas kristallblauem Ozean hätten aufgetischt werden sollen, gefolgt von einer Auswahl ...

Arandis blickte ein zweites Mal auf die mit Edelsteinen besetzte Uhr, und ihr wurde bewusst, dass sie sich nun schon seit fast acht Stunden auf diesem Schiff befand. Die Nachrichten, die vom Sieg über die Borg kündeten, waren bereits dreieinhalb Stunden nach ihrem Abflug von Risa eingetroffen. Sollten sie nicht mittlerweile umgedreht haben? Und wenn sie dies getan hatten, sollten sie Risa dann nicht schon vor einer Stunde wieder erreicht haben? Wenn sie so darüber nachdachte, vermochte sich Arandis nicht daran zu erinnern, dass das Schiff seine rasende Flucht vor den Borg irgendwann verlangsamt oder aber irgendwelche Kurskorrekturen vorgenommen hätte. Natürlich war das kaum zu erwarten, so unerfahren wie sie in Raumreisen war. Und vielleicht gab es gute technische Gründe dafür, weshalb die zweite Hälfte ihres Fluges länger dauerte als die erste - Subraumwirbel und -anomalien, all diese Dinge, von denen ihre Freunde bei der Sternenflotte immer sprachen.

Nach einer weiteren Stunde war sich Arandis sicher, dass es keine Subraumanomalien sein konnten, die ihre Rückkehr verzögerten, und sie bemerkte, dass immer mehr Gäste, genau wie sie selbst, mit verwirrten Gesichtern regelmäßig auf den antiken Zeitmesser blickten. Arandis wies die anderen Mitarbeiter der Temtibi-Lagune an, zusätzlich zu den Getränken Horsd'œuvres anzubieten. Danach verließ sie unbemerkt die Lounge und begab sich durch die zugangsbeschränkten Bereiche des Schiffes nach vorne zum Cockpit.

Sie lief einen ihr unbekannten Korridor bis zu der verschlossenen Frontluke entlang, und nach kurzem Zögern drückte sie dort auf den Signalgeber. Nachdem sie sich als Managerin der Hotelanlage, aus der die Passagiere stammten, ausgewiesen hatte, öffnete sich die Tür, und ein großer, muskulöser und makellos gebräunter Risaner, der die Uniform des Risanischen Sicherheitsministeriums trug, trat hindurch. »Stimmt etwas nicht?«, fragte er sie, und seine Stirn runzelte sich um sein goldfarbenes *Ja'risia* herum. »Wie ist die Stimmung unter unseren Gästen?«

»Sie sind größtenteils zufrieden«, erwiderte Arandis leicht verwirrt. »Was ist los? Warum sind wir noch nicht nach Risa zurückgekehrt?«

Der Mann schaute über Arandis' Schulter nach irgendwelchen unerwünschten Mithörern und sah sie dann mit traurigem Blick an. Seine strahlend blauen Augen füllten sich unvermittelt mit Tränen. »Weil es ... weil es kein Risa mehr gibt.«

Arandis starrte ihn einen Moment lang einfach nur an. Dann entrang sich ihrer zugeschnürten Kehle ein humorloses Auflachen. »Was meinen Sie mit ,kein Risa mehr'?«

»Ich meine damit, dass die Borg den Planeten ausgelöscht haben«, antwortete der Mann mit rauer Stimme. »Sie haben jedes Leben vernichtet. Es gibt nichts mehr ...« Seine Stimme brach, und er bedeckte sich mit einer Hand den Mund.

»Nein«, hauchte Arandis ungläubig. »Die Borg wurden geschlagen. Die Sternenflotte ... die Berichte besagten doch ...«

»Die Borg erreichten Risa, bevor sie besiegt werden konnten«, verkündete der Offizier. »Wir haben diese Berichte vor den Passagieren zurückgehalten. Es hätte sie nur beunruhigt ... die Bilder, die uns geschickt wurden ...«

Arandis hörte ihm gar nicht mehr zu. Jeder bewusste Gedanke wurde aus ihrem Geist verdrängt, wie von der Flut fortgespült, während allein ein tosendes Rauschen, wie das Geräusch der Meereswellen, ihren Kopf füllte.

Kein Risa mehr.

Es war zu grauenvoll, zu unvorstellbar. Wie konnte die Sternenflotte sie nur im Stich gelassen haben? Es hatte sechs Schiffe gegeben, mit Hunderten von Besatzungsmitgliedern auf jedem von ihnen. Waren auch sie alle getötet worden? Und Risa selbst ... Die Catona-Steilküste war verschwunden. Der Tolari-Turm existierte von nun an nur noch in ihren Erinnerungen. Dinge wie einen Risanischen Grand Delight gab es einfach nicht mehr. Arandis spürte, dass ihre Knie unter ihr nachzugeben begannen ...

»Wir können es den Gästen nicht sagen, noch nicht«, meinte der Offizier und holte Arandis damit von der Schwelle zum Wahnsinn zurück. »Wir tragen die Verantwortung für sie.«

»Ja, natürlich«, zwang sie sich, ihm mit kaum hörbarer Stimme beizupflichten. *Alles, was unser ist, ist euer*, intonierte sie in Gedanken.

Alles was unser war, ist fort.

»Aber es wird nicht lange dauern, bis sie bemerken, dass irgendetwas nicht stimmt«, fügte sie laut hinzu.

Der Offizier schenkte ihr ein, wie er wohl hoffte aufmunterndes, Lächeln. »Dieser Augenblick ist wie jeder andere: nur vorübergehend. Wir ertragen ihn und vergessen ihn dann in den schöneren, die folgen werden.«

Arandis erwiderte sein Lächeln und nahm das alte Sprichwort mit einem Nicken zur Kenntnis. Doch als er sich ins Cockpit zurückgezogen und die Luke geschlossen hatte, entglitt ihr das Lächeln sofort wieder. *Dies ist mehr als nur ein Augenblick*, dachte sie, während sie dem kurzen geschlossenen Korridor zurück zur Hauptpassagierkabine folgte. *Risa ist fort. Meine ganze Welt ... mein ganzes Volk ... Wie kann so etwas einfach vergessen werden?*

Sie erreichte die Luke zur Kabine und wollte sich zusammenreißen, bevor sie hineinging. Doch dann hielt sie unvermittelt inne, beugte sich vor und erbrach den Inhalt ihres Magens - aus Gründen, die nichts mit Raumkrankheit zu tun hatten.

KAPITEL 1

Der Junge lag auf dem mit Gras bewachsenen Hügel, seinen Hinterkopf auf die Wurzeln einer alten Pappel gebettet, und blickte hinauf in die Unendlichkeit des nächtlichen Himmels. Zu seinen Füßen schien das ganze Tal zu schlafen. Nur ein paar vereinzelte Lichter brannten dort hinter den Fenstern der Gehöfte und Dörfer. Die annähernd vollständige Dunkelheit ließ selbst die schwächsten Sterne der Milchstraße wie die Signalfeuer eines Leuchtturms aufstrahlen, die den Kommandanten der Schiffe auf ihren langen Reisen durch den Ozean des Weltraums den Weg wiesen.

»Jean-Luc!«

Zunächst hörte der Junge die Stimme, die aus Richtung des Hauses kam, nicht - oder vielmehr wollte er sie nicht hören. Er wollte diesen Ort, diesen perfekten Augenblick noch nicht aufgeben. Er hielt seine Augen und seine Fantasie auf die Sterne hoch über sich gerichtet.

»Jean-Luc!«, erklang eine zweite, jüngere Stimme deutlich näher, begleitet von dem Rascheln des Grases und dem Knacken von Zweigen. Die Gedanken des Jungen lösten sich vom Himmel und fielen zurück auf die Erde. Er wünschte, der Boden unter ihm möge sich auftun und ihn verschlucken, ihn vor dem Paar verbergen, das nach ihm suchte.

Aber es klappte nicht. »Hier bist du!«, frohlockte der andere Junge triumphierend, sprang scheinbar aus dem Nichts herbei und landete mit seinen schweren Arbeitsschuhen links und rechts von Jean-Lucs Hüften. »Du träumst schon wieder, nicht wahr, *mon petit frère?*« Robert grinste auf ihn herunter, und das lange Haar fiel ihm in die

Augen. Er war immer der größere der beiden Brüder gewesen, und im Sommer seines zwölften Lebensjahrs hatte er ganze zehn Zentimeter zugelegt. »Weiß du nicht, dass in der Dunkelheit Ungeheuer lauern?«

Robert stieß ein Brüllen aus und warf sich auf seinen jüngeren Bruder. Der Junge hob die Arme, um den Angriff abzuwehren, traf den anderen an der Brust und lenkte ihn mit Leichtigkeit ab. Dann rollte er sich in die gleiche Richtung, setzte sich auf den Bauch des größeren Jungen und drückte dessen Schultern mit beiden Händen auf den Boden - wenn auch nur für einen kurzen Moment, dann vertauschten die beiden ihre Positionen wieder. Arme und Beine wirbelten, während sie wild miteinander rangen, und sein Bruder lachte, als er seine Handgelenke packte und sie auf den Boden drückte. Der Junge stellte überrascht fest, dass er ebenfalls lachte. Das raue Spiel hatte etwas seltsam Befreiendes, und er lachte noch lauter.

»Genug gekämpft«, mischte sich die erste Stimme über ihnen ein. »Hört sofort auf zu kämpfen.«

Robert ließ von seinem Bruder ab und erhob sich, um sich neben ihren Vater zu stellen. »Was treibst du hier draußen in der Finsternis, *mon garçon?*«, fragte Maurice Picard mit dunkler, respektgebietender Stimme. Obwohl er keine Haare mehr auf dem Kopf hatte und tiefe Falten sein Gesicht durchzogen, das durch ein Leben auf den Weinbergen frühzeitig gealtert war, verliehen ihm seine scharfen Augen und die Habichtsnase das Aussehen eines Mannes, mit dem man sich besser nicht anlegte. »Hast du wieder geträumt?«

»Nein, Papa«, schwindelte der Junge. »Ich habe nur ... Ich konnte nicht schlafen, und ich ...« Er zögerte, denn er wusste, dass es keinen Sinn hatte, es mit einer Lüge zu versuchen. Sein Vater wusste sehr gut, dass sein jüngerer Sohn seine eigenen Gefühle, was die Verpflichtung den Traditionen gegenüber anging, nicht teilte und dass er nicht vorhatte, sein Leben lang dem Ort verbunden zu bleiben, an dem er zufällig geboren worden war. Und Jean-Luc wusste, dass es keine Möglichkeit gab, das Missfallen seines Vaters diesbezüglich zu mildern.

Doch seltsamerweise verschwanden die Falten von der Stirn seines Vaters, und ein breites Lächeln trat auf sein wettergegerbtes Gesicht. Er ließ sich auf ein Knie herunter und legte dem kleinen Jungen eine große, schwielige Hand auf die Schulter. »Du musst dir selbst gegenüber treu bleiben, Jean-Luc«, sagte der alte Mann zu ihm. »All das, was ich dir gegeben habe - unseren Namen, unser Land, unsere Traditionen -, war nur ein Fundament; es sollte keine Einschränkung sein. Und ganz gleich, wohin du gehen und was du tun wirst, es bleibt dir immer erhalten.«

Der Junge lächelte, und dann schlang er seine Arme um den Nacken seines Vaters und drückte ihn mit der Innigkeit eines ganzen Lebens voller unausgesprochener Gefühle. Papa erwiderte die Umarmung. Nach einer geraumen Zeitspanne ließen sie voneinander ab und fielen gemeinsam mit Robert rücklings ins Gras. Die Sterne schienen auf einmal nah genug, dass Jean-Luc dachte, er müsse nur hinausgreifen, um sie zu berühren.

»All das, was wir hier sehen, ist altes Licht«, sagte Maurice. »Die Sterne, die wir sehen, zeigen sich uns so, wie sie vor vielen, vielen Jahren waren.«

»Was vergangen ist, ist vergangen«, fügte Robert hinzu. »Um zu wissen, wie sie heute aussehen, muss man wohl hinauffliegen und es selbst herausfinden, was?«

Das klang nach einer großartigen Idee, dachte Jean-Luc, als er die Augen schloss und seinen Traum fortsetzte. *Eine großartige Idee, in der Tat ...*

»Jean-Luc?«

Picard öffnete erneut die Augen und stellte überrascht fest, dass sich das von Sternen übersäte Firmament über dem Château Picard in einen strahlend blauen Himmel verwandelt hatte. Er war nicht minder überrascht, dass die Gestalt vor ihm, die seinen Namen rief, weder sein Vater noch sein Bruder, sondern vielmehr seine Frau war. Beverly Crusher lächelte auf ihn herab. Sie hatte sich so hingestellt, dass ihr Schatten auf ihn fiel und seine Augen vor dem grellen Mittagslicht schützte. Mit der Sonne im Rücken erschien sie ihm wie ein Engel, umgeben von flüchtigem Licht, und ihre langen roten Locken züngelten wie Flammen, während sie in einer leichten Brise wehten. Natürlich besaß sie keine Flügel, und ihr rundlicher, schwangerer Bauch stand ebenfalls im Widerspruch zu der traditionellen Vorstellung der geschlechtslosen göttlichen Boten, aber soweit es Jean-Luc Picard betraf, war sie zweifellos ein himmlisches Wesen. »Was machst du hier draußen?«, fragte sie in amüsiertem Tonfall.

»Jedenfalls kein Nickerchen«, sagte Picard und schenkte ihr ein Grinsen, als er sich in eine sitzende Position erhob. »Nur alte Männer nicken mitten am Tag ein.«

»Alte Männer und erschöpfte Schiffcaptains«, gab Crusher zurück, während sie sein Grinsen mit einem süßen Lächeln erwiderte. »Du hast Erholungsurlaub, und du brauchst wirklich jedes bisschen Erholung, das du bekommen kannst.«

Picard sah keinen Grund, der Ärztin zu widersprechen. Sie befanden sich auf dem Landgut seiner Vorfahren in La Barre, während die *Enterprise* in der McKinley-Station im Trockendock lag und die umfangreichen Schäden repariert wurden, die ihnen im Verlauf des jüngsten Konflikts mit den Borg zugefügt worden waren. Er hatte in den Tagen der Krise natürlich nur wenig Schlaf gefunden, und seinen Organismus schließlich fast nur noch durch Adrenalin und schiere Willenskraft am Laufen gehalten.

Dessen ungeachtet fühlte sich Picard nicht erschöpft. Was er am Ende des Krieges erleben durfte, hatte ihm all seine Erschöpfung genommen und ihn stattdessen mit purer Freude erfüllt. Er war Zeuge der Auflösung des Borg-Kollektivs durch die Caeliar geworden und hatte gewissermaßen das Aufgehen von Milliarden ehemaliger Drohnen in die Gestalt der Caeliar gespürt. Und auch er selbst war endlich von der fünfzehn Jahre andauernden Verbindung zu den Borg befreit worden.

Beverly ließ sich neben ihrem Mann ins Gras sinken. Laut Kalender war der Frühling noch einige Wochen entfernt, aber die Welt um sie herum begann bereits mit Macht, zu grünen und zu erblühen. »Wenn du allerdings das Bedürfnis nach einem Nickerchen hast«, sagte sie, als sie sich mit ihrem Rücken gegen seine Brust lehnte und es sich dort bequem machte, »solltest du dir vielleicht einen gemütlicheren Platz dafür aussuchen.«

Picard lachte leise, während er seine Arme um sie schlang und seine Wange an ihren Kopf legt. »Dies hier war immer mein Lieblingsplatz auf dem ganzen Anwesen«, sagte er. »Stundenlang habe ich hier gesessen oder gelegen und bei Tag die Shuttles auf ihrem Weg nach Paris oder bei Nacht die Sterne beobachtet. Natürlich mochte ich diese Stelle auch deswegen, weil ich vom Haus aus nicht gesehen werden konnte, wenn ich in der richtigen Position lag.« Er warf einen Blick über die Schulter auf das jetzige Haus - oder vielmehr das Haus, das seine Schwägerin Marie auf dem ursprünglichen Fundament neu errichtet hatte, nachdem Robert und sein Sohn René bei einem tragischen Brand ums Leben gekommen waren. Es war eine annähernd perfekte Nachbildung. Wären nicht die hohen, schattenspendenden Bäume verschwunden, wäre es ihm ein Leichtes gewesen, sich über ein halbes Jahrhundert in der Zeit zurückzuversetzen. »Ich hatte einen höchst ungewöhnlichen Traum«, gestand er, während ein Gefühl der Nostalgie von ihm Besitz ergriff.

»Tatsächlich?«

Picard nickte. »Ich war wieder ein Junge, lag hier und starrte hinauf zu den Sternen. Mein Vater und mein Bruder kamen, um nach mir zu suchen, und als sie mich gefunden hatten ...« Picard schwieg einen Moment lang, bevor er fortfuhr. »Vater gab mir seinen Segen, das Elternhaus zu verlassen, um meine Träume zu verwirklichen.« Er lächelte, während er darüber nachdachte. »Robert und ich hatten Gelegenheit, uns auszusöhnen, bevor er starb. Aber Vater ...« Seine

Stimme brach für einen Moment. Beverly drehte sich ein wenig, um ihn anzuschauen. Schließlich fühlte er sich imstande, fortzufahren. »Ich war mit der *Stargazer* unterwegs, als er starb, und ich habe immer angenommen, dass er sich seine lebenslange Sturheit bis zum Ende bewahrte.« Diese Überzeugung saß so fest, dass es ihm nicht schwergefallen war, den verbitterten, enttäuschten alten Mann als eine glaubwürdige Darstellung zu akzeptieren, als Q ihm während Picards eigener Nahtoderfahrung eine Vision seines Vaters gesandt hatte.

Dieses negative Bild fiel auf einmal von ihm ab. »Nun allerdings habe ich das Gefühl, als hätte er mir endlich seine Absolution erteilt«, sagte Picard zu Beverly und lächelte erneut. »Als wären die alten Wunden nach all der Zeit endlich verheilt.«

»Das ist wundervoll, Jean-Luc«, sagte Beverly, während sie sein Lächeln erwiderte. »Ich weiß, dass eure Beziehung lange Zeit getrübt war, und es freut mich, zu hören, dass du endlich deinen Frieden mit der Erinnerung an deinen Vater gemacht hast.« Sie nahm eine von Picards Händen und legte sie auf ihren gewölbten Bauch. »Und ich weiß, dass diese Erfahrung dich nur zu einem noch besseren Vater für unseren Sohn machen wird.«

Zur Antwort beugte er sich vor und küsste sie auf den Mund. Jean-Luc Picard konnte sich an keinen anderen Zeitpunkt in seinem Leben erinnern, an dem er sich so erfüllt und im Frieden mit sich selbst gefühlt hatte.

»Weißt du was?«, sagte Beverly, als sich ihre Lippen wieder voneinander gelöst hatten. »Als du mir gerade eben erzählt hast, du hättest einen seltsamen Traum gehabt, befürchtete ich einen Moment lang, du würdest mir sagen ...«

»Was?«, fragte Picard.

Zögernd, als fürchtete sie, einen Fluch heraufzubeschwören, fuhr sie fort. »... dass du erneut von den Borg geträumt hättest.«

Picard blinzelte überrascht. »Warum ...?«, fing er an, bevor er innehielt. »Nein, Beverly«, versicherte er ihr. »Die Borg sind vergangen, für immer. Das gilt sowohl für diesen Ort als auch für den Rest der Galaxis.«

Crusher nickte, auch wenn sie Picards Zuversicht offensichtlich nicht teilte. »Ja, aber ... Wir dachten schon früher, dass sie fort seien.«

Picard seufzte. Er wünschte, er könnte ihr diese absolute Sicherheit deutlich machen, die ihm die Caeliar hatten zuteilwerden lassen - oder ihr das vermitteln, was aus ihnen und ihren jüngst befreiten Brüdern und Schwestern nun geworden war. Alles, was er tun konnte, war, seiner Liebsten tief in die Augen zu schauen und ihr im Brustton der Überzeugung zu verkünden: »Beverly, glaube mir, wenn ich dir versichere: Es gibt keine Borg mehr. Sie werden niemals wiederkommen. Wir sind alle frei.«

Beverly erwiderte seinen Blick und gestattete sich dann ein kleines, erleichtertes Lächeln. »Natürlich glaube ich dir, Jean-Luc. Immer.«

Geordi La Forge wandte sein Gesicht der hoch über seinem Kopf stehenden Äquatorsonne zu und badete in ihrer Wärme. Bis die Regenzeit in diesem Teil der Afrikanischen Konföderation einsetzte, gingen noch einige Wochen ins Land, und es war spürbar wärmer, als er es von seinem Aufenthalt auf der *Enterprise* kannte. Andererseits konnte er sich wirklich nicht darüber beschweren.

Denn schließlich ... war er zu Hause.

Von seinem Aussichtspunkt auf der metallenen Tribüne am Rand des Sportfelds der Zefram Cochrane High School aus konnte er die Skyline von Mogadischu im Südosten und - dank seiner kybernetischen Augenimplantate - den Indischen Ozean dahinter erkennen. Altmodische Segelboote trieben träge auf den blauen Wellen, die gegen die makellosen weißen Strände entlang der somalischen Küste schlugen. Man konnte sich schwer vorstellen, dass die Stadt in den Jahren zwischen dem Zweiten und dem Dritten Weltkrieg weitgehend zerstört und rivalisierenden Milizen überlassen worden war. Im späten zweiundzwanzigsten Jahrhundert hatte die uralte

Hafenstadt eine neue Blütezeit erlebt und war unter Aufbietung modernster architektonischer Errungenschaften auf eine Weise wiederaufgebaut worden, die ihrer langen Geschichte als Handelszentrum Rechnung trug. Sie mochte kein zweites Paris oder San Francisco sein, aber ansonsten stand sie in ihrer Reinheit und Schönheit keiner anderen Stadt auf dieser paradiesischen Welt namens Erde nach.

Auf dem Spielfeld standen die Cochrane Flyers ihren Rivalen vom anderen Ende der Stadt, den Mogadischu Central High Scorpions, gegenüber. Die Schulkapelle spielte, und überall um Geordi herum feuerten die anderen Zuschauer die Spieler an oder unterhielten sich untereinander über Alltägliches. Auf einmal sprang die ganze Menge auf und brach in lautstarken Jubel aus. Geordi erhob sich eine Sekunde später und sah, dass die Flyers etwas feierten, das ein eindrucksvolles Tor gewesen sein musste.

»Wenn das meine Tochter war, die da ein Tor erzielt hat, und du dafür gesorgt hast, dass ich es verpasse, Geordi, dann bist du wirklich dran ...«

La Forge drehte sich um und sah seine Schwester Ariana, die die Stufen der Tribüne hinaufstieg und ihm entgegenkam, in jeder Hand einen Getränkebecher und auf dem Gesicht ein kritisches Stirnrunzeln. Sein Blick huschte zum Spielfeld, und er bemerkte, dass seine Nichte Nadifa im Mittelpunkt des Jubels zu stehen schien. Sie strahlte und winkte, als sie ihre Mutter und ihren Onkel in den Reihen ausmachte.

Kleinlaut winkte Geordi zurück, dann nahm er seiner Schwester einen der Becher ab. Wo zur Hölle war er während des Tors mit seinen Gedanken gewesen? »Es tut mir leid, Riana«, sagte er.

Ariana schenkte ihm einen Blick, der auf unheimliche Weise dem ihrer Mutter glich, den sie immer dann aufgesetzt hatte, wenn ihre Geduld wieder einmal allzu arg von einem der Kinder strapaziert worden war. Mit ihrer nun freien Hand gab sie ihrem Bruder einen Klaps auf den Hinterkopf - spielerisch, aber doch ein wenig stärker als nötig. »Das nächste Mal holst du die Getränke.«

»Hey, ich habe es angeboten«, verteidigte sich Geordi, als er sich setzte und einen Schluck nahm. »Igitt ... Ich hätte darauf bestehen sollen«, stellte er fest, während sich seine Miene angesichts des sauren Gebräus verzog.

»Was? Ich dachte, du liebst *Isbarmuunto*«, sagte sie.

»Das soll *Isbarmuunto* sein? Schmeckt eher wie purer Zitronensaft auf Eis.«

»Die Sternenflotte hat dich wirklich verweichlicht. Hat dich ...«

Unvermittelt fuhr Geordis Kopf herum, die Kiefer zusammengepresst. Ariana hielt inne und ihr schelmisches Lächeln verschwand. Einige Sekunden lang starrten sie sich einfach nur an, während das Spiel auf dem Feld weiterging.

»Ich sollte das anders formulieren«, meinte Ariana schließlich.

Ohne auf ihre Worte einzugehen, sagte Geordi: »Ich werde mir mal ein bisschen die Beine vertreten.«

»Ich begleite dich.«

»Nein, bleib.« Er stand auf und schickte sich an, die Treppen der Zuschauertribüne hinunterzusteigen. »Du könntest ein weiteres wichtiges Tor oder irgendetwas anderes von ähnlicher Bedeutung verpassen.« Ziellos begann er, sich von dem Sportfeld zu entfernen.

»Geordi!«

Ohne auf seine Schwester zu achten, bewegte sich Geordi in die ungefähre Richtung des Schulgebäudes und nahm dabei einen weiteren Schluck zu sich. Eine Gruppe Jugendlicher hatte sich auf den Stufen der Bibliothek versammelt, schwatzte, kicherte und benahm sich genau so, wie Geordi es vor einem halben Leben selbst getan hatte.

»Geordi!«

Er wusste, dass er mehr Drama aus einem zweifellos gedankenlosen Kommentar machte, als er es eigentlich sollte. Auf der anderen Seite reichte Arianas uneinsichtige Verachtung der Sternenflotte bereits bis in die Zeit zurück, als sie in Nadifas Alter gewesen war. Sie hasste es, dass ihre Eltern, während Geordi und sie aufgewachsen waren, so wenig Zeit für ein gemeinsames Familienleben gehabt hatten. Ihre ganze Kindheit über war immer einer der beiden Elternteile auf irgendeiner Mission gewesen. Sie hasste es, dass sich ihre Mutter kurz nachdem Ariana achtzehn geworden und zum College gegangen war, entschieden hatte, erneut eine Laufbahn als Führungsoffizier einzuschlagen und das Kommando über ein eigenes Raumschiff anzustreben - eine Entscheidung, die letzten Endes vor über zehn Jahren zu ihrem Verschwinden geführt hatte. Sie hasste es, dass ihr Vater dreihundert Lichtjahre jenseits des Föderationsraums an Bord der *U.S.S. Amalthea*, einem der neun Forschungsraumschiffe der *Luna*-Klasse, unterwegs war (auch wenn sie zugeben musste, dankbar dafür gewesen zu sein, dass sich sein Schiff zu weit weg befunden hatte, um es im Rahmen der jüngsten Krise zurückzurufen).

Geordi dagegen hasste es, wie sie auf das Leben, das er gewählt hatte, herabschaute. Für gewöhnlich behielt er diesen Zorn für sich. Allerdings waren die Zeiten gerade alles andere als gewöhnlich.

»Geordi!«, rief Ariana erneut, als sie ihren großen Bruder einholte, während sie mit der einen Hand den Kopfschmuck auf ihrem Haar festhielt. »Hey, es tut mir leid. Du weißt, dass ich es nicht so gemeint habe.«

Geordi hielt an, aber er schaute nicht zu ihr hinüber. Stattdessen drehte er sich langsam halb im Kreis und ließ seinen Blick über das ganze Schulgelände schweifen. »Es sieht alles aus wie immer, nicht wahr?«, fragte er und deutete auf den Sportplatz, die Schüler, die Bäume und den Himmel. »So normal, als wäre nichts geschehen. Wenn man das hier sieht, hat man keine Vorstellung davon, wie nah wir daran waren, alles zu verlieren.«

»Das ist nicht fair«, gab Ariana zurück. »Du warst nicht hier, als die Dinge wirklich schlimm aussahen. Da gab es nicht gerade viel Normalität.«

Geordi war sich sicher, dass das stimmte, und dennoch ... »Aber es hat nicht lange gedauert, bis ihr zu Picknicks im Grünen und Fußballspielen zurückgekehrt seid.«

»Was sollten wir deiner Meinung nach tun?«, fragte Ariana. »Uns in Sack und Asche kleiden und das Universum um Gnade anflehen? Das Leben geht weiter, Geordi.«

»Für *euch*!«, schnauzte Geordi. »Denkt nur nicht an die Milliarden von Lebewesen, die nicht solches Glück hatten.«

Auf einmal schien es, als sei die Zeit stehen geblieben. Mit regloser Miene starrte Ariana ihn an, geschockt von seiner Verbitterung. Und Geordi war nicht weniger geschockt und beschämt, dass dermaßen gemeine Worte über seine Lippen gekommen waren. »Oh, mein Gott«, murmelte er mit erstickter Stimme. »Riana, es tut mir leid. Ich weiß nicht, was ...«

Seine Schwester schüttelte den Kopf. »Ist schon gut, Geordi.«

»Ich habe es nicht so gemeint«, beharrte er. »Ich weiß ... Ich weiß einfach nicht ...«

»Ich weiß, dass du es nicht so gemeint hast. Hör auf, dir Vorwürfe zu machen, Geordi.«

»Aber so etwas Furchtbares hätte ich nicht sagen dürfen!« Geordi schrie beinahe. »Ich habe kein Recht dazu, dir vorzuwerfen, was geschehen ist.«

Ariana streckte ihre Hand aus und legte sie sanft auf den Arm ihres Bruders. »Und du hast genauso wenig das Recht, es dir selbst vorzuwerfen.«

Geordi war, als würde sich sein gesamtes Inneres zusammenziehen. »W... Was?«

»Du hast überlebt, Geordi.« Seine Schwester schaute ihm direkt in die kybernetischen Augen. »Du darfst dich dafür nicht schuldig fühlen.«

Sein Mund öffnete und schloss sich für einige Sekunden, bevor er imstande war, erneut einen Ton hervorzubringen. »Ich ... was? Das ... Das ist lächerlich. Ich fühle mich nicht schuldig ...«

»Ich kenne dich besser, Geordi La Forge. Du hast die Borg überlebt, während Milliarden gestorben sind. Und dies, nachdem du sie bereits ein halbes Dutzend Mal überlebt hast, noch dazu das Dominion sowie die Tezwaner und die Remaner. Du hast Mom überlebt. Du hast Data überlebt ...«

Er hatte das Gefühl, als müsste er gleich zusammenbrechen. »Das ist verrückt«, murmelte er, während Tränen an den Rändern seiner Implantate hervorquollen. Ja, es waren harte Jahre gewesen, und ja, all diese Tode hatten ihn schwer getroffen, insbesondere Datas, der jahrelang sein bester Freund gewesen war und der die Jahrhunderte hätte überdauern sollen, aber ... »Ich sollte mich nicht schuldig fühlen, weil ich lebe ...«

»Nein«, sagte Ariana zu ihm. »Das solltest du nicht.«

La Forge kniff die Augenlider zusammen, konnte aber dadurch nicht verhindern, dass ihm die Tränen die Wangen hinunterflossen. Er spürte, wie Ariana ihn an sich in eine feste Umarmung zog. Nach kurzem Zögern erwiderte er diese, schlang seine Arme eng um sie und vergrub sein Gesicht an ihrer Schulter. Er fühlte sich wie ein Idiot, weil er zuließ, dass seine kleine Schwester ihn so sah. »Ich bin sehr stolz auf dich, großer Bruder«, flüsterte Ariana ihm sanft zu. »Dafür, dass du diese Uniform trägst und dort hinausfliegst, damit wir alle hier sicher leben, Picknicks im Grünen machen und Fußball spielen können. Aber ich bin auch sehr, sehr dankbar dafür, dass du immer mal wieder zu uns zurückkommst, um diese Dinge mit uns zu teilen.«

So standen Bruder und Schwester eine ganze Weile lang da, während um sie herum das Spiel und das Leben weitergingen.

Bereits Minuten nachdem es Paris verlassen hatte, holte das Suborbitalshuttle die Sonne ein und zog an ihr vorüber, um weiter nach San Francisco zu fliegen. Picard beobachtete die Wolken unter sich, während er vor seinem inneren Auge das letzte Gespräch mit Beverly noch einmal ablaufen ließ. Wenn das bevorstehende Treffen auch nur annähernd so wie all jene vonstattenging, an denen er im

Verlauf der letzten Woche teilgenommen hatte - und es gab keinen Grund, etwas anderes anzunehmen -, würde er diese Gewissheit, dass es zumindest eine Person im Universum gab, die ihm vorbehaltlos vertraute, dringend nötig haben.

Seit seiner Rückkehr zur Erde waren mittlerweile acht Tage vergangen. Die Hälfte dieser Tage hatte er in stickigen Konferenzräumen damit verbracht, zunächst dem Sternenflottenkommando, Präsidentin Bacco und dem Sicherheitsrat der Föderation sowie anschließend Repräsentanten der Regierungen der Erde, des Mondes, des Mars und anderer Kolonien des Sol-Systems Bericht zu erstatten. Wieder und wieder hatte er seine Darstellung vom Ende des Borg-Kollektivs zum Besten geben müssen. Und bei jedem dieser Treffen war wieder und wieder unweigerlich eine bestimmte Frage aufgekommen. Sie war zwar durchaus auf unterschiedliche Weise formuliert worden - etwa als hypothetisches Gedankenspiel oder als vage ausgedrückter Zweifel -, ließ sich im Kern jedoch stets auf die einfache Sorge reduzieren: *Wie können Sie so absolut sicher sein, dass die Borg wirklich für alle Zeiten fort sind?*

Picard gab darauf immer nur die eine Antwort: »Ich *weiß* es einfach.«

Er hatte die verheißungsvolle Umwandlung gefühlt, als sie sich vollzog. Er hatte gespürt, wie jede einzelne Drohne vom Kollektiv getrennt worden war, und dann die Umarmung der Gestalt der Caeliar vernommen, die all diese verlorenen Seelen in sich aufnahm und zu einem Teil von sich machte. Es war die unglaublichste Erfahrung, die er in seinem ganzen Leben gemacht hatte ... und es gab niemanden im ganzen Universum, der das wirklich verstehen konnte.

Das Shuttle landete auf dem Gelände des Sternenflottenhauptquartiers. Am Rand der Landezone wurde Picard von einer jungen menschlichen Frau in einer goldenen Uniform der Sternenflottensicherheit empfangen. »Captain Picard?«

»Ja.«

»Ich bin hier, um Sie zu Ihrem Termin zu eskortieren«, sagte sie, das Kreuz perfekt durchgedrückt, ein sicheres Zeichen dafür, dass sie die Abzeichen an ihrem Kragen erst seit sehr kurzer Zeit trug. Picard hatte gehört, dass ein Großteil der diesjährigen Akademieabgänger vorzeitig in Dienst gestellt worden war, um kurzfristig einsatzbereit zu sein, sollte es nötig werden. Angesichts der geschätzten Personalverluste bei der Sternenflotte von über vierzig Prozent während des Borg-Angriffs, bedurfte es trotzdem noch enormer Rekrutierungsanstrengungen, um die Streitkräfte auch nur annähernd auf eine Stärke zurückzubringen, die als sicher eingestuft werden konnte.

Schweigend fuhren sie mit dem Aufzug ins oberste Stockwerk des Hauptquartiergebäudes - das Allerheiligste der Admiralität -, und dann führte ihn der Ensign durch den schwach beleuchteten Korridor, an dessen Wänden die Porträts der früheren Oberkommandierenden der Sternenflotte in keiner erkennbaren Ordnung hingen: Ein weißhaariger Mensch in der dunklen Jacke und der Krawatte aus Vorföderationszeiten hing neben einem Andorianer im goldgrünen Seidenuniformrock des folgenden Jahrhunderts.

Gleich darauf erreichten sie eine schwere Doppeltür, und der Ensign signalisierte Picard, seine Hand auf ein Sicherheitsfeld direkt daneben zu legen. Der Captain kam der Aufforderung nach, woraufhin sich die Türen mit einem leisen mechanischen Zischen öffneten und den Blick auf etwas freigaben, das einer überdimensionalen Holosuite glich.

Die heutige Lagebesprechung richtete sich an die Admirals der Sternenflotte, die außerhalb der Erde stationiert waren und der Zusammenkunft via Holokom beiwohnen würden. Am einen Ende des Raums stand ein langer Tisch. Er war dem offenen Raum zugewandt, der sich bald mit den holografischen Abbildern jener Flaggoffiziere füllen würde, die aus der Ferne zugeschaltet wurden. Eine Handvoll hier im Hauptquartier sitzender Admirals war ebenfalls zugegen: Leonard James Akaar und Marta Batanides standen am nahen Ende des Tisches und unterhielten sich, während die Admirals Masc, Batiste und Montgomery in einer fernen Ecke die Köpfe zusammensteckten und ganz offensichtlich in eine lebhafte Diskussion vertieft waren. Der sechste anwesende Admiral, Alynna Nechayev, näherte sich Picard. »Guten Morgen, Captain Picard.«

»Guten Morgen, Admiral«, erwiderte er automatisch, auch wenn ihm sein Körper mitteilte, dass es bereits früher Abend war. »Ich nehme an, wir warten nur noch auf Admiral Jellico?«

Nechayev runzelte leicht die Stirn. »Nein, ich fürchte nicht«, sagte sie. »Der Admiral hat gestern Nacht bei Präsidentin Bacco seinen Rücktritt eingereicht.«

Bei diesen Worten zuckte Picards Kopf ein wenig zurück. »Er hat *was* getan? Warum?«

»Seien Sie nicht so begriffsstutzig, Picard«, schalt Nechayev ihn und blickte ihn finster an. »Der Mann war der Oberkommandierende der Sternenflotte während der größten Katastrophe seit Beginn der Geschichtsschreibung. Was auch immer Sie sonst über Edward Jellico denken mögen, er ist ein Ehrenmann, der stets die Verantwortung für seine Taten und Entscheidungen übernommen hat. Und genau das hat er jetzt auch getan.«

»Ich habe Admiral Jellicos Ehrenhaftigkeit nie angezweifelt«, versicherte Picard rasch. Im Laufe der Jahre hatte er zahlreiche Entscheidungen seines Vorgesetzten infrage gestellt und sich ebenso über dessen Neigung geärgert, anderen Standpunkten gegenüber taub zu sein, sobald er sich zu einer bestimmten Angelegenheit eine Meinung gebildet hatte. »Aber dennoch hätte er nicht die Verpflichtung verspüren müssen, sich deswegen in sein Schwert zu stürzen«, fuhr Picard fort. »Was geschehen ist, hätte von keinem gewöhnlichen Sterblichen kontrolliert werden können.«

Nechayev seufzte und nickte. »Im Grunde habe ich ihm das Gleiche gesagt. Ich nehme an, es war dieser Mangel an Kontrolle, der ihn letztendlich zu diesem Schritt getrieben hat.«

Picard wusste nicht, was er noch sagen sollte. Er war mehr als einmal mit Jellico aneinandergeraten, und die Entscheidung, Jellico zum Oberkommandierenden der Flotte zu befördern, nachdem sich Admiral William Ross im letzten Herbst in den wohlverdienten Ruhestand zurückgezogen hatte, war bei ihm auf wenig Begeisterung gestoßen. Unter gewöhnlichen Umständen, so musste er sich eingestehen, hätte es ihm kaum leidgetan, Jellico gehen zu sehen.

Aber die Umstände waren alles andere als gewöhnlich. Die Sternenflotte hatte verheerende Verluste erlitten, und das Abdanken des Mannes an der Spitze der Kommandokette würde es nur noch schwerer machen, der Organisation wieder auf die Beine zu helfen.

Seine Gedanken wurden von dem Geräusch der sich erneut öffnenden Tür unterbrochen. Picard drehte sich um, und einen Augenblick lang erkannte er die große blonde Frau, die soeben eintrat, nicht wieder. Das lag zum Teil natürlich daran, dass sich ihr Gesicht verändert hatte. Die metallenen Borg-Implantate, die ihr linkes Auge umgeben und auf ihrer Wange direkt vor ihrem rechten Ohr gesessen hatten, waren verschwunden. Auffälliger hingegen war der Unterschied in ihrem Auftreten. Seven of Nine, die ehemalige Borg-Drohne, die vor sieben Jahren von der Besatzung der *U.S.S. Voyager* befreit worden war, hatte stets zu den selbstbewusstesten Personen gehört, die Picard je getroffen hatte - eine Eigenschaft, die durch den Umstand, dass sie bereits im Alter von acht Jahren ihrer Individualität beraubt worden war, noch beeindruckender wurde.

Dieses Selbstbewusstsein war auf einmal fort. Auch wenn sie einen grimmigen Ausdruck der Furchtlosigkeit aufgesetzt hatte, wünschte sich diese Frau, die in den Konferenzraum hereinkam, eindeutig, irgendwo anders sein zu können.

»Captain?« Picard wandte sich erneut um und blickte dann auf, um Admiral Akaar in die Augen schauen zu können. »Wenn Sie Ihren Platz einnehmen möchten; wir sind so gut wie bereit, zu beginnen«, sagte der hünenhafte Capellaner.

Picard begab sich hinter den Tisch und ließ sich auf dem ihm zugewiesenen Platz nieder, der sich, wie es der Zufall wollte, direkt neben dem der zuletzt Eingetroffenen befand. Sie setzte sich, faltete die Hände im Schoß und kämpfte sichtlich darum, die perfekte Haltung zu bewahren, die ihr früher geradezu selbstverständlich gewesen war. »Hallo, Annika«, sagte Picard zu ihr und warf ihr ein kurzes, freundlichen Lächeln zu.

Die Frau zuckte zusammen, und ihr Kopf bewegte sich ruckartig nach links. »Captain Picard«, sagte sie, und wandte sich dann rasch ab, um wieder nach vorne zu blicken.

Picard bemerkte, dass ihm ein Fauxpas unterlaufen war. »Es tut mir leid, Professor ... Ich nahm an, dass Sie Ihre Borg-Bezeichnung nicht länger bevorzugen.« Während früherer Begegnungen hatte sich die Frau stets gegen die Verwendung ihres menschlichen Namens, Annika Hansen, gewehrt, und aus welch persönlichen Gründen auch immer darauf bestanden, ihre Borg-Bezeichnung weiterhin zu tragen. Angesichts der jüngsten Ereignisse hatte der Captain gedacht, dass sie nun verständlicherweise anders darüber denken würde.

»Es ist irrelevant«, sagte sie, ohne ihn erneut anzuschauen.

Fragend blickte Picard sie noch einen Moment länger an, wobei ihm auffiel, wie verkrampft ihr Kiefer und ihr Nacken wirkten. Seine Erfahrung während der Verschmelzung der Caeliar mit den Borg - das, was er gemeinsam mit dem gesamten Kollektiv empfunden hatte - war so wundervoll, so erhebend gewesen, dass es ihm schwerfiel, zu glauben, diese ehemalige Drohne könne aus dem gleichen Erlebnis dermaßen gezeichnet hervorgehen.

Doch bevor er weiter nachbohren konnte, verschwand das Gitternetz der Holo-Emitter um sie herum und wurde durch einen hell erleuchteten Konferenzraum ersetzt. Der Tisch, an dem er und Seven saßen, wurde Teil eines langen, hölzernen Ovals, um das herum fünfzig oder sechzig Admirals aus dem ganzen Föderationsraum Platz genommen hatten. Picard erkannte sofort Admiral Elizabeth Shelby, die Kommandantin der Bravo-Station, die sich früher in ihrer Karriere einen Ruf als eine der ersten Borg-Expertinnen der

Sternenflotte erworben hatte. Einige weitere vertraute Gesichter waren versammelt. Manche von ihnen hatte er jahrelang nicht gesehen, und er war nun überrascht, zu erfahren, dass sie ihn auf der Karriereleiter überholt hatten. Als sie erkannten, dass die Holo-Verbindung nun stand, richteten sich die erwartungsvollen Blicke aller Besprechungsteilnehmer zum Kopf des Tisches.

Die körperlich anwesenden Admirals nahmen links und rechts von Picard und Seven Platz, mit Ausnahme von Admiral Akaar, der stehen blieb. »Guten Tag, meine Freunde«, begrüßte er die Versammlung. »Danke, dass Sie sich heute Zeit genommen haben. Ich muss Ihnen sicher nicht sagen, dass die vergangenen zwei Monate die schlimmsten in der Geschichte all unserer Welten gewesen sind. Ab Sternzeit 58011 starteten die Borg eine neue, schwere Offensive gegen die Föderation. Sie alle kennen die grauenvollen Resultate: über dreiundsechzig Milliarden Tote auf über Hundert Welten, Raumschiffen und Sternenbasen. Ungefähr vierzig Prozent unserer Flotte wurde zerstört, ein Großteil davon im Azur-Nebel, als die Borg-Armada mit aller Macht in die Föderation einfiel. Vulkan, Tellar und Andor wurden von verheerenden Angriffen getroffen, ebenso unsere Alliierten auf Qo'noS und mehrere andere unabhängige Welten. Doch ungeachtet dieser Tragödie besteht Anlass zum Optimismus. Denn die Föderation hat den jüngsten Ansturm nicht nur überstanden, sondern es besteht zudem Grund zu der Annahme, dass die Bedrohung durch die Borg ein für alle Mal vorbei ist. Und damit möchte ich das Wort an Captain Jean-Luc Picard von der *U.S.S. Enterprise* übergeben, der Zeuge des endgültigen Schicksals der Borg wurde.«

Akaar setzte sich hin. Picard blieb sitzen, während er seinen Teil der Geschichte vortrug: die Geschichte eines Raumschiffcaptains der alten irdischen Sternenflotte, von der alle geglaubt hatten, sie sei seit über zweihundert Jahren tot, die aber stattdessen achthundertfünfzig Jahre unter einem Volk, das sich die Caeliar nannte, in einer Zeitschleife gelebt hatte. Und wie es diesem Captain gelungen war, eine wie sich zeigte erstaunlich kurze Brücke zwischen den Caeliar und den Borg zu schlagen, die es der Gestalt der Caeliar ermöglicht hatte, das Borg-Kollektiv aufzulösen, die Königin zum Verstummen zu bringen und die Borg in etwas Neues zu transformieren.

»Was meinen Sie mit ,in etwas Neues'?«, unterbrach ihn Admiral Nyllis, eine kleinwüchsige, stämmige Pentamianerin, die Sternenbasis 120 befehligte.

»Wessen wir Zeuge wurden, war eine körperliche Verwandlung«, sagte Picard, während er ein Tastenfeld auf dem Kontrollschirm vor sich berührte. In dem freien Bereich in der Mitte des runden Tisches wurde die als geheim eingestufte Sensoraufzeichnung der *Enterprise* abgespielt. Sie zeigte Axion, die im Raum hängende Stadt der Caeliar, umgeben von Tausenden von Borg-Kuben, die sie aus deren Ansturm gegen den Alpha- und Beta-Quadranten gerissen hatte. Die Stadt der Caeliar fing an, zu glühen, und mit einem Aufblitzen schien sie sich in eine Ansammlung aus purem Licht zu verwandeln. Ihr Strahlen breitete sich aus und hüllte die gesamte sie umgebende Armada ein, wobei sie die Fähigkeit der schwarzen Hüllen der Borg-Kuben, sichtbares Licht zu absorbieren, schlicht überwältigte. Dann brachen diese beinahe unzerstörbaren Hüllen auf wie Eierschalen, die nur noch mehr Licht ausstrahlten, als sie etwas hervorbrachten, das wie riesenhafte, dornige Sphären aus purem Silber aussah. »Laut Captain Hernandez«, fuhr Picard fort, »sind die Borg - *alle* Borg, überall in der Galaxis -, Teil der Gestalt der Caeliar geworden und verfolgen von nun an keine andere Absicht, als Frieden im Universum zu stiften.«

»Captain Picard ...« Es kam nicht überraschend, dass Shelby sich zu Wort meldete. »Bitte verzeihen Sie mir meinen Zynismus, aber das klingt in meinen Ohren nach einer zu sauberen, zu friedlichen Lösung: Den Borg wird ihr Fehlverhalten vor Augen geführt, und sie entscheiden sich daher, sich fortan dem Guten statt dem Bösen zu verschreiben? Das ist ziemlich schwer zu schlucken, finden Sie nicht auch?«

Picard grinste. »Wenn Sie es auf diese Weise formulieren, dann ja, zweifellos. Aber nicht, wenn Sie verstehen, dass die gesamte Natur der Borg verändert wurde ...«

»Das letzte Mal, als die Natur der Borg vorgeblich verändert wurde, geschah dies durch den Androiden Lore«, sagte ein saurianischer Admiral, den Picard nicht kannte. »Und sie haben sich nicht zum Besseren geändert.«

Picard hätte darauf hinweisen können, dass Lore die Borg nicht verändert, sondern vielmehr eine bereits stattgefundene Veränderung zu seinem Vorteil genutzt hatte. Das zu erklären, wäre seiner Argumentation allerdings nicht im Geringsten dienlich gewesen. »Aber was Captain Hernandez und die Caeliar mit den Borg getan haben, ist etwas vollkommen anderes ...«

»Captain, es tut mir leid«, unterbrach ihn Admiral Rollman, die Kommandantin von Sternenbasis 401, »aber es scheint mir, dass ein Großteil dessen, was Sie uns da erzählen, davon abhängt, dass wir der Annahme Glauben schenken, diese Erika Hernandez sei tatsächlich dieselbe Person, die vor zweihundert Jahren mit der *Columbia* verschwunden ist.«

»Ja. Sind Sie nicht mal einem Wesen begegnet, das behauptete, Captain Bryce Shumar zu sein, und das versuchte, die *Enterprise* zu übernehmen?«, fügte Admiral Toddman zweifelnd hinzu.

»Das medizinische Personal der *Titan* nahm einen DNA-Test vor«, erwiderte Picard. »Er bestätigte, dass Captain Hernandez wirklich diejenige war, die sie zu sein behauptete.«

»Und haben wir bereits vergessen, wie leicht es den Gründern fiel, während des Dominion-Krieges unsere Bluttests auszutricksen?«, fragte Admiral ch'Evram, der während des besagten Konflikts Captain der *Bellingham* gewesen war. »Es würde mich wundern, wenn es einer fremden Macht, die imstande ist, das zu tun, was wir soeben in der Aufzeichnung gesehen haben, schwerfallen würde, eine falsche DNA zu erzeugen.«

Picard seufzte. Er konnte eine weitere halbe Stunde damit

verbringen, sich für Hernandez zu verbürgen oder jeder noch so kleinlichen Detailfrage entgegenzutreten, aber er hatte nicht das Gefühl, dass das irgendetwas anderes bewirkt hätte, als diese Zusammenkunft unnötig in die Länge zu ziehen. Daher erhob er sich einfach, zog seine Uniformjacke glatt und sagte mit Blick auf die Anwesenden: »Admirals, ich verstehe Ihre Zweifel und Ihre Sorgen. Die Borg waren wie ein Phantom, das anderthalb Jahrzehnte über unseren Köpfen in der Dunkelheit lauerte, und es ist schwer zu glauben, dass diese Bedrohung, nachdem wir sie so lange gefürchtet haben und Zeugen ihrer unglaublichen Vernichtungskraft wurden, einfach so von einem Tag auf den anderen für immer vorbei sein könnte. Und doch ist sie es.«

Auf einmal war es totenstill im Raum. Picard wartete darauf, dass jeder diese einfache Erklärung verarbeitete, und gerade als erneut die ersten Gegenstimmen laut zu werden drohten, fuhr er mit lauter Stimme fort: »Ich wurde von den Borg assimiliert. Und in all den Jahren, die seitdem vergangen sind, hielten die Borg eine schwache geistige Verbindung zu mir aufrecht. Zunächst habe ich sie überhaupt nicht bemerkt. Ich dachte, die Albträume, die ich nach der Schlacht von Wolf 359 hatte, seien allein ein Produkt meines Unterbewusstseins. Doch vier Jahre später, kurz vor der Schlacht um Sektor 001, erkannte ich, dass diese Träume nicht von meinem Geist allein erzeugt wurden. Ich war gezwungen, anzuerkennen, dass ein Teil von mir noch immer Locutus war, und dass dieser Schatten der Borg für den Rest meines Lebens in den dunkelsten Winkeln meines Bewusstseins umherspuken würde. Das änderte sich, als Hernandez sich ins Kollektiv einschlich und die Caeliar die Verbindung zerschmetterten. Ich habe diesen Bruch gefühlt. Ich spürte ... wie Millionen von Seelen auf einmal befreit wurden, darunter auch meine eigene. Und dann ... war Locutus verschwunden. Zusammen mit den Borg. Zusammen mit dem Gewicht, das so lange auf meiner Seele gelastet hatte, dass ich mich schon kaum mehr an die Zeit davor zu erinnern vermochte. Mir ist bewusst, dass dies nicht die

Aussage ist, die Sie am heutigen Tag erwartet haben. Aber ich war mir niemals in meinem ganzen Leben einer Sache so sicher, wie der Tatsache, dass die Borg fort sind - für immer.«

Erneut senkte sich Schweigen über den Raum, während die versammelten Admirals über Picards Worte nachdachten. Da sie jedoch Admirals waren, hielten sie es nicht sonderlich lange aus, ohne den Klang ihrer eigenen Stimme zu hören. Mehrere setzten gleichzeitig an, aber es war Admiral Batiste, der seine Stimme über die der anderen erhob. »Und was ist mit Ihnen, Professor Hansen?«

Picard bemerkte, dass sie bei der Nennung ihres menschlichen Namens erneut zusammenzuckte. »Was soll mit mir sein?«, fauchte sie.

»Was haben Sie zu Captain Picards Aussage hinzuzufügen?«

»Ich habe nichts hinzuzufügen«, sagte sie. »Ich kann zu dem, was der Captain fühlt oder glaubt, nicht das Geringste sagen.«

»Aber er sprach über das, was er durch seine verbliebene Verbindung mit den Borg wahrnahm«, beharrte Batiste. »Auch Sie haben seit Ihrer Befreiung vor sieben Jahren eine gewisse Verbindung zum Kollektiv unterhalten, ist das nicht korrekt?«

»Das ist korrekt«, sagte sie. »Sie müssen jedoch bedenken, dass unsere Erfahrungen mit den Borg sehr unterschiedlich waren, ebenso wie die Art unserer Verbindung zu ihnen. Beispielsweise bemerkte Captain Picard vor neun Monaten nicht, dass Admiral Janeway und die *U.S.S. Einstein* von einem angeblich inaktiven Borg-Kubus assimiliert worden waren, was beinahe zur Zerstörung der Erde geführt hätte.«

Überrascht von ihren Worten, drehte sich Picard zu der ehemaligen Drohne um. Er wusste, dass sie und der Admiral nach Sevens Befreiung aus dem Kollektiv und durch ihre Wiedereingliederung in die menschliche Gesellschaft eine enge Bindung aufgebaut hatten. Er zweifelte nicht daran, dass Janeways Tod sie tief getroffen hatte. Aber er hätte nie gedacht, dass sie es ihm irgendwie verübeln könnte, den Tod des Admirals nicht vorhergesehen oder verhindert zu haben.

Picards alter Freund Marien Zimbata meldete sich zu Wort: »Genau zu dem Zeitpunkt als die *Enterprise* Zeuge der Verwandlung der Borg wurde, erlitten Sie einen Zusammenbruch im Palais de la Concorde, und Ihre verbliebenen Borg-Implantate verschwanden auf mysteriöse Art und Weise.«

Seven warf Akaar und Batanides über den Kopf des Tisches hinweg einen bösen Blick zu. Picard wusste, dass sie beide sich auf dem Höhepunkt der Krise mit ihr in den Räumen der Präsidentin aufgehalten hatten, und die jüngere Frau schien das Gefühl zu haben, einer von ihnen hätte irgendeine Art von Vertrauensbruch begangen. »Ja«, antwortete sie.

»Können Sie uns berichten, was Sie zu diesem Zeitpunkt erlebt haben?«

»Offensichtlich habe ich die Verwandlung erlebt«, gab sie zurück. »Natürlich konnte ich Ihnen das zu diesem Zeitpunkt nicht sagen, da ich erst später erfuhr, an welchen Geschehnissen die *Enterprise* in diesem Augenblick teilhatte. Und mehr als das kann ich Ihnen auch jetzt nicht sagen.«

Admiral Batiste faltete seine Hände und tippte mit seinen Fingerknöcheln gegen seine Unterlippe. »Also sind Sie sich, im Gegensatz zu Captain Picard, nicht sicher, dass die Borg fort sind und die Borg-Bedrohung für immer gebannt ist?«

Picard bemerkte, dass die ehemalige Drohne ihm einen verstohlenen Blick aus den Augenwinkeln zuwarf, bevor sie verkündete: »Admiral, zu diesem Zeitpunkt ... bin ich mir bezüglich gar keiner Sache sicher.«

Auch wenn er keine Vorstellung davon hatte, was diese Frau durchgemacht haben musste, um so einsam und verloren zu klingen, sah Picard sie voller Mitgefühl an. Dann ließ er seinen Blick durch den virtuellen Konferenzraum schweifen und war bestürzt, zu sehen, wie sich ihre Unsicherheit einem Virus gleich durch die ganze Föderation verbreitete.

KAPITEL 2

Nackt und schwer atmend fiel Worf auf das harte Deck des Shuttles zurück. Sein Puls dröhnte in seinen Ohren, und er schmeckte Blut auf der Zunge - sowohl sein eigenes als auch das dünnere, salzigere seiner Begleiterin.

Er öffnete die Augen und drehte den Kopf zu Jasminder Choudhury, der Sicherheitschefin der *Enterprise*, die neben ihm lag. Ihre Augen waren geschlossen, und ihre Brust hob und senkte sich langsam mit jedem ihrer langen, kontrollierten Atemzüge. Auf ihrer dunkelbraunen Haut glänzte Schweiß, und als Worf seinen Atem verlangsamte, nahm er den unverwechselbar menschlichen Duft ihrer Hautausdünstungen wahr, die sich in der Enge der kleinen Kabine mit den seinen mischten.

Diese Düfte waren allerdings nicht imstande, den beißenden Geruch aus Rauch und Asche zu überdecken, der an ihren zuvor abgelegten und überall auf dem Boden um sie herum verteilt liegenden Kleidern hing. Sie waren soeben von Deneva, Choudhurys Heimatplaneten - oder vielmehr das, was davon übrig geblieben war -, aufgebrochen, nachdem sie all jenen die letzte Ehre erwiesen hatten, die dort während des jüngsten Borg-Angriffs getötet worden waren. Deneva war in der Vergangenheit vielfach als einer der schönsten Planeten der Föderation beschrieben worden, jedoch durch die Borg-Attacke vollständig verheert worden. Was einst das Land von Choudhurys Familie in der Gemeinde Mallarashtra gewesen war, stellte nun eine leere, graue Einöde dar, in der nichts von der einstigen Landschaft und ihren Wahrzeichen übrig geblieben war. Selbst die sibiranischen Berge am östlichen Horizont waren, ihrer Schneekappen und immergrünen Hänge beraubt, nicht mehr wiederzuerkennen gewesen.

Jasminder öffnete ihre Augen und drehte sich zu Worf hin. Sie schenkte ihm ein kurzes, freudloses Lächeln, bevor sie sich wieder abwandte. Worf hatte keine Ahnung, was er zu ihr sagen sollte. Er kannte das Gefühl, geliebte Personen zu verlieren: Seine Eltern waren auf Khitomer von den Romulanern niedergemetzelt worden, als er noch ein Kind gewesen war, und sowohl K'Ehleyr als auch Jadzia waren durch die Hand ehrloser Feinde zu Tode gekommen. Aber es gab keine Worte, die imstande gewesen wären, den Schmerz zu lindern, den sie, wie er wusste, über den Tod ihrer Familie empfand.

Jasminder setzte sich auf und stöhnte leise, als sie in ihren Nacken griff und ihr langes offenes schwarzes Haar zu einem Pferdeschwanz zusammenband. Worfs Blicke glitten über ihren bloßen Rücken, und er wunderte sich nicht zum ersten Mal, wie sie an diesen Punkt ihrer Beziehung hatten gelangen können. Obwohl er Jasminder von Anfang an attraktiv gefunden hatte (er besaß einfach eine Schwäche für große, dunkelhaarige, intelligente Frauen ...), schienen ihre pazifistischen Ansichten und Ideale oberflächlich betrachtet in direktem Widerspruch zu seinem klingonischen Ethos zu stehen.

Bemerkenswerterweise hatten sie gerade aufgrund ihrer jeweiligen spirituellen Natur ein gemeinsames Band gefunden. Im Anschluss an einen Raumkampf mit einem von den Borg assimilierten Sternenflottenschiff hatten Jasminder und er ein faszinierendes Gespräch über die Notwendigkeit von Gewalt geführt und dabei Parallelen zwischen den Lehren der *Bhagavad Gita* und dem Ehrenkodex des Kahless gezogen, der eingeführt worden war, um der unkontrollierten Wildheit der Klingonen im Kampf Zügel anzulegen. Dieses Gespräch hatte im Verlauf der letzten Monate zu vielen weiteren geführt. Ihre Inhalte reichten von Choudhurys lebenslanger Begeisterung für die Myriaden an Glaubenssystemen in der Galaxis bis zu

Worfs unterschiedlichen Erfahrungen in der Sternenflotte, der klingonischen Verteidigungsstreitmacht, dem Diplomatischen Korps der Föderation und dem Kloster von Boreth.

Dessen ungeachtet war ihre Beziehung bis vor ein paar Wochen rein beruflich und platonisch geblieben. An jenem Tag war ihnen allen nach einem weiteren, sinnlos zerstörerischen Zusammentreffen mit drei Borg-Kuben klar geworden, dass die Geschichte mit den Borg noch schlimmer werden würde - sehr viel schlimmer -, bevor man auf eine Besserung der Dinge hoffen durfte. Während die Besatzung damit beschäftigt gewesen war, das Schiff zu reparieren, hatten Jasminder und er den kurzen Augenblick des Atemholens genutzt, um das Holodeck aufzusuchen und ihren angefangenen *mok'bara*-Unterricht fortzusetzen. Beide waren angespannt und frustriert gewesen, besorgt wegen des Drucks, der auf Captain Picard und der ganzen Besatzung lastete. Außerdem waren sie sich schmerzlich der Tatsache bewusst gewesen, was ihr Unvermögen, die Borg aufzuhalten, für die Galaxis, wie sie gegenwärtig existierte, bedeuten mochte.

Diese geteilte Frustration war im Laufe ihres rigorosen Trainings an die Oberfläche gekommen. Obwohl sich Worfs Unterricht nach wie vor in einem sehr grundlegenden Stadium befand, beherrschte Jasminder bereits Tai-Chi, Anbo-jyutsu und *Suus Mahna* und hatte sich als außerordentlich begabte Schülerin erwiesen. Daher war Worf zu dem Entschluss gekommen, ihre Grenzen zu testen und sie durch einige unerwartete neue Angriffe herauszufordern. Es war ihr gelungen, den meisten von ihnen mit einer Abwehr oder einem Ausweichmanöver zu begegnen, wobei sie geradezu intuitiv die beste Gegenwehr gewählt hatte, nur um anschließend seine eigenen Angriffsmethoden gegen ihn einzusetzen. »Ist das alles, was Sie können?«, waren ihre Worte gewesen, um ihn spielerisch zu reizen.

»Kaum«, hatte er ihr versichert und dann eine Angriffskombination gestartet, die darin gipfelte, ihr die Füße unter dem Körper wegzutreten. Doch noch im Fall war es Jasminder gelungen, sich herumzuwerfen, seinen gewickelten Trainings-*Gi* zu packen und ihn mit sich zu Boden zu reißen. Einen Augenblick lang hatten sie wie erstarrt aufeinandergelegen, ihre Nasen nur Zentimeter voneinander entfernt. Dann hatten sich ihre Finger auf einmal in seinem Haar vergraben und sein Mund sich auf den ihren gepresst, und die *mok'bara*-Stunde war vergessen gewesen.

Dieses Mal hatten sie kaum weniger impulsiv gehandelt, doch jetzt, während sie sich beide wortlos ankleideten, lag eine eigentümliche Atmosphäre des Unbehagens in der Luft. Erneut warf Worf dem Rücken seiner abgewandten Begleiterin einen Blick zu, bevor er sich durch das Shuttle nach vorne begab und den Pilotensitz einnahm. Einen Moment später gesellte sich Choudhury zu ihm und ließ sich auf dem Platz zu seiner Rechten nieder. Mehrere Minuten lang sprachen sie kein Wort, sondern beobachteten nur die im Warp vorbeihuschenden Sterne.

Schließlich sagte Jasminder. »Wir sollten reden.« Sie blickte ihn dabei nicht an.

Worf hielt seine Augen ebenfalls nach vorne gerichtet. »Ja. Das sollten wir.«

Im Anschluss an den ersten Zwischenfall und nachdem sie beide, in einem fruchtlosen Versuch, den gemeinsamen Grund ihrer Verletzungen zu verheimlichen, im Abstand von einer Minute in die Krankenstation gehumpelt waren, hatten sie eine Übereinkunft getroffen, ein Gespräch zunächst aufzuschieben und sich auf die anstehende Schlacht mit den Borg zu konzentrieren. Keiner von beiden hatte später den Mut gefunden, das Thema erneut auf den Tisch zu bringen - bis jetzt.

»Ich ...«, begann Jasminder, brach dann ab und kaute nervös auf ihrer geschwollenen Lippe. Sie drehte sich auf ihrem Sitz um, blickte ihn an und versuchte es erneut: »Ich ... Was gerade eben geschehen ist ... es ist nur ... nachdem ich gesehen habe, was mit meinem Heim ... meiner Familie ... passiert ist ... Ich musste einfach irgendetwas anderes ... tun ... fühlen. Etwas, das nicht so ...«

»Ich verstehe«, sagte Worf in einem Tonfall, von dem er hoffte, dass er beruhigend klang.

»Es ist nicht so, dass ich es bereue ... nun, nicht sehr«, sagte sie, und ein kleines, gequältes Lächeln trat auf ihre Züge, als sie über ihre linke Schulter rieb. »Aber ... das bin nicht ich, Worf. Für gewöhnlich neige ich nicht dazu ...«

»Jasminder«, unterbrach Worf sie. »Du musst mir nichts erklären. Die Umstände der letzten Tage waren alles andere als ... gewöhnlich.« Er wandte sich ab und seufzte leise. »Genau genommen sollte ich mich entschuldigen. Als dein vorgesetzter Offizier hätte ich besonnener handeln und mich stärker zurückhalten müssen.«

Jasminder schenkte ihm einen Blick, den er nicht deuten konnte. »Oh.«

Worf hatte das Gefühl, dass ihm irgendeine Art Patzer unterlaufen war, und so fügte er rasch hinzu: »Und natürlich spreche ich nicht nur als dein Vorgesetzter, sondern auch als ein Freund.«

Auf Jasminders Gesicht erschien ein trauriges Lächeln. »Danke, Worf. Das bedeutet mir im Augenblick sehr viel. Es ist schön, zu wissen, dass mir zumindest das geblieben ist ...« Ihr Lächeln verblasste, als ihr Blick in die Ferne schweifte und sich ihre Augen einmal mehr mit Tränen zu füllen begannen.

Worf streckte die Hand aus und legte sie ihr auf die Schulter. »Jasminder, gib noch nicht jede Hoffnung auf, deine Familie zu finden«, sagte er zu ihr. »Es wird eine Weile dauern, bis es einen vollständigen Überblick aller Schiffe und aller Evakuierten gibt, denen es gelungen ist, vor der Ankunft der Borg zu entkommen.«

»Die Chance stets eins zu einer Million«, flüsterte sie bitter.

Natürlich kannte Worf die Wahrscheinlichkeiten ebenfalls, und sie lagen ungefähr in dieser Größenordnung. Deneva war eine Welt mit mehr als zwei Milliarden Bewohnern gewesen und hatte nur ein paar Stunden Vorwarnzeit gehabt, bevor die Borg-Armada in ihr System eingefallen war. Dennoch sagte er zu Choudhury: »So klein die Chance auch sein mag; du darfst nicht aufgeben, nach ihnen zu suchen.« Er sah ihr tief in die Augen. »Wenn du willst, helfe ich dir dabei.«

Choudhury legte ihre Hand auf die seine. »Danke, Worf«, sagte sie und versuchte erneut, zu lächeln. Doch ihre Augen blieben dunkel vor Trauer.

Den größten Teil ihres Lebens hatte Beverly Crusher das Gefühl eines richtigen Zuhauses nicht gekannt.

Schon als kleines Kind verlor sie beide Elternteile, und zu einer ihrer ersten Erinnerungen zählte, dass man ihr sagte, sie solle alle ihre Spielsachen und Kleider einpacken, denn sie würde ihr Haus verlassen und nie wieder dorthin zurückkehren. Sie war zu ihrer Großmutter nach Arvada III gebracht worden, und obwohl Beverly die ältere Dame inniglich liebte, war da immer das Gefühl gewesen, dass Arvada einen Ort darstellte, von dem man verschwinden sollte, wenn sich einem die Möglichkeit dazu bot. Im Verlauf ihrer Karriere blieb sie nie lange genug an einem Ort, um irgendeine Art von Bindung herzustellen. Die *Enterprise-D* hatte beinahe so etwas wie ein Gefühl von Heimat zu erwecken vermocht, doch andererseits war es ihr nicht schwergefallen, nach ihrem ersten Jahr an Bord zur Medizinischen Abteilung der Sternenflotte zu wechseln. Der letztendliche Absturz der *Enterprise* auf Veridian III hatte ihr schließlich sehr deutlich gemacht, dass Raumschiffe einen vergänglichen, unzureichenden Ersatz für Heim und Herd darstellten.

Aber in dem Augenblick, da sie das erste Mal einen Fuß in das Haus der Picards setzte, stieg in Beverly das warme Gefühl auf, endlich an dem Ort angekommen zu sein, an den sie gehörte. Marie, Jean-Lucs Schwägerin, breitete sofort die Arme aus und zog Crusher in eine herzliche, vertraute Umarmung. »Beverly! Ich kann dir gar nicht sagen, wie froh ich bin, dich nach all der Zeit endlich richtig begrüßen zu können!«

»Ich finde es auch wundervoll, dich endlich kennenzulernen, Marie«, gab sie zurück und erwiderte die Umarmung. Kurz nach ihrer und Jean-Lucs hastig arrangierter Vermählung im letzten Jahr war Marie die Erste gewesen, die ihr eine Gratulationsbotschaft zukommen ließ. Und genau wie sie zu Jean-Luc während seiner lange andauernden Abwesenheiten von La Barre Kontakt hielt, hatte Marie auch Beverly regelmäßig Nachrichten geschickt und ihr dadurch das Gefühl gegeben, Teil der Familie zu sein. Ihr nun persönlich zu begegnen, war wie das Wiedersehen mit einer lange verschollenen Schwester.

Schließlich ließ Marie Beverly los, und ihr Blick fiel auf den Bauch der Ärztin. »Wie verläuft die Schwangerschaft?«, wollte sie wissen, während sie behutsam eine Hand auf die deutlich erkennbare Wölbung legte.

»Sie verläuft gut«, verkündete Beverly strahlend. »Es geht ihm bestens.«

Maries Augen trübten sich ein wenig. »Ein süßer kleiner Junge«, flüsterte sie. Eine Ahnung der tiefen Trauer, die sie nach Renés Verlust immer noch verspürte, schwang in ihrer Stimme mit, und Crusher fühlte mit ihr. Jean-Lucs Neffe war nur ein paar Jahre jünger als Wesley gewesen, und obwohl sie wusste, dass Wesley am Leben war und es ihm gut ging, vermisste Beverly ihn furchtbar. Sie mochte sich gar nicht ausmalen, wie es sich anfühlen würde, ihn für immer zu verlieren.

Einen Moment später blinzelte Marie ihre Tränen fort und lächelte. »Ich kann dir nicht sagen, wie glücklich ich bin, dass Jean-Luc sich endlich entschieden hat, nicht länger allein zu bleiben, und dass ihr beide - unsere ganze Familie - mit diesem neuen Leben gesegnet worden seid.« Marie küsste sie auf beide Wangen, und Beverly, von den Gefühlen des Augenblicks überwältigt, erwiderte die Küsse auf die Wangen ihrer neuen Schwester.

Doch auch wenn sie nun ein vollwertiges Mitglied der Familie Picard war, fiel es Beverly nicht leichter, einfach nur dazusitzen und zuzuschauen, wie Marie mit Geschirr, Schüsseln sowie Tabletts voller Essen zwischen Küche und Speisezimmer hin- und hereilte.

»Nein, ihr beide bleibt sitzen!«, ermahnte diese sie und Jean-Luc. »Lasst mir die Freude, mal wieder für andere zu kochen.« Marie hatte sich einen Replikator in der Küche einbauen lassen, als das Haus neu errichtet worden war - eine Veränderung, die Jean-Luc sofort aufgefallen war -, und die Gewohnheit abgelegt, mit »echten« Nahrungsmitteln zu kochen. Angesichts der neuen Pflichten, die mit der Bestellung des Weinbergs auf sie zugekommen waren, sowie der Tatsache, dass sie nur noch für sich selbst sorgen musste, ergab es wenig Sinn, üppige Mahlzeiten zu kochen. Doch ungeachtet dessen hatte sie nichts von ihren Qualitäten als Köchin eingebüßt.

Nachdem Marie den Tisch umrundet hatte und erneut in der Küche verschwunden war, goss sich Picard ein wenig von der zuvor geöffneten Flasche Wein in sein Glas. Wortlos folgte er den Ritualen, die ihm als Sohn eines Weinbauern von klein auf gelehrt worden waren - Farbe, Konsistenz, Geruch, Geschmack und Abgang -, bevor er zufrieden nickte.

Während er erst sein Glas und danach Maries füllte, sagte Crusher: »Du hast nichts über die heutige Besprechung erzählt.«

Picard blickte zu ihr auf und zuckte mit den Schultern. »Es gibt nicht viel zu erzählen. Abgesehen davon, dass Admiral Jellico abgedankt hat, war es eigentlich wie immer.«

»Jean-Luc«, mahnte Beverly und neigte den Kopf, »denkst du, dass ich nach all den Jahren nicht weiß, wenn du irgendetwas zurückhältst?«

»Das kommt davon, wenn man die Dinge so lange vor sich herschiebt«, seufzte er. »Nun sind wir noch nicht einmal ein Jahr verheiratet und schon kennst du mich so gut, als wären wir ein altes Ehepaar.«

»Ja, ich weiß, es muss schrecklich sein, keine Geheimnisse mehr haben zu können«, zog Crusher ihn auf. Dann wurde ihr Tonfall ernster: »Was belastet dich?«

Picard seufzte erneut. »Seven of Nine war heute auch bei der Besprechung. Es scheint, dass sie auf andere Weise von der Auslöschung der Borg betroffen wurde als ich.«

»Nun, war das nicht zu erwarten?«, fragte Crusher. »Schließlich gibt es, nach allem, was ich bislang gehört habe, nur oberflächliche Gemeinsamkeiten zwischen euren Erfahrungen nach eurer Befreiung.«

»Ja, aber ... auf mich machte das, was die Caeliar taten, den Eindruck von etwas absolut Endgültigem.«

»Und auf Seven nicht? Dann glaubst du, die Borg sind noch immer ...«

»Nein!«, widersprach Picard in einem Tonfall, der klar machte, dass er darüber keine Diskussion duldete. »Die Borg *sind fort*!« Er hielt kurz inne, um sich zu fangen, bevor er fortfuhr: »Ich kann nicht sagen, was in Sevens Kopf vorgeht - und natürlich war sie aus verständlichen Gründen auch nicht bereit, ihre Seele vor der versammelten Admiralität auszubreiten.« Ein Ausdruck von Mitgefühl für die junge Frau huschte über Picards Gesicht. Dann kehrte sein Stirnrunzeln zurück, und er schüttelte den Kopf. »Die Sternenflotte kann es sich nicht leisten, sich weiterhin mit einer Bedrohung auseinanderzusetzen, die nicht länger existiert. Aber so wenig Seven auch gesagt hat, es genügte, um ungeheure Zweifel zu säen.«

Picard hatte kaum fertig gesprochen, als es an der Tür klopfte. »Wer kann das denn zur Essenszeit sein?«, fragte sich Marie, als sie aus der Küche auftauchte, eine Schüssel mit dampfenden *haricots verts* in den Händen.

»Ich gehe nachsehen«, sagte Picard, stellte sein Weinglas hin und ging hinüber zur Tür. Beverly lehnte sich auf ihrem Stuhl zurück, von wo aus sie einen guten Blick auf die Vorderseite des Hauses hatte.

»Captain Picard!«, rief der Besucher mit hoher, trällernder Stimme, als sich die Tür öffnete. Picard war einen Moment sprachlos. Obwohl der Sitz der Föderationsregierung in Frankreich war, sah man außerhalb des Stadtgebiets von Paris selten nichtmenschliche Wesen. Daher überraschte es ihn ein wenig, einen zwei Meter großen Insektoiden, der menschliche Zivilkleidung trug, auf der Veranda vor dem Haus stehen zu sehen. »Hallo, wie geht es Ihnen?«, fragte der Fremde, und sein kleiner Mund verzog sich in der Nachahmung eines Lächelns.

»Danke, gut«, erwiderte Picard in unsicherem Tonfall. Crusher konnte die Spezies des Besuchers nicht sofort zuordnen, aber sie hatte das Gefühl, dass sie seinesgleichen schon begegnet war. Auch ihr Mann schien den Besucher allem Anschein nach nicht wiederzuerkennen, denn nach einem kurzen Moment fragte er: »Bitte entschuldigen Sie, aber kenne ich ...«

»Oh, ich bitte um Verzeihung, Captain«, sagte der Insektoide. »Natürlich hätte ich nicht davon ausgehen dürfen, dass Sie mich nach all der langen Zeit noch wiedererkennen. Ich bin Barash.«

Der Name schien dem Captain nicht auf die Sprünge zu helfen, doch in Beverlys Erinnerung fiel er sofort auf fruchtbaren Boden. »Barash!«, rief sie und stand von ihrem Stuhl auf, um ihren Besucher zu begrüßen. »Natürlich, Barash!« Sie nahm die langfingrige Hand des fremden Wesens und drückte sie sanft, darauf bedacht, sein fragiles Exoskelett nicht zu verletzen. Dann wandte sie sich von den großen Facettenaugen ab und blickte Picard an. »Du erinnerst dich doch noch an den kleinen Jean-Luc Riker, oder?«, fragte sie ihn mit einem vielsagenden Grinsen.

»Ah«, sagte Picard, und in seinen Augen funkelte Erkennen auf. Vor vierzehn Jahren hatte die Besatzung der *Enterprise* ein junges Wesen aus seinem einsamen Exil auf Alpha Onias III errettet. Es war dort von seiner Mutter versteckt worden, nachdem beide vor einem feindlichen Angriff von ihrer Heimatwelt geflohen waren. Sie hatte ihm einen fortschrittlichen Hologenerator zurückgelassen, der imstande war, jede Art von Umgebung und Freunden zu erschaffen, die Barash sich wünschte. Damals fand Will Riker ihn - oder genauer gesagt fand Barash Riker -, nachdem der Commander sich auf den Planeten hinuntergebeamt hatte, um dort anormalen Energiesignaturen nachzugehen. Das einsame junge Geschöpf entwarf daraufhin ein kompliziertes holografisches Szenario, durch das es

Riker überzeugte, sie beide seien Vater und Sohn, indem es sich als menschlicher Junge präsentierte. Letztendlich durchschaute Riker die Täuschung, und als Barash ihm schließlich seine wahre Natur enthüllte, bot der Commander ihm an, ihn zu retten und zurück in die Zivilisation zu bringen.

Obwohl der Captain es nicht sonderlich komisch gefunden hatte, dass Riker ihren neuen Passagier weiterhin Jean-Luc nannte, war ihm Barash während seines kurzen Aufenthalts an Bord der *Enterprise* durchaus ans Herz gewachsen. Auch die übrigen Führungsoffiziere hatten ähnlich empfunden, ebenso Wesley, der einen Großteil der Reise zu Sternenbasis 718 damit verbracht hatte, Barash beizubringen, wie man Parrises Squares spielt. Auf der Sternenbasis hatten sie einander Lebewohl gewünscht, und Barash war der Obhut einer freundlichen andorianischen *zhen* übergeben worden, die für die Behörde für Heimatvertriebene arbeitete.

»Ich habe einen Monat auf der Sternenbasis verbracht«, erzählte Barash ihnen, als Picard, Crusher, Marie und er alle in der Wohnstube zusammengekommen waren. »Währenddessen versuchten Admiral Sternberg und ihre Leute, herauszufinden, was aus dem Rest meines Volkes geworden war.«

»Und konnten sie etwas herausfinden?«, fragte Crusher.

Barash schüttelte den Kopf, während er ein kleines Stück Käse in den Mund nahm. Maries Einladung zum Essen hatte er höflich abgelehnt, aber als sie darauf bestand, ihm zumindest ein paar kleine Vorspeisen und etwas Wein anzubieten, gab er nach. »Nein«, sagte er, nachdem er geschluckt hatte. »Sie untersuchten die Technologie, mit der mich meine Mutter auf Alpha Onias III ausstattete, aber das warf nur noch mehr Fragen auf, statt Antworten zu erbringen. Und ich war kaum mehr als eine Larve, als wir damals flohen, daher war ich keine große Hilfe. Wir glauben, dass mein Volk möglicherweise von einem Planeten irgendwo im romulanischen Raum stammt. Wenn die Entspannungspolitik mit den dortigen Fraktionen anhält, haben wir vielleicht eine Chance, es herauszufinden.«

Crusher nickte mit einem leichten Lächeln. Obwohl sie natürlich das Beste hoffte, waren die Beziehungen zwischen dem Romulanischen Imperium, dem neu gegründeten Imperialen Romulanischen Staat und der Föderation außerordentlich fragil, und sie würden es auch die nächsten Jahre über noch bleiben.

»Jedenfalls«, fuhr Barash fort, »endete ich schließlich in einem Jugenderziehungsheim auf der Erde, in Ho-Chi-Minh-Stadt. Dort lebte ich zusammen mit Hunderten anderer Waisen und verlorener Kinder.«

»Sie sind also in einem Waisenhaus aufgewachsen?«, fragte Marie und schnalzte mit der Zunge. »Sie armer Kerl.«

»Es war nicht so schlimm«, versicherte Barash ihr. »Sicher hatte ich es nicht immer leicht, vor allem da ich der der Einzige meiner Art war. Aber trotzdem hielt ich mich deutlich lieber als Teil einer größeren Gemeinschaft unter anderen Leuten auf, als allein zu sein.« Er nahm einen Schluck Wein und fuhr dann fort: »Als ich älter wurde, fing ich an, jüngere Kinder zu betreuen, und als ich das Erwachsenenalter erreichte, wurde mir dort eine offizielle Stelle angeboten. Das war direkt nach der Einrichtung der Entmilitarisierten Zone zwischen der Cardassianischen Union und der Föderation. Zu diesem Zeitpunkt hatten wir viele Neuzugänge.«

»Das kann ich mir vorstellen«, sagte Picard nüchtern. Durch den Vertrag mit der Föderation war den Cardassianern eine ganze Reihe Planeten in dieser Grenzregion überlassen worden, was die Räumung mehrerer Föderationskolonien notwendig gemacht hatte - gelegentlich unter Anwendung von Gewalt. »Und danach folgte der Dominion-Krieg.«

»Und dazwischen der Krieg mit den Klingonen«, fügte Barash hinzu und senkte den Kopf. »Es waren anstrengende Jahre für die Behörde, aber ich fürchte, dass all diese Ereignisse vor der Situation, der wir im Moment gegenüberstehen, verblassen.«

Die drei Menschen nickten ernst. Die Borg hatten mehr Welten verheert, als alle Konflikte der Föderation zuvor zusammengenommen, und sie waren dabei auch noch viel gründlicher vorgegangen. Der Krieg hatte mehrere hundert Millionen Flüchtlinge hervorgebracht, von denen keiner in absehbarer Zeit in seine Heimat zurückkehren konnte - falls überhaupt jemals.

»Das führt mich zu dem Grund meines Besuchs«, sagte Barash. »Ich brauche Ihre Hilfe, Doktor.«

Beverly war sichtlich überrascht, als er sie statt Jean-Luc ansprach. »Was kann ich tun?«

»Ich habe einige besorgniserregende Meldungen von Pacifica erhalten. Der Planet war einer der primären Anlaufhäfen für viele der Flüchtlingsschiffe, die vor der Borg-Invasion flohen, denn er gehört zu den Föderationswelten, die am weitesten von der Erde entfernt liegen. Nun erhalten wir Berichte, denen zufolge der Planet mit der schier überwältigenden Menge an Neuankömmlingen nicht fertigwird.«

»Das kommt angesichts der doch sehr begrenzten Landmasse dort nicht sonderlich überraschend«, sagte Crusher. Pacifica war eine Wasserwelt, die vorrangig von einer im Wasser lebenden Spezies, den Selkies, bewohnt wurde. Alles in allem besaß Pacifica vielleicht ein Drittel der Landmasse der Erde, hauptsächlich verteilt auf mehrere Hundert Inseln, von denen die größte in etwa der Fläche Grönlands entsprach. Und obwohl die Selkies schon seit Langem Außenweltler willkommen hießen, die den Planeten besuchten, um sich an seinen weiten Ozeanen und weißen Stränden zu erfreuen, war der Zugang zu vielen der größeren Landmassen eingeschränkt, denn sie stellten den Lebensraum der jüngeren Selkies dar, die sich noch in der amphibischen Phase ihres Lebenszyklus befanden.

»Nein, in der Tat«, stimmte Barash zu. »Wir müssen ein Team nach Pacifica schicken, das sich ein Bild von den gegenwärtigen Zuständen macht und kurzfristig dort Hilfe anbietet, wo sie benötigt wird. Unglücklicherweise stößt die Behörde in der augenblicklichen Situation an die Grenzen ihrer Möglichkeiten. Wir haben ein Runabout zu unserer Verfügung, aber wir brauchen die Hilfe der Sternenflotte, und ...«

»... der Sternenflotte fehlt es im Moment ebenfalls in gefährlichem Maße an Personal«, beendete Picard den Satz für ihn.

»Ja.« Barash senkte den Kopf und sagte einen Augenblick lang gar nichts. Für einen Moment herrschte Totenstille am Tisch, dann hob Barash erneut den Blick. »Daher wusste ich, dass es ein sinnloses Unterfangen sein würde, die *Enterprise* zu bitten, diese Mission zu übernehmen.« Er wandte sich einmal mehr an Crusher. »Aber Doktor Crusher, Sie könnten in Ihrer Funktion als Ärztin und Führungsoffizier ein kleines Team aus Gutachtern anführen, das ich für diese Aufgabe zusammengestellt habe.«

»Oh?«, erwiderte Beverly, überrascht und zugegebenermaßen stolz, für solch ein Unterfangen in Betracht gezogen zu werden.

»Laut Plan wird die *Enterprise* in den nächsten sechsunddreißig Stunden wieder auslaufen«, sagte Picard, auf dessen Gesicht ein Ausdruck leichten Unbehagens erschienen war.

»Aber Ihre Mannschaft sollte eine Weile ohne sie zurechtkommen, oder nicht?«, fragte Barash. Er blickte vom Captain zum Doktor. »Ich weiß, dass dies eine furchtbare Zumutung ist, aber jeder Tag, der vergeht, ohne dass wir ein Team nach Pacifica geschickt haben, ist ein Tag, an dem dort die Hilfe fehlt, die benötigt wird.«

Als sie das hörte, zögerte Crusher nicht länger, sondern sagte: »Unter diesen Umständen bin ich natürlich bereit dazu.«

»Halt, einen Augenblick mal«, ging Picard dazwischen. »Beverly, du kannst doch nicht ...«

Crushers Kopf schnellte in Picards Richtung, und sie blickte ihn, eine Augenbraue gehoben, scharf an. Picard hielt inne, dachte über seine Worte nach und wandte sich dann an Barash. »Können wir Ihnen unsere Antwort später mitteilen?«

»Natürlich«, sagte dieser, stellte sein Glas ab und hievte seine riesige Gestalt von seinem Sitz. »Ich muss noch einen Umweltwissenschaftler für das Team finden. Bitte nehmen Sie über die BHV in Paris Kontakt mit mir auf, sobald Sie sich entschieden haben.«

Marie brachte Barash zur Tür und verschwand danach irgendwie in einem anderen Teil des Hauses, wodurch die jung Verheirateten alleine zurückblieben. »Beverly ...«

»Jean-Luc, du hast gehört, was ich gesagt habe«, erstickte Crusher jeden Protest bereits im Ansatz. »Dort spielt sich eine humanitäre Krise ab, und sie eskaliert, während wir uns hier unterhalten.«

Picard schüttelte den Kopf, unwillig, dieses Totschlagargument einfach so gelten zu lassen. »Es muss doch auch jemand anders geben, den Barash finden kann. Jemanden ...«

»Einen anderen Arzt mit Führungserfahrung? Der sich im Augenblick auf der Erde befindet und verfügbar ist?«

»Die *Enterprise* braucht dich ...«

»Die *Enterprise* braucht mich nicht«, widersprach Crusher sofort. »Die *Enterprise* wird einige Tage sehr gut mit Doktor Tropp als Leiter der Krankenstation auskommen. Die Leute auf Pacifica brauchen mich - und die anderen, die Barash schicken möchte.«

Picard öffnete den Mund, aber es gab nichts Vernünftiges, das er gegen ihre Beurteilung der Lage hätte vorbringen können. Und so fasste er zu seinem offensichtlichen Verdruss seine eigentliche Sorge in Worte: »Beverly, du bist schwanger.«

Crusher lächelte ihn nur zuckersüß an und sagte nichts. Sie überließ es ihm, sich darüber klar zu werden, wie dumm das, was er gesagt hatte, war. »Was ich damit sagen wollte, ist, dass du in deinem Zustand ...«

»Schwangerschaft ist keine lähmende Krankheit, Jean-Luc«, erklärte Crusher ihm. »Und darf ich dich daran erinnern, dass Miranda Kadohata im achten Monat war, als du ihrer Beförderung zum zweiten Offizier offiziell zugestimmt hast?«

»Tja, das habe ich wohl«, antwortete Picard und lächelte reumütig. »Aber kannst du dir vorstellen, dass mir dieser Umstand niemals aufgefallen ist, bis sie plötzlich anfing, von Mutterschaftsurlaub zu sprechen?«

Beverly hätte beinahe laut aufgelacht. »Um ehrlich zu sein, ja, das kann ich.« Der Captain hatte die Brücke selten mit dem stellvertretenden Ops-Offizier geteilt und wenn, hatte sie hinter einer großen Konsole gesessen und ihm auf dem Kommandosessel den Rücken zugekehrt. »Ich kann es mir vorstellen, weil ich weiß, dass du weißt, dass es keine Rolle spielen sollte.«

»Nein, das sollte es nicht«, sagte Picard nur, aber sie merkte schon, dass es für ihn innerlich doch eine Rolle spielte, ganz gleich, ob es das nun sollte oder nicht.

Natürlich verstand Beverly, dass sich hinter seinem unlogischen Widerstreben nur seine aufrichtige Liebe und seine Sorge um sie und ihren Sohn verbarg. »Würdest du dich besser fühlen, wenn ich auf der Mission jemanden wie Miranda an meiner Seite hätte? Barash sagte, er bräuchte noch einen Wissenschaftsoffizier.« Seitdem sie in den Führungsstab aufgestiegen war, hatte Kadohata sich zu einem der Offiziere entwickelt, denen der Captain vorbehaltloses Vertrauen und höchsten Respekt entgegenbrachte. Selbst nach dem Zwischenfall im letzten Sommer, als Miranda Jean-Luc auf Befehl von Admiral Nechayev zeitweilig das Kommando über das Schiff entzogen hatte, war es ihr gelungen, seine Achtung zurückzugewinnen. Und nachdem sie selbst gerade erst ihre zweite Schwangerschaft durchlebt hatte, würde sie besser als die meisten anderen Offiziere auf Beverlys Zustand eingehen können, ohne übermäßig beschützerisch zu werden.

Picard dachte über den Vorschlag nach und nickte dann. »Ja, ich nehme an, das würde ich. Sofern du sie davon überzeugen kannst, dich zu begleiten.«

Beverly schenkte ihrem Mann ein Lächeln. »Ich werde sie sofort kontaktieren.« Kadohata befand sich immer noch auf Landurlaub bei ihrer Familie auf Cestus III, aber es würde für das Runabout der BHV nur ein kleiner Umweg sein, sie auf dem Weg nach Pacifica dort abzuholen. Und Miranda würde zwölf weitere Stunden mit ihrem Mann und ihren Kindern verbringen können, wenn ihr die Notwendigkeit erspart bliebe, zur *Enterprise* im Orbit der Erde zurückzukehren. »Und anschließend melde ich mich bei Barash.«

Picard nickte erneut, und seine Mundwinkel zuckten leicht nach oben. »Mach es so.«

Beverly küsste ihn auf die Wange. Danach begab sie sich zu dem kleinen Gästeschlafzimmer, das sie während ihres Aufenthalts hier zusammen mit Jean-Luc bewohnte. Als sie ihre Anfrage auf eine Subraumverbindung nach Cestus eingab, tauchte Marie in der Türöffnung auf und trocknete sich die Hände mit einem Küchentuch ab. »Das hast du ziemlich elegant gelöst«, sagte sie mit einem Funkeln in den Augen.

»Danke«, sagte Beverly und erwiderte den Blick. »Jack war fast die ganze Zeit, während ich mit Wesley schwanger war, mit der *Stargazer* unterwegs. Ich musste also noch nie direkt mit dem typischen übervorsichtigen werdenden Vater fertigwerden.«

Marie und sie lachten leise. Dann verschwand die Heiterkeit aus Maries Augen, und sie wandte den Blick ab. »Aber nimm seine Sorgen nicht vollkommen auf die leichte Schulter, Beverly.« Allem Anschein nach wurde ihre Aufmerksamkeit von dem Türrahmen gefesselt. Sie ließ ihre Hand über den leicht matten, neun Jahre alten Lack gleiten, der die makellosen, hölzernen Streben bedeckte. »Ganz gleich, wie sicher unsere Geliebten zu sein scheinen, man kann es niemals wissen ...«

Beverly nickte. »Ich verspreche, vorsichtig zu sein, *ma sœur*.«

»Das will ich dir aber auch geraten haben«, erwiderte Marie, während erneut ein Grinsen auf ihrem Gesicht aufblitzte und sie in einer spielerischen Warnung mit dem Finger herumwedelte. »Und tratsch nicht so lange«, fügte sie hinzu, als sie sich zurück in Richtung Küche aufmachte. »Das Abendessen wird bereits kalt ...«

KAPITEL 3

Lieutenant T'Ryssa Chen stand vor dem mannshohen Spiegel in ihrem Quartier und drehte sich erst zur einen, dann zur anderen Seite. Sie packte den Stoff ihrer weißen Galauniformjacke unter den Achseln und zog. Einen kurzen Moment lang verspürte sie Erleichterung, dann schnappte der Stoff zurück und zwickte fest in einen äußerst empfindlichen Teil ihrer Brust. »Autsch!«, schrie sie auf höchst unvulkanische Art und Weise, während sie bei dem Versuch, ihre weiche Haut zu befreien, mit der verfluchten Uniform rang.

Nach mehreren Minuten des Ziehens, Zerrens und sich Windens hatte sie schließlich zu einer Lösung gefunden, die beinahe bequem war, ihre Uniform aber faltiger als eine Rosine aussehen ließ. Nach einem weiteren Zug an den zwei in Hüfthöhe hängenden, goldbesetzten Spitzen betrachtete sie ihr Spiegelbild noch einmal, ließ ihr Haar zurück über ihre fein geschwungenen, spitz zulaufenden Ohren fallen und kam zu dem Schluss, dass sie einen annehmbaren Mittelweg zwischen Aussehen und Tragekomfort erreicht hatte. *Natürlich war das Aussehen von vorneherein im Vorteil*, dachte sie und zwinkerte ihrem Spiegelbild zu.

Ihr Türsignal erklang. Nachdem sie sich einer letzten visuellen Überprüfung unterzogen hatte, durchquerte sie die Kabine zum Eingang. Sie berührte das Sensorfeld, und die Tür glitt auf. Dahinter stand Lieutenant Dina Elfiki, die im Korridor auf sie wartete. »Bereit, Trys?«, fragte sie.

Chen riss die Augen auf. Nicht weil Elfiki mit ihren großen braunen Augen und den dunklen ägyptischen Gesichtszügen ihrer Selbstzufriedenheit in Bezug auf ihr eigenes gutes Aussehen einen gehörigen Dämpfer verpasste, sondern weil die Frau, die dort stand und darauf wartete, sie zum Shuttlehangar zu begleiten, um den Captain zurück an Bord willkommen zu heißen, ihre gewöhnliche schwarz-grau-blaue Dienstuniform trug. »Was zum Teufel?«, entfuhr es Chen »Dina, du hast gesagt, es wäre Galauniform angesagt.«

»Habe ich?«, fragte Elfiki, und ihre Augen wurden in gespielter Überraschung noch größer. »Ups. Nun ja, wir haben keine Zeit mehr zum Umziehen«, fügte sie hinzu und packte Chens Ellbogen, als diese versuchte, in ihre Kabine zurückzuweichen. »Das Shuttle des Captains ist bereits auf dem Weg.«

»Dafür wirst du so was von bezahlen, Elfiki«, knurrte Chen, als sie halb in den Korridor stolperte und sich wütend zum Turbolift ziehen ließ.

»Oh bitte«, erwiderte die Wissenschaftlerin. »Nach dem Scherz mit den alternierenden Gravitationsplatten in der Stellarkartografie? Oder der Umprogrammierung des Replikators in meinem Quartier auf den Speiseplan für Commander Worfs Katze?«

»Du hast noch immer keinen Beweis dafür, dass ich das war«, verteidigte sich Chen, aber sie konnte nicht verhindern, dass sich ein »Schuldig im Sinne der Anklage«-Grinsen auf ihrem Gesicht breitmachte.

»Wenn ich dir wirklich irgendetwas hätte heimzahlen wollen«, fuhr Elfiki fort, »hätte ich ... hm, ich weiß nicht ... mich vielleicht ins Kleidungsreplikationssystem eingeklinkt und deine abgespeicherten Körpermaße geändert.«

Chen brauchte einen Augenblick, um Elfikis vollkommen ausdruckslose Miene zu durchschauen und zu begreifen, was sie ihr da sagte. »Soll das heißen, *du* ...?«, setzte sie an, doch sie brach ab, als die andere Frau ihr mit einem winzigen Lächeln antwortete. »Ich glaube langsam, ich mochte dich lieber, als ich dich noch nicht mochte«, brummte sie und zog an ihrem Kragen.

Elfiki brach in ein lautes Kichern aus, und Chen gelang es, ihre

Verärgerung so weit beiseitezuschieben, um in das Gelächter mit einzustimmen.

Vor dieser letzten Woche hatte sich keine von beiden große Mühe gegeben, die andere besser kennenzulernen. Chen war eigentlich eher daran interessiert gewesen, sich um die männlichen Mitglieder der Besatzung zu bemühen (auch wenn sie mittlerweile schon deutlich länger als ursprünglich erwartet eine exklusive Beziehung mit dem Sicherheitsoffizier Rennan Konya führte), während Elfiki damit zufrieden zu sein schien, ihre Freizeit allein in ihrem Quartier zu verbringen. Doch sie waren die einzigen beiden Mitglieder der Senior-Brückenbesatzung gewesen, die sich freiwillig gemeldet hatten, während ihres Aufenthalts in der McKinley-Station an Bord der *Enterprise* zu bleiben. Und da Rennan seinen Landurlaub zu Hause auf Betazed verbrachte, hatte Elfiki plötzlich als neues Opfer für die gelangweilte Kontaktspezialistin herhalten müssen. Dabei stellte sich heraus, dass sie beide einiges gemeinsam hatten, angefangen bei schwierigen Familienverhältnissen (die Elfiki nicht im Detail besprechen wollte), über Probleme mit Männern (über die sie voller Begeisterung zur Sprache brachte), bis - zu Chens großer Überraschung - hin zu einem gewitzten, schelmischen Sinn für Humor.

Chen wollte gerade dazu ansetzen, Elfiki zu beschreiben, auf welche Weise sie sich für diesen jüngsten Scherz an ihr rächen würde, wobei sie insbesondere den Umfang sowie die Komplexität ihrer Vorbereitungen und das besondere Augenmerk aufs Detail hervorzuheben gedachte, die es Elfiki unmöglich machen würden, die Falle zu erkennen, bevor sie zuschnappte. Doch bevor sie dazu Gelegenheit hatte, erreichte sie der Turbolift, in dem sich bereits Lieutenant Taurik, der vulkanische stellvertretende Chefingenieur des Schiffes, befand. Er nickte Elfiki zu, als sie die Kabine betrat und hob dann in der für Vulkanier typisch herablassenden Art eine Augenbraue, als er Chen und die Wahl ihrer Garderobe sah. »Was? Kann ein Mädchen nicht mal versuchen, für ihren Captain gut auszusehen?«, fuhr sie ihn an.

Betont ungerührt hob Taurik den Blick und richtete ihn auf einen Punkt oberhalb der Lifttüren. »Ich habe mich weder positiv noch negativ über Ihr Erscheinungsbild geäußert, Lieutenant. Computer, Fahrt zum Shuttlehangar fortsetzen.«

Der Lift bestätigte den Befehl mit einem Piepton und begann, aufzusteigen. »Ganz ehrlich, Dina«, verkündete Chen mit spielerischem Ernst, wobei sie ihren Begleiter geflissentlich ignorierte. »Erwarte es ... wenn du es am wenigsten erwartest!«

»Ich hoffe nur, dass diese jüngste Plage an Streichen, die über das Schiff hereingebrochen ist, nun, da sich der Rest der Besatzung und des Führungsstabs wieder an Bord befindet, ein Ende hat«, warf Taurik ein, ohne den Blick von der Vorderseite des Lifts abzuwenden.

Chen lächelte hinter seinem Rücken. Sie hatte schon früh erkannt, dass sie reinrassige Vulkanier mit ihrem allzu menschlichen Verhalten nervös machte. Ungeachtet ihres ewigen Geschwätzes über unendliche Mannigfaltigkeit in unendlicher Kombination, schienen sie irgendwie niemals ihren Frieden mit dem Lebensideal, dem die *V'tosh ka'tur* - Vulkanier ohne Logik - folgten, gemacht zu haben. Daher hatten sie auch ihre Schwierigkeiten mit jemandem, der diesen zu ähnlich war.

Umso mehr Spaß machte es ihr, bei jeder sich bietenden Gelegenheit in der Gegenwart anderer Vulkanier ihre unvulkanische Art zur Schau zu stellen. »Ach, entspannen Sie sich, Taurik«, sagte sie. »Ich wollte die Gravitongeneratoren auf Deck acht wieder rekalibrieren. Ehrlich.«

»Dennoch«, sagte der Lieutenant, drehte sich um und blickte sie beide an. »sind Sie Offiziere an Bord der *U.S.S. Enterprise*, eines der renommiertesten Schiffe in der Sternenflotte. Es ist daher keineswegs unangebracht, von Ihnen zu erwarten, dass Sie als solche ein gewisses Maß an Anstand an den Tag legen.« Er klang so sehr wie Commander Semkal, der hochnäsige vulkanische Erste Offizier auf Chens letztem Schiff, der *Rhea*, dass sie sich ein weiteres Glucksen verkneifen musste.

»Aye, Sir«, sagte Elfiki leise, als wäre sie von einem vorgesetzten Offizier statt von einem Gleichrangigen gerügt worden.

Chen hingegen ließ sich nicht so leicht einschüchtern. »Ach, kommen Sie, wir haben nur ein wenig Dampf abgelassen. Wir alle haben ein paar harte Wochen durchlebt, wie Sie sicher wissen. Nun ja, vielleicht wissen Sie es auch nicht«, verbesserte sie sich, »aber diejenigen unter uns, die imstande sind, Gefühle wie Angst, Sorge, Mitgefühl ...«

Chen hielt inne, als Tauriks leicht irritierter Blick sich plötzlich verhärtete. Wortlos funkelte er sie einige Sekunden lang an, bevor er sagte: »Computer, Turbolift anhalten.« Seine Stimme gab nichts preis, hatte noch immer ihren typisch unterkühlten Tonfall.

Das Geräusch des magnetischen Antriebs des Turbolifts verstummte, und Taurik holte tief Luft, bevor er Chen wissen ließ: »Es scheint mir, als wären Sie sich nicht der Tatsache bewusst, dass ich eine Gefährtin und eine Tochter in ShiKahr hatte.«

Chen erstarrte. ShiKahr war die größte Stadt auf dem Planeten Vulkan, die Heimat von über fünf Millionen Lebewesen, darunter Zehntausende Außenweltler. Als solche war sie das primäre Ziel der Borg gewesen, als deren Vernichtungsfeldzug den Planeten erreicht hatte. Der angreifende Kubus war letztlich durch die Sternenflottenschiffe, die das 40-Eridani-System verteidigten, vernichtet worden, aber zuvor hatte er die uralte Metropole in ein weiteres Stück unwirtlicher Einöde verwandelt, die dafür sorgte, dass sich die Grenzen des Glühofens noch weiter verschoben.

»Hatten?«, fragte Elfiki mit einem trockenen Flüstern.

»Ja, Lieutenant«, sagte Taurik. »Meine Verwendung der Vergangenheitsform war beabsichtigt und korrekt.« Er klang zwar ungerührt, aber in seinen dunklen Augen, die auf sie geheftet blieben, glaubte Chen den Kampf zu sehen, den die vulkanischen Gefühle des Mannes mit seiner Fähigkeit, sie zu kontrollieren, ausfochten. Dann blickte er dankenswerterweise zur Seite. »Computer, Fahrt fortsetzen.« Der Turbolift fing erneut an zu steigen und hielt nur Sekunden später unweit des Hauptshuttlehangars. Taurik marschierte schnurstracks nach draußen, während Chen noch für einige Sekunden wie gelähmt stehen blieb.

T'Ryssa Chen wusste, dass vulkanische Emotionen explosiver waren als menschliche Gefühle. Zumindest hatte sie das immer wieder gehört, und es war ihre Lieblingsentschuldigung gewesen, wann immer ihre eigenen Gefühle mit ihr durchgegangen waren - »Tut mir leid, das war meine vulkanische Hälfte«. Aber in Wirklichkeit hatte sie keine Vorstellung davon, wie genau man eigentlich emotionale Intensität maß und ob sie auf einer theoretischen Skala eher in Richtung eines Menschen oder eines Vulkaniers tendierte. Doch eines wusste sie jetzt zumindest: Sie wollte niemals die ungezügelten Emotionen eines reinrassigen Vulkaniers in ihrem ganzen Ausmaß miterleben.

»Trys?« Elfiki klopfte ihr leicht auf die Schulter. »Hey, Trys, alles in Ordnung?«

Chen zuckte zusammen, als hätte man sie beim Tagträumen erwischt. »Ja. Es geht mir gut«, sagte sie und schenkte ihrer Freundin ein übertrieben sorgloses Schulterzucken. »Wir sollten uns beeilen. Ich möchte es mir nicht schon mit Worf verscherzen, bevor wir überhaupt das Dock verlassen haben.« Sie wandte ihr Gesicht ab und stürzte so schnell aus dem Turbolift, dass Elfiki nur noch ihren Hinterkopf sah.

Zu Beginn seiner Laufbahn bei der Sternenflotte war Ensign Geordi La Forge von der *U.S.S. Victory* abgestellt worden, um das Shuttle für einen Senior-Offizier zu steuern, der eine Inspektion seines Schiffes vornehmen würde. Dieser Offizier - ein Captain Jean-Luc Picard - hatte eine leichte Abweichung im Antrieb des Shuttles festgestellt, und Geordi hatte den Rest der nachfolgenden Schicht damit verbracht, Diagnoseroutinen durchlaufen zu lassen und nach fehlerhaften Komponenten zu suchen, damit die Leistung des Shuttles den Spezifikationen entsprach.

Nahezu zwanzig Jahre später befand sich La Forge erneut an den Kontrollen eines Shuttles, mit dem Captain Picard eine genaue Überprüfung der im Trockendock liegenden *Enterprise-E* vornahm, um die vorgenommenen Reparaturen zu begutachten und zu schauen, was alles noch erledigt werden musste. »Sie sieht besser aus als zuvor«, sagte Picard in einem deutlich diplomatischeren Tonfall als dem, den er während der lange zurückliegenden Inspektion angeschlagen hatte.

La Forge konnte der Einschätzung des Captains nicht widersprechen, aber das lag auch nur daran, dass das Schiff unglaublich schwere Schäden aufgewiesen hatte, als es zur Erde zurückgekehrt war. Die *Enterprise* hatte mehr als ein Dutzend Hüllenbrüche erlitten, von einem drei Meter langen Riss unweit des Maschinenraums (der ihn binnen eines Lidschlags fünf seiner Ingenieure gekostet hatte) bis hin zu einem übel aufklaffenden Loch an der Oberseite der Untertassensektion. Dort war das Schiff während der Untersuchung des fernen Endes eines kurz vor der Borg-Invasion entdeckten transgalaktischen Subraumtunnels mit einem Angriffsschiff der Hirogen kollidiert. Die hässliche schwarze Narbe war mittlerweile verschwunden, ebenso wie all die anderen. Die Risse waren durch molekulare Refusion der Duranium-Komposithülle des Schiffes versiegelt worden. Dennoch gab es nach wie vor eine leichte Farbabweichung, die in La Forges kybernetischen Augen hervorstach.

Der Chefingenieur beabsichtigte allerdings nicht, dem McKinley-Team vorzuhalten, dass es sich nicht um solch unbedeutende, kosmetische Mängel gekümmert hatte. Angesichts der prekären Personallage nach dem feindlichen Einfall in den Azur-Nebel, schätzte La Forge sich glücklich, dass all die wichtigsten Arbeiten abgeschlossen worden waren, ebenso wie alle notwendigen Außenreparaturen. Unglücklicherweise bedeutete das für ihn und sein Team eine Menge Kriecherei durch Jefferies-Röhren, um die weniger kritischen Probleme zu beheben und Diagnoseroutinen durchlaufen zu lassen, sobald das Schiff das Trockendock verlassen hatte und sie auf dem Weg zu ihrer nächsten Mission waren.

La Forge warf einen Blick auf die Liste jener noch ausstehenden Reparaturen auf seinem Padd, während er das Shuttle in einem weiteren Bogen um die *Enterprise* herumführte. Als sie das Ende der Steuerbordgondel erreichten und eine Kurve flogen, um auf Parallelkurs mit der backbordseitigen zu gehen, räusperte sich Picard und sagte: »Geordi ... Ich habe mich nie persönlich bei Ihnen für mein ... Fehlurteil auf dem Höhepunkt des Konflikts entschuldigt.«

Der Ingenieur hob seine Augen von dem Padd, blickte Picard an und schaute dann zur Seite. »Es ist schon in Ordnung, Sir«, sagte er beinahe flüsternd. »Sie waren nicht Sie selbst.« Angesichts der Vergangenheit, die der Captain mit den Borg teilte, war es nicht allzu verwunderlich gewesen, dass ihn der kürzliche Krieg so nachhaltig beeinflusst hatte.

»Nein, Geordi, es ist nicht ‚in Ordnung'«, beharrte Picard in seinem gewohnt autoritärem Ton. »Ich gab einen Befehl, der auf eine illegale Handlung hinauslief. Ich habe Sie in eine unhaltbare Lage gebracht, und ich bin Ihnen dafür zu Dank verpflichtet, dass Sie sich mir entgegengestellt haben und sich weigerten, Shinzons Thalaron-Waffe nachzubauen.«

La Forge zögerte, bevor er zu einer Antwort ansetzte. Vor kaum über einem Jahr hatte Shinzon, der von den Romulanern erschaffene und von Remanern aufgezogene Klon des Captains, ein Gerät, das Thalaron-Strahlung generierte, dazu verwendet, den gesamten romulanischen Senat umzubringen, indem er jedes organische Molekül in ihren Körpern zerstörte und diese buchstäblich zu Staub zerfallen ließ. Data gab sein Leben, um ihn aufzuhalten und Shinzons Waffe, sein Schiff und den Wahnsinnigen selbst auszuschalten. Vor etwas über einer Woche dann, als die Föderation in den letzten Todeszuckungen zu liegen schien, hatte Picard den Befehl gegeben, das grauenvolle Gerät nachzubauen, um es gegen die Borg zum Einsatz zu bringen. Diesen Befehl hatte Geordi rundheraus verweigert.

»Es war vielleicht die schwerste Entscheidung, die ich in meiner Laufbahn jemals treffen musste«, sagte La Forge schließlich. Insgeheim fragte er sich, was wohl geschehen wäre, wenn die Caeliar die Borg-Bedrohung nicht zu stoppen vermocht hätten und wenn nur durch seine Weigerung die Erde ebenfalls zerstört worden wäre. »Ich habe viele Jahre unter Ihnen gedient, Sir. Und von meinem Vater abgesehen, respektiere ich Sie mehr als jede andere Person.«

»Das weiß ich zu schätzen«, sagte Picard mit einem Lächeln.

»Aber ich muss gestehen, Sir ...« La Forge zögerte.

»Fahren Sie fort«, forderte der Captain ihn auf.

La Forge blickte dem anderen Mann direkt in die Augen und sagte: »Offen gestanden, Sir ... in jenem Augenblick wurde es sehr schwer für mich, Sie weiterhin zu respektieren.«

Picards Lächeln verschwand. »Nun ja, ich nehme an, dass mein Verhalten das in der Tat sehr schwer gemacht haben muss«, gab er zu und nickte. La Forge beobachtete, wie ein Ausdruck von Unzufriedenheit über das Gesicht des älteren Mannes huschte. »Ich empfinde ebenfalls höchsten Respekt für Sie, Mister La Forge, und ich habe immer gewusst, dass Sie außerordentlich gut darin sind, andere einzuschätzen.« Er hielt kurz inne, und sagte dann: »Ich hoffe sehr, dass ich Ihre Achtung mir gegenüber in Zukunft nicht noch einmal vor eine solche Herausforderung stelle. Doch sollte ich dies tun, hoffe ich, dass Sie erneut die Stärke und Überzeugungskraft aufbringen, um mich zur Rede zu stellen und umzustimmen.«

La Forge warf dem Captain ein kleines, mitfühlendes Lächeln zu. »Ich werde mein Bestes geben, Captain«, versprach er, bevor er sich wieder den Kontrollen zuwandte und das Shuttle auf den riesigen Shuttlehangar des Raumschiffes zusteuerte.

»Kommandant der *Enterprise* an Bord!«

Die versammelten Offiziere schnellten in Habachtstellung, und eine Bootsmannpfeife erklang, als Picard durch die offene Ausstiegsluke des Shuttles trat und dabei wie ein Schuljunge grinste. Der

Shuttlehangar war keineswegs besonders bemerkenswert - ein großer, weitgehend leerer Raum, an dessen Wand sich auf halber Höhe ein schmaler Laufgang entlangzog und der von einer Reihe Warnschilder geziert wurde. Doch als er das Shuttle verließ und sein Stiefel das Deck berührte, fühlte er sich, als sei er plötzlich wieder ein Teil davon. Er hatte die Woche in La Barre zwar sehr genossen, doch auch stets den Wunsch verspürt, endlich zurückzukehren, und diese Vorfreude hatte dafür gesorgt, dass ihm dieser Augenblick noch süßer erschien. Das hier war sein Schiff - sein Platz im Universum.

Picard richtete seine Aufmerksamkeit vom Shuttlehangar auf die Leute, die darin versammelt waren. *Meine Besatzung*, dachte er voller Stolz. Er ging ein paar Schritte auf die Reihen zu und wandte sich dann an die Versammlung: »Diese Art von Zeremonie, die Sie mir hier und heute zuteilwerden lassen, dient für gewöhnlich dazu, einen neuen Captain an Bord willkommen zu heißen, wenn er oder sie zum ersten Mal das Kommando über ein Schiff übernimmt. Einige von Ihnen waren bei solch einer Zeremonie an genau diesem Ort vor neun Jahren zugegen.« Picard ließ seinen Blick über die Reihen schweifen und stellte mit leichter Überraschung fest, wie wenige es tatsächlich waren. »Und einige von Ihnen, so scheint mir, sind völlig neu auf diesem Schiff«, fügte er hinzu, als er einen jungen Payav-Ensign und eine große, rothaarige Menschenfrau im Blau der Wissenschaftsabteilung entdeckte, von denen er sich sicher war, sie noch nie gesehen zu haben.

»Doch auch wenn mein Kommando über dieses Schiff nicht neu ist, liegt dort draußen ein neues Universum, dem wir uns stellen müssen. Unbeugsam sahen wir uns in den letzten Wochen der größten Bedrohung der Föderation überhaupt gegenüber, und wir haben überlebt. Unser langer galaktischer Albtraum ist vorbei. Wir stehen am Beginn einer neuen Ära. Und ich freue mich darauf, sie mit Ihnen allen zu erforschen.«

Ein kurzer Applaus quittierte die Ansprache des Captains. Worf trat aus der Reihe nach vorne und streckte seine Hand aus. »Willkommen zurück, Sir.«

»Danke, Nummer Eins«, sagte Picard und ergriff die ihm angebotene Hand. »Es tut gut, wieder hier zu sein.«

Worf nickte und schenkte ihm eines seiner klingonisch verhaltenen Lächeln. Es fiel schwer, auch nur eine Spur des jungen, aufbrausenden Lieutenants, der seiner Besatzung beim Start der *Enterprise-D* beigetreten war, in diesem gestandenen, gereiften Mann vor ihm zu erkennen. Worf ließ seine Hand los, stellte sich neben Picard und trat mit ihm vor, um den Rest der Besatzung zu inspizieren und zu begrüßen.

Am Kopf der Reihe stand die Sicherheitschefin. »Lieutenant Choudhury«, sagte Picard und streckte die rechte Hand aus, bevor er die Stimme senkte und mitfühlend fragte: »Wie geht es Ihnen? Haben Sie bereits irgendetwas von Ihrer Familie gehört?«

Die denevanische Frau blickte an seinem Kopf vorbei und vermied jeglichen Augenkontakt, sowohl mit ihm als auch mit Worf. »Nein, Sir«, brachte sie gepresst hervor.

Picard legte seine Linke auf den Handrücken von Choudhurys Rechter und drückte sie sanft. »Wenn es irgendetwas gibt, das ich für Sie tun kann, irgendeine Art, zu helfen ...«

Die Sicherheitschefin rang sich zu einem dünnen Lächeln durch. »Danke, Sir. Aber ich werde schon klarkommen, und ich bin begierig darauf, meine Pflichten wieder aufzunehmen.«

Da er sie nicht weiter bedrängen wollte, nickte Picard einfach nur. Er begab sich ein wenig nach links zu Counselor Hegol Den. Der Bajoraner mittleren Alters war bereits die zweite Person, die diesen lange Zeit von Deanna Troi ausgefüllten Posten bekleidete, und als er ihn in diesem Augenblick sah, fragte sich Picard beunruhigt, ob es Zeit wurde, nach einer dritten zu suchen. Hegol hatte keinen Landurlaub auf der Erde genommen, sondern war an Bord des Schiffes und im Dienst geblieben, um der aus guten Gründen tieferschütterten Besatzung Beistand zu leisten, wo es möglich war. Angesichts seiner eingesunkenen braunen Augen und dem nachlässig rasierten Gesicht musste er einen ziemlich vollen Terminplan gehabt haben, möglicherweise sogar rund um die Uhr. »Counselor. Wie kommen Sie zurecht?«

»*Mir* geht es gut, danke, Sir«, erwiderte Hegol, wobei er alles Weitere, was er hätte hinzufügen können, ungesagt ließ. Picard verstand und ließ ihn mit einem Nicken wissen, dass sie dieses Gespräch später weiterführen würden.

Neben Hegol stand der stellvertretende Chefarzt, dessen Anwesenheit in der Reihe Picard einmal mehr an das Fehlen seiner Chefärztin erinnerte. »Doktor Tropp«, begrüßte er ihn und zwang Beverly für den Augenblick aus seinen Gedanken.

Der denobulanische Arzt war dabei keine große Hilfe. »Captain, ich freue mich, Ihnen melden zu können, dass die medizinische Abteilung trotz Doktor Crushers Abwesenheit voll einsatzbereit und imstande ist, sich jeder Situation zu stellen, die eintreten mag. Auch wenn wir natürlich hoffen, dass unsere Dienste vorerst nicht benötigt werden.«

»Sie haben mein vollstes Vertrauen«, versicherte Picard ihm wie auch den anderen Mitarbeitern der medizinischen Abteilung, die aufgereiht hinter ihm standen. Der Captain ging weiter die vorderste Reihe entlang, begrüßte und schüttelte die Hände der Lieutenants Taurik und Dina Elfiki, und schließlich erreichte er das Ende, wo Lieutenant T'Ryssa Chen stand und im Weiß ihrer Galauniform deutlich hervorstach.

»Ich nehme an, Sie wurden Opfer eines Streichs, Lieutenant?«, fragte er und bedachte die junge Frau mit einem leichten Schmunzeln.

»Eigentlich wollte ich Ihnen ja sagen, dass dies eine Demonstration sei, wie viel mehr ich Sie respektiere als der Rest der Mannschaft«, antwortete Chen mit einem winzigen, verdrossenen Lächeln ihrerseits auf den Lippen.

»Tatsächlich?«

»Jawohl, Sir«, sagte sie, dann griff sie nach dem unteren Rand ihrer

Jacke und zog diesen mit einem kräftigen Ruck nach unten.

Picards Lächeln verblasste, und er hob eine Augenbraue. Er hätte schwören können, Worf hinter sich leise glucksen zu hören.

»Hm«, sagte Picard, bevor er sich abwandte und erneut die ganze Versammlung ansprach. »Ich danke Ihnen allen. Bereiten Sie sich auf den bevorstehenden Abflug vor. Wegtreten.«

Während sich die Versammlung zerstreute, hielt sich Worf an der Seite des Captains. »Wie unmittelbar, denken Sie, steht unser Abflug bevor?«, fragte er, als die beiden auf den Ausgang des Shuttlehangars zugingen.

»Sobald das Hauptquartier uns mitgeteilt hat, wohin es uns zu schicken beabsichtigt«, erwiderte Picard und berührte gleichzeitig seinen Kommunikator. »Picard an Brücke.«

»Brücke. Rosado hier, Sir«, meldete sich die Stimme des Ops-Offiziers der Beta-Schicht, der gegenwärtig das Kommando über die Brücke innehatte.

»Haben wir schon irgendwelche Nachrichten vom Sternenflottenkommando erhalten, Ensign?«

»Nein, Sir.«

Picard runzelte die Stirn. »Also schön. Bitte benachrichtigen Sie mich, sobald das der Fall sein sollte. Picard Ende.«

»Sir«, sagte Worf, nachdem Picard sein Gespräch mit der Brücke beendet hatte. »Ich bedaure, Ihnen mitteilen zu müssen, dass die *Enterprise* noch nicht gänzlich bereit ist, den Orbit zu verlassen.«

Picard seufzte. »Ja, ich weiß, Nummer Eins. Ich habe den Status der Reparaturen mit Mister La Forge auf dem Weg hierher diskutiert. Aber es gibt zu viele andere Schiffe, die der besonderen Dienste der McKinley-Station bedürfen, daher ...«

»Sir«, unterbrach Worf ihn. »Das meinte ich nicht.«

»Oh«, sagte Picard. »Es geht nicht um unsere Bewaffnung?«

Der Klingone wirkte leicht beleidigt. »Nein, Sir. Auch wenn ich nach wie vor der Meinung bin, dass wir dieses Schiff auch zukünftig mit den besten verfügbaren Waffen bestücken sollten, sind wir durchaus mehr als imstande, uns auch ohne Transphasentorpedos gegen jeden augenblicklichen Feind zu verteidigen.«

Picard nickte. Transphasentorpedos waren für einen gewissen Zeitraum die wirksamste Verteidigung der Sternenflotte gegen die Borg gewesen. Picard war dankbar dafür, zu wissen, dass Worf, im Gegensatz zu anderen in der Flotte, die Niederlage der Borg akzeptiert und anerkannt hatte.

»Das Problem, Sir«, fuhr Worf fort, »liegt vielmehr darin, dass wir noch keine volle Besatzungsstärke erreicht haben. Die Sternenflotte muss uns noch immer Personal zuweisen, um unsere jüngsten Verluste auszugleichen.«

»Was?«, entfuhr es Picard verblüfft. Während seiner zahlreichen Zusammenkünfte mit der Admiralität war ihm mitgeteilt worden, dass Tausende am Boden und auf Sternenbasen stationierter Offiziere auf der Erde und überall im Sol-System auf Schiffe versetzt werden würden. Außerdem war der gesamte Abschlussjahrgang der Akademie vorzeitig in Dienst gestellt worden, um mit den schwindelerregenden Verlusten fertigzuwerden, die die Sternenflotte im Krieg erlitten hatte. »Wir hatten keinerlei Transfers?«

»Zehn, Sir.«

Picard hielt kurz vor den Turbolifttüren mitten im Gehen inne und forderte Worf mit erhobener Hand auf, ebenfalls anzuhalten. »Zehn. Die Sternenflotte hat uns *zehn* Besatzungsmitglieder geschickt, um unsere neununddreißig Ausfälle zu ersetzen?«

»So wie ich es verstanden habe, ist die *Enterprise* nicht das einzige Schiff, das mit diesem Problem konfrontiert ist«, berichtete Worf. »Angesichts der Verluste, die die Sternenflotte erlitten hat ...«

»Ja.« Picard seufzte. In Anbetracht der Umstände musste er wohl einfach dankbar für die zehn Leute sein, die er bekam. »Nun gut, wir werden für den Augenblick mit neunundzwanzig freien Posten leben können«, sagte er. Er nahm an, dass es zu weiteren Versetzungen kommen würde, sobald sich die Lage in der Föderation etwas beruhigt hatte.

»Das ist noch nicht alles, Sir«, fuhr Worf fort.

Picard hätte die Frage am liebsten gar nicht gestellt: »Was noch?«

Worf zögerte, bevor er antwortete: »Sechsundzwanzig Besatzungsmitglieder beantragen eine Verlängerung ihrer Freistellung ...«

»Abgelehnt«, sagte Picard rasch, bevor er sich erneut in Richtung des Turbolifts bewegte.

»... aufgrund ihres geistigen Gesundheitszustands«, beendete Worf den Satz, während er dem Captain in die offene Kabine folgte. »Die Anfragen wurden von entsprechenden Gutachten der sie betreuenden Counselors begleitet.« Worfs Miene verdüsterte sich, als er hinzufügte: »Wenn diese Leute tatsächlich mental nicht dienstfähig sind ...«

»Haben die vergessen, dass wir ebenfalls Counselors an Bord haben?«, regte sich Picard auf. Sofort bereute er seine Härte - natürlich nicht weil er befürchtete, Worf könne sich angegriffen fühlen, sondern weil er wusste, dass seine Besatzung niemals leichtfertig um eine Verlängerung ihrer Freistellung bitten würde. Noch immer erinnerte sich Picard lebhaft an den Schmerz, den er verspürt hatte, als er damals von Roberts und Renés Tod erfuhr, und er wusste, dass viele seiner Leute mit Verlusten konfrontiert worden waren, die den seinen im Vergleich dazu winzig erscheinen ließen.

Auf der anderen Seite hatte auch er nicht den Luxus gehabt, sein Schiff an Riker abzugeben, um seinen Bruder und seinen Neffen zu betrauern. Bei aller Sympathie, die er für diese Leute empfand, waren sie Sternenflottenoffiziere und hatten geschworen, ihre Pflicht selbstlos zu erfüllen. »Dies alles sind Anfragen, keine Benachrichtigungen, dass diese Männer und Frauen nachweislich dienstuntauglich sind, korrekt?«

Worf nickte. »Ja, Sir.«

»Dann rufen Sie sie alle zurück«, sagte Picard, als sich der Lift zum Halt am oberen Ende des Schiffes verlangsamte. »Und leiten Sie die psychiatrischen Gutachten an Doktor Hegol weiter.« Picard erinnerte sich an den zutiefst erschöpften Ausdruck, den er auf

Hegol Dens Gesicht gesehen hatte. Er bedauerte es, dem Mann diese weitere Bürde aufzuhalsen, aber es war schlichtweg unvermeidlich.

»Captain auf der Brücke«, verkündete Ensign Rosado, als die Turbolifttüren aufglitten und Picard hinaus auf die Brücke trat. Der Rest der Brückenbesatzung, der nur Augenblicke vor ihm mit dem zweiten Turbolift von der Willkommenszeremonie eingetroffen war, ging in Habachtstellung. »Willkommen zurück, Sir«, sagte Rosado. Sie schenkte ihm ein breites Lächeln, und in ihren Augenwinkeln bildeten sich Lachfältchen.

»Danke, Ensign«, erwiderte er, auch wenn es sich seltsam anfühlte, eine Frau seines Alters so zu nennen. Jill Rosado war durch einen Karrierewechsel zur Sternenflotte gekommen und brachte einen Reichtum an Lebenserfahrung und praktischem Wissen mit, den der typische Akademieabgänger einfach nicht besaß.

»Die McKinley-Station hat uns die Freigabe zum Verlassen des Docks erteilt«, meldete sie.

»Hervorragend«, sagte Picard. »Ich übernehme die Brücke, Ensign.«

»Die Brücke gehört Ihnen, Sir.«

Rosado begab sich zurück zu ihrem Platz an der Ops-Konsole, aber Picard blieb stehen. »Nummer Eins«, sagte er und drehte sich zu Worf um. »Würden Sie uns die Ehre erweisen und uns rausbringen?«

Worf nickte. »Aye, Sir.«

Picard erwiderte das Nicken. »Sehr gut. Ich bin ... in meinem Bereitschaftsraum.« Unsicher wandte sich der Captain seinem persönlichen Eingangsbereich an der Steuerbordseite des Sichtschirms zu.

Bei ihren kürzlichen Kämpfen mit den Hirogen-Jagdschiffen hatte ein Treffer auf Deck eins eine Reihe von Überladungen und Feuern ausgelöst, von denen eines den Bereitschaftsraum des Captains zerstörte. Er hatte viele seiner wertvollsten Besitztümer verloren, darunter einen mintakanischen Wandteppich, der ihm während einer versehentlichen Erstkontaktmission überreicht worden war, einen seltenen Druck von *The Globe Illustrated Shakespeare* aus dem zwanzigsten Jahrhundert, eine kleine Flöte, die einst einem Mann namens Kamin auf einer längst ausgelöschten Welt gehört hatte, und andere Erinnerungen an seine mehr als fünfzigjährige Laufbahn.

Vor ihm öffneten sich die Türen, und der leicht antiseptische Geruch eines neuen Teppichs und anderer Einrichtungsgegenstände, die der Duranium-Kabine den Anschein eines wohnlichen Raums verliehen, wehte ihm entgegen. Als er sein wiederhergestelltes Allerheiligstes betrat, bemerkte er, dass der Raum nicht nur repariert, sondern auch neu dekoriert worden war. Das Kernstück war ein großer, antiker Holzschreibtisch, der sich zu Picards Überraschung bei näherem Hinsehen als der seines Vaters entpuppte. Er war von seinem Ururgroßvater gebaut worden, und seine Oberseite bestand aus dem Deckel eines alten Weinfasses. Solange Jean-Luc sich zurückerinnern konnte, hatte der Schreibtisch in einer Ecke des Weinlagers gestanden und seinem Vater als Aufbewahrungsort für Frachtpapiere und Wettertagebücher gedient. Picard ließ seine Fingerspitzen über die glatte, neu geschliffene und lackierte Oberfläche und die fein geschnitzten Verzierungen aus Weinblättern und Reben an den Ecken gleiten. So wenige Erbstücke überstanden damals den Hausbrand, und Picard war Marie unglaublich dankbar dafür, dass sie sich von diesem getrennt hatte.

Das nächste Stück, das ihm ins Auge fiel, war ein gerahmtes Gemälde, das über seiner neuen Couch hing und einen Schwarm schwarzer Vögel im Flug zeigte. Zunächst begriff er die Bedeutung dieses Geschenks gar nicht - bis er schließlich die Signatur des Künstlers bemerkte: Data.

Da erinnerte Picard sich, dass dieses spezielle Werk auf sein eigenes Betreiben hin entstanden war, kurz nachdem Data zum ersten Mal sein »Traumprogramm« entdeckt hatte. Die Vögel symbolisierten laut Datas Erklärung im Anschluss an seine zweite Vision seine neu entdeckte Fähigkeit, seine eigenen Grenzen zu durchbrechen und die höheren Aspekte seines Wesens zu erforschen. Picard nickte zufrieden, angesichts Geordis Wahl aus der Masse an Datas gesammelten Kunstwerken. Er konnte sich kein besseres Symbol für das Kommende in dieser Post-Borg-Ära vorstellen.

Auf einem Ständer zur Linken der Couch befand sich ein unübersehbar alter Gegenstand: ein Blutweingefäß der klingonischen Zweiten Dynastie, das ein Abbild von Kortar und Lunob beim Sieg über die Götter zeigte. Nur sehr wenige Stücke aus der Zweiten Dynastie hatten das Dunkle Zeitalter überstanden, und Picard bestaunte die außerordentliche Kunstfertigkeit des antiken Kriegers, der für dieses hier verantwortlich gewesen war.

Am rechten Ende der Couch schließlich lag unter einer weißen Karte mit den Worten »Für meinen Mann, in Liebe, Beverly« eine neue Shakespeare-Ausgabe - oder vielmehr eine alte. Es handelte sich um die Erstausgabe von *The New Britannia Complete Shakespeare*, erschienen 2054, ein Jahr nach dem Ende des Dritten Weltkriegs. Sanft streichelte Picard die spröde aber noch intakte Bindung. Er war froh, dass es stets Leute gab, denen das Bewahren eines Zeugnisses menschlichen Kulturschaffens am Herzen lag. Selbst auf dem Höhepunkt des postatomaren Schreckens und während der Völkermorde, wie sie Colonel Green noch im einundzwanzigsten Jahrhundert durchführte, war es der Menschheit gelungen, das Werk des großen englischen Dramatikers für die Nachwelt zu bewahren. Ein rotes Stofflesezeichen hing aus der Unterseite des Buchs heraus. Picard öffnete es und lachte, als er den Titel des Stückes las, das auf der markierten Seite begann: *Ende gut, alles gut.*

Er war gerade im Begriff, sich mit dem Barden auf seiner neuen Couch niederzulassen, als sich das Interkom meldete und Worfs Stimme verkündete: *»Captain, eine Nachricht kommt für Sie rein. Aus dem Büro der Präsidentin im Palais de la Concorde.«*

Picards Augenbrauen kletterten in die Höhe. »Danke, Nummer Eins«, sagte er, während er sich fragte, aus welchem Grund die

Präsidentin ihn kontaktieren mochte. Er legte das offene Buch vorsichtig auf den dazugehörigen Ständer. Dann ging er durch den Raum zu seinem Schreibtisch und aktivierte den anachronistisch aussehenden Computermonitor in der hinteren Ecke. Einige Augenblicke vergingen, während das Kommunikationssystem des Palais seine zusätzlichen Sicherheitsprotokolle startete, dann erschien das Bild Nanietta Baccos, die an ihrem eigenen Schreibtisch vor dem großen Panoramafenster ihres Büros saß, das die Champs-Élysées überblickte. Rechts hinter der Präsidentin stand Admiral Leonard James Akaar, der den Blick auf den Eiffelturm versperrte. Mit seinen beinahe zweieinhalb Metern ragte der neue Leiter der Sternenflotte hoch über der zarten, weißhaarigen Frau auf und wirkte dabei beinahe so eindrucksvoll wie Gustave Eiffels berühmtes Bauwerk. »Frau Präsidentin. Admiral«, begrüßte Picard die beiden.

»Captain Picard«, sagte die Präsidentin und schenkte ihm ein kurzes, freundliches Lächeln. Sie wirkte deutlich entspannter als noch vor einer Woche, als er sie das letzte Mal gesehen hatte, aber man sah ihr noch immer deutlich das Gewicht an, das durch ihr Amt auf ihren Schultern lastete. *»Ich habe gehört, dass Sie und die* Enterprise *bereit sind, wieder aufzubrechen. Ich hoffe, Sie haben zumindest einen Teil der kurzen Zeit, die sie hier auf der Erde verbringen konnten, genossen.«*

»Das habe ich, Ma'am, danke«, erwiderte Picard verwundert.

»Und jetzt fragen Sie sich, warum ich mir die Mühe mache, Sie anzurufen, während Sie darauf warten, Ihre nächsten Befehle zu erhalten«, unterbrach die Präsidentin seine Gedanken.

Picard deutete ein Lächeln an. »Ich gebe zu, dass mir diese Frage gekommen ist, Frau Präsidentin.«

Bacco warf einen kurzen Blick über ihre Schulter zu Akaar, der hinter ihr vollkommen reglos und stumm blieb. *»Ich nehme an, Sie haben die Ansprache gehört, die ich nach dem ... Verschwinden der Borg gehalten habe.«*

Picard nickte. »Ja, Ma'am.«

»Und Sie werden sich erinnern, dass ich in dieser Rede ganz besonders darauf hinwies, dass ungeachtet des Schlages, den wir erhalten haben, die Sternenflotte ihre Mission der friedlichen Erforschung fortführen würde.«

»In der Tat«, antwortete Picard. »Es war sehr inspirierend, Ma'am.«

Der rechte Mundwinkel der Präsidentin zuckte in einem bitter wirkenden halben Lächeln nach oben. *»Vielleicht zu inspirierend«*, sagte sie.

»Captain«, mischte sich Akaar nun ein. *»Das Folgende ist nicht vielen Leuten außerhalb des Hauptquartiers bekannt, aber die Flotte ist in einem viel schlimmeren Zustand, als es nach außen hin kommuniziert wurde. Wir müssen wahrscheinlich Milliarden heimatloser Flüchtlinge umsiedeln; Vulkan, Andor und Tellar haben katastrophale Schäden erlitten; ganz zu schweigen von der Hilfe, die die Klingonen von uns benötigen werden, nun, da Qo'noS kaum noch bewohnbar ist. Weitreichende Forschung nur um der Forschung willen? Das ist zurzeit einfach nicht machbar.«*

Rein vom Verstand her kam nichts von alldem sonderlich überraschend für Picard. Doch es so unverblümt aus dem Mund der Präsidentin und des höchsten Admirals der Sternenflotte zu hören, sorgte dennoch dafür, dass ihm der Mut sank.

»Was ist dann mit der *Titan?*«, fragte er nach einem Augenblick des Schweigens. Will Rikers Schiff war in Baccos Rede explizit als eines derer erwähnt worden, die die Forschungsmission der Sternenflotte fortführen würden.

»Die Titan *wird eine Ausnahme sein«*, sagte Akaar. *»Die übrigen Schiffe der* Luna-*Klasse sind noch immer dort draußen, denn es ist wichtig, dass wir das Bild aufrechterhalten, das wir präsentiert haben. Die* Titan *wird noch etwa einen Monat lang in Utopia Planitia verbringen. Anschließend planen wir, sie am Tag des Ersten Kontakts offiziell neu starten zu lassen und sie wieder auf den Weg zu schicken – um die Moral innerhalb der Föderation zu stärken.«*

»Ich verstehe«, erwiderte Picard tonlos. Er wagte es nicht, einem seiner Vorgesetzten zu sagen, was er davon hielt, ein Schiff der Sternenflotte für irgendeine Art von publikumswirksamer Show zu missbrauchen.

Präsidentin Bacco lehnte sich nach vorne, die Ellbogen auf dem Tisch, und blickte Picard unverwandt in die Augen. *»Der Grund, warum wir Ihnen all das mitteilten, Captain ... der Grund, warum ich persönlich zu jenen gehören wollte, die Ihnen dies mitteilen ... ist der, dass Sie es meiner Meinung nach verdienen, den Entscheidungsprozess, der zu Ihrer neuen Aufgabe führte, zu kennen. Die Schuld, in der die Föderation bei Ihnen steht, Jean-Luc, wird niemals angemessen beglichen werden können. Und ich wollte sichergehen, dass Sie verstehen, dass diese Aufgabe in keinster Weise dazu gedacht ist, diesen Umstand zu schmälern.«*

Picard nickte und wartete.

»Captain Picard, der Ort, an dem die Enterprise *gegenwärtig am meisten gebraucht wird«*, sagte die Präsidentin schließlich in erschreckend entmutigendem Tonfall, *»ist hier, so nah wie möglich an der Heimat.«*

Und Picards Mut sank noch tiefer.

KAPITEL 4

Donald Wheeler wachte mit einer toten haarigen Ratte im Mund auf.

Zumindest schmeckte es so. Er hob seinen Kopf vom Kissen und bereute es umgehend, als grell aufblitzende Schmerzen im Inneren seines Schädels umherschossen wie dornenbesetzte Tennisbälle. Dann öffnete er wider besseres Wissen die Augen. Wheeler hatte keine Ahnung, wo er sich befand, nur dass es verflucht nochmal viel zu hell war. Er blinzelte und kniff die Augen zusammen bis sich entweder diese oder das Licht angepasst hatten und er erkennen konnte, dass er sich in einem schmalen Bett in einem kleinen, weißen Abteil befand.

Die Krankenstation? Nein, die Krankenstation war größer als das hier. Er war während seiner Studienzeit mehr als nur ein paar Mal im Medizinischen Zentrum der Gerrold University gewesen - wobei er sich die meiste Zeit genauso gefühlt hatte wie jetzt, wenn er so recht darüber nachdachte. Die G. U. war von einigen der besten Weingüter und Destillerien auf dem Sherman-Planeten umgeben, und Wheeler hatte deren Nähe zum Campus weidlich ausgenutzt. Aber das Medizinische Zentrum der G. U. hatte viel mehr Betten, viel mehr Ausrüstung, viel mehr Platz ...

Dann fiel ihm ein, dass er ja gar nicht mehr auf der G. U. war. Nach sechs Jahren und einer Reihe Fehlstarts hatte er sein Studium endlich beendet und seinen Abschluss in Tellaritischer Literatur der Prä-Föderationszeit gemacht. Mit seinem Zeugnis in der Hand hatte er sich von der G. U. und dem Sherman-Planeten aus auf nach

Risa gemacht, um seinen Erfolg zu feiern. Drei Monate lang hatte er ohne Pause durchgefeiert, denn wenn er innegehalten hätte, wäre er gezwungen gewesen, darüber nachzudenken, was genau er mit einem Abschluss in Tellaritischer Literatur der Prä-Föderationszeit überhaupt anfangen wollte, außer einer weiteren Generation zielloser Studenten *Die Shallash-Epen* nahezubringen. Und das war ein Schicksal, das zu grausam war, um es ernsthaft in Erwägung zu ziehen.

Allerdings war dies hier auch nicht Risa. Wheeler erinnerte sich ... Nun, eigentlich konnte er sich an kaum etwas erinnern, nicht mit diesem Kater. *Das ist eine ziemlich miese Krankenstation*, dachte Wheeler, *wenn es überhaupt eine ist. Sie haben mich nicht mal mit einem Alkoholinhibitor behandelt. Wie lange liege ich hier überhaupt schon bewusstlos?* Wie auch immer, er würde einfach von hier verschwinden und sich selbst heilen. Ein kleiner Schluck vom richtigen Stoff würde ihn schon auf Vordermann bringen.

Wheeler atmete ein paar Mal tief ein und aus und hievte sich dann unter enormer Anstrengung in die Höhe. Er schwang seine Beine über die Bettkante, und irgendwie gelang es ihm, sich aufzurichten. Der Raum war klein genug, dass er sich mit ausgestreckten Händen an den gegenüberliegenden Wänden abstützen konnte. Auf diese Weise wankte er bis zur Tür.

Nachdem sich seine Augen einmal mehr an das helle Licht auf der anderen Seite gewöhnt hatten, erinnerte er sich: Er befand sich auf einem risanischen Transporter mit dem Befehl zur zeitweiligen Evakuierung ...

Ein weiterer stechender Schmerz blitzte genau zwischen seinen Augen auf. Wheeler entschied sich, das Denken vorübergehend lieber sein zu lassen. Er torkelte an Grüppchen anderer Passagiere vorbei, die alle eigenartig bedrückt wirkten, und auf die nächste kostenlose Bar zu, wo er sich dem Replikator zuwandte. »Wein. Rot – einen Pinot Noir. Und kein Synthehol.«

Der Computer gab ein ablehnendes Geräusch von sich und antwortete: »*Ausführung aufgrund der gegenwärtigen Einschränkungen nicht möglich.*«

Es dauerte mehrere Sekunden bis die Worte den Dunst, der sein Gehirn umnebelte, durchdrungen hatten. »Einschränkungen?«, fragte Wheeler. »Auf einem risanischen Transporter?«

»*Seit dem Inkrafttreten der Notfallprotokolle, kann diese Einheit nur noch Anfragen nach grundlegenden Nahrungsmitteln erfüllen*«, erklärte die Maschine.

Notfall? Das Wort hallte in seinem Kopf wider, begleitet von Donnerschlägen aus Schmerzen. »Hör zu, das hier *ist* grundlegend. Mein Kopf platzt mir noch, wenn ich nicht irgendetwas bekomme, das die Schmerzen lindert.« Für gewöhnlich wusste Wheeler, dass es keinen Sinn hatte, einen Computer anzuflehen, aber das kümmerte ihn im Augenblick herzlich wenig.

Ebenso wenig kümmerte den Replikator Wheelers gegenwärtiger Zustand. Er wiederholte schlicht die gleiche misstönende Aussage und weigerte sich standhaft, Wheeler seinen Wein zu geben. Frustriert schlug dieser gegen die Wand. »Komm schon, ich bin krank! Gib mir irgendetwas!«

Endlich fing das Ausgabefach an, zu leuchten. Überrascht, aber zufrieden beobachtete Wheeler, wie ein kleiner Sturm aufgeladener Partikel hell aufglühte und dann wieder schwächer wurde. Aus irgendeinem Grund hatte der Computer ihm seine Anfrage statt in einem Glas in einer breitrandigen Keramiktasse serviert. Der Geruch drang etwa im gleichen Augenblick in seine Nase, als sich seine Hände um die Tasse schlossen und er feststellte, dass sie heiß war. Der Replikator hatte ihm als Reaktion auf seinen Ausruf, dass er krank sei, Hühnerbrühe gemacht. Knurrend drehte er die Tasse um und schüttete die Brühe über das Innere und die Frontseite des Replikators. »*Phinda!*«, fluchte er laut, als ihn die heiße Flüssigkeit verbrannte.

»Hey, hey!« Auf einmal stand jemand hinter ihm, eine Hand auf seiner Schulter, die andere auf seinem mit Brühe bekleckerten

Unterarm. Er drehte sich um - oder vielmehr wurde umgedreht - und stellte erfreut fest, dass er der hinreißenden Leiterin der Hotelanlage der Temtibi-Lagune gegenüberstand. »Was machen Sie da?«, verlangte sie in einem angespannten, für Risaner höchst untypischen Tonfall zu wissen.

»Ich wollte nur etwas zu trinken haben«, antwortete Wheeler. Ihm fiel auf, dass das Lächeln verschwunden war, das sich bisher wie dauerhaft angeklebt auf dem Gesicht ihrer Gastgeberin - wie auch auf dem jedes anderen Risaners - befunden hatte. Ihre Worte wurden durch zusammengebissene Zähne hervorgepresst, die nicht annähernd so strahlend wirkten, wie sie es sonst getan hatten.

»Die Bar ist geschlossen«, erklärte sie ihm, und es klang unüberhörbar endgültig. »Kommen Sie, wir bringen Sie zurück ins Krankenzimmer.«

Die risanische Frau begann, ihn an den bedrückten Gästen vorbei zurück zu dem kleinen weißen Raum zu führen. Wäre er bei klarem Verstand gewesen, hätte er sie gewähren lassen und sie, nachdem sie ihn zurück auf das Bett des Krankenzimmers gelegt hatte, überredet, sich neben ihn zu legen und ihr ein wenig dieser berühmten risanischen Gastfreundschaft zu zeigen. Stattdessen schüttelte er ihre Hand ab und rief: »Was zur Hölle ist denn hier los? Warum zum Teufel kann ich nicht einen einfachen gottverdammten Drink bekommen?«

»Oh, seien Sie still«, sagte einer seiner Mitpassagiere, ein derangiert wirkender, unrasierter Ktarianer, der, eine Hand über die Augen gelegt, nicht weit entfernt saß. »Sie bekommen Ihren geliebten Wein, sobald wir Pacifica erreichen.«

»Pacifica? Was ist aus Risa geworden?« Niemand antwortete ihm, und aus irgendeinem Grund wandten sich alle von ihm ab. Aber das störte ihn nicht. Pacifica war, wie er wusste, eine Ozeanwelt mit einer Menge wunderschöner Strände ... und wunderschöner, vierbusiger Mädchen. »Wann werden wir dort ankommen?«, fragte er, von einer plötzlichen Ungeduld erfüllt.

»Bald«, sagte die risanische Frau. Sie lächelte noch immer nicht.

»Schön«, sagte er, während er innerlich zu dem Schluss kam, dass er mit einer hinreißenden, vierfach bestückten Meerjungfrau deutlich besser bedient war als mit diesem kalten Fisch. Aus eigener Kraft stolperte er ins Krankenzimmer zurück und fiel auf das Bett, wo er von warmen Stränden und kalten Getränken träumen konnte, die ihn auf Pacifica erwarteten.

Aber aus irgendeinem Grund wollten sich diese erfreulichen Träume nicht einstellen. Stattdessen lag er wach und dachte an den eigentümlich gequälten Ausdruck auf den Gesichtern der anderen Passagiere.

Gestern hatte Miranda Kadohata sich für die glücklichste Frau auf ganz Cestus III gehalten.

Nach Plan hätte sie Lakeside in den Mittagsstunden verlassen müssen, um zurück zur Erde zu reisen und sich wieder auf der *Enterprise* zu melden. Doch da sie nun gemeinsam mit Doktor Crusher nach Pacifica gehen würde, war ihr Aufenthalt auf Cestus um einen zusätzlichen halben Tag verlängert worden. Sie und ihre Familie - Ehemann Vicenzo Farrenga, die fünf Jahre alte Tochter Aoki und die einjährigen Zwillinge Colin und Sylvana - hatten den kurzzeitigen Aufschub genutzt und einen Ausflug nach April Beach unternommen. Sie hatten einen ganzen, wundervoll sonnigen Tag damit verbracht, im kristallklaren Wasser zu spielen, Sandburgen zu bauen und einem überdimensionalen Strandball die Küste hoch und wieder runter nachzujagen. Aoki war am Rand des Wasser entlanggerannt und hatte furchtlos Räder geschlagen, während die Zwillinge hauptsächlich unter den Sonnenschirmen gesessen hatten, fasziniert davon, wie sie mit ihren Händen Sand greifen und ihn anschließend durch ihre Finger rieseln lassen konnten. Die Familie war geblieben, bis Cestus am westlichen Horizont im Ozean versank und die Oberfläche in Farbschattierungen aus Orange und Rot tauchte. Als Miranda Aoki dann schließlich zu Hause ins Bett brachte, sagte ihre Tochter zu ihr: »Mami, das war der beste Tag in meinem *ganzen* Leben!« Miranda stimmte ihr zu, gab ihr einen Gute-Nacht-Kuss und löschte das Licht.

Doch am nächsten Morgen war auf einmal alles anders.

Miranda erschien in ihr goldenes Sternenflotten-Uniformhemd und die schwarze Uniformhose gekleidet am Frühstückstisch. Die dazu passende grau-schwarze Jacke mit dem frisch polierten, pfeilspitzenförmigen Sternenflottenemblem auf der Brust hatte sie über den Arm gelegt. Selbst die Babys schienen die Bedeutung ihrer Kleiderwahl an diesem Morgen zu verstehen: Mami würde heute weggehen.

Ungeachtet ihrer wahren Gefühle, zwang Miranda sich zu einem Lächeln. »Guten Morgen, meine Lieben«, sagte sie, als sie den Tisch umrundete, um Aoki einen Kuss auf die Wange zu geben. Das kleine Mädchen zog einen Schmollmund und versuchte, sich ihr zu entwinden, aber ihrer Mutter gelang es dennoch, mit den Lippen ihr Ziel zu treffen. Dann ging sie zu Colin und Sylvana hinüber, die Seite an Seite in ihrem Tandem-Hochstühlchen saßen, von wo aus sie zwischen ihrer Mutter und der Schüssel mit Haferbrei, aus der ihr Vater sie gefüttert hatte, hin- und herschauten. Miranda küsste beide auf die Stirn, nahm aber gleichzeitig ein griffbereit liegendes Handtuch, um ihnen verirrte Bröckchen Haferschleim von den Wangen und dem Kinn zu wischen.

Anschließend wandte sie sich an ihren Ehemann. Vicenzo erwiderte das Lächeln, als sie einen flüchtigen Kuss austauschten, aber es war unübersehbar, dass sein Lächeln ebenso erzwungen war wie das ihre. »Guten Morgen, mein Schatz«, sagte er. »Hast du gut geschlafen?«

»Ja, es war in Ordnung«, sagte sie, als sie ihre Jacke über die Rückenlehne ihres Stuhls hängte. Einmal in der Nacht war Colin wach gewesen und hatte nach einem Fläschchen und einer frischen Windel verlangt. Obwohl Vicenzo sich bislang immer selbst um diese mitternächtlichen Rufe gekümmert hatte, war Miranda während ihrer ganzen Karriere darauf gedrillt worden, im Fall eines Notrufs schnell wach zu sein, und sie hatte es vor ihm aus dem Bett und ins Kinderzimmer geschafft. Und dies war auf jeden Fall eine weitaus angenehmere Art von Notfall gewesen, als all diejenigen, mit denen sie in den letzten paar Monaten auf der *Enterprise* konfrontiert worden war.

Sie nahm Platz und griff nach dem Marmeladenglas in der Mitte des Tisches. Als sie sich einen Löffel voll auf ihren Toast kleckste, fragte Aoki leise: »Wie lange, bis du weg musst, Mami?«

»Noch etwa eine Stunde, Liebling«, erklärte Miranda ihr.

»Bist du an meinem Burtstag wieder da?«

Miranda biss sich leicht auf die Unterlippe. »Ich weiß es nicht, Schatz«, sagte sie vollkommen aufrichtig. Soweit ihr bekannt war, hatte die *Enterprise* noch keine neue Aufgabe übertragen bekommen, und angesichts all der Unsicherheit nach dem Borg-Angriff mochte der Himmel allein wissen, wo sie sich in drei Wochen aufhalten würde, wenn ihre Erstgeborene sechs Jahre alt wurde. »Aber ich verspreche, es zu versuchen.«

»Okay«, murmelte Aoki in ihre Frühstücksschale. Mit fünf Jahren und elf Monaten wusste sie bereits sehr gut, dass »Ich werde es versuchen« ein deutlich geringeres Versprechen war als »Ja, das werde ich.« Der Rest des Frühstücks verlief weitgehend schweigend, während Aoki mehrere Minuten lang in ihrem kalten und klumpigen Haferbrei herumstocherte, bevor sie darum bat, aufstehen zu dürfen.

Aoki spielte still in ihrem Zimmer, bis sich das *Runabout Genesee* - Mirandas Schiff während der nächsten paar Tage - bei Miranda meldete, um sie wissen zu lassen, dass sie nun aus dem Warp kamen und in das Cestus-System einflogen. Miranda musste zwei Mal rufen, bevor ihre Tochter mit einem verdrießlichen Gesichtsausdruck auftauchte. »Komm her, mein Schatz«, sagte sie leise und ging auf ein Knie, um mit Aoki auf Augenhöhe zu sein. Sie schlang ihre Arme fest um ihre Tochter und flüsterte in ihr Ohr: »Ich werde dich so sehr vermissen, mein großes Mädchen.« Aoki erwiderte die Umarmung nicht sofort, sondern verweigerte ihr die Zuneigungsbekundung als eine Art des stummen Protests gegen die Abreise ihrer Mutter, wie Counselor Troi es Miranda erklärt hatte, nachdem es vor einigen Jahren zum ersten Mal passiert war. Doch der Widerstand des Mädchens schmolz dahin, und Aokis dünne Ärmchen schlangen sich um Mirandas Nacken. »Ich werde dich auch vermissen, Mami«, sagte sie mit einem unterdrückten Schluchzen.

Nach einer langen Minute ließen sie voneinander ab, und Miranda wandte sich den in ihren Laufwagen stehenden Zwillingen zu, um sich auch von ihnen mit Küssen und zärtlichen Worten zu verabschieden. Dann erhob sie sich, um ihren Mann anzusehen, doch bevor sie auch nur irgendetwas sagen konnte, neigte dieser sich zur Seite und blickte an ihr vorbei. »Aoki, schau nach deinem Bruder und deiner Schwester, während ich Mami draußen auf Wiedersehen sage.«

Das Mädchen nickte, und Vicenzo öffnete die Eingangstür zur Veranda. Miranda nahm ihren Kleidersack und folgte ihm nach draußen, während sie sich fragte, was das zu bedeuten hatte. Vicenzo hatte nie irgendeine Scheu gehabt, seine Zuneigung zu ihr vor den Kindern zu zeigen.

Als sich die Tür hinter ihnen schloss, drehte Vicenzo sich zu seiner Frau um und blickte ihr in die dunklen, mandelförmigen Augen. Er hob die Hand, um mit seinen Fingerspitzen den sanften Schwung ihrer Wange entlangzufahren und ihr Haar nach hinten zu streichen. »Das wird niemals leichter werden«, sagte er zu ihr.

Miranda lächelte ihn traurig an und legte ihre Arme um seine Hüfte. »Nein, ich fürchte nicht«, flüsterte sie gegen seine Brust, als sie sich an seine Schulter lehnte.

»Dann geh nicht.«

Miranda schüttelte zur Antwort auf seine immer wiederkehrende Bitte den Kopf. »Du weißt, dass ich es nicht möchte. Du ...«

Sie brach ab, als Vicenzo sie losließ und einen Schritt zurücktrat. Sie blickte auf und war überrascht von der Intensität, mit der er zurückstarrte. »Dann geh nicht«, wiederholte er mit beinahe verzweifelter Eindringlichkeit. »Bleib hier, bei uns.«

»Vicenzo? Warum machst du es noch schwerer, als es bereits ist?«

»Wir haben sechs Tage auf diesem Transporter verbracht, Miranda«, sagte er. »Sechs Tage, in denen wir vollständig von der Galaxis abgeschnitten waren. Alles, was ich wusste, war, dass die Borg bereits ein Dutzend anderer Planeten in Überraschungsangriffen ausgelöscht hatten und dass meine Frau mir direkt von den Frontlinien des Krieges aus gesagt hatte, ich solle die Kinder nehmen und rennen, solle so schnell wie möglich von Cestus III verschwinden.«

Miranda sagte nichts. Aus Angst, vielleicht nicht mehr zurückzukehren, hatte sie Vicenzo kontaktiert, kurz bevor die *Enterprise* ihren ersten Erkundungsflug in einen der Subraumtunnel unternommen hatte, die von den Borg zum Eindringen in den Föderationsraum genutzt worden waren. Die Vorschriften hatten ihr verboten, ihn zu diesem Zeitpunkt wissen zu lassen, wie schlecht es um die militärische Situation der Föderation bestellt war. Aber es war ihr gelungen, ihm dennoch einen Eindruck davon zu vermitteln, indem sie ihn dazu gedrängt hatte, die Kinder zu einem Besuch der Farmkolonie auf Kennovere mitzunehmen und dies rasch, bevor die Erntesaison vorüber sei. Es war eine durchsichtige Tarnung gewesen, aber sie hatte die Nachricht an den Kontrollen vorbeigebracht.

»Ich wusste, dass Cestus verloren war«, fuhr er fort. »Die Welt, auf der ich aufwuchs und die ich als Heimat all dessen ansah, das ich jemals gekannt oder geliebt hatte, würde es nicht mehr geben. Aber das spielte keine Rolle. Denn all das hier«, sagte er und schloss in einer weit ausholenden Geste seines Arms den ganzen Planeten um sie herum mit ein, »verblasste bei dem Gedanken daran, dass ich dich verloren haben könnte.« Tränen begannen, seine zerfurchten Wangen hinabzulaufen. »Dieses Gefühl habe ich in mir getragen, bis ich dich bei unserer Rückkehr auf der Türschwelle stehen sah. Und jetzt verlässt du uns erneut ... und ich kann den Gedanken einfach nicht ertragen, etwas Derartiges auch nur im Entferntesten noch einmal durchleiden zu müssen.«

Miranda war sprachlos. Vicenzo und sie waren nun schon seit beinahe zehn Jahren verheiratet, und noch nie hatte sie ihn bei einer Abreise in einem so aufgelösten Zustand gesehen. Bevor sie irgendeine Art von angemessener Antwort formulieren konnte, zirpte ihr Kommunikator, dann vernahm sie Beverlys Stimme: »Runabout Genesee *an Commander Kadohata.«*

Miranda hob eine Hand, um das Gerät auf ihrer Brust zu berühren, aber Vicenzo packte ihr Handgelenk. »Geh nicht«, bat er eindringlich. »Sag Doktor Crusher ... irgendetwas.«

Einige Sekunden lang blickten sie sich tief in die Augen, dann befreite Miranda ihre Hand. »Kadohata hier.«

»Wir sind im Orbit und bereit, Sie hochzubeamen, Miranda.«

»Einen Augenblick, Doktor.« Sie schloss den Komm-Kanal und sah ihren Mann an. »Was soll ich ihr sagen?«

»Das ist mir gleich. Irgendetwas. Ich ... Ich weiß, dass ich selbstsüchtig und unbedacht bin und deiner Entscheidung, dieses Leben zu führen, nicht den gebotenen Respekt entgegenbringe, aber der Gedanke, dich erneut in die Gefahr fliegen zu lassen ...«

»Wir reisen nach Pacifica, Schatz ...«

»Und von dort aus wohin?«, fragte ihr Ehemann. »Wirst du von jetzt an nur noch sicheren Missionen zugeteilt werden?«

»Vicenzo, ich habe eine Verpflichtung ...«

»Du hast eine *Familie*!«

Von der Vehemenz dieses letzten Ausbruchs - und allem, was er implizierte - wurde Miranda innerlich einen Schritt nach hinten getrieben. »Von dem Tag an, als wir uns kennengelernt haben, hast du gewusst, dass ich ein Sternenflottenoffizier bin«, schrie sie beinahe zurück. »Es ist nicht fair, dass du jetzt hier stehst und mir erzählst, du wärst mit meiner Berufswahl unglücklich.«

»Und was hiervon ist den Kindern gegenüber fair?«, verlangte Vicenzo zu wissen. »Ist es fair, dass sie ihre Mutter kaum kennen? Ist es fair, dass jedes Mal, wenn sie von zu Hause fortgeht, das letzte Mal sein könnte, dass sie sie sehen?«

Das beharrliche Zirpen ihres Kommunikators ersparte es Miranda, diese Frage zu beantworten. *»Crusher an Kadohata. Es tut mir leid, Ihren Abschied zu unterbrechen, Miranda, aber wir müssen wirklich ...«*

»Schon in Ordnung, Doktor«, unterbrach sie sie. »Eine Person zum Hochbeamen.«

»Miranda, nein ...«, protestierte Vicenzo. Er versuchte, nach ihr zu greifen, beinahe als glaubte er, er könne sie körperlich zurückhalten, doch der Transportereffekt war viel zu schnell.

Und dennoch blieb das Bild von Vicenzos Gesicht und der Ausdruck des Schmerzes darauf, als er sah, wie sie fortgebeamt wurde, vor ihren Augen, selbst als sie schon längst auf der Transporterplattform des Runabouts stand.

Den Leuten war niemals klar, wie gut es ihnen ging, bis ihnen die kleinen Annehmlichkeiten genommen wurden, die sie bis dahin als gegeben angesehen hatten.

So fühlte es sich beispielsweise nach Jahren des Dienstes an Bord eines der größten und modernsten Schiffe der Sternenflotte unglaublich beengend und klaustrophobisch an, den begrenzten Lebensraum an Bord eines Runabouts der *Danube*-Klasse mit vier anderen zu teilen. Zuerst hatte sie eine Weile lang versucht, in einem engen kleinen Fach, das sich Koje schimpfte, ein paar Stunden Schlaf zu finden. Doch nachdem sie sich dabei in dem Bemühen um eine bequeme Position (ein Unterfangen, das vermutlich selbst ohne ihre Schwangerschaft fruchtlos gewesen wäre) unablässig hin und her gedreht hatte, gab Crusher auf, erhob sich und stapfte in Strümpfen zur Tür ihrer winzigen Kabine.

»Guten Morgen, Doktor-Commander«, sagte Doktor Meron Byxthar, die betazoide Soziologin, die Barash für diese Mission rekrutiert hatte, als Beverly im gemeinsamen Aufenthaltsbereich erschien. Byxthar war eine anspruchslos wirkende Frau in Beverlys Alter, etwa einen halben Kopf kleiner als sie und mit mittellangem Haar, das in einem unscheinbaren Braunton gefärbt war. Sie drehte nicht den Kopf, um Beverly anzuschauen, sondern blickte weiterhin den Mann an, der ihr auf der anderen Seite des Tisches gegenübersaß.

Dieser Mann, Paul Dillingham, sah kurz auf, begrüßte Beverly mit einem halbgemurmelten »Doktor Crusher« und richtete danach sein Augenmerk sofort wieder zurück auf den Tisch. Eine Reihe von Klötzen, Dominosteinen nicht unähnlich, war zwischen den beiden aufgebaut und bildete eine Art Muster, das nur ein begeisterter Anhänger des betazoiden Spiels *Flüsse* verstehen konnte. Dillingham, ein Anwalt für Individuenrechte - der zugleich für die Föderationsregierung arbeitete -, war ganz offensichtlich alles andere als das, und er kaute auf seinem graumelierten Schnauzbart herum, während er darüber nachdachte, welchen seiner Klötze er wohin platzieren sollte.

Crusher erwiderte die Begrüßungen und ging zum Replikator hinüber. »Croissant mit Icobeeren-Marmelade und ... kalte Milch«, befahl sie dem Computer, wobei sie zögerte, als sie daran dachte, wie gut jetzt eine schöne heiße Tasse Kaffee tun würde.

»Die meisten Ärzte sagen, dass Koffein in moderaten Mengen für schwangere Humanoide akzeptabel ist«, sagte Byxthar, ohne den Blick von Dillingham zu nehmen. Dann drehte sie sich um und sagte: »Verzeihen Sie, Doktor-Commander«. Offensichtlich hatte sie Beverlys stumme Verärgerung über der Tatsache, dass ihre Gedanken gelesen worden waren, gespürt.

Crusher sagte nichts, als sie einen großen, unbefriedigenden Schluck nahm. So sehr Doktor Byxthar auch versucht hatte, ein unscheinbares Äußeres zu pflegen, um sich besser in die Gemeinschaft von Flüchtlingen eingliedern und ihre Beobachtungen machen zu können, so wenig Mühe hatte sie sich bislang gegeben, ihre Persönlichkeit zurückzunehmen. Als weithin bekannte und geachtete Expertin bezüglich vertriebener Personen und Kulturen, hatte sie zunächst widerstrebend reagiert, als Crusher darum bat, ebenfalls mit Doktor statt mit Commander angesprochen zu werden. »Oder ‚Beverly' wäre auch in Ordnung«, hatte Crusher lächelnd hinzugefügt. Doch Byxthar war auch mit diesem Vorschlag nicht einverstanden gewesen und stattdessen auf den Kompromisstitel Doktor-Commander gekommen. Beverly hatte daraufhin einfach nur mit den Schultern gezuckt und für sich entschieden, dies für die paar Tage zu erdulden, während derer sie zusammenarbeiten mussten.

Sie nahm am Tisch Platz und biss in ihr luftiges Teigstück, während sie zusah, wie sich das Spiel entwickelte. Obwohl Beverly die Regeln nur sehr grundlegend beherrschte (sie hatte mal während eines Aufenthalts in einem Hotel am Cataria-See auf Betazed versucht, es zu lernen), wusste sie, dass Dillingham dem Spiel nicht gewachsen war. Jeder der Klötze repräsentierte entweder ein Stück Land oder Wasser. Die Absicht jedes Spielers bestand darin, die Topografie des Lands zwischen sich und dem Gegner auf eine gewisse Art und Weise zu formen, um den Fluss des Wassers so zu steuern, dass das eigene Gebiet moderat bewässert oder das des Gegners überflutet oder ausgetrocknet wurde.

Dillingham blieb vollkommen ruhig und ernst und zeigte mit keinem Wimpernzucken, ob er sich darüber im Klaren war, dass sein Land so trocken wie Tyree war. Nach einer ganzen Weile des Abwägens wählte er einen der Klötze, die er auf der Hand hielt, und platzierte ihn in der Nähe des Zentrums jener, die schon auslagen.

Was auch immer er getan hatte, es schien nicht gut für Byxthar zu sein, die bereit gewesen war, direkt nach Dillinghams Zug einen ihrer eigenen Klötze zu legen, und nun innehielt, um noch einmal darüber nachzudenken. Während sie einen Löffel Eingemachtes auf ihr Croissant schmierte, fragte sich Beverly, wie die Betazoidin durch die Wende im Spiel dermaßen hatte überrascht werden können.

»Weil es unsportlich ist, die Gedanken eines Gegners zu lesen«, sagte Byxthar, während sie die Spielsteine studierte.

Crusher zog die Augenbrauen zusammen. »Aber das Lesen der Gedanken jedes anderen ist kein Problem?«

»Sie wollten es wissen, Doktor-Commander«, erwiderte Byxthar, noch immer ohne aufzublicken.

Crusher bremste sich, bevor sie eine Erwiderung geben konnte, und schob sich ein großes Stück Croissant in den Mund, um der Verlockung, etwas zu sagen, leichter widerstehen zu können. Sie rief sich ins Gedächtnis, dass sie beide, sobald sie Pacifica erreicht hatten, jeweils ihrer eigenen Arbeit nachgehen würden und es wenig Notwendigkeit zum gemeinsamen Umgang geben würde.

Die Bordsprechanlage erwachte zum Leben und eine Stimme aus dem Cockpit des Runabouts sagte: *»Gliv an Crusher. Wir nähern uns dem Cestus-System und fallen jetzt aus dem Warp.«*

»Verstanden«, antwortete sie und wischte die Krümel von der Vorderseite ihrer Uniform. Nachdem sie ihren leeren Teller und ihr halbvolles Glas in den Replikator zurückgestellt hatte, machte sich Crusher auf den Weg zum vorderen Bereich des Schiffes.

Im Cockpit saß Ensign Thur chim Gliv, ein junger Tellarit mit einem Pelz aus kurzem rostbraunem Haar. Als Beverly eintrat, drehte er sich auf dem Sitz um. »Sir.«

»Ensign«, sagte Crusher. Über die Schultern des Piloten hinweg, sah sie durch die Frontscheiben die helle, grünblaue Kugel größer werden. »Haben Sie Commander Kadohata schon gerufen?«

»Noch nicht, Sir«, antwortete Gliv. »Die Orbitalkontrolle von Cestus hat uns aufgefordert, knapp außerhalb des Standardorbits zu warten.«

Crusher wollte gerade fragen, was es damit auf sich habe, doch dann verlagerte sich ihr Augenmerk auf die Anzeigen des Kurzstreckensensors und sie sah die Antwort selbst: Mindestens sechs Dutzend anderer Schiffe, vom einfachen Shuttle bis zum Klasse-V-Transporter, befanden sich in unmittelbarer Nähe. Sie alle waren als Zivilschiffe registriert. Der Großteil kam von Regulus, einem der ersten Planeten, den die Borg ausgelöscht hatten, nachdem sie eingefallen waren. Der Planet hatte kaum zwei Stunden Vorwarnzeit gehabt, bevor die zerstörerische Armada über das System herfiel. Im ersten Augenblick war Crusher freudig überrascht, wie viel Regulaner es offenbar geschafft hatten, zu entkommen. Dann aber wurde ihr klar, was für einen kleinen Prozentsatz der Gesamtbevölkerung des Planeten selbst diese Menge an Schiffen repräsentierte.

»Orbitalkontrolle Cestus an Runabout Genesee«, unterbrach eine Stimme aus dem Komm-Kanal ihre Gedanken. *»Sie haben Freigabe für einen Standardorbit. Übertragung der Koordinaten erfolgt jetzt. Bitte weichen Sie nicht von diesen Koordinaten ab.«*

Glivs Miene verfinsterte sich angesichts des scharfen Tonfalls des Fluglotsen. Was Beverly für Stress hielt - zweifellos hatte der Mann selten, wenn überhaupt jemals, mit so vielen Schiffen gleichzeitig zu tun gehabt -, hielt der Tellarit offenbar für die Annahme, er als Pilot könne sich weigern, den Anordnungen Folge zu leisten. Doch ungeachtet der empfundenen Beleidigung, erwiderte er bloß: »Verstanden. Und Ihnen auch einen schönen Tag.«

Die einzige Antwort des Planeten bestand darin, den Komm-Kanal mit einem Piepsen zu schließen. Gliv ließ seine Hände über die Bedienfelder gleiten, und Crusher sah zu, wie er geschickt um die Satelliten und die anderen Schiffe herummanövrierte, die Cestus III gegenwärtig umkreisten. Nach einer Minute fuhr er die Hauptimpulstriebwerke herunter und verkündete. »Wir befinden uns jetzt im Standardorbit direkt oberhalb der Stadt Lakeside, der Siedlung mit dem fantasielosesten Namen des Sektors.« Er grinste und entblößte dabei eine Reihe kleiner Stummelzähne.

Crusher unterdrückte das Bedürfnis, aufzustöhnen. »Ensign, dieser Spruch war schon nicht besonders lustig, als Sie ihn die ersten Dutzend Male von sich gegeben haben.«

Das Lächeln des Tellariten verschwand. »War er nicht?«

»Ich fürchte, nein«, bestätigte sie ihm mit einem mitfühlenden Lächeln. Der junge Ensign hatte bei dem Versuch, sich bei ihr und dem Rest des Teams beliebt zu machen, sein Bestes gegeben, doch bislang hatten all seine Versuche, Humor und Kameradschaft zu beweisen, unbeholfen und erzwungen gewirkt.

Während Gliv über Crushers Kritik an seinem komödiantischen Talent nachdachte, glitt die Ärztin auf den Sitz neben ihm und aktivierte das Komm-System. »*Runabout Genesee* an Commander Kadohata.«

»*Kadohata hier*«, kam die Erwiderung.

»Wir sind im Orbit und bereit, Sie hochzubeamen, Miranda.«

»*Einen Augenblick, Doktor.*«

»Natürlich«, sagte Crusher, doch sie hörte, dass der Audiokanal am anderen Ende bereits geschlossen worden war. Ein bittersüßes Lächeln stahl sich auf ihre Lippen. Jack und sie hatten diese Abschiede so oft durchgemacht (und gleichzeitig doch viel zu selten), und sie war bereit, Kadohata die Zeit zu gewähren, die sie mit ihrem Mann und ihren kleinen Kindern brauchte.

»Ich glaube nicht, dass ich meine Beobachtung über Lakeside wirklich ein Dutzend Mal gemacht habe«, unterbrach Gliv Crushers Gedanken.

Crusher wandte sich dem Tellariten zu und schenkte ihm einen trockenen Blick. »Ich habe übertrieben, um witzig zu sein.«

Gliv dachte einen Moment darüber nach, dann teilten sich seine Lippen und entblößten beide Reihen seiner Zähne. »Aaah! Sehr gut, Sir!« Ob er sich wirklich darüber amüsierte oder nur versuchte, einem vorgesetzten Offizier zu gefallen, vermochte Crusher nicht zu sagen. Der Ingenieur des Teams war das einzige Mitglied, das aufrichtig begeistert von ihrer Mission zu sein schien. Er gab ganz offen zu, dass er hoffte, sie möge ihm als Sprungbrett für einen besseren Posten dienen, als denjenigen, den er während des letzten Jahres auf Luna-Kolonie Eins innegehabt hatte. Und er schien sich auch nicht zu schade dafür zu sein, der Teamleiterin während dieser kurzen Mission zu schmeicheln, wenn es ihm nur einen guten Abschlussbericht in seiner Akte einbrachte.

Nach einer wie Crusher befand großzügigen Extrazeitspanne, aktivierte sie die Komm-Konsole erneut. »Crusher an Kadohata. Es tut mir leid, Ihren Abschied zu unterbrechen, Miranda, aber wir müssen wirklich ...«

»Schon in Ordnung, Doktor«, erwiderte Kadohata. *»Eine Person zum Hochbeamen.«*

Crusher wandte sich an Gliv, der sich bereits der Konsole zu seiner Linken zugewandt hatte und ihre Befehle erwartete. »Ensign, Energie.«

In der schmalen Nische im hinteren Bereich des Cockpits glühte eine Säule wirbelnder Materie und Energie auf und verschwand wieder, um eine Menschenfrau mit dunklen Haaren und einem Gesicht, auf dem sich ihr europäisch-asiatisches Erbe zeigte, zurückzulassen. Sie trat vor, hängte sich den Gurt ihres Kleidersacks über die Schulter und nahm Haltung an, als sie Crusher anblickte. »Erlaubnis an Bord kommen zu dürfen?«, erbat sie mit britisch klingendem Akzent.

»Erlaubnis erteilt«, sagte Crusher mit einem Lächeln. »Wie war der Urlaub?«

»Gut, ganz gut«, antwortete sie, während sie sich dem Tellariten zuwandte, der auf sie zutrat.

»Commander Miranda Kadohata«, stellte Crusher die beiden einander vor. »Ensign Thur chim Gliv, unser Technikspezialist.«

Kadohata streckte ihre rechte Hand aus. »Wie geht es Ihnen?«

Gliv lächelte, als sich seine dicken Finger um die der Menschenfrau legten. »Ich muss es wissen, und Sie müssen es herausfinden«, sagte er und schien danach auf das schallende Gelächter zu warten, das zweifellos folgen musste.

Miranda starrte erst ihn und dann Beverly verwirrt an.

»Machen Sie sich nichts draus«, sagte die Ärztin. »Ensign Glivs Sinn für Humor ist noch in Arbeit.«

Gliv stieß ein bellendes Lachen aus. »Noch in Arbeit! Das gefällt mir!«

Crusher seufzte. »Bringen Sie uns aus dem Orbit, Ensign, und nehmen Sie wieder Kurs auf Pacifica. Maximale Warpgeschwindigkeit.«

Während Gliv auf den Pilotensitz zurückkehrte, brachte Crusher Kadohata ins Heck des Runabouts, wo sie ihr Byxthar und Dillingham vorstellte und ihr anschließend zeigte, wo sie ihre Sachen verstauen konnte. Das *Flüsse*-Spiel war offenbar in eine Pattsituation geraten, und keiner der beiden Kontrahenten schien bereit zu sein, dem anderen einen Vorteil zu gewähren.

Die zwei *Enterprise*-Offiziere begaben sich erneut ins Cockpit. »Wir haben das Cestus-System verlassen«, meldete Gliv. »Geschätzte Flugzeit bis nach Pacifica: achteinhalb Stunden.«

»Sehr gut«, gab Crusher zurück. »Sind Sie bereit, abgelöst zu werden, Ensign?« Gliv hatte am Steuer gesessen, seit er auf bei Luna an Bord gekommen war.

Er grinste. »Koten terranische Bären in waldigen ...?« Er brach rasch ab, als er die Reaktionen der beiden Senior-Offiziere bemerkte, stellte das Grinsen ein und sagte: »Ich meine, ja, Sir. Danke, Sir.«

»Lass mich raten: Er ist sehr beliebt auf Partys«, sagte Kadohata, nachdem Gliv das Cockpit verlassen und sie es sich auf dem Pilotensitz bequem gemacht hatte.

»Vor allem dann, wenn er geht«, erwiderte Crusher. »Verdammt, jetzt hat er mich auch schon dazu gebracht, Sprüche zu klopfen.« Sie seufzte und ließ sich auf den Sitz des Kopiloten fallen. »Also ... dein Urlaub war gut?«, fragte sie, während sie ein Bein unter den Körper zog.

»Ja«, sagte Miranda, warf der Ärztin einen raschen Seitenblick zu und schenkte ihr ein leicht gezwungen wirkendes Lächeln. »Die Zwillinge sind dermaßen gewachsen; ich konnte es kaum glauben. Und Aoki ... Sie ist so unerschrocken. Du hättest sie gestern am Strand sehen sollen.«

Crusher nickte nachsichtig. »Und Vicenzo?«

»Nun ... Vicenzo ... er ist ...« Kadohata brach ab und verfiel für eine

Weile in Schweigen, bevor sie schließlich mit einem Schulterzucken seufzte. »Nun ja, wir haben uns ein wenig gestritten, gerade eben, als ich im Begriff war, aufzubrechen.«

»Ich verstehe«, sagte Crusher einfach nur und wartete, ob die jüngere Frau das weiter ausführen würde.

»Er hat mich gebeten, Fahnenflucht zu begehen!« Sie schüttelte den Kopf, als könnte sie es nicht glauben, obwohl sie selbst es war, die die Geschichte erzählte. »Er wollte, dass ich dich auf dieser Mission im Stich lasse.«

»Wirklich?«, fragte Crusher und hob eine Augenbraue.

»Ich weiß, er macht sich Sorgen, wenn ich unterwegs bin«, sagte Kadohata. »Ich mache mir auch Sorgen und frage mich ständig, wie es ihm und den Kleinen geht. Aber er wusste von Anfang an, dass ich in der Sternenflotte diene. Gütiger Himmel, der einzige Grund, warum wir uns überhaupt begegnet sind, war der, dass mir ein Schiff unterm Hintern explodiert ist!«

Crusher nickte. Sie erinnerte sich an die Begebenheit, wie Kadohata nach der Zerstörung der *Enterprise-D* auf Veridian III nach Cestus zurückgekehrt war und dort während eines Baseballspiels ihren zukünftigen Ehemann kennengelernt hatte.

»Das hier ist mein Leben, meine Karriere«, fuhr Kadohata fort. »Und nach beinahe zwanzig Jahren habe ich endlich diesen Posten hier erreicht: zweiter Offizier der *Enterprise*! Ich bin nur noch zwei Schritte von meinem eigenen Kommando entfernt! Und alles, woran er denkt ...«

»... bist du.«

Bei diesen Worten blickte Kadohata Crusher an, und auf einmal schwand jedes bisschen Zorn aus ihrem Gesicht. »Und dann habe ich mich mitten in unserem Krach abgesetzt - oder vielmehr wegbeamen lassen. Unsere letzten Worte waren ...« Ihre Stimme verlor sich, und sie bedeckte das Gesicht mit der Hand. »Oh, verflucht. Ich bin einfach nur ein selbstsüchtiges Miststück, oder?«

»Nicht mehr und nicht weniger als Millionen anderer Sternenflottenoffiziere in deiner Lage«, sagte Crusher. »Ganz zu schweigen von jedem Seemann und Entdecker seit Anbeginn der Zeit.«

Kadohata schüttelte den Kopf. Sie wirkte nicht so recht überzeugt. »Es wird schwerer und schwerer. Als es noch nur wir beide waren, da, oh, haben wir geweint und uns geküsst und wahrhaft phänomenalen Abschiedssex gehabt.« Sie schenkte Beverly ein hintergründiges Lächeln. »Aber es stand nie zur Debatte, dass ich ausschiffen würde. Doch seit Aokis Geburt ...«

Crusher nickte. »Ein Baby verändert einfach alles«, sagte sie und dachte an Jean-Lucs erste Reaktion, als sie verkündet hatte, auf diese Mission gehen zu wollen. Einst hatte er ihr zugetraut, das Kommando über ein ganzes Raumschiff zu übernehmen. Nun allerdings, da sie sein Kind in sich trug ...

»Ist es bei dir und dem Captain auch so?«, fragte Kadohata, und einen Augenblick lang dachte Crusher, sie würde mit der Betazoidin in ihrem Team sprechen.

»Nein«, log sie rasch. Auch wenn sie unter anderen Umständen kein Problem damit gehabt hätte, sich mit Kadohata über das Verhalten ihres Ehemanns auszutauschen, war Jean-Luc nun mal ihr vorgesetzter Offizier, und daher musste eine gewisse Diskretion gewahrt bleiben. »Ich habe eigentlich eher an Jack und mich gedacht, kurz nachdem Wesley geboren worden war«, sagte sie zur Ablenkung.

»Ach ja?«

Crusher nickte, obwohl sie sich wunderte, wieso ihr jene jahrzehntealten, lange begrabenen Erinnerungen auf einmal wieder ins Gedächtnis aufstiegen. »Es war natürlich nicht ganz die gleiche Situation, da wir beide in der Sternenflotte dienten ... Ich hatte meine Zulassung nach meinen vier Jahren Vorbereitung aufs Medizinstudium erhalten. Ich war gerade im zweiten Jahr an der Medizinischen Hochschule, und Jack befand sich auf der *Stargazer*. Wir waren kaum aus den Flitterwochen heimgekehrt, als das Schiff auf eine einjährige Tiefenraumforschungsmission aufbrach, was schon schwer genug für uns war. Doch dann stellte ich vier Wochen später obendrein fest, dass ich schwanger war.« All die Erinnerungen kamen plötzlich wieder: die Furcht und die Freude und die Panik, mit vierundzwanzig schwanger zu sein, während ihr frischgebackener Ehemann Hunderte von Lichtjahren entfernt war.

»Ein ganzes Jahr«, fragte Kadohata mit geweiteten Augen.

»Es war eigentlich eine der kürzeren Missionen der *Stargazer*«, antwortete Crusher. Mit leichtem Befremden fiel ihr auf, wie sehr man sich von dem Gedanken solch ausgedehnter Missionen in den letzten Jahrzehnten gelöst hatte - zumindest bis zum Start des *Luna*-Klasse-Programms. »Aber Jean-Luc, er sei gepriesen, fand einen Grund, nach der Hälfte der Mission zu einer Sternenbasis zurückzukehren und Jack seinen Vaterschaftsurlaub zu ermöglichen.« Genau genommen hatte Beverly Picards Namen damals verflucht, denn Jack hatte die Erde erst fünf Tage nach Wesleys Geburt erreicht. Aber als er dann eingetroffen war, hatte sie all ihren Zorn vergessen. Tatsächlich hatte sie alles vergessen, abgesehen davon, wie sehr sie diesen Mann liebte und wie glücklich sie war, ihn bei sich und ihrem Kind zu haben.

Die Wochen, die danach folgten, gehörten zu den schönsten in Beverlys Erinnerung. Jack und Wesley fanden, zur Überraschung des neuen Vaters, sofort zueinander. Stundenlang saß er vor dem Kinderbett und starrte seinen Sohn mit unverhohlenem Staunen an. Wesley schaute derweil zurück und erweckte dabei einen Anschein des Erkennens, der weit über die Fähigkeiten eines gewöhnlichen Neugeborenen hinausging. Ihre gemeinsame Zeit war ein Musterbeispiel häuslichen Segens, bis zu dem Tag, an dem die Sternenflotte auf der Türschwelle der Crushers in San Francisco auftauchte.

»Beverly Crusher«, sagte der große Mann mit dem ernsten Gesicht und der makellos gebügelten, weinroten Uniform.

»Ja?«, fragte sie und wippte von einem Fuß auf den anderen, während das Baby langsam in ihren Armen einzuschlafen begann.

Der Offizier warf einen kurzen Blick auf das Kind und sah dann erneut Beverly an. »Ich suche nach Ihrem Ehemann.«

Es war, als legte sich eine Klammer um ihre Brust, als sie von der Tür zurücktrat und den Offizier einließ. Sie führte ihn in die kleine Küche der Wohnung, in der Jack einige belegte Brote für ihr Mittagessen vorbereitete. »Hallo«, sagte er, als der Fremde eintrat und wirkte dabei ein bisschen weniger überrascht, als Beverly es erwartet hätte.

»Lieutenant Crusher. Ich bin froh, Sie gefunden zu haben. Commander David Gold.« Er bot ihm die rechte Hand, und Jack schüttelte sie mit leichtem Widerstreben. »Ihr Captain wird erfreut sein, zu hören, dass Sie noch am Leben sind - auch wenn das vielleicht nicht mehr der Fall sein wird, nachdem er Sie in die Finger bekommen hat.«

»Was?« Beverly ging um den Küchentisch herum und stellte sich an Jacks Seite. »Was meinen Sie damit: Er ist erleichtert, dass er noch am Leben ist?«

Gold hob eine buschige dunkle Augenbraue. »Nun ja, er meldete sich am Ende seines Urlaubs nicht auf seinem Schiff zurück; es gab keine Nachricht, keine Entschuldigungen ...«

Beverly riss den Mund auf. »Ende seines Urlaubs?« Ihr Kopf schoss nach rechts, und sie schaute zu ihrem Ehemann auf. »Jack?«

Jack bedachte sowohl sie als auch Gold mit einem beschämten Grinsen. »Äh ... welcher Tag ist heute noch mal?«

Der vorgesetzte Offizier verschränkte die Arme vor der Brust und sagte: »Fünf Tage nachdem Ihr Captain Sie auf der *Stargazer* zurückerwartet hätte.«

Jack zuckte zusammen, genau wie Beverly. »Commander ... Sir, ich weiß, dass ich, technisch gesehen, ohne Erlaubnis dem Dienst fern bin, aber ... Bitte, es ist mein erster Urlaub seit der Geburt meines ersten Sohnes. Ich habe bereits seine Geburt verpasst, daher wollte ich das Beste aus der Zeit machen, die mir gegeben war, und ... ich schätze, ich wollte einfach nicht darüber nachdenken, ihn zurückzulassen, und ... nun ja, es scheint so, als hätte ich die Zeit vergessen. Ich weiß, dass das eine jämmerliche Entschuldigung ist, aber wenn es irgendeine Möglichkeit gäbe, dass wir ...«

»Ihren Fehltritt übersehen und das hier ohne offizielle Anklage über die Bühne bringen könnten?«, fragte Gold und bedachte Jack mit einem ernsten, unnachgiebigen Blick. Dann brach ein winziges Grinsen seine Fassade auf. »Ich bin nicht der Sicherheitsdienst der Sternenflotte, Lieutenant. Ich bin nur ein guter, alter Freund Ihres Captains. Er wusste, dass ich auf der Erde bin, und bat mich, nach Ihnen, Ihrer Frau und Ihrem Sohn zu schauen und sicherzugehen, dass nichts passiert ist.«

Beverly musterte Golds Gesicht. »Dann ... ist Jack nicht ...?«

Der ältere Mann schenkte ihr ein freundliches Lächeln. »Ich habe selbst sechs Kinder - auch wenn sie schon keine Kinder mehr sind.« Ein Hauch von Melancholie huschte über seine Züge. Dann wandte er sich Jack zu. »Mein Schiff, die *Schiaparelli*, verlässt in einer Stunde den Orbit. Wenn Sie Ihren *Tuchus* an Bord schaffen, bringen wir Sie bis in den denobulanischen Sektor. Und ich sehe mal, was ich für Sie tun kann, um Picard gnädig zu stimmen.«

»Ich weiß das sehr zu schätzen, Commander. Vielen Dank, Sir.«

Gold nickte Jack und Beverly zu, dann streckte er den Arm aus, um Wesley mit seinen Fingerspitzen zärtlich über den Haarflaum auf seinem Kopf zu streichen. Schließlich drehte er sich um und verschwand zur Tür hinaus.

»Das war knapp, hm?«, sagte Jack, als er sich auf seinen Stuhl sinken ließ und ein Sandwich nahm.

»Jack! Ich kann nicht glauben, dass du gerade eben einen vorgesetzten Offizier angelogen hast - und einen Freund von Captain Picard!«

»Angelogen?«, fragte Jack voller Unschuld.

»Du hast *vergessen*, wann dein Urlaub zu Ende war?« Beverly schüttelte angesichts der Lächerlichkeit dieser Behauptung den Kopf. »Dir ist hoffentlich klar, dass der Captain dir das niemals abnehmen wird.«

»Mach dir deswegen keine Sorgen«, erklärte Jack in beruhigendem Ton. »Jean-Luc wird ein wenig herumpoltern, mir einen milden Tadel in die Akte schreiben und das war's dann. Du weißt doch, wie es heißt: Es ist leichter, um Vergebung zu bitten, als um Erlaubnis.«

»Mach dir keine Sorgen?«, wiederholte sie fassungslos. »Du hast im Grunde Fahnenflucht begangen, du hast deine Freundschaft mit Captain Picard ausgenutzt ... und du wirst nicht einmal deinen Flug nach Denobula erwischen, wenn du weiter hier herumsitzt!«

»Ja«, sagte Jack und starrte auf sein halbgegessenes Sandwich, das vor ihm lag, während seine Fingerspitzen leise auf die Tischplatte trommelten.

Beverly spürte einen plötzlichen, untypischen Umschwung in Jacks Stimmung. Sie verschob das schlafende Baby in ihren Armen, zog sich einen zweiten Stuhl heran und setzte sich neben ihren Mann an den Tisch. »Jack?«

»Wie kann ich gehen, Beverly?«, flüsterte er, ohne aufzublicken. »Ich bin jetzt ein Vater. Wie kann ich nur?«

»Du musst es. Es ist deine Pflicht, deine Karriere.«

Er schüttelte langsam den Kopf. »Mein Vater war fast nie zu Hause. Er wollte es nicht. Als ich alt genug war, um es zu verstehen, machte er es mir ziemlich klar, dass er es für einen wirklich großen Fehler hielt, geheiratet und ein Kind bekommen zu haben.« Er drehte sich um und blickte seine Frau und sein Kind an. »Ich möchte nicht, dass Wesley sich jemals so fühlt.«

»Das wird er nicht«, erwiderte Beverly automatisch.

»Aber wenn ich gehe ...« Er schaute in das Gesicht des Jungen, und der Junge, der auf einmal hellwach war, schaute zurück.

»Er wird verstehen, dass du einen Grund hattest, zu gehen«, sagte Beverly zu ihm, streckte eine Hand aus und legte sie Jack auf den Rücken. »Denn du bist ein ehrenhafter Mann, ein Mann, der seine Versprechen hält und seinen Verantwortungen nachkommt.«

»Wie kann er das wissen?«

»Weil er als Sohn zweier Sternenflottenoffiziere aufwächst«, versprach sie ihm. »Und wir haben unser ganzes Leben, um ihn wissen zu lassen, wie sehr wir ihn lieben.«

»Bev ... wenn das alles dazu gedacht ist, damit ich mich besser fühle ...«

Crusher blinzelte und blickte Kadohata an. Wie lange hatte sie, verloren in ihren eigenen Gedanken, vor sich hin gesprochen? Und was genau war es gewesen, das sie der anderen Frau ursprünglich mitteilen wollte? »Es tut mir leid, ich glaube, ich bin ein wenig abgeschweift. Worauf ich eigentlich hinauswollte, ist, dass du dir selbst treu bleiben musst. Du bist eine Ehefrau, eine Mutter und ein Sternenflottenoffizier. Wenn du dir irgendwelche Zwänge auferlegst - und sei es auch nur einer dieser Facetten deiner selbst -, dann verleugnest du nicht nur dich selbst, sondern verweigerst Vicenzo und deinen Kindern auch den Menschen, der du wirklich bist.«

»So wird es wohl sein«, sagte Kadohata, als sie darüber nachdachte. »Danke, Bev.«

»Gern geschehen«, sagte sie. Einen Moment lang saßen sie in vertrautem Schweigen nebeneinander, während die Sterne in Streifen vor dem vorderen Sichtfenster vorbeizogen.

»Ich sollte Vicenzo wirklich anrufen«, sagte Miranda.

»Ich lasse dich allein«, erwiderte Beverly mit einem Lächeln, während sie schon auf halbem Wege zum Cockpit hinaus war.

KAPITEL 5

»Ich hätte es sein sollen.«

Doktor Hegol Den sagte nichts, sondern blickte stattdessen den jungen Betazoiden, der ihm gegenüber auf der Couch saß, weiterhin nur freundlich an. Lieutenant Rennan Konya starrte unterdessen in seinen Schoß und spielte mit seinen Händen herum. Nach einem Augenblick ermunterte der Counselor ihn, weiterzusprechen: »Warum sagen Sie das?«

»Ich bin der stellvertretende Sicherheitschef«, fauchte Konya. »Ich war derjenige, der ihnen sagte, was sie tun sollten - und jetzt sind sie tot! Diese Burschen haben schon Jem'Hadar bekämpft, als ich noch in der Grundausbildung war; wie um alles in der Welt kann *ich* ihnen Befehle geben, die sie in den Tod führen?«

Der bajoranische Counselor machte sich einige Notizen auf seinem Padd, während er weiter mit halbem Ohr zuhörte. Seit dem Ende des Borg-Angriffs hatte er eine Menge Fälle von Schuldkomplexen bei Überlebenden zu hören bekommen, und er war sich sicher, dass er in den nächsten Monaten, wenn nicht gar Jahren, noch eine ganze Menge mehr würde behandeln müssen. Er hörte Konya zu, wie dieser all seine Gefühle von Schuld und Trauer und Beschämung vor ihm ausschüttete, und schubste ihn nur gelegentlich etwas an. Am Ende der Sitzung hielt Hegol den Lieutenant an, zu versuchen, einen objektiven Blick auf sich selbst zu werfen und über die härteren Vorwürfe, die er sich gemacht hatte, noch einmal nachzudenken.

Als Konya gegangen war, stieß Hegol einen tiefen Seufzer aus. Es war ein weiterer Tag voller Termine gewesen, und sein knurrender Magen erinnerte ihn daran, dass er die Mittagspause hatte ausfallen lassen. Die Muskeln in seinem Rücken und seinen Beinen protestierten, als er sich zum ersten Mal seit Stunden von seinem Sessel erhob und den Raum durchquerte, um zum Replikator zu gelangen.

Er nahm gerade seinen *Veklava* und einen *Jumja*-Eistee entgegen, als das Türsignal erklang. Seine Schultern sackten herab, und nur für einen Moment war er versucht, vorzugeben, er sei nicht da. Doch sein Gefühl für Verantwortung jenen gegenüber, die ihn brauchten - und die Erkenntnis, dass der Schiffscomputer seinen gegenwärtigen Aufenthaltsort ohnehin verraten würde -, gewann die Oberhand. »Wer ist da?«, rief er.

»Commander Worf, Doktor«, erwiderte der Erste Offizier durch die Sprechanlage.

Natürlich. »Kommen Sie herein«, sagte Hegol und versuchte, zu verhindern, dass man ihm seine Müdigkeit anhörte.

Der klingonische Offizier trat ein und blieb direkt hinter der Tür stehen, als er sah, dass Hegol gerade im Begriff gewesen war, etwas zu essen. »Doktor. Verzeihen Sie, dass ich Sie außerhalb des Dienstes störe.«

»Es ist in Ordnung, Commander«, sagte Hegol und bat ihn mit einer Geste, einzutreten. »Das ist der Preis, den ich dafür zahle, während meines Dienstes nicht gestört zu werden. Setzen Sie sich. Kann ich Ihnen etwas anbieten?«

»Nein danke.« Worf zögerte, bevor er sich dem Counselor gegenüber an dessen Schreibtisch niederließ, was Hegol die Möglichkeit bot, einen großen Bissen zu nehmen und dadurch erfreulicherweise seinen Magen zum Schweigen zu bringen. »Ich hoffte, Sie hätten Ihre Beurteilung der Besatzungsmitglieder, die eine Freistellung aus psychiatrischen Gründen erbeten hatten, bereits abgeschlossen«, sagte der Erste Offizier.

Hegol nickte, während er einen Schluck Eistee trank. »Ich habe den letzten von ihnen gerade gesehen. Ich würde empfehlen, die

Ensigns Bulthaus und H'Mupal aus der Sicherheitsabteilung zu versetzen - zumindest vorübergehend.«

Worf runzelte die Stirn, als er darüber nachdachte. »Commander La Forge hat um zusätzliche Hilfe im Maschinenraum gebeten, um mit den nach wie vor ausstehenden Reparaturen fertigzuwerden.«

»Gut«, sagte Hegol und aß einen weiteren Bissen *Veklava.* »Lassen Sie sie eine Weile damit beschäftigt sein, Dinge zu reparieren. Das sollte genau die Art von Therapie sein, die sie brauchen, nachdem sie Teil von solch enormer Zerstörung waren.«

»Und was ist mit den anderen?«

»Die anderen ...« Hegol seufzte und ließ seine Gabel über dem Essen in der Luft hängen. »Sie alle leiden auf die eine oder andere Weise unter posttraumatischem Stress, aber zumindest wissen sie, dass sie Hilfe benötigen, um mit ihren Problemen fertigzuwerden. Bei fortgesetzter, regelmäßiger Behandlung sollten sie, denke ich, alle imstande sein, ihre Pflichten zu erfüllen.«

Worf nickte, anscheinend zufrieden mit dem Bericht. Hegol zögerte einen Moment lang, bevor er ein anderes Thema zur Sprache brachte: »Genau genommen, Commander, mache ich mir viel mehr Sorgen um all diejenigen, die sich weigern, sich ihren emotionalen Problemen zu stellen, und so zu tun versuchen, als ginge es ihnen gut. Lieutenant Choudhury, beispielsweise.«

Der Commander versteifte sich auf seinem Sitz. »Lieutenant Choudhury?«

»Ja. Unsere Sicherheitschefin musste mit ansehen, wir ihr gesamter Planet von den Borg ausgelöscht wurde, und wahrscheinlich hat sie ihre ganze Familie verloren. Doch so, wie man sie in den letzten Tagen hier auf dem Schiff erleben konnte, käme man nie auf den Gedanken, dass irgendetwas passiert wäre.«

Worfs Augen verengten sich ein wenig. »Möglicherweise kennen Sie den Lieutenant einfach nicht gut genug, um zu verstehen, wie sie mit ihrem Verlust umgeht.«

Hegol zuckte leicht mit den Schultern. »Ich nehme an, das wäre möglich. Tatsächlich habe ich seit ihrer Rückkehr kein längeres Gespräch mit ihr geführt. Und das ist genau genommen ein weiterer Grund zur Sorge.«

»Was genau?«

»Dass sie seit ihrem Verlust nicht zu mir gekommen ist«, sagte Hegol, »und auch zu keinem anderen Counselor. Tatsächlich hat Lieutenant Choudhury laut ihrer Akte seit dem ersten Jahr an der Sternenflottenakademie kein freiwilliges Beratungsgespräch gesucht oder empfangen.«

»Ist das so ungewöhnlich?«, wollte der Erste Offizier wissen. »Nicht jeder Sternenflottenoffizier benötigt diese Beratungsgespräche.«

»Commander, ich weiß, dass die klingonische Kultur nicht viel Vertrauen in das hat, was ich hier mache ...«

Worf blickte ihn so finster an, dass es an ein Zähnefletschen grenzte. »Dann sollten Sie auch wissen, dass ich mit einer Ihrer Vorgängerinnen, Deanna Troi, eng befreundet bin und dass ich ihren Rat stets geschätzt habe.«

Hegol hielt sich mit einer Antwort zurück. Natürlich wusste er von Worfs vergangener Beziehung zu Deanna Troi, aber er entschied sich, keine Meinung zu diesem speziellen Thema zu äußern. »Commander, als ich beim Widerstand war, hatte ich einen Kollegen namens Tafka. Er war ein tiefreligiöser Mann, der an den Frieden glaubte - obwohl er natürlich ein ebenso entschlossener Kämpfer wie wir alle war, denn er wusste, dass wir unseren Planeten nur dann zurückbekommen würden, wenn wir den Cardies nichts schenkten. Doch jede Nacht betete er zu den Propheten und versprach, Ihrem Pfad zu folgen. Nun, die Besatzung endete, und Tafka trat in ein Kloster ein. Zwei Monate später beging er Selbstmord. Er hinterließ eine Nachricht, in der er schrieb, dass die Propheten ihm niemals für all das vergeben könnten, was er getan hatte.«

»Und Sie glauben, Lieutenant Choudhury wäre ebenfalls dazu imstande?«, fragte Worf und klang dabei beinahe persönlich angegriffen.

Hegol blieb vollkommen ruhig, als er antwortete: »Lieutenant Choudhury ist ebenfalls eine hingebungsvolle Anhängerin eines Glaubenssystems, das Pazifismus und friedlichen Umgang miteinander für ausgesprochen wichtig ansieht. Darüber hinaus ist sie ein Sicherheitsoffizier und hat im Laufe ihrer Karriere in drei großen interstellaren Kriegen gekämpft. Hinzu kommen Dutzende kleinerer bewaffneter Konflikte, und zudem hat sie erst jüngst einen Verlust erlitten, den die meisten von uns als unerträglich empfinden würden. Doch ungeachtet all dessen bewahrt sie eine Fassade der ... ich glaube, die Menschen nennen es ‚Seelenruhe'. Wie ich schon zugab, bin ich nicht so ... vertraut mit ihr, wie Sie es sind.« Hegol bemerkte, dass Worf bei der Wahl seiner Worte leicht zusammenzuckte und machte sich im Hinterkopf eine Notiz. »Dennoch bin ich ein wenig besorgt, dass sie hinter ihrem ruhigen Äußeren ihre Gefühle einsperrt, sodass sie sich in ihr aufstauen. Und ohne ein adäquates Ventil, wird all der Druck ...« Er deutete mit seinen Händen und Fingern eine stumme Explosion an.

Worf funkelte ihn an und erhob sich von seinem Stuhl, wobei er den Eindruck erweckte, sich zurückhalten zu müssen, um diesen nicht durch den Raum zu werfen. »Doktor ... wünschen Sie, dass ich Lieutenant Choudhury befehle, Ihnen einen Besuch abzustatten?«

Hegol hätte dies gerne bejaht, aber genau genommen lagen ihm keine zwingenden Gründe dafür vor. Dennoch konnte er die Besorgnis, die er verspürte, nicht einfach beiseiteschieben. Daher blickte er schließlich auf und antwortete Worf mit einer Gegenfrage: »Glauben Sie, dass Sie ihr dies befehlen müssten?«

Worf starrte ihn einen Moment lang wortlos an. »Danke für Ihren Bericht, Doktor«, sagte er. »Genießen Sie Ihr Abendessen.« Danach drehte er sich um und ging.

Nachdem er verschwunden war, blickte Hegol ihm noch einige Sekunden lang nach und fragte sich, was genau den offensichtlichen Beschützerinstinkt des Klingonen auslöste.

Als ob du nicht schon genug Arbeit auf dem Tisch hättest, schalt er sich, schob alle Gedanken an seine Arbeit beiseite und widmete seine Aufmerksamkeit wieder seinem Abendessen.

Der Transportereffekt war kaum abgeklungen, als Arandis bereits ein Paar kalter, mit Schwimmhäuten versehener Hände auf ihrem Rücken und der nackten Schulter spürte, das sie grob beiseiteschob. »Bewegen Sie sich! Aus dem Weg. Hier wollen noch mehr Leute ankommen!«, blaffte der Besitzer dieser klammen Hände. Sie und die drei anderen, die mit ihr hinuntergebeamt worden waren, wurden von der Transporterplattform »geleitet«, die sich in einer Ecke einer großen, eleganten Hotellobby befand. Allerdings wurden sie nicht in Richtung der Rezeption, sondern zu einer Personenschlange, die sich auf den Ausgang zubewegte, geführt.

»Warten Sie, wohin gehen wir?«, fragte Arandis den männlichen Selkie, der sie führte. Er trug ein dunkelblaues Oberteil und eine dazu passende Hose, die auf den ersten Blick nach Zivilkleidung aussahen. Doch das Phasergewehr, das er umgehängt hatte, ließ keinen Zweifel daran, dass es sich eindeutig um die Uniform eines Ordnungshüters handelte. »Wir sind hierhergekommen, um für jene unter unserer Obhut eine Zuflucht zu suchen. Warum ...«

»Das hier ist keine Zuflucht«, sagte die Wache und unterstrich diese Aussage mit einer auffordernden Geste seiner Waffe, sich weiterzubewegen. »Das Eden Beach Hotel erlaubt uns nur, seine Lobby und die Transporter zu benutzen - als Geste des guten Willens der Regierung gegenüber. Das ist alles. Die Räume sind bereits bis zu den Kiemenkämmen voll.«

»Und wohin ...?«, wollte Arandis wissen, doch die Wache richtete ihr Augenmerk bereits auf andere Flüchtlinge weiter hinten in der Schlange und forderte diese auf, weiterzugehen. Einer nach dem anderen wurden sie auf eine Zakdorn-Frau mit müden Augen zugedrängt, die an einem kleinen Tisch am Ende der Lobby saß. »Handaufdenscanner«, murmelte sie dumpf und teilnahmslos. Trotz allem, was sie durchgemacht hatte, besaß Arandis noch immer genug risanisches Mitgefühl, um sich zu fragen, mit wie vielen Überlebenden der Borg-Invasion diese ausgelaugte Frau wohl schon zu tun gehabt hatte. Als das Gerät unter Arandis' Handfläche summte, fragte die Zakdorn sie nach ihrem vollen Namen, ihrem Geburtsplaneten und dem letzten Aufenthaltsort. »Dankenächster«, schloss die Zakdorn-Frau, und bevor Arandis auch nur eine einzige Frage hatte stellen können, ergriff sie ein weiterer Selkie-Arm und zog sie zurück in die Reihe, die zur Tür hinausführte.

»Ich dachte, der Krieg sei vorbei. Warum sind überall Soldaten?«, erklang eine unwillige Stimme vor ihr.

Arandis wandte ihren wütenden Blick von der Wache ab und stellte fest, dass sie in der Reihe direkt hinter Donald Wheeler stand. Er wirkte deutlich nüchterner als zuvor an Bord des Transporters, was zweifellos einer zweiten Dosis Anti-Rauschmittel und einigen Stunden zusätzlichen Schlafs zu verdanken war. Angesichts der gegenwärtigen Umstände wäre Arandis eine leichte Sinnestrübung allerdings gar nicht so unwillkommen gewesen.

Sie ließ ihren Blick über die Gesichter der Selkies schweifen, die sich in der Hotellobby aufhielten und ihrerseits die Neuankömmlinge beobachteten, die den Türen entgegenschlurften. Nach mehr als fünfzig Jahren als Gästehostess vermochte sie andere ziemlich gut einzuschätzen und mit einem Blick festzustellen, was für Probleme sie hatten, um ihnen diese dann zu nehmen. »Sie haben Angst«, stellte sie in diesem Fall fest.

»Angst? Wovor?« Wheeler kam ein Gedanke, und er erbleichte ein wenig. »Der Krieg *ist* doch vorbei, oder? Die Borg *sind* wirklich verschwunden?«

»Ja«, sagte Arandis. »*Wir* sind es, vor denen sie Angst haben. Für sie sind *wir* die Invasoren.«

»*Khrught*«, fluchte er auf tellaritisch und lachte dann spöttisch. »Klar, nach allem, was die Borg getan haben, sind wir auf einmal furchteinflößend.« Er schenkte ihr einen Seitenblick und ein weiteres seiner plumpen, schiefen Lächeln. »Ich meine, Sie ... Also, wenn *Sie* mir sagen würden, dass Widerstand zwecklos sei, dann hätte ich doch gar keinen Grund, Widerstand leisten zu wollen, oder?«

Arandis überging sein ebenso ungeschicktes wie unpassendes Kompliment.

Währenddessen hatten sie den Vordereingang des Eden Beach Hotels erreicht und traten nach draußen in den hellen, tropischen Sonnenschein. Einen Augenblick lang schloss sie die Augen und ließ die Geräusche und Gerüche des nahen Ozeans ihre Sinne kitzeln, während die Wärme der Sonne (die nur von einem einzelnen Stern stammte, der aber genauso stark leuchtete wie Risas Doppelstern) auf ihr Gesicht fiel. Für einen kurzen, flüchtigen Moment gestattete sie sich die Illusion, sie wäre wieder zu Hause.

Dann senkte sie den Kopf und öffnete ihre Augen.

Die Straße - eine breite Durchgangsstraße, die vom Ozean kommend zwischen Reihen von Hotels, Restaurants und Vergnügungstempeln hindurchführte - war selbst zu einem Ozean geworden, der vor humanoidem Leben regelrecht überquoll. Die meisten der Leute blickten ähnlich drein wie Wheeler. Sie wirkten verwirrt, voller Unglauben und mitunter sogar regelrecht krank.

»Ins Landesinnere!«, schrie ein weiterer der Selkie-Soldaten. »Begeben Sie sich ins Landesinnere! Dort haben wir Lebensmittel, Unterkünfte und medizinische Einrichtungen für Sie vorbereitet.«

»Aber keinen Wein, was?«, murmelte Wheeler, während er sich in die vorrückende Menge hineindrängelte.

»Nein, vermutlich nicht«, sagte Arandis. Sie hätte nie gedacht, dass sie jemals einem Gast gegenüber dermaßen sarkastisch klingen würde. Andererseits war er auch kein Gast mehr - zumindest nicht mehr ihrer. Arandis hatte immer wieder gehört, dass die Gastfreundschaft der Pacificaner der auf Risa beinahe gleichkam. Dem, was sie bislang erlebt hatte, nach zu urteilen, konnte sie dieser Behauptung nicht zustimmen.

Nach ein paar Minuten des Schweigens murmelte Wheeler erneut vor sich hin.

»Was?«, fragte Arandis ihn.

»Der Sherman-Planet hatte eine Menge großartiger Weine«, wiederholte Wheeler leise. »Nicht so wie die Erdenweine. Die Hybridtrauben, die sie dort anbauen - anbauten - wachsen nirgendwo sonst. Vor ein paar Jahren war ich zu Gast auf einem Weingut in New Sonoma, um an einer Weinprobe dieser extrem seltenen Lese teilzunehmen, dieser '45er Cabernet Sauvignon. Es war ein unglaublicher Wein. Kräftig, dunkel, ausdrucksvoll ... Er explodierte regelrecht im Gaumen ... und der Abgang ...« Die Erinnerung ließ ihn verzückt seufzen, dann nahm seine Miene einen bittersüßen Ausdruck an. »Aber ich schätze, dass alle Weine vom Sherman-Planeten jetzt Güter mit Seltenheitswert sind, nicht wahr?«

Arandis wusste nicht, was sie sagen sollte, daher zuckte sie nur mit den Schultern und nickte ihrem Mitflüchtling zu.

Mehr und mehr Leute schlossen sich aus den Hotels und Anlagen, die den zentralen Boulevard der Küstenstadt säumten, der Menge an. Am Rand der Stadt wurde der Boulevard schmaler und verwandelte sich in einen Weg, der sich durch einen Wald schlängelte. Das Blätterdach über ihnen tauchte sie in Schatten. Arandis, die nur in das leichte seidene Sommerkleid und das durchscheinende Umhängetuch gehüllt war, die sie beim Beginn der Evakuierung Risas getragen hatte, fing an, leicht zu frieren. Sie empfand mehr als nur ein wenig Überraschung, als sie spürte, wie Wheeler ihr sein Strandtuch über die Schultern legte. Arandis sah zu ihm hinüber, aber er drehte sich rasch weg und täuschte Interesse an der endlosen Reihe aus Bäumen auf der anderen Seite des Pfades vor.

Arandis verlor jedwedes Gefühl dafür, wie lange sie bereits gelaufen waren. Aus den gelegentlichen Blicken, die sie auf Pacificas einzelne Sonne zu erhaschen vermochte, glaubte sie ableiten zu können, dass sie bereits seit Stunden unterwegs waren - andererseits hatte sie keine Ahnung, wie lang ein Tag auf Pacifica war.

Ehrlich gesagt war sie sich nicht einmal sicher, wie lange es her war, seit sie Risa verlassen hatte. Es kam ihr so vor, als müsste es mindestens eine ganze Woche her sein, aber andererseits erschien das einfach unmöglich. So trottete sie mit schmerzenden Füßen dahin, und ihr Magen fing hörbar an, zu knurren.

Schließlich kam der Flüchtlingszug mitten im Wald zum Halten. »Also, wo sind nun diese Lebensmittel und Unterkünfte, von denen die gesprochen haben?«, fragte Wheeler und löste damit ähnliches Gemurmel bei den Umstehenden aus.

Während die Frage, was sie hier aufhielt, von Mund zu Mund wanderte, wurde gleichzeitig eine Antwort von jenen, die sich an der Quelle des Staus befanden, zurückgetragen. »Wir haben einen Fluss erreicht«, verkündete eine erschöpft dreinschauende Efrosianerin, »und sie wollen ihn uns nicht überqueren lassen.«

»Sie *lassen* ihn uns überqueren«, widersprach ihr ein nicht weniger erschöpft wirkender Efrosianer an ihrer Seite. »Es ist nur eine ziemlich schmale Brücke.«

»Ein wackliges, behelfsmäßiges Stück *Pyurb*, das ist das Ding«, meldete sich eine andere Stimme in der Menge zu Wort.

»Nun ja, woher sollen die Selkies wissen, wie man Brücken baut?«, fragte einer der Flüchtlinge, die sich hinter Arandis drängten. »Sie können schließlich hinüberschwimmen.«

»Verflucht, ich kann schwimmen ...«, grollte ein Caitianer.

»Oh, aber sie wollen nicht, dass wir ihr wertvolles Wasser verschmutzen«, höhnte ein ungepflegter Yridianer.

»Nun, in Ihrem Fall ...«, raunte Wheeler, während er die Augen verdrehte.

Arandis dagegen warf einen kritischen Blick auf sich selbst und ihren zerzausten und schmuddeligen Reisegefährten und fragte sich, ob das in ihrem gegenwärtigen Zustand nicht tatsächlich eine berechtigte Sorge der Selkies war.

»Außenweltler!« Das Geräusch der elektronisch verstärkten Stimme ließ die ganze Menge umgehend verstummen. *»Wir versu-*

chen, diese Umsiedlung so ordentlich und gesittet wie möglich durchzuführen. Wir bitten Sie, ruhig zu bleiben und Geduld zu haben. Wir alle tun unser Bestes, um mit diesen außergewöhnlichen Umständen umzugehen.«

Die Ansprache des anonymen Selkie-Aufsehers zeigte Wirkung. Langsam, gelegentlich sogar scheinbar unmerklich, bewegte sich die Menge weiter vorwärts. Als Arandis die berühmte Brücke erreichte, sah sie, dass sie tatsächlich gerade breit genug war, dass die Leute sie in einer langen Schlange überqueren konnten, und sie bemerkte auch, dass der sanft dahinströmende Fluss, den das fragwürdige Bauwerk überspannte, an dieser Stelle nur ein paar Meter breit war.

Flussaufwärts entdeckte sie eine kleine Gruppe Selkies, die sich, beinahe bis zu den Augen untergetaucht, mehr schlecht als recht hinter einem ins Wasser hängenden Ast eines Baums versteckte und sie und die anderen beobachtete. Die Selkies mussten ihr unverhohlenes Starren bemerkt haben, denn im nächsten Augenblick verschwanden sie unter der Wasseroberfläche, doch nicht bevor Arandis die Besorgnis in ihren Augen gesehen hatte. Nachdem sie es über den Fluss geschafft hatte, hielt sie am gegenüberliegenden Ufer kurz inne und blickte erneut den Fluss hinauf. Die Augen waren verschwunden, doch bevor sie sich abwandte, sah sie ein winziges bläulichgrünes Gesicht aus dem Wasser auftauchen. Ein Paar übergroßer Augen blinzelte, und ein Mund öffnete sich und stieß ein schrilles Gurgeln aus, das ungeachtet aller noch so großen Unterschiede zwischen den Spezies, eindeutig als der Laut eines Babys zu erkennen war.

»Blöder Selkie«, murmelten mehr als nur ein paar Flüchtlinge, während sie den Boden auf der anderen Seite der Brücke betraten. Arandis ließ das Wasser hinter sich und schloss sich erneut der Menge an, die eine sanfte Steigung vom Flussufer fort erklomm.

Als Kind hatte Trys Chen es geliebt, die Jefferies-Röhren der Schiffe zu erkunden, auf denen ihre Mutter und sie unterwegs waren. Selbst auf den kleinsten Schiffen gab es buchstäblich Kilometer an Wartungstunneln, in die sich ein zorniges junges Halbblut, dem das Universum gehörig auf die Nerven ging, verkriechen konnte, um dem ganzen Drama des Schiffslebens zu entkommen. Besonders die Röhren, die oberhalb der Bereiche des Schiffes verliefen, in denen reduzierte Schwerkraft herrschte, wie etwa dem Shuttlehangar, waren für sie ein beliebter Zufluchtsort gewesen, denn dort hatte sie sich ausstrecken und beinahe schweben können - sozusagen wie in einer Badewanne mit Wasser, bloß dass man nicht nass wurde. Sie hatte dort viele Stunden verbracht und einfach nur ihre Augen die Linien der Leitungsrohre und Opti-Kabelleitungen verfolgen lassen, während sie dem beruhigenden Murmeln der mechanischen Systeme des Schiffes gelauscht hatte.

Natürlich hatten die Jefferies-Röhren ziemlich schnell ihren Reiz verloren, kaum dass sie der Sternenflotte beigetreten und immer mal wieder dazu verdonnert worden war, dieses System zu reparieren oder jenes Ausrüstungsteil einer technischen Inspektion zu unterziehen. Und nachdem sie jetzt beinahe ihre halbe letzte Dienstschicht die Zugangstunnel der *Enterprise* entlanggekrochen war, verspürte sie einen regelrechten Abscheu gegenüber den engen, unbequemen und viel zu warmen Tunneln.

»Wenigstens hält es dich davon ab, auf der Straße rumzuhängen«, murmelte sie vor sich hin, während sie weiter vorwärtskroch. Es war die übliche Antwort ihrer Mutter gewesen, wann immer Trys sich über irgendeine langweilige Hausarbeit oder Schulaufgabe beschwert hatte. Da es bei der gegenwärtigen Mission der *Enterprise* keinen Bedarf für ihre Fähigkeiten als Kontaktspezialistin gab, hatte Commander Worf »vorgeschlagen«, dass sie sich »freiwillig« meldete, Commander La Forge zu helfen. Eine Menge Reparaturen waren auf der McKinley-Station liegen geblieben, und der Maschinenraum war ernstlich unterbesetzt. Daher befand sich Chen nun auf allen vieren mit aktiviertem Trikorder in der Lücke zwischen Deck fünf und sechs und bestätigte, dass die internen Sensoren des Schiffes korrekt arbeiteten. Dazu musste sie jede der Sensorgruppen, die sich in einem Abstand von zehn Metern an den Wänden der Gänge befanden, einzeln scannen. »Ich wette, dass Dina dahintersteckt«, brummte Trys vor sich hin, während sie bestätigte, dass ein weiteres der Geräte tadellos funktionierte.

Nachdem sie sich vergewissert hatte, dass die nächsten acht Sensorgruppen fehlerfreie Messergebnisse lieferten, und dabei Elfiki, Worf, den Stab der McKinley-Station und den verstorbenen Admiral Jefferies verflucht hatte, entdeckte sie endlich einen anomalen Messwert auf ihrem Trikorder. »Oh, oh«, sagte sie und berührte ihren Kommunikator. »Chen an Maschinenraum.«

»La Forge hier. Was gibt es, Trys?«

»Sir, ich glaube, ich habe eben eine defekte Einheit gefunden«, meldete sie. Sie blickte auf den nächsten Querträger. »Sektion 06-43-F-Eta.«

»In Ordnung. Bleiben Sie, wo Sie sind«, sagte La Forge und unterbrach die Verbindung.

Chen hockte sich hin und spürte wie sich in den nächsten Minuten ihre Muskeln verspannten, bis sich schließlich irgendwo vor ihr und um die Ecke eine Luke öffnete. Commander La Forge erschien und kroch mit über der Schulter hängendem Werkzeugkasten auf sie zu.

»Alles klar ... Dann wollen wir mal sehen.« La Forge nahm Chen den Trikorder ab und warf einen raschen Blick auf das Diagnoseergebnis der verdächtigen Einheit. »Oh, tatsächlich, die hier ist hinüber«, sagte er und öffnete seinen Kasten, um ein kleines Handwerkszeug herauszuholen. »Gute Arbeit, Trys«, fügte er mit einem kurzen Lächeln hinzu.

»Und ich musste nur fünftausend andere, die in Ordnung waren, überprüfen, um diese hier zu finden«, beschwerte sich Chen, aber sie lächelte, um ihrem Kommentar die Schärfe zu nehmen.

La Forge bedachte sie mit einem mitfühlenden Blick, während er daran arbeitete, die Vorrichtung aus ihrer Halterung zu lösen. »Ich weiß, es ist ein elender, eintöniger, ermüdender Job. Aber es ist besser, diese Fehler jetzt zu finden, als mitten in einer Krise festzustellen, dass wir Lücken im Gitter haben. Und ich weiß es wirklich zu schätzen, dass Sie einspringen.« Er grinste sie an.

Die gute Stimmung des Commanders war ansteckend, und trotz der Schmerzen in ihren Knien und Schultern gewann ihr Lächeln an Wärme. »Danke«, sagte sie. »Sie sind in ziemlich guter Stimmung, wenn man bedenkt, dass es Ihr Kopf ist, der rollt, wenn all diese Arbeit nicht rechtzeitig erledigt wird.«

La Forge blickte von seiner Arbeit auf, und es lag ein seltsamer Ausdruck in seinen mechanischen Augen. Eine Sekunde lang befürchtet Chen, er könnte sie zurechtweisen, sich nicht um seinen Kopf und was mit ihm geschehen könnte, zu scheren. »Ich hatte einen wirklich schönen Landurlaub«, sagte er stattdessen. »Ich war zu Hause, habe Zeit mit meiner Schwester und ihrer Tochter verbracht und ... ich habe einige Dinge für mich geklärt, die eine ganze Weile an mir gefressen hatten. Also ... Ja, ich habe mein Leben, ich habe Menschen, die mich lieben, und eine Arbeit, die ich liebe. Es geht mir im Augenblick deutlich besser als vielen anderen Leuten.«

Chen nickte düster. »Wie Taurik.«

La Forge hob erneut den Kopf. »Ja ... Warum gerade Taurik?«, fragte er, während sich auf seinen Zügen die deutliche Sorge um seinen Assistenten ausbreitete.

»Einfach so«, sagte Chen. »Es ist nur ... nun ja, Sie wissen schon. Er war die ganze Zeit über an Bord, während wir an der McKinley-Station waren, und hat die Reparaturen überwacht.«

»Ich weiß. Hätte er sich nicht freiwillig gemeldet, hätte ich meinen Urlaub nicht nehmen können.«

»Freiwillig?« Chen machte ein langes Gesicht. Das bedeutete, er hatte nie vorgehabt, im Anschluss an die Angriffe nach Hause zurückzukehren. Das wiederum bedeutete ... »Sohn eines *Targs*!«

»Was?«, entfuhr es La Forge, und er wirkte, als sei er bereit, vor ihrem Zorn zurückzuweichen.

»Er hat uns auf den Arm genommen! Ein Witz - irgendeine Art von Heimzahlung für all unsere Scherze.«

»Taurik soll einen Witz gemacht haben?«, fragte La Forge, und kaum hatte er das getan, fiel auch Chen auf, wie unwahrscheinlich das im Grunde war. »Worüber?«

»Er sagte, er habe eine Frau und eine Tochter, die in ShiKahr getötet worden seien.«

Geordi La Forge blickte bestürzt drein. »Das stimmt auch.« Unter seinem Blick fühlte sich Chen auf einmal furchtbar klein. »Wie kommen Sie darauf, dass er Ihnen diesbezüglich etwas vorlügen sollte?«

»Nun ... Er ging nicht nach Vulkan zurück, um an der großen Massengedenkfeier teilzunehmen, die sie dort abgehalten haben.« Chen hatte keine Ahnung, wie solch eine Feier für Trauernde, die sich weigerten, ein Gefühl wie Trauer zuzulassen, aussehen mochte, aber in den Nachrichten war die Rede davon gewesen, dass sich beinahe fünfzig Millionen Personen im Schatten des Mount Seleya versammelt hatten; es musste also irgendeine Bedeutung für sie gehabt haben.

La Forge schüttelte den Kopf, als er die Ersatzsensoreinheit mit seinem Trikorder überprüfte. »Er hat mir gesagt, dass es logischer sei, jenen unter uns, deren Familien den Krieg heil überstanden hätten, zu erlauben, die begrenzte Zeit, die uns gegeben sei, mit den Lebenden zu verbringen, als irgendjemandem diese Möglichkeit zu verwehren, nur damit er jene ehren könnte, die für alle Ewigkeit tot sein würden.«

Chen runzelte die Stirn, als sie versuchte, all das in ihrem Verstand zu sortieren. »Ich glaube, ich werde die Vulkanier nie verstehen«, sagte sie.

La Forge zuckte mit den Schultern, während er seinen Kasten schloss und sich anschickte, den Rückweg anzutreten. »Nun ja, warum sollten sie anders sein als Sie?«, fragte er, bevor er wieder um die Ecke der Röhre verschwand.

KAPITEL 6

Picard lehnte sich auf seinem Sessel nach vorne und umfasste beide Armlehnen, während er zusah, wie das Schiff der Eindringlinge abdrehte und sich auf den Sprung in den Warp vorbereitete. »Phaser, Feuer!«, befahl er.

Energiestrahlen zuckten aus den unteren Emittern der *Enterprise*. Einer tanzte über den Bug des anderen Schiffes, der zweite traf seine Warpspule. Die Schilde fingen einen Großteil des Schadens ab, aber nicht genug. Licht- und Energieblitze, die durch die Warpplasmaöffnungen zu sehen waren, deuteten auf eine kaskadierende Folge von Überladungen hin, die den Warpantrieb des kleineren Schiffes zeitweilig außer Gefecht setzten.

»Sie rufen uns jetzt«, meldete Choudhury von ihrer Station aus.

»Ja, *jetzt* wollen sie verhandeln«, murmelte Picard mit kaum hörbarer Verbitterung. Er erhob sich von seinem Platz. »Auf den Schirm.«

Das Bild des Ferengi-Schiffes wurde durch das seines jungen Kommandanten ersetzt, eines Knaben, der gerade erst das Erwerbsalter erreicht haben konnte. *»Meine Freunde von der Föderation, bitte«*, sagte er und hielt beide Hände, die Handgelenkte zusammengelegt, in der traditionellen Geste der Unterwerfung vor sich. *»Ich befürchte, hier gab es ein schlimmes Missverständnis.«*

»Das gab es in der Tat«, sagte Picard. »Allem Anschein nach, DaiMon, glauben Sie, dass man aus dem Ausschlachten der Wracks von Sternenflottenschiffen und Anlagen innerhalb der Föderation Profit schlagen könnte.«

Der Ferengi setzte einen verletzten Gesichtsausdruck auf. *»Captain! Es betrübt mich, dass diese negative Sicht auf die Ferengi immer noch unter euch* Menschen *vorherrscht! Ich bin ein ehrlicher Geschäftsmann, der den Bürgern der Föderation in dieser Zeit der Not meine Dienste und Hilfe anbieten zu dürfen hoffte.«*

Wenn der DaiMon versuchte, den Captain durch seinen teilnahmsvollen Tonfall milde zu stimmen, erreichte er damit genau das Gegenteil. »Wir haben Sie von der ehemaligen Position der Sternenbasis Leonov bis hierher verfolgt«, sagte er, während er einen Schritt näher an den Sichtschirm herantrat und seine Stimme hob. »Und unsere Sensoren melden erhebliche Mengen an in der Föderation hergestellten Duranium- und Tritanium-Legierungen in Ihrem Frachtraum!«

»Die ich der Föderation natürlich - für eine sehr vernünftige Bergungsgebühr - zurückgeben werde, damit sie für ihre Wiederaufbaubemühungen verwendet werden können.« Der Ferengi lächelte, als wäre das das großzügigste Angebot, das er sich vorstellen konnte - was in seinem Fall sehr gut möglich war. *»Sie sehen also, wir stehen alle auf derselben Seite ...«*

»Und wer hat Sie gebeten, dieses Material von unseren Schlachtfeldern zu bergen?«, verlangte Picard zu wissen, wobei er sich keine Mühe gab, seinen Zorn im Zaum zu halten.

»Niemand bat mich«, erwiderte der DaiMon mit offensichtlichem Stolz für seine Eigeninitiative. *»Aber wie heißt es in der neunten Erwerbsregel: Gelegenheit plus Instinkt gleich Profit.«*

»Ja, schön, aber in diesem Fall funktioniert Ihre Mathematik nicht«, informierte Picard ihn. »Sie werden Ihre Schilde senken und uns Ihre Fracht aushändigen. Und anschließend werden Sie den Föderationsraum verlassen.«

Der Ferengi riss seinen Mund voller scharfer Zähne auf. *»Was? Captain, das ist unerhört! Sie können nicht einfach ...«*

Doch Picard hatte dem protestierenden Mann bereits den Rücken zugekehrt. »Lieutenant«, sagte er zu seinem Taktikoffizier, als er sich zu seinem Platz zurückbegab. »Quantentorpedos laden.«

Für Choudhury kam dieser Befehl sichtlich überraschend, und selbst als Picard ihr zugeblinzelt hatte, brauchte sie einen Moment, um zu reagieren. »Quantentorpedos. Aye, Sir.« Picard wandte sich wieder dem Sichtschirm zu; gerade rechtzeitig, um zu sehen, wie ein angemessen eingeschüchterter DaiMon den Arm zu seiner Kontrollkugel ausstreckte. Die Übertragung brach ab, und Picard und die Brückenbesatzung konnten auf dem Sichtschirm verfolgen, wie die Frachtraumtore des Ferengi-Schiffes aufglitten.

»Ihre Schilde sind unten«, meldete Worf nach einem Blick auf die Anzeige neben seinem Platz. »Beamen Sie das gesamte übergebene Material in Frachtraum vier«, befahl er dem Offizier an der Ops-Konsole. Dann wandte er sich an Picard. »Gut gepokert, Sir.«

Picard antwortete mit einem abschätzigen Schnaufen. »Jeder Schulhofschläger kann Drohungen ausstoßen«, brummte er, auch wenn er kein schlechtes Gewissen deswegen hatte, solche plumpen Methoden gegen den Plünderer anzuwenden, der sich gegenwärtig mit Impulsgeschwindigkeit und leeren Frachträumen entfernte.

»Dennoch«, grollte Worf leise. »Immerhin haben wir irgendetwas erreicht.«

Der sarkastische Tonfall in Worfs Antwort verleitete Picard dazu, eine Augenbraue zu heben. Offiziell befand sich die *Enterprise* auf einer Patrouille zur Rettung und Bergung, doch genau genommen diente sie, wie die Präsidentin sich ausgedrückt hatte, als »wandernder Problemlöser«. Dem Captain waren weitreichende Befugnisse zugestanden worden, die es ihm erlaubten, auf eine Krise, wie immer sie auch aussehen mochte, auf jedwede Art und Weise zu reagieren, die ihm angemessen erschien.

Zu Beginn hatte Picard dies als bedingungslosen Vertrauensbeweis seiner Vorgesetzten angesehen, der es ihm erlaubte, auf Arten zu helfen, die ihm unmöglich gewesen wären, wenn sie einen spezifischen Auftrag, wie das Transportieren lebensnotwendiger Güter nach Vulkan oder Qo'noS, gehabt hätten. Tatsächlich hingegen reisten sie als wandernde Problemlöser ziemlich ziellos umher, wie Don Quixote, der durch eine Landschaft zog, in der es kaum Windmühlen gab. Zwei kleine Konvois aus Flüchtlingsschiffen waren ihnen begegnet, doch keiner hatte ihrer Hilfe bedurft. Und die »Leistung«, ein paar Tonnen Schrott zu verfolgen und sicherzustellen, vermochte ebenfalls kaum zu begeistern, wenn man sich gleichzeitig vor Augen hielt, wie viel auf der Sternenbasis Leonov unwiederbringlich verloren gegangen war.

Einen bemerkenswerten Zwischenfall hatte es während der letzten Tage allerdings gegeben. »Computer«, sagte Picard. »Wiederhole den visuellen Logbucheintrag unseres gestrigen Fluges durch das Axanar-System um zweiundzwanzig Uhr zweiundvierzig, volle Vergrößerung.«

Auf dem Hauptsichtschirm sprangen die Sterne, und eine blauweiße Kugel erschien in der rechten unteren Ecke des Schirms. Während der Planet langsam größer wurde, tauchte ein seltsamer Lichtfleck über einer der kleinen Inseln des größten planetaren Ozeans auf. Das Licht wurde größer und teilte sich, bis es gut sichtbare einzelne Streifen bildete, die eindeutig als Torpedospuren erkennbar waren. Sie flogen hoch hinaus bis in die oberste Schicht von Axanars Atmosphäre, und dann detonierten die Torpedos einer nach dem anderen.

»Ein einundzwanzigschüssiger Salut«, sagte Picard, während die Reihe heller Strahlenkränze sich fortsetzte. Er drehte sich erneut zu Worf, wandte sich dann aber an die ganze Brücke. »Was wir tun, *ist* von Bedeutung ... wenn auch für niemanden sonst, so doch zumindest für diese Leute und andere wie sie. Die gesamte Föderation hat einen furchtbaren Schlag erlitten, und die Leute brauchen die Bestärkung, dass sie jetzt wieder in Sicherheit sind. Wir sind diese Bestärkung. Wir sind diese Sicherheit. Das entspricht dem Kern unseres Eides als Sternenflottenoffiziere: den Völkern der Föderation zu dienen und sie zu beschützen. Es ist eine Verantwortung, der wir mit Stolz nachkommen sollten.« Picard blickte einmal mehr Worf an.

»Verstanden, Sir«, sagte der Erste Offizier in ebenso festem Tonfall wie der Captain, und er ließ seinen Blick über die Brücke schweifen, wie um sicherzugehen, dass die Botschaft des Captains auch den Rest der Brückenbesatzung erreicht hatte. Doch Picard spürte, dass Worfs klingonisches Herz nicht hinter diesen Worten stand. Er seufzte lautlos, dankbar dafür, dass dessen Erfahrung als Botschafter es ihm ermöglichte, seine Gefühle vor dem Rest der Mannschaft zu verbergen.

Der Captain nahm wieder seinen Platz ein. »Steuer, nehmen Sie erneut Kurs auf ...«

»Sir?«

Picard und Worf drehten sich um, als Lieutenant Choudhury von der taktischen Station herunterkam und mit einem Padd in der Hand zwischen sie trat. »Entschuldigen Sie, Captain, aber ich möchte eine Abweichung unserer gegenwärtigen Patrouillenroute empfehlen.«

»Tatsächlich?«, sagte Picard.

Choudhury nickte und hielt ihm das Padd entgegen. »Es gab da vier andorianische Frachtschiffe, die Teil der Evakuierungsbemühungen auf Andor waren, allerdings erhielten sie im Chaos der letzten Stunden vor dem Angriff der Borg niemals die formelle Freigabe, den Orbit zu verlassen. Sie wurden daher offiziell als zerstört erklärt. Uns liegen jedoch Hinweise vor, dass sie in Wirklichkeit verschwunden sind, bevor die Borg eintrafen: Es gab einen Funkkontakt zwischen einem unidentifizierten andorianischen Schiff und Ivor Prime, wenige Stunden nach der Verlautbarung vom Ende des Krieges.«

»Und ihre wahrscheinlichste Route zurück in die Heimat würde sie hier entlangführen«, sagte Picard, und sein Finger glitt auf dem Display des Padds über eine leere Region von Sektor 003. »Haben wir irgendwelche Notrufe aus dieser Region empfangen?«

»Nein, Sir. Doch die Schiffe sind auch noch nicht ins andorianische System zurückgekehrt, und das sollten sie zum jetzigen Zeitpunkt längst getan haben«, sagte Choudhury. Dem Blick, mit dem sie ihn bedachte, zufolge war sie absolut davon überzeugt.

Nachdenklich betrachtete Picard das Padd und Choudhury. Bevor die Invasionsflotte der Borg durch den Azur-Nebel gekommen war, war es Choudhury durch logisches Schlussfolgern gelungen, korrekt vorauszusagen, dass sich Korvat in unmittelbarer Gefahr eines Angriffs befunden hatte. Ihre Begabung diesbezüglich war nicht zu unterschätzen.

Er erhob sich und trat hinter die Flugkontrolle. »Ensign Faur, setzen Sie einen neuen Kurs auf null-sechs-sieben zu drei-vier-vier, und gehen Sie auf Warp fünf. Führen Sie kontinuierliche Langstreckenscans nach irgendetwas durch, das möglicherweise ein Schiff in Not sein könnte.« Picard drehte sich wieder um und bedachte Choudhury mit einem breiten Lächeln. »Gute Arbeit, Lieutenant.«

»Nur wenn wir imstande sind, jemanden zu finden und zu retten«, wandte Choudhury ein. »Und selbst dann gebührt das meiste Lob Ensign Rosado.«

Picard wandte sich der Datenbankstation der Brücke zu, an der die ältere Frau stand. »Sie ist diejenige, die es geschafft hat, all die vereinzelten andorianischen Datenbestände zusammenzufügen - zumindest jene, die nicht durch den Angriff auf Andor verlorengingen«, fuhr Choudhury fort, »und sie war es auch, die diese Daten mit den Kommunikationslogbüchern, Sternenflottenlogbüchern und den Bewegungen des zivilen Raumverkehrs abglich sowie mithilfe des Subraumkommunikations-Relaisnetzwerks eine Triangulation durchführte.«

Picard war gebührend beeindruckt. Bis zu ihrem Rücktritt und ihrer Entscheidung, eine zweite Laufbahn bei der Sternenflotte einzuschlagen, war Rosado beinahe fünfzig Jahre lang die oberste Bibliothekarin der Universität von Bologna auf der Erde gewesen. Ganz offensichtlich stellte ihre Erfahrung in der Informationsverwaltung einen Gewinn für ihre neue Tätigkeit dar. »Gut gemacht, Ensign«, lobte Picard sie.

»Gibt es einen Grund dafür, dass dieses Suchprotokoll auf andorianische Schiffe und Aufzeichnungen begrenzt wurde«, erkundigte sich Worf.

»Nur um die Menge an Ausgangsdaten zu begrenzen, während wir das Programm testeten«, erklärte Rosado, während sie sich zurück zur Ops-Konsole begab. »Und da Andor das nächste betroffene System war ...«

»Dann könnte dieses Protokoll auch eingesetzt werden, um vermisste Schiffe jedes anderen Systems aufzuspüren?«, fragte Worf. Picard bemerkte, dass sein Erster Offizier und Choudhury einen kurzen Blick wechselten, und ihm fiel auf, dass sich die Denevanerin mit einem ungewöhnlich gequält wirkenden Gesichtsausdruck abwandte.

»Ja, Sir«, antwortete Rosado. »Allerdings hat Andor ... verhältnismäßig geringe Schäden erlitten.« Ihrem Zögern und dem Ausdruck auf ihrem Gesicht war zu entnehmen, dass es Rosado schmerzte, die Auslöschung von mindestens fünf großen Bevölkerungszentren und die Tode von annähernd hundert Millionen Lebewesen als »geringe Schäden« zu bezeichnen. »Welten, die größerer Zerstörung ausgesetzt wurden ...« Rosados Augen - sowie scheinbar auch die aller anderen Mitglieder der Brückenbesatzung - zuckten zu Choudhury. »... könnten nicht mehr über genügend Daten verfügen, um dem Computer eine entsprechende Extrapolation zu erlauben.«

»Ich verstehe«, sagte Picard leise. »Dennoch: Sollte es auch nur die geringste Chance geben, verlorene Evakuierte zu finden und zu retten ...« Er händigte Choudhury das Padd wieder aus. »Ich möchte, dass Sie dieses Suchprotokoll mit Ihren Kollegen auf allen Schiffen teilen, die gegenwärtig Patrouillenaufgaben oder Such-und-Bergungsoperationen nachgehen.«

Der Taktikoffizier nickte. »Aye, Sir.«

»Und«, hielt er sie auf, als sie bereits zurück an ihre Station treten wollte, »wir sollten uns darum bemühen, das Protokoll so weit zu verfeinern, dass es uns die Möglichkeit eröffnet, Informationen von allen betroffenen Welten zu sammeln.«

»Ja, Sir«, erwiderte Choudhury, und erneut glaubte er, für einen flüchtigen Moment diesen seltsam gepeinigten Ausdruck in ihren dunklen Augen aufblitzen zu sehen.

Dann senkte sie den Blick auf ihre Konsole und begann, mit raschen Bewegungen Befehle einzugeben, und Picard schob den Gedanken beiseite. Er wandte sich erneut dem Sichtschirm zu und betrachtete die Sterne, die an ihnen vorbeizogen. Irgendwo vor ihnen befanden sich Leute in Schwierigkeiten, bedurften ihrer Hilfe.

Picard gestattete sich ein kleines, persönliches Lächeln. *Und die* Enterprise *ist auf dem Weg.*

Am Ende ihrer Schicht kletterte Trys Chen aus einem Loch in der Wand. Mehrere Minuten stand sie einfach nur in der Mitte des Korridors und drehte ihren Körper hierhin und dorthin, wobei sie die verwirrten Blicke der zum Schichtwechsel vorübereilenden Besatzungsmitglieder ignorierte. Anschließend begab sie sich zu ihrer Kabine, zog ihre staubige, ölverschmierte Uniform aus und gönnte sich eine lange Ultraschalldusche. Es war ein langer Tag voller ermüdender Wiederholungen gewesen, der ihren für gewöhnlich hyperaktiven Geist ziellos in Richtungen hatte wandern lassen, in die sie gar nicht hatte blicken wollen. *Was schert mich Taurik oder wie er um seine tote Familie trauert?*, fragte sie sich, als sie ihre Dusche beendete, ein dünnes Handtuch um den Leib schlang und ihr Wohnzimmer durchquerte, um sich ein Bier aus dem Replikator zu holen.

Als sie den ersten erfrischenden Schluck nahm und alle Last des Tages von sich abfallen ließ, fiel ihr auf, dass ihr Computer eine Nachricht für sie aufgezeichnet hatte. Sie glitt auf ihren Schreibtischsessel und drückte auf die Wiedergabefunktion, doch die einzige Meldung war, dass jemand aus dem Raal-Provinzkrankenhaus auf Vulkan versucht hatte, sie zu erreichen. Trys' Glas verharrte auf halbem Weg zu ihrem Mund in der Luft, während sie auf den Schirm starrte. Warum würde sie irgendjemand von Vulkan aus anrufen, noch dazu aus dem Krankenhaus einer unbedeutenden Provinz. Die einzige mögliche Person, die sie sich vorstellen konnte, war ...

Aber, nein, das kann nicht sein ...

Andererseits, wer sollte sonst ...?

Nein.

Das Bierglas in ihrer Hand fing an, zu schwitzen, während sie wie erstarrt auf den Schirm blickte. Trys war selten unschlüssig, und es gefiel ihr nicht, wie sie sich auf einmal fühlte. Daher berührte sie das Bedienfeld, das den Rückruf initiierte, und verfolgte, wie sich auf dem Schirm verschiedene Bilder abwechselten, vom Sternenflottendelta über das Emblem der Föderation und das stilisierte UMUK-Symbol, das die vulkanische Regierung repräsentierte, bis hin zu dem ihr unbekannten Logo einer medizinischen Einrichtung auf Vulkan.

Schließlich wurde das statische Bild durch das Gesicht eines vulkanischen Mannes ersetzt. Ein großes chirurgisches Heilpflaster klebte über seinem rechten Auge und zog sich um sein Ohr, und ein hässlicher schwarzgrüner Fleck auf seinem von Stoppelhaar bedeckten Kopf legte den Verdacht nahe, dass sein Haar Feuer gefangen hatte und bis zur Kopfhaut heruntergebrannt war. Mit seinem unverletzten Auge blickte er sie vom Schirm aus an. *»T'Ryssa Chen?«*, fragte er.

»Ja?«, sagte sie und wünschte sich bei den Göttern von mindestens einhundert Kulturen, sie hätte die verdammte Nachricht ignoriert.

Der Mann hob seine linke Hand und teilte die Finger zu einem V. Sie wusste bereits, was er sagen würde. *»Langes Leben und Frieden, T'Ryssa. Ich bin Sylix.«*

Trys spürte, wie sich die angestauten Gefühle eines ganzen Lebens in ihrer Magengrube sammelten. »Ja, und?«

»Wissen Sie, wer ich bin?«

»Sicher. Sie sind der Kerl, der vor siebenundzwanzig Jahren im *Pon*

Farr vollkommen für meine Mutter entbrannte und anschließend abgehauen ist, um sie die Folge des Ganzen alleine aufziehen zu lassen.«

Der Mann auf dem Schirm zögerte, bevor er kaum merklich nickte. *»Das ist … hinreichend korrekt.«*

Trys hatte das Gefühl, sie müsste aus ihrer Haut fahren. Jahrelang hatte sie sich gefragt, was sie diesem Mann sagen würde, wenn sie ihm jemals begegnete. Jetzt war er hier, und das einzige Geräusch, das aus ihrem Mund drang, war ein langsames, heiseres Atmen.

»T'Ryssa, ich …«

»Ich bevorzuge Trys«, unterbrach sie ihn barsch.

»Trys …«

»Eigentlich glaube ich, dass ich von Ihnen stattdessen ‚Lieutenant Chen' bevorzugen würde.«

Zweifellos enerviert durch diese disziplinlose Zurschaustellung von Unentschlossenheit bei seinem Nachwuchs holte Sylix tief Luft. *»Ich habe Sie kontaktiert, Lieutenant Chen, weil es mir nicht möglich war, den gegenwärtigen Aufenthaltsort Ihrer Mutter, Antigone, ausfindig zu machen.«*

»Vielleicht ist das so, weil Sie nicht von Ihnen gefunden werden will.« *Zu schade, dass ich nicht so erfolgreich darin war, dich fernzuhalten.*

»Ich hatte gehofft, Sie könnten mir diesbezüglich helfen.«

»Wirklich. Warum?«

»Weil ich ein Zivilist bin. Das Sternenflottenkommando würde nicht …«

»Nein, nicht ‚Warum ersuchen Sie mich um Hilfe?' - obwohl auch das eine verdammt gute Frage ist. Ich meinte, warum möchten Sie Antigone finden?«

Sylix zögerte beinahe unmerklich. *»Ich möchte nur in Erfahrung bringen, ob sie die jüngsten Feindseligkeiten überlebt hat.«*

»Ja, sicher«, blaffte Trys. Das Schiff, auf dem sich ihre Mutter gegenwärtig befand, die *U.S.S. Wounded Knee*, war ohne einen einzigen Feindkontakt durch den Krieg gekommen, aber das war eine Information, die sie diesem Mistkerl nicht so ohne Weiteres geben würde. »Haben Sie versucht, Sie zu kontaktieren, nachdem die *Odyssey* in die Luft geflogen ist? Haben Sie irgendwann während des gesamten Dominion-Kriegs versucht, sie zu finden? Nein, es geht um *Sie*. Sie hatten eine Nahtoderfahrung, als die Borg Vulkan angegriffen haben, und durch irgendein Wunder haben Sie überlebt. Sie wurden gerettet, zusammengeflickt und in ein Krankenhaus auf der anderen Seite des Planeten gebracht, wo Sie eine Menge Zeit damit verbracht haben, einfach nur dazuliegen und darüber nachzudenken, wie nah Sie daran waren, zu einem weiteren Häufchen Sand im Glühofen zu werden.« Sylix sagte nichts, während er zuhörte, aber die kleinen Zuckungen seiner durch die Verletzungen geschwächten Gesichtsmuskeln verrieten ihr, dass sie mit ihren Vermutungen genau ins Schwarze getroffen hatte. »Und jetzt haben Sie diese große zweite Chance, also wollen Sie all denen die Hand reichen, denen Sie wehgetan haben, und den Schaden wiedergutmachen.«

Der Vulkanier blickte sie einen Moment lang vollkommen reglos an. Dann hob er seine eine, sichtbare Augenbraue. *»Sie sind sehr menschlich, kann das sein?«*

»Da haben Sie verdammt recht, Kumpel.«

»Ich hätte gedacht, dass Sie mir helfen würden, weil ...«

»Weil was? Weil Sie mein Daddy sind?« Trys explodierte. »Was soll das werden, ein Appell an meine *Gefühle*? Sie wollen wiedergutmachen, dass Sie Ihr ganzes Leben lang ein Mistkerl gewesen sind, schön. Aber wagen Sie es nicht, mich deswegen um Hilfe zu bitten!«

Mit diesen Worten trennte Trys die Verbindung, indem sie so hart auf ihre Konsole schlug, dass sie sich die Knöchel aufschlug. Fluchend schob sie sich die Finger in den Mund und ging hinüber zum Waschbecken, um sich kaltes Wasser über die Hand laufen zu lassen. Nachdem der Fluss grünen Blutes gestoppt worden war, trocknete sie sich die Hand mit einem Handtuch ab und ging zurück in ihr Zimmer. *Verdammte Vulkanier*, dachte sie, als sie einen langen Schluck Bier zu sich nahm, um den Geschmack von Kupfer in ihrem Mund fortzuspülen.

Beverly Crusher war in der Vergangenheit schon einige Male auf Pacifica gewesen, sowohl in offiziellen Sternenflottenangelegenheiten als auch zum persönlichen Vergnügen. Doch bei all diesen Gelegenheiten hatte sie immer nur die Oberfläche der ozeanischen Welt zu Gesicht bekommen. Es war das erste Mal, dass sie hi'Leyi'a besuchte, die unterseeische Hauptstadt Pacificas, und so stand sie von nicht geringer Ehrfurcht erfüllt in der Mitte des Rathausplatzes hi'Leyi'as auf dem Grund des Ozeans und starrte auf einen Kilometer Meerwasser über ihrem Kopf.

»Das ist fantastisch!«, rief Miranda Kadohata, der metaphorisch gesprochen regelrecht der Atem wegblieb. An den Koordinaten, zu denen sie sich hinuntergebeamt hatten, war eine kleine Luftblase gewesen, die genug gasförmigen Sauerstoff innerhalb eines unsichtbaren Kraftfelds enthalten hatte, um es den zu Besuch kommenden Luftatmern zu erlauben, ohne Atemausrüstung zu überleben. Sowohl Kadohata als auch Crusher starrten auf die fremde Stadtlandschaft, die sie umgab. Vielfarbige, korallenartige Türme ragten in die Höhe, beleuchtet von biolumineszenten Seegräsern, die wie Kletterranken an allen Außenseiten hingen. Gewundene Muschelgehäuse und mit Fraktalen gemusterte, schwammartige Strukturen zierten jede Oberfläche, und winzige, kristalline Sandkörner, die den Boden des offenen Platzes bedeckten, reflektierten und verstärkten das schwache Umgebungslicht der Meerestiefen.

Paul Dillingham grinste die beiden Frauen liebenswürdig an. »Tja, ich fühle mich gleich viel besser, all das hier anzugaffen wie ein dummer Tourist, nun, da ich sehe, dass ihr Sternenflottenveteranen es ganz genauso macht.« Eine Schule von Wesen, die wie kleine Erdenquallen aussahen, schwamm vorüber und leuchtete dabei wie überdimensionale blaugrüne Glühwürmchen. Und natürlich tummelten sich Hunderte von Selkies, Pacificas wasseratmende Ureinwohner, um sie herum und kümmerten sich um ihre alltäglichen Geschäfte.

»Sie wissen doch: Das ist es, wofür wir leben«, sagte Kadohata. »Fremde neue Welten und das Ganze.«

»Pacifica ist kaum eine neue Welt«, gab Dillingham zurück, doch bevor er sich in einem zweifellos pedantischen Monolog über die Geschichte Pacificas ergehen konnte, veränderte sich das Summen des Energiefelds, und es schlug Wellen hinter ihm. Einen Sekundenbruchteil lang sah Crusher vor ihrem inneren Auge, wie die unsichtbare Barriere platzte wie die Blase, die sie letztendlich war, und sie alle drei durch Hunderte von Atmosphären Seewasser zerschmettert wurden.

Doch die Blase hielt, selbst als ein gesprenkelter grüner humanoider Arm, der in einer mit Schwimmhäuten versehenen Hand endete, durch die Energiemembran drang, sogleich gefolgt von dem Rest des Körpers eines männlichen Selkies.

Eines *nackten* männlichen Körpers, wie Crusher nicht umhin kam, festzustellen. Während die Selkies, die an der Oberfläche lebten und regelmäßig mit anderen, sittsameren Spezies zu tun hatten, aus Achtung vor ihren Gästen für gewöhnlich irgendeine Art von Kleidung trugen, stellte derlei für diejenigen, die unter Wasser lebten, bloß eine Behinderung dar.

Kaum dass er sich im Inneren der Blase befand, holte der Selkie tief Luft - ein jüngerer, amphibischer Selkie also, wie Crusher erkannte. »Willkommen in hi'Leyi'a«, sagte er. »Ich bin Uthdel Evelth, der persönliche Assistent von Minister Bemidji. Bitte hier entlang.« Evelth deutete auf das ihnen am nächsten liegende der den Platz umstehenden Bauwerke, und die geschlossene Energieblase verwandelte sich. Sie dehnte sich in Richtung ihres Ziels aus, während sie sich gleichzeitig hinter ihnen zusammenzog, als sie sich in Bewegung setzten.

Neben einem großen, prunkvoll verzierten Portal, durch das die vollständig aquatischen Selkies ein und aus gingen, befanden sich ein paar kleine Türen, die nur von einem Warnschild geziert wurden, das auf eine nichtaquatische Umgebung dahinter hinwies. Die Luftblase legte sich über diesen Eingang, und mit einem leisen Zischen öffneten sich die Türen für sie. Crusher, Kadohata und Dillingham betraten einen Korridor, der in auffälligem Kontrast zum Äußeren des Gebäudes aus dem gleichen, schlichten Polymetall konstruiert war, das praktisch jede Föderationsanlage im gesamten Quadranten auszeichnete.

Der Korridor führte zu einem nicht weniger schlichten Konferenzraum, der in der Mitte durch eine transparente Wand geteilt wurde. Die andere Hälfte des Raums war vom Boden bis zur Decke mit klarem pacificanischem Meerwasser geflutet, sodass es Crusher vorkam, als besuchte sie ein altertümliches Aquarium. Auf der anderen Seite der Scheibe befand sich Pacificas Außenminister Osseo Bemidji, ein altes ehrenwertes Mitglied der Regierungspartei des Planeten, dessen Gesichtszüge tiefe Falten aufwiesen und über dessen ganzen unbekleideten Körper sich willkürlich weiße Flecken verteilten. »Endlich!«, rief er, als er sich erhob und sich über den Tisch auf seiner Seite des Raums vorbeugte. Dabei wurden, beabsichtigt oder nicht, Bemidjis große, vollständig schwarze Augen durch das Wasser und die Scheibe zu furchteinflößenden Ausmaßen vergrößert. Unvermittelt erhielt Crusher das Gefühl, dass es in Wirklichkeit sie und ihre Kollegen waren, die sich im Aquarium befanden und wie interessante Exemplare einer seltenen Gattung begutachtet wurden. »Wir müssen all diese sogenannten Flüchtlinge unbedingt von unserem Planeten fortschaffen!«

Einen Moment lang war das Föderationsteam wie vor den Kopf geschlagen. »Herr Minister, bitte entschuldigen Sie«, sagte Crusher schließlich, »aber wir sind nur hier, um die Situation vor Ort zu evaluieren, nicht um die Flüchtlinge wegzubringen.«

»Was«, meldete sich Dillingham zu Wort, »unter Artikel 51 der Gesetze der Föderation, weder ohne angemessenen Grund vollzogen werden darf, noch ohne einen ordentlichen Prozess für jene Personen, die ...«

»Kommen Sie mir nicht mit den Gesetzen!«, unterbrach Bemidji ihn und schwenkte seine von Flossen gezierten Arme in weitem Bogen. »Seit Generationen ist Pacifica ein stolzes und standhaftes Mitglied der Föderation. Aber die Gesetze sind kein Selbstmordpakt. Pacifica sieht sich durch diesen plötzlichen, massiven Ansturm an Luftatmern von anderen Welten einer ernsten Bedrohung gegenüber.«

»Was für einer Art von ernster Bedrohung?«, fragte Kadohata.

Ströme kleiner Luftblasen stiegen aus den Kiemenkämmen des Ministers - das Äquivalent eines Luftatmer-Seufzens. »Mir ist klar, dass Sie sich dessen vielleicht nicht bewusst sind, aber zu Beginn ihres Lebenszyklus leben die Selkies nicht im Ozean, sondern an der Oberfläche ...«

»In einem amphibischen Stadium«, unterbrach Crusher ihn, »das von der Kindheit bis in die Zeit der Fortpflanzung und Elternschaft andauert, ungefähr die ersten fünfunddreißig Jahre eines Lebens.«

Bemidji blickte sie finster an, dann nickte er. »Und es sind diese Jungen, unsere nächste Generation, die durch die Flüchtlinge bedroht werden.«

»Wie das, Herr Minister?«, wollte Dillingham wissen.

»Unsere Kinder haben sehr spezifische Umweltbedürfnisse«, erklärte dieser, während er aussah, als gelänge es ihm nur mit Mühe, seine Geduld zu bewahren. »Über Jahrhunderte haben wir Außenweltler willkommen geheißen, die unsere kleineren Inseln besuchen und dort bauen wollten - ihr Mangel an natürlichen Unterkünften, ihre ungeschützten Küstenlinien und ihr sandiger Untergrund machten sie für uns praktisch wertlos. Doch die Flüchtlinge haben die dort existierenden Erholungsorte bereits überfüllt und nun fordern sie, im Inneren unserer größeren Landmassen untergebracht zu werden, wo sie eine Störung unserer Jungen darstellen und das ökologische Gleichgewicht dieser Regionen gefährden.«

»Herr Minister«, begann Crusher, zögerte kurz und fuhr dann fort: »Obwohl ich Ihre Sorgen respektiere, muss ich doch sagen, dass diese Leute, die wir Ihrem Wunsch nach von Ihrem Planeten fortbringen sollen, weitaus größere Störungen ihrer Leben erlitten haben, als es bei Ihren Jungen aller Voraussicht nach der Fall sein wird.«

»Tja, schön, dass Sie das so sehen, Commander Crusher, aber es sind unsere Kinder, die Sie da so unbekümmert abtun!«

Unbewusst glitt Beverlys Rechte in einer schützenden Geste zu ihrem Bauch. »Zunächst einmal, Herr Minister, würde ich es vorziehen, mit Doktor angesprochen zu werden, denn ich bin eine Ärztin. Und als Ärztin und Sternenflottenoffizier würde ich niemals irgendeine Art von Leben unbekümmert abtun oder absichtlich gefährden. Abgesehen davon weiß ich ebenso gut wie Sie, Sir, dass Ihre jungen Leute regelmäßig die Urlaubsorte der Außenweltler besuchen.«

Bei diesen Worten versteifte Bemidji sich sichtlich.

»Und sie haben auch keinerlei Bedenken, sich mit Luftatmern einzulassen«, warf Kadohata in einem Tonfall ein, der darauf schließen ließ, dass der zweite Offizier aus direkter Erfahrung sprach. Kadohata schien Beverlys ungläubiges Starren aus den Augenwinkeln zu bemerken, wandte sich ihr zu und schenkte ihr einen Blick, der zu besagen schien: *»Was ist? Du weißt, dass ich auch ein Leben hatte, bevor ich meinen Mann traf.«*

Bemidji brauchte unterdessen einige Sekunden, um seine Wut über die Anspielung der Menschen hinsichtlich seiner Mit-Selkies verdampfen zu lassen; schließlich sagte er: »Es gibt einen Unterschied zwischen reifen Erwachsenen, die sich aus freiem Willen dazu entscheiden, zu anderen Teilen ihres eigenen Planeten zu reisen und den Kontakt mit Gästen zu suchen, und dem Zwang, Fremden zu erlauben, die Zufluchtsorte unserer Neugeborenen zu überlaufen, wie es gerade auf iy'Dewra'ni geschieht.«

Crusher erinnerte sich, dass iy'Dewra'ni der Name der größten

Landmasse auf Pacifica war und der Ort des Hauptumsiedlungsgebietes, um das sich Barash besondere Sorgen gemacht hatte. »Herr Minister, ich bin mir sicher, dass wir, ungeachtet aller Herausforderungen, eine Lösung finden werden, die sowohl die Bedürfnisse Ihrer Bürger, als auch die der Flüchtlinge berücksichtigt.«

»Tja, das hoffe ich. Denn wenn es darum geht, die Unseren zu schützen, werden wir tun, was wir tun müssen, Föderation hin oder her.« Mit diesen Worten drehte Bemidji sich um, streckte seine Arme zu den Seiten aus und schwamm mit einem einzigen mächtigen Schwimmzug zur Decke und durch eine Tür, die Beverly bislang nicht bemerkt hatte.

»Was für ein netter Zeitgenosse«, bemerkte Kadohata, nachdem der Minister verschwunden war und sich das Portal hinter ihm geschlossen hatte.

»Aber wie bedroht, denken Sie, sind deren Kinderstuben wirklich, Doktor?«, fragte Dillingham.

»Ich wage nicht mal eine Schätzung, ohne mich zunächst vor Ort umgesehen zu haben«, sagte sie zu ihm. »Aber ich kann mir schwer vorstellen, dass die Situation selbst angesichts der begrenzten Landmasse auf diesem Planeten so verzweifelt ist, wie er sie beschreibt.«

»Nun ja, es geht nicht nur um verfügbares Land, es geht auch um die Fähigkeit zur Organisation«, sagte Kadohata. »Cestus III war damals imstande, all die Flüchtlinge aus der Cardassianischen EMZ aufzunehmen, weil Gouverneurin Bacco und ihr Kabinett entschlossen waren, es möglich zu machen.« Crusher vernahm den Stolz in Kadohatas Stimme, als diese über ihre Landsmännin sprach, die mittlerweile Präsidentin der Föderation war. »Im vorliegenden Fall hingegen ... Als Wasseratmer ist Bemidji ziemlich weit von all dem entfernt, was sich an der Oberfläche abspielt. Können wir wirklich all das, was er sagt, für bare Münze nehmen?«

»Ich hoffe doch, dass sich ein Regierungsvertreter seines Ranges zunächst aller Fakten versichert, bevor er einen Bruch mit der Föderation riskiert«, sagte Dillingham.

»Sicher«, gab Kadohata zu, »aber er wäre nicht der erste Politiker, der eine gewichtige Miene aufsetzt, während aus seinem ... Atemloch ... nur heiße Luft kommt.«

Dillingham schüttelte den Kopf. »Selkies haben keine Atemlöcher.«

»Aus welcher Körperöffnung er was auch immer von sich gibt, spielt kaum eine Rolle«, unterbrach Crusher die beiden. »Wir kamen hierher, um uns aus erster Hand einen Eindruck des Flüchtlingslagers zu verschaffen. Also sollten wir es uns anschauen.« Sie aktivierte ihren Kommunikator. »Crusher an *Genesee*: drei zum Hochbeamen.«

KAPITEL 7

Die *Enterprise* entdeckte alle vier andorianischen Transporter innerhalb von zwei Lichtjahren entlang der Route, auf der Rosados und Choudhurys Modell ihre Anwesenheit vorhergesagt hatte.

Unglücklicherweise fand sie die Schiffe nicht intakt vor.

»Die *Shrathas Stolz Drei* war das erste der vier Schiffe, das zerstört wurde«, berichtete La Forge den Senior-Offizieren. »Sie erlitt vor drei Tagen um 0332 Uhr einen Warpkernbruch.« Er deutete zum Schirm am fernen Ende des Konferenzraumtischs, auf dem eine computergenerierte Simulation in Zeitlupe zeigte, wie der Transporter andorianischer Bauart gewaltsam auseinandergerissen wurde. »Der genaue Grund konnte noch nicht festgestellt werden, aber gegenwärtig sieht es nach Strukturermüdung aus.«

»Wie alt war das Schiff?«, fragte Lieutenant Elfiki.

»Nun ja, die Transporter der *Atlirith*-Klasse wurden etwa von Anfang bis Mitte des dreiundzwanzigsten Jahrhunderts gebaut«, antwortete La Forge. »Die Materialanalysen, die wir an den Überresten vorgenommen haben, deuten darauf hin, dass alle vier Schiffe vom früheren Ende der Skala stammen und in den letzten zwanzig Jahren nicht nennenswert überholt worden sind.« Der Chefingenieur wandte sich erneut dem Schirm zu, auf dem sich die Computersimulation fortsetzte. »Die Resonanzwelle dieses Ereignisses war stark genug, um eine disharmonische Schwingung durch den umliegenden Subraum zu senden, die zu einer Verschiebung der Ausrichtung der Dilithium-Matrix der *Stolz Zwei* führte.« Auf dem Schirm explodierte das zweite der vier Schiffe.

»Sollte es keine Sicherheitsmechanismen gegen so etwas geben?«, fragte Ensign Rosado, gleichermaßen erschüttert und aufgebracht von dem Szenario, das der Chefingenieur soeben beschrieben hatte.

»Das sollte es, ja«, bestätigte La Forge mit einem Seufzen. »Nach dem, was ich gehört habe, war die Shratha-Transportgesellschaft bekannt dafür, Geld einzusparen, wo es nur ging, und sich irgendwie durch die Standardsicherheitsinspektionen durchzumogeln. Aber als der Ruf an alle verfügbaren Schiffe ausging, bei der Evakuierung Andors zu helfen ...«

»Es hat für sie vermutlich keinen Unterschied gemacht«, sagte Doktor Tropp, der in Vertretung für Doktor Crusher an der Besprechung teilnahm. »Sie riskierten ihr Leben; entweder indem sie an Bord der Schiffe gingen oder indem sie zurückblieben.«

La Forge nickte. »Die Trümmer und Subraumschockwellen der ersten beiden Explosionen durchbrachen die Schilde der verbliebenen zwei Schiffe und sorgten für zahlreiche Hüllenbrüche, sowohl bei der *Eins* als auch bei der *Vier*. Es war alles in weniger als zehn Sekunden vorbei«, schloss er, als die letzten beiden Schiffe verschwanden und der Schirm dunkel wurde.

Schweigen senkte sich über den Konferenzraum. Das war weit von dem Endergebnis entfernt, das sie sich erhofft hatten. Was wie eine Möglichkeit ausgesehen hatte, all der Zerstörung durch die Borg einen kleinen Sieg entgegenzusetzen, hatte nur dazu geführt, einen noch dunkleren Schatten auf die Gemüter der Besatzung zu werfen.

»Nun, wenigstens müssen die Familien nun nicht länger mit der Unsicherheit leben, nicht zu wissen, was aus ihren Angehörigen geworden ist«, sagte Picard nach einem Moment. Es war ein schwacher Trost, aber er musste genügen. »Geordi, macht es Ihre Untersuchung notwendig, dass wir hier noch länger verweilen?«

La Forge schüttelte den Kopf. »Nein, Sir. Ich denke, wir haben alle Beweise gesammelt, die es gab.«

»Also schön. Lieutenant Choudhury«, sagte er und wandte sich an seine Sicherheitschefin, die während der ganzen Besprechung auffällig still gewesen war. »Haben Sie irgendwelche anderen potenziellen Notfälle registriert, denen wir nachgehen sollten?«

»Nein, Sir.«

Die Deutlichkeit dieser scheinbar demotivierenden Antwort ließ den Raum erneut in Totenstille versinken. Diesmal schien sie sich noch deutlich länger hinzuziehen, bis sich Elfiki schließlich zu Wort meldete. »Wir untersuchen immer noch neue Daten. Es kostet Zeit, angesichts der Menge, mit der wir fertigwerden müssen ...« Sie sah den Captain mit einem vorsichtigen Lächeln an. »Aber wir haben demnächst hoffentlich mehr.«

»Danke, Lieutenant«, sagte Picard, aufrichtig erleichtert, dieses Zusammentreffen mit einem etwas positiveren Ausblick beschließen zu können. »Wir nehmen unseren Patrouillenkurs wieder auf und machen weiter wie bisher, indem wir die Augen nach all jenen offen halten, die unserer Hilfe bedürfen. Das wäre alles.« Die Anwesenden erhoben sich von ihren Plätzen. »Lieutenant Choudhury«, wandte er sich an seine Sicherheitschefin. »Würden Sie noch einen Moment bleiben?«

Gehorsam setzte sie sich wieder hin.

Worf hielt ebenfalls inne und warf zunächst dem Lieutenant, dann dem Captain einen offen besorgten Blick zu. Picard signalisierte seinem Ersten Offizier, zu gehen. Er wusste, dass die beiden schon früh eine auf den ersten Blick unwahrscheinliche Freundschaft entwickelt hatten, und er argwöhnte, dass mehr als nur berufliche Kameradschaft hinter Worfs Entscheidung gesteckt hatte, Choudhury während ihres Urlaubs nach Deneva zu begleiten. Aber Worf protestierte nicht und folgte dem Rest des Stabs nach draußen.

Als sich der Raum geleert hatte, stand Picard von seinem Platz am Kopf des Konferenztisches auf und begab sich an Choudhurys Seite. »Lieutenant, sind Sie in Ordnung?«, fragte er sanft.

»Es geht mir gut, Sir«, erwiderte sie allzu automatisch, als sie auf ihrem Sitz in eine aufrechte Position schnellte.

Picard bedachte sie mit einem freundschaftlichen, aber durchdringenden Blick. »Wir alle waren unzufrieden darüber, wie diese Bergung geendet hat. Aber wir dürfen uns von diesem Rückschlag nicht demoralisieren lassen. Nachdem wir so viel verloren haben, können wir uns kaum erlauben, die Hoffnung ebenso rasch aufzugeben.«

»Natürlich nicht, Sir«, pflichtete sie ihm sofort bei. »Sie haben absolut recht, und ich hätte besser aufpassen sollen, wie ich mich vor dem Rest des Senior-Stabes verhalte. Es wird nicht wieder vorkommen.«

Picard sagte nichts, während er die Frau neben sich musterte. In der vergleichsweise kurzen Zeit, die sie an Bord der *Enterprise* verbracht hatte, war Jasminder Choudhury für den Captain zu einer beständigen, beruhigenden Präsenz im Herzen seiner Besatzung geworden. Selbst auf der Höhe der jüngsten Invasion, als der Captain selbst glaubte, innerlich zu zerbrechen, hatte Jasminder so gelassen und in sich ruhend gewirkt wie Buddha persönlich. Und auf den ersten Blick erschien sie nach wie vor völlig ausgeglichen und im Frieden mit sich. Doch genau wie während der Zeremonie im Shuttlehangar weigerte sie sich, direkten Augenkontakt mit ihm aufzunehmen. »Lieutenant ...«, begann er und stockte dann. »Jasminder.«

Sie wandte ihm kurz den Kopf zu, und in ihren Augen sah Picard all den Schmerz, den sie zu verbergen versucht hatte. »Wir alle, die gesamte Besatzung, fühlen aufgrund Ihres Verlusts mit Ihnen«, sagte er zu ihr, wobei er mit den Fingerspitzen leicht ihren Unterarm berührte. »Was Sie durchmachen ...«

»Sir, bitte«, unterbrach Choudhury ihn, die Augen geschlossen und die Lippen eine schmale, zusammengepresste Linie. Unvermittelt wurde ihr ernstes Auftreten als sorgsam aufrechterhaltene Fassade enthüllt, die einen in ihrem Inneren tobenden Sturm der Gefühle verbarg. »Ich weiß Ihr Mitgefühl zu schätzen, aber es geht mir gut.« Sie öffnete die Augen und schenkte ihm den Hauch eines Lächelns.

Es war genau genommen eine ziemlich überzeugende Beteuerung, und unter anderen Umständen hätte sie durchaus funktionieren können. Aber die Ereignisse der vergangenen paar Wochen waren noch zu frisch in seinem Gedächtnis, ebenso die Anstrengungen, die er selbst unternommen hatte, um die Gefühle grenzenloser Verzweiflung und Hoffnungslosigkeit zu verleugnen, die ihn vor nicht allzu langer Zeit beinahe überwältigt hätten. »Was Sie durchlitten haben - der Verlust Ihrer ganzen Welt - ist für die meisten von uns nicht zu begreifen«, begann er teilnahmsvoll.

»Was auch immer dem Entstehen unterworfen ist, ist dem Vergehen unterworfen«, intonierte Choudhury zur Antwort. »Das ist eine der fundamentalsten Wahrheiten dieser Existenz: Alles ist vergänglich.«

Picard zögerte, unsicher, wie er darauf antworten sollte. Er erkannte das Zitat aus dem *Tipitaka*, ebenso erkannte er die Wahrheit, die in diesem Stück buddhistischer Lehre steckte. Aber es kam ihm wie eine verstörend düstere Geisteshaltung vor, insbesondere in ihrer gegenwärtigen Situation.

Choudhury musste seine Verwirrung gespürt haben, denn sie fügte hinzu: »Auch Trauer ist vergänglich. Ich erwarte nicht, dass Sie das begreifen, Sir, aber ... meine spirituellen Glaubensvorstellungen haben mir mein ganzes Leben lang Halt gegeben, während all der Veränderungen, die ich erlebt habe. Es ist nicht immer leicht.« Sie gewährte dem Captain einen weiteren kurzen Blick in ihr Inneres. »Aber ich werde es verkraften, Sir.«

Picard musterte Choudhury einen weiteren Moment, während er sich fragte, wie sicher er sich dieser Behauptung sein sollte. Er war nie ein religiöser Mann gewesen, und obwohl er einiges über Choudhurys Glaubensvorstellungen und ihre historischen Wurzeln wusste, konnte er nicht von sich behaupten, sie wirklich zu verstehen. Er verstand allerdings sehr wohl die Notwendigkeit, zu glauben. Diese Lehre hatte er aus jener verzweifelten letzten Stunde des Borg-Angriffs gezogen, als ihm nur noch die Hoffnung geblieben war, nachdem der Verstand ihm gesagt hatte, alles sei hoffnungslos.

Schließlich nickte er ihr zu. »Wenn es irgendetwas gibt ...«

»Danke, Captain«, sagte sie rasch, »aber da gibt es wirklich nichts.«

Und ihm wurde klar, dass dem so war. »Also schön, Lieutenant«, sagte er voller Bedauern. »Wegtreten.«

Jasminder Choudhury trat aus dem Konferenzraum auf die Brücke und wechselte einen kurzen Blick mit ihrer Vertretung Ensign Abby Balidemaj. Der Ensign gab stumm zu verstehen, dass sie die taktische Station noch eine Weile länger bemannen würde, und Choudhury lächelte sie dankbar an. Sie befand sich in diesem Augenblick nicht in der Verfassung, auf der Brücke zu sein. Rasch wandte sie sich den Turbolifttüren zu.

Sie wusste, dass das Ganze lächerlich und äußerst unprofessionell war. Doch die Entdeckung jener andorianischen Schiffe hatte erneut große Trauer in ihr hervorgerufen. Und die Tatsache, dass sie anschließend gezwungen gewesen war, ihre Zerstörung auf solch klinische, kalte Weise mit anzusehen, hatte diese Trauer letztendlich so sehr anschwellen lassen, dass sie ihr die Luft aus den Lungen trieb und sich mit scharfen Klauen um ihr Herz legte. Die Arme um den Körper geschlungen, wanderte sie ruhelos in der Enge der Turboliftkabine hin und her, unfähig stillzustehen. Sie wünschte, sie hätte Captain Picard nicht täuschen müssen. Tatsächlich gab sie durchaus ihr Bestes, um mit dem Tod ihrer Familie klarzukommen. Aber zu behaupten, sie sei damit wirklich erfolgreich ...

Sie legte die Hand auf den Mund, um ein Schluchzen zu unterdrücken, und wünschte sich, der Turbolift möge sich schneller bewegen. Als er schließlich anhielt, zögerte sie einen Augenblick und vergewisserte sich zunächst, dass sich niemand im Korridor aufhielt, bevor sie rasch zu ihrem Quartier schlüpfte. Choudhury stellte die Beleuchtung auf einen Bruchteil ihrer vollen Stärke, gerade so hell, dass sie durch den Wohnbereich hindurch ihren Weg zu der kleinen Ecke fand, in der sie immer meditierte.

Sie sank auf das große Kissen auf dem Boden, faltete ihre Beine in der Lotusstellung zusammen und schloss die Augen. Das Räucherwerk, das auf einem kleinen Tisch unter ihrem Mandala stand, zündete sie nicht an; der normalerweise angenehme Geruch des schwelenden Holzes rief in letzter Zeit Erinnerungen an Denevas verbrannte Oberfläche wach. Sie befahl ihrem Geist, sich von allen Gedanken zu befreien, sog einen tiefen, reinigenden Atemzug durch die Nase ein und folgte innerlich der Luft, während sie in ihre Lungen strömte und dann durch ihren Mund wieder hinausgelangte.

Doch ihr Geist weigerte sich, ihr zu gehorchen. Statt sich in der Dämmerung und annähernden Stille zu leeren, holte er alte Bilder aus ihrer Erinnerung hervor. Ihr Vater und sie, wie sie den Eichensetzling vor ihrem neuen Haus pflanzen. Großmutter Basma, wie sie sie ins Schlafzimmer ihrer Mutter führt, um ihr neues Schwesterchen Divya zum ersten Mal zu begrüßen. Die ganze Familie auf den Rängen beim Junior-Parrises-Squares-Finale, die aufspringt und jubelt, nachdem sie den Siegpunkt erzielt hat. Lachend und klatschend als Divya und Guarav auf ihrer Hochzeit tanzen. Das alles vermischt mit der toten Landschaft, über die Worf und sie erst vor wenigen Tagen gewandert waren.

Alles ist vergänglich. Die Worte schienen sie zu verhöhnen. Alles war nun fort. Die Menschen und die Orte existierten nur noch in ihrem Geist und ihrer Erinnerung. Und ihr Verstand weigerte sich standhaft, sie loszulassen.

Choudhury spürte, wie Tränen unter ihren geschlossenen Augenlidern hervorquollen, und wischte sie ärgerlich beiseite. Der Tod war ihr nicht unbekannt. Im ersten Jahr ihres Dienstes hatte sie ihren besten Freund aus Akademietagen während eines völlig sinnlosen Schusswechsels nahe der cardassianischen Grenze verloren. An Bord der *Timor* war sie nur deshalb in den Rang des Sicherheitschefs aufgestiegen, weil Lieutenant Ang in der Ersten Schlacht von Chin'toka getötet worden war. Und im Anschluss daran war sie für mehr Tode verantwortlich gewesen, als sie sich auszumalen wagte. Sie hatte sie alle betrauert, Freund und Feind gleichermaßen, doch mithilfe ihres Glaubens war es ihr gelungen, die Trauer zu überwinden und ihre Ruhe und Ausgeglichenheit wiederzufinden.

Aber das hier waren keine Sternenflottenoffiziere, hielt sie sich vor Augen, *und keine Jem'Hadar-Soldaten, dazu gezüchtet, die göttliche Lebenskraft in ihnen selbst zu verachten. Das hier war deine* Familie; *die Menschen, die dich anflehten, Deneva nicht zu verlassen, die dich zu überzeugen versuchten, dass du nicht der Sternenflotte würdest beitreten müssen, um deiner Bestimmung als Beschützer nachzukommen. Und jetzt sind diese Menschen und das Heim, das schützen zu helfen du geschworen hattest ...*

Beinahe fünfzehn Minuten saß Choudhury da und betrauerte ihre Familie, ihre Welt sowie all das, was ihr solch eine lange Zeit ihres Lebens lieb und teuer gewesen war. Als sie schließlich keine Tränen mehr zu vergießen hatte, erhob sie sich und ging zum Waschbecken, um sich ein wenig kaltes Wasser ins Gesicht zu spritzen. Sie trocknete ihr Gesicht mit einem Handtuch ab und begutachtete ihr eigenes Abbild im Spiegel, um zu schauen, wie verquollen ihre geröteten Augen wirkten. Überzeugt, dass sie zumindest den Eindruck eines Beschützers zu erwecken vermochte, drängte sie ihre Gefühle zurück, nahm die Schultern nach hinten und machte sich auf den Weg zur Brücke.

Im Laufe ihrer Karriere hatte Meron Byxthar Dutzende von Flüchtlingsdörfern und Umsiedlungslagern besucht. Sie hatte die praktisch dauerhaften bajoranischen Siedlungen im Valo-System gesehen und war über zwei Jahre lang mit einem Nomadenclan aus Xindi-Arborealen durch fünf Sternsysteme gereist. Sie hatte thallonianische Lager auf Nelkar besucht, Skrreea-Kommunen auf Draylon II und sogar eine kleine Zufluchtsstätte der Kreel auf Arachnis IV, bevor diese von der klingonischen Verteidigungsstreitmacht entdeckt und aufgelöst worden war.

In Anbetracht all dessen hätte sie eigentlich auf das vorbereitet sein müssen, was sie begrüßte, als der Transporter sie am Rand des iy'Dewra'ni-Flüchtlingslagers rematerialisierte. Vieles wirkte in der Tat vertraut. Byxthar befand sich zusammen mit dem Rest des Teams vor einem kleinen Gebäude in Fertigbauweise, das sich direkt hinter dem Eingang zum Lager erhob und als Krankenhaus und Verwaltung diente. Dahinter sah sie Reihe um Reihe einfacher Stoffzelte, die sich über Hunderte von Metern hinweg auf einer weiten, sanft hügeligen Wiese erstreckten.

Auf den behelfsmäßigen Straßen aus niedergetrampeltem Gras, die diese aus dem Boden gestampfte Stadt durchzogen, tummelten sich Hunderte und Aberhunderte Humanoide. Sie schienen sich wie in Zeitlupe zu bewegen, und es war, als hätten sie kein bestimmtes Ziel. Manche unterhielten sich miteinander. Andere hielten Zwiesprache mit sich selbst oder vielleicht ihren Göttern, die sie allem Anschein nach verlassen hatten. Und wieder andere hockten einfach nur stumm da und starrten blicklos ins Leere. Byxthar öffnete ihre telepathischen Sinne der gesichtslosen Masse und spürte ihre Trauer, ihre Hilflosigkeit und ihren Mangel an Hoffnung. Das alles war für sie nichts Neues - abgesehen von dem Umstand, dass es sich bei all diesen Leuten hier um Bürger der Vereinigten Föderation der Planeten handelte.

»Oh, Gott ...«, murmelte Kadohata und fasste damit das Grauen in Worte, das Byxthar bereits bei ihren Kollegen gespürt hatte. »Es sieht aus, als befänden wir uns im finstersten Mittelalter.« Byxthar wusste nicht viel über die Geschichte der Erde, aber angesichts der Zustände, die hier herrschten, nahm sie an, dass sich das »finstere Mittelalter« auf das späte zwanzigste und frühe einundzwanzigste Jahrhundert bezog, einen Zeitraum beinahe ununterbrochen wütender kleinerer und größerer Kriege kurz vor dem Erstkontakt mit den Vulkaniern.

Und das hier sind noch die, die Glück hatten, hörte Byxthar Doktor-Commander Crusher denken, während jene ihren Kopf in wortlosem Unglauben schüttelte.

»Was hat es mit diesen Stoffzelten auf sich?«, wollte Dillingham von niemand Bestimmtes wissen.

»Das Zellulosefasergewebe ließ sich deutlich effizienter replizieren, als die Unmengen von Plastiform-Bauteilen, die für die Standard-Fertigunterkünfte benötigt worden wären«, sagte Gliv, während er ein Büschel Fell zur Seite strich, das ihm der Wind in die Augen geblasen hatte.

»Diese Dinger können doch nicht widerstandsfähig genug sein, um als adäquate Unterkünfte durchzugehen«, sagte Dillingham kopfschüttelnd. »Der nächste große Sturm bläst sie einfach davon.«

Es ist nicht eine Wolke am Himmel zu sehen, und sie machen sich Gedanken über einen Sturm - als ob wir uns Dinge ausdenken müssten, über die man sich Sorgen machen kann. Dieser letzte wortlose Kommentar stammte von jemandem, der sich ihnen von hinten näherte. Als die Betazoidin sich umdrehte, erblickte sie einen massigen Grazeriten, der, in ein schmutziges Hemd im Blau der Wissenschaftsabteilung der Sternenflotte gekleidet, um die Ecke des Gebäudes kam. »Da sind Sie ja endlich«, rief er, als ihm verspätet auffiel, dass er bemerkt worden war. »Bitte sagen Sie mir, dass Sie bereit sind, diese Leute jeden Moment hochzubeamen«, fügte er hinzu, obwohl er sich im Geiste durchaus über Byxthars und Dillinghams Zivilkleidung im Klaren war.

Doktor-Commander Crusher sah den Grazeriten mit einem Blick an, in dem sich ihr aufgewühltes Inneres widerspiegelte. »Und Sie sind ...?«

»Lieutenant Commander Amsta-Iber, Chefmeteorologe, Aronnax-Station.«

»Aronnax-Station?«, fragte Crusher. »Was machen Sie hier?« Die Aronnax-Station war eine wissenschaftliche Einrichtung der Föderation, die es sich zur Aufgabe gemacht hatte, die abgelegenen Regionen des weltumspannenden Ozeans von Pacifica zu erforschen. Sie lag auf einer kleinen Insel, von ihrer gegenwärtigen Position aus auf der annähernd gegenüberliegenden Seite des Planeten.

»Ich bin hier, weil die Selkies nach einem Sternenflottenoffizier verlangt haben, der dieses ...« Er gestikulierte mit einer Hand in der Luft, während er stumm eine ganze Reihe farbiger Metaphern verwarf, um die vor ihnen liegende Szenerie zu beschreiben. »Nun ja, der *das* hier beaufsichtigt. Nach den Angriffen auf Barolia und Acamar wurde die Sternenflottenpräsenz in der Föderationsbotschaft abgezogen, ebenso die Wachen und das unterstützende Personal auf Aronnax. Es blieben also nur ich oder der Ichthyologe.«

»Also haben Sie das alles hier alleine gemanagt?«, fragte Crusher.

»Ich habe es versucht«, erwiderte Amsta-Iber müde. »Die Anwohner haben mir geholfen, aber sie sind nicht besonders glücklich über unsere Anwesenheit. Allem Anschein nach befinden wir uns hier in direkter Nachbarschaft zu einem ihrer größten Brutgebiete, und es gefällt ihnen nicht, dass diese ganzen Leute hier herumhängen. Also, je früher Sie mit einer Umsiedlung beginnen können, desto besser.«

»Wir sind nicht hier, um diese Leute umzusiedeln«, eröffnete Crusher ihm. »Und selbst wenn wir es wollten, könnten wir mit nur einem Runabout nicht viel ausrichten.«

»Ein Runabout? Das ist alles, was die schicken, um dieses Durcheinander aufzuräumen?«, rief Amsta-Iber, und mehr als nur ein fantasievoller Kraftausdruck zuckte durch sein Bewusstsein.

»Unterschätzen Sie niemals, was eine entschlossene Gruppe ausrichten kann«, riet Crusher ihm mit einem grimmigen Lächeln. »Also, wie ist die medizinische Lage, Commander? Gibt es einen Arzt vor Ort?«

»Wir haben ein MHN gestartet und die ganze Zeit über im Einsatz«, antwortete er.

Crusher seufzte, und Byxthar empfing von ihr eine Reihe wenig schmeichelhafter Kommentare, die sich die Ärztin allerdings wohlweislich verkniff. »Schön«, sagte sie. »Gibt es eine aktuelle Karte des Lagers? Wie sieht es mit einer Personenerfassung aus? Besitzen wir eine Vorstellung davon, wer die Leute sind, die sich hier aufhalten?«

Amsta-Iber blinzelte, offensichtlich überrumpelt von der unerwarteten Fragenkanonade, die ihm von einem vorgesetzten Offizier entgegenschlug. »Äh, ja, Sir. Ich habe die Karte in meinem Büro, und in Eden Beach, wo die Flüchtlinge ankommen, wird eine Erfassung vorgenommen.«

»Wie viele sind es?«, fragte Kadohata.

Der Grazerit holte tief und geräuschvoll durch seine Nasenschlitze Luft. »Wir liegen im Augenblick bei über siebzigtausend.«

Mein Gott, dachte Crusher, aber sie behielt diese Reaktion für sich, als sie sich an den Rest des Teams wandte. »Na gut, wir müssen das gesamte Lager überprüfen und sicherstellen, dass alles den Standards entspricht: Lebensmittel, Wasser, Unterkünfte, Bekleidung, Abfallentsorgung, Hygiene, medizinische Versorgung. Miranda, ich möchte, dass Sie ...«

Ein schriller, unartikulierter Schrei unterbrach die Befehle des Doktor-Commanders. Als Byxthar in Richtung der Zeltstadt blickte, von wo der Laut gekommen war, sah sie eine junge menschliche Frau in einem schmutzigen Kleid, die ein Bündel in ihren Armen hielt und auf sie zu rannte. Die Betazoidin spürte, was die Frau trug und warum sie weinte. *Es ist ihr Baby; es will nicht mehr aufwachen*, dachte sie und wollte sich gerade an Crusher wenden, um sie davon in Kenntnis zu setzen.

Doch entweder hatte die Ärztin sie telepathisch gehört oder sie handelte aus purem Instinkt heraus; jedenfalls eilte Crusher los, um die weinende Frau abzufangen, wobei sie sich wegen des Kindes, das sie selbst im Leibe trug, ein wenig unbeholfen bewegte. Kadohata folgte ihr, ebenso Byxthar und die anderen, darunter auch Amsta-Iber.

Crusher fing die Frau ab, gebot ihr, sich auf den Boden zu setzen, und hatte bereits ihren Trikorder in der Hand, um das Kind zu untersuchen, als der Rest von ihnen sie erreichte. »Matthew, oh Matthew«, wiederholte die Mutter zwischen Schluchzern und abgehackten Atemzügen wieder und wieder. Byxthar sah das Baby, einen nicht einmal ein Jahr alten Jungen, schlaff in den Armen seiner Mutter liegen. Sie spürte, dass der Kleine fürchterliche Schmerzen litt, aber zu schwach war, um mehr als kaum hörbar zu wimmern, während er um Atem rang.

Crusher beendete ihren Scan, überflog die Trikorderwerte und schlug sofort auf den Kommunikator auf ihrer Brust. »Crusher an *Genesee*«, rief sie, und der Computer des kleinen Schiffes piepte zur Bestätigung. »Medizinischer Notfall. Drei zum Hochbeamen, von diesen Koordinaten.« Sie hob den Blick und sah den Rest ihres Missionsteams aus der Hocke an. »Miranda, Sie haben das Kommando«, sagte sie zu Kadohata. »Kümmern Sie sich um die Überprüfung.« Dann richtete sie ihre Augen zum Himmel. »Energie!«

Als die Ärztin und ihre Patienten verschwunden waren, lenkte Byxthar ihr Augenmerk auf die wachsende Menge neugieriger Flüchtlinge, die von dem Zwischenfall angezogen worden war. »Hey, was ist mit dem Rest von uns?«, fragte ein Solari, nachdem die drei verschwunden waren. »Wann kommen wir von diesem Felsen runter?«

Die Frage wurde aufgenommen und von weiteren frustrierten Flüchtlingen wiederholt, die sich um ihn sammelten. Keines der Teammitglieder hatte eine Antwort darauf, und sie konnten die Menge nur stumm anschauen, die immer größer und immer lauter wurde.

Doktor Crusher ließ die wehklagende Frau auf der Transporterplattform sitzen, als sie selbst hinuntertrat und die Hand nach einer kleinen Klappe ausstreckte, die nur eine Armeslänge entfernt war. Sie holte das Notfall-Medikit daraus hervor und sank erneut auf die Knie, während sie den Kasten öffnete und ein Hypospray entnahm. Mit besonderer Aufmerksamkeit prüfte sie die Einstellungen des Instruments gleich zwei Mal - nicht nur um die Dosis, sondern auch um den Druck der injizierten Flüssigkeit an ihren kleinen Patienten anzupassen. Sie streckte die Hände nach dem Baby aus ...

»*Nein!*«, heulte die Mutter auf und presste das Kind eng an ihre Brust. »Was werden Sie mit ihm machen? Sie dürfen ihn mir nicht wegnehmen!«

»Ich werde ihn Ihnen nicht wegnehmen«, sagte Crusher in möglichst beruhigendem Ton. »Mein Name ist Beverly. Wie heißen Sie?«

Die junge Frau brauchte einen Moment, um sich zu fangen, bevor sie antwortete. »Peggy. Und das ist Matthew.«

»Ich werde Matthew nicht wehtun«, versicherte Crusher ihr. »Ich gebe ihm nur etwas Medizin.« Sie hielt das Hypospray hoch, damit Peggy es sehen konnte. »Ich sorge dafür, dass es ihm besser geht.« Crusher sprach in einfachen Sätzen, aber mit bestimmtem Tonfall. Peggy musste nicht wissen, dass Matthew von exotischen Mikroben befallen worden war - die sich zweifellos die junge Frau zuerst zugezogen und dann in ihrer Milch weitergegeben hatte - und deshalb an einem schweren Fall von Magen-Darm-Grippe und Dehydrierung litt. Was sie wissen - und glauben - musste, war, dass die Ärztin ihrem Baby helfen würde.

Die Frau - eigentlich kaum mehr als ein Mädchen und höchstens neunzehn Jahre alt - dachte eine Weile lang unsicher über die Worte der Ärztin nach. Ihre Augen glitten zu der auffälligen Wölbung von Crushers Bauch und verweilten dort einen Moment lang, bevor sie schließlich den Griff um ihr Kind lockerte.

Crusher streckte langsam die Arme aus, legte eine Hand auf den Rücken des kleinen Matthew und zog seine Hose und Windel herunter. Ein geradezu überwältigender Gestank füllte die Kabine, als der Inhalt der Windel der Luft ausgesetzt wurde. *Diesen Teil hatte ich beinahe vergessen*, dachte Crusher, unterdrückte rasch ihren Würgereflex und presste dann die Öffnung des Hyposprays auf den Hintern des Babys. Mit sanftem Druck verabreichte Crusher ihm eine mild antibiotisch wirkende Lösung, zusammen mit einigen Millilitern Kochsalzlösung.

Crusher hängte den Gurt des Medikits über ihre Schulter. Anschließend hob sie das Baby aus den Armen seiner Mutter, wofür sie dieses Mal nur einen schwachen Protestlaut erntete. Sie ging zum Sanitärbereich hinüber, wo sie Matthew seine Windel ganz auszog, diese in den Abfallverwerter warf und sie dematerialisierte. Danach nahm sie ein Handtuch und begab sich in die Hauptkabine. Dort schob sie die *Flüsse*-Spielsteine zu einer Seite des Tisches, breitete das Handtuch aus und legte das Baby darauf.

Matthew reagierte immer noch nicht, aber sein Atem ging schon ein bisschen regelmäßiger. Als Crusher erneut ihren Trikorder über ihn hielt, konnte sie sehen, dass er auf die Behandlung gut, wenn auch ein wenig langsam, ansprach. Die Ärztin verabreichte ihm noch ein paar Milliliter, um seiner Dehydrierung Herr zu werden. Darüber hinaus konnte sie nur warten und hoffen, dass der kleine Matthew sich von selbst fing.

»Wird er wieder gesund werden?« Im Eingang zum Wohnbereich stand Peggy. Wie sie so mit ihrem ganzen Gewicht am Türrahmen lehnte, gab sie ein Bild vollkommener Erschöpfung ab. Auch sie zeigte Symptome von Flüssigkeitsmangel. Crusher würde die Wasserversorgung der Flüchtlinge auf Keimbefall untersuchen müssen - und vermutlich die Hälfte der Flüchtlinge ebenfalls.

Crusher sah ihr nicht in die Augen, sondern blickte stattdessen in ihr Medikit. »Wie lange war er bereits krank?«, fragte sie, als sie ein silbernes Päckchen hervorzog, das sie aufriss, um ein steriles Reinigungstuch hervorzuholen. Mit schnellen, aber gründlichen Bewegungen reinigte sie den Po des Babys, während sie die ganze Zeit nach auch nur dem geringsten Anzeichen Ausschau hielt, dass es sich erholte.

Das Mädchen schien von der Frage verwirrt. »Nun ja, er war schon auf dem Transporter ein wenig unleidlich, aber das war jeder.« Ein Ausdruck tiefer Seelenqual huschte über die Züge des Mädchens.

»Wie steht es mit dem Durchfall?«, fragte Crusher. »Wann hat das angefangen?«

»Haben sie wirklich alles zerstört?«

Crusher spürte, wie sich ihr Magen zusammenzog. Sie zögerte und fragte sich, wie sie diesen scheinbar zusammenhangslosen Satz beantworten sollte, da fuhr Peggy fort: »Die Borg, meine ich. Es hieß, dass sie nach Danula II kommen würden. Sie schickten mich fort, mich und Matthew. Sie sagten, ich müsse ihn in Sicherheit bringen. Sie sagten, ich müsse sie alle verlassen.«

»Und jetzt sind Sie in Sicherheit«, bestätigte Crusher ihr mit ruhiger Stimme, wobei sie sich um die Beantwortung der eigentlichen Frage drückte. Crusher hatte keine Berichte gehört, die Danula II im Speziellen erwähnten, eine kleine Föderationskolonie, auf der sich eine Sport- und Trainingseinrichtung der Sternenflottenakademie befand. Aber sie wusste, dass der Planet nur etwa fünfzig Lichtjahre vom Azur-Nebel entfernt lag und sich mitten in der »Todeszone« befand, die die Borg-Invasion geschaffen hatte. Es bestand wenig Zweifel bezüglich des Schicksals von Peggys und Matthews Heimatwelt.

Doch natürlich erzählte die Ärztin Peggy nichts von alldem. »Sie müssen mir sagen, wie lange Matthew schon so krank ist«, drängte Crusher die junge Mutter stattdessen.

»Äh ... vielleicht ein paar Tage?« Peggy schaute überall hin, nur nicht in Crushers Augen. »Ich glaube ... seit dem vierten Tag nach unserer Ankunft hier?«

»Haben Sie irgendwelches Wasser aus den Seen oder Flüssen dort unten getrunken? Ohne es zunächst zu sterilisieren?«

»Es sah sauber aus«, verteidigte sich Peggy, während ihr Tränen des Verstehens und der Schuld in die Augen zu steigen begannen. »Und die Schlangen vor den Replikatoren waren so lang ...«

Auf einmal begann der Trikorder der Ärztin, eine Reihe schriller Warnsignale von sich zu geben. Crusher wirbelte zu ihrem winzigen Patienten herum und riss das Untersuchungsinstrument an sich. »Verdammt«, flüsterte sie, als sie sah, wie die Lebenszeichen des Kindes schwächer wurden. »Nein, nein, nein ...«

»Was?«, schrie Peggy und stürzte zur anderen Seite des Tisches, wobei sie einen Großteil von Byxthars Keramikspielsteinen zu Boden fegte - es klang, als bräche ein Gebäude in sich zusammen. »Was ist los?«

Crusher wandte ihre Augen nicht vom Trikorder ab. Sie wollte die junge Mutter nicht anblicken müssen. Die Infektion richtete schwerste Verwüstungen im Autoimmunsystem des kleinen Matthew an und schien dabei der Antibiotikumbehandlung beharrlich zu widerstehen. Stumm fluchte Crusher in sich hinein, als sie vergeblich in das Medikit blickte, das offen neben ihr lag. Wenn es ihr nur gelänge, diese spezielle Mikrobe zu isolieren, die sich der Junge eingefangen hatte, könnte sie ein geeignetes Gegenmittel synthetisieren, aber das würde sie niemals schaffen, bevor die bereits überbeanspruchten inneren Organe des Jungen zu versagen anfingen.

Matthew lag im Sterben, und Crusher gingen die Möglichkeiten aus.

Sie warf den Trikorder buchstäblich von sich, nahm das Baby in ihre Arme und rannte aus dem Wohnbereich des Runabouts. In dem kurzen, schmalen Durchgang, der zum Cockpit führte, schlug sie mit ihrem Ellbogen gegen einen weiteren Türsensor und trat in das kleine Wissenschaftslabor, das Teil der austauschbaren Standardmissionsmodule war. Obwohl eher schlicht und im Vergleich zu einem Raumschifflabor nur sehr grundlegend ausgestattet, umfasste das Standardlabormodul eine kleine Stasiskammer, die normalerweise für biologische Proben zum Einsatz kam, die während wissenschaftlicher Erkundungsmissionen gesammelt wurden. Crusher berührte das Sensorfeld, um das ausfahrbare Schubfach zu öffnen, und legte das Baby auf die Probenablage. Obwohl die Kammer für einen erwachsenen menschlichen Patienten viel zu klein war, reichte sie aus, um das Baby nur noch winziger erscheinen zu lassen. Bekümmert berührte Crusher das Sensorfeld erneut und sah zu, wie der kleine Junge von der Wand verschluckt wurde.

»Was machen Sie da? Was machen Sie da?!«, kreischte Peggy.

Crusher fuhr herum und fing die Handgelenke des Mädchens auf, um dessen wild geballte Fäuste abzuwehren. Doch Peggys Kampfgeist ließ schnell nach, und schon im nächsten Moment musste

Crusher ihren entmutigt zusammensackenden Körper stützen.

»Ich sollte ihn doch in Sicherheit bringen.« Halb flüsterte Peggy die Worte, halb schluchzte sie sie.

»Er ist in Sicherheit«, sagte Crusher zu ihr. »Er wird es sein, das verspreche ich.«

»Wir waren die Einzigen, die sie in das Schiff gesetzt haben«, fuhr Peggy fort, als hätte sie die Ärztin überhaupt nicht gehört. »Nur wir zwei. Alle anderen blieben zurück - sein Vater, meine Mutter und mein Vater. Sie sagten, es sei wichtiger, dass das Baby und ich in Sicherheit wären.« Tränen begannen, ihr über die Wangen zu laufen. »Und jetzt sind wir die Einzigen, die noch da sind.« Diesmal fragte sie nicht nach Danula oder ihren Lieben, die zurückgeblieben waren. Crusher war sich ziemlich sicher, dass sie bereits um deren Schicksal wusste und dass sie einen Großteil dessen, was in den letzten Tagen geschehen war, schlicht verdrängte.

Die Ärztin führte sie am Arm zurück in den Wohnbereich und setzte sie an den Tisch. Dann ging sie zum Replikator und forderte zwei Tassen Tee an. Während sie auf deren Erscheinen wartete, berührte sie ihren Kommunikator. »Crusher an Kadohata.«

»Ja, Doktor«, kam die Antwort. *»Geht es dem kleinen Jungen gut?«*

»Ich musste ihn in Stasis versetzen«, erwiderte Crusher, statt eine tatsächliche Antwort zu geben. »Miranda, dort unten ist eine kontaminierte Wasserquelle, und es ist sehr wahrscheinlich, dass diese zwei hier nicht die Einzigen sind, die sich dadurch eine Krankheit zugezogen haben. Sie müssen sie für mich aufspüren, damit ich herausfinden kann, was genau den Jungen krank gemacht hat.«

»Ich kümmere mich darum, Bev.«

Crusher dankte ihr und trennte die Verbindung. Anschließend brachte sie die zwei dampfenden Tassen zurück an den Tisch. Sie stellte eine vor die verheult aussehende Peggy und setzte sich ihr dann gegenüber.

»Ich hätte eine bessere Mutter sein sollen«, murmelte das Mädchen. »Ich hätte es wissen sollen ... Ich hätte daran denken müssen ...«

Crusher griff über den Tisch und legte der jungen Frau eine Hand auf den Unterarm. »Machen Sie sich keine Vorwürfe, Peggy.«

»Er ist alles, was ich habe!« Peggy brach erneut in Tränen aus. »Alles, was mir geblieben ist!«

Crusher erhob sich, trat um den Tisch an ihre Seite und ließ zu, dass Peggy aufsprang und ihre Arme um sie schlang. »Alles ist fort ... Doktor, wenn ich ihn auch noch verliere ...«, schluchzte sie an der Schulter der Ärztin.

»So etwas dürfen Sie nicht denken«, sagte Crusher zu ihr. »Sie werden ihn nicht verlieren. Und Sie werden für ihn stark sein. Tief in Ihrem Inneren liegt eine Stärke, die Ihnen helfen wird, Sie und ihn das alles überstehen zu lassen.«

Peggys Schluchzen hielt kurz für einen tiefen, schniefenden Atemzug inne. »Woher wissen Sie das?«, fragte sie.

Doch Crusher, die ihr eigenes Gesicht in Peggys Haar vergraben hatte, sagte nur: »Ich weiß es ...«

Sternenbasis 32 lag am Rand des Föderationsraumes, wo sie als Ausgangspunkt zur Erforschung des dahinterliegenden, unbekannten Raums durch die Sternenflotte diente. Sie war nicht nur der Heimathafen von einem Dutzend Raumschiffen, deren Mission es war, in diesem Teil der Galaxis nach neuem Leben und neuen Zivilisationen zu suchen, sondern sie bot darüber hinaus auch vielen der auf diesen Schiffen diensthabenden Familien ein Zuhause. Nach dem Ende ihres Praktikums auf Delos IV hatte Beverly Crusher um eine Versetzung auf Sternenbasis 32 gebeten, damit sie und Wesley näher bei Jack sein konnten, der dort draußen auf der *Stargazer* war. Die Mission seines Schiffes war zeitlich nicht begrenzt, daher wusste sie nicht, wann er wiederkommen würde, doch soweit es Beverly betraf, war das auch nicht wichtig. Wann immer er kam, würde seine Familie ihn erwarten.

Sie hatte ihre Schicht in der Krankenstation der Basis gerade beendet und war zu Christof Schusters Quartier gegangen, um

Wesley abzuholen. Schuster war Lieutenant im Wissenschaftsbereich, und genau wie Beverlys Mann diente auch seine Partnerin auf einem Tiefenraumforschungsschiff. Seine siebenjährige Tochter Elle zog er praktisch alleine groß. Er war ein herzlicher Mann und auch gerne bereit gewesen, Wesley über Nacht bei sich zu behalten, als Beverly in ihrer dritten Woche als stellvertretende Chefärztin zu später Stunde zu einem Notfall gerufen worden war. Seitdem waren sie und Schuster eng befreundet und unterstützten sich gegenseitig. Ihre Kinder, die trotz des Altersunterschiedes ein paar gemeinsame Kurse in der Schule der Station belegt hatten, waren unzertrennlich geworden.

Christof bot Beverly einen Stuhl und eine Tasse Kaffee an, und sie akzeptierte beides dankbar. Anfang der Woche hatte eine Schiffsladung verdorbener Owon-Eier die Station erreicht, und seitdem wurde die Krankenstation praktisch ohne Unterlass von Fällen mit Lebensmittelvergiftung überrannt. Während Wesley und Elle im Wohnbereich Parcheesi spielten, saßen die beiden Erwachsenen nun beieinander, entspannten sich und plauderten über nichts Besonderes: ihre Jobs, aktuelle Ereignisse, Nachrichten von ihren jeweiligen Partnern.

Dann unterbrach das Signal der Kabinentür den friedlichen Moment. Elle sprang auf und öffnete, und zur Überraschung aller stand Admiral Naomi Jerusalmi, die Kommandantin der Basis, auf der Schwelle.

Sofort nahmen die Offiziere Haltung an, und Schuster bat sie herein. »Lieutenants«, sagte der Admiral, und auf ihrem weichen, runden Gesicht erschien ein Lächeln, das dort seltsam fehl am Platz wirkte. Zwar war der Admiral eine nette und freundliche Frau, doch es gehörte nicht zu ihren Gewohnheiten, zwanglos Junior-Offiziere zu besuchen. Dass sie in Schusters Quartier auftauchte, dachte Beverly, verhieß nichts Gutes.

Der Admiral blickte kurz zu den Kindern, die die Habachtstellung ihrer Eltern zu imitieren versuchten, und wandte sich dann wieder den Erwachsenen zu. Schuster verstand den Hinweis. »Elle«, sagte er, »warum spielen du und Wes nicht für ein paar Minuten in deinem Zimmer?« Als die Kinder den Raum verließen, musterte Beverly das Gesicht des Admirals und schenkte Christof dann einen kurzen, mitfühlenden Blick aus dem Augenwinkel.

Der Admiral atmete tief ein, anschließend trat sie weiter in den Raum hinein und auf ihre beiden Offiziere zu. »Es tut mir leid, das auf diese Weise tun zu müssen«, sagte sie und sah von einem der beiden zum anderen. »Aber Sie waren nicht in Ihrem Quartier, und ein Leitender Offizier sollte etwas Derartiges nicht unnötig aufschieben.«

Einen Augenblick lang war Beverly verwirrt. Warum sollte Jerusalmi zu ihrem Quartier gegangen sein? Und warum blickte sie gar nicht mehr Christof an ...?

»Doktor Crusher, ich bedaure, Ihnen mitteilen zu müssen, dass Ihr Ehemann Lieutenant Commander Jack Crusher in Ausübung seiner Pflicht ums Leben gekommen ist.«

Die Zeit blieb stehen. Es war, als hätte jemand eine Luftschleuse in ihrem Verstand geöffnet und jeden Gedanken aus ihrem Kopf hinaus ins Vakuum geblasen. Irgendwann fiel ihr ein, dass sie atmen musste, und als sie den Mund öffnete, kam das einzige Wort heraus, das sie noch zu sagen vermochte: »Nein.«

Plötzlich spürte Beverly Christofs Hände auf ihren Schultern und dann einen Stuhl unter sich. Es dauerte einige Sekunden, bis sie bemerkte, dass ihre Beine nachgegeben hatten.

»Es tut mir leid«, sagte der Admiral, und aus ihren grauen Augen sprach das Mitgefühl. »Es war ein Unfall während einer Reparatur im All. Captain Picard hat wenig Details genannt, aber die *Stargazer* ist bereits auf dem Rückweg ...«

Als sie das hörte, schoss ein kurzer Energieschub durch Beverlys Körper. *Er kommt nach Hause!* Doch schnell erlosch dieser Funke der Freude wieder - Jack würde nicht zu ihr zurückkommen. Nie wieder.

Die nächsten Tage verbrachte sie wie in Watte gehüllt. Doktor

Meather, der Chefarzt der Station, hatte sie von ihren Pflichten in der Krankenstation entbunden, und Beverly blieb nichts weiter zu tun, als herumzusitzen und die Wände anzustarren. Wesley entglitt ihr zusehends; für ihn war »Papa« nur wenig mehr als ein Besucher aus der Vergangenheit, an den er sich kaum erinnerte. Und doch erkannte er durch Elle und ihren Vater, dass ihm etwas Bedeutendes vorenthalten worden war.

Ein Teil von Beverlys Verstand verweigerte sich nach wie vor der Wahrheit. Sie und Jack waren ihr ganzes Eheleben hindurch so oft voneinander getrennt gewesen, dass es sich nun gar nicht anfühlte, als hätte sich etwas geändert. Gut, sie hatte seit nahezu zwei Wochen nichts von ihm gehört, aber er war nie ein großer Briefschreiber gewesen und hatte bei den wenigen Malen, bei denen er die ihren beantwortet hatte, immer verkündet, er sei eigentlich zu beschäftigt dafür. (Selbst nach dieser einen, ach so wichtigen Holoaufnahme, die er vor seiner Rückkehr auf die *Stargazer* vor fünf Jahren für Wesley hinterlassen hatte, hatte er nie mehr die Zeit gefunden, weitere anzufertigen.) So lange die *Stargazer* da draußen blieb, war doch nicht wirklich etwas passiert.

Vier Tage später stand Jean-Luc Picard vor Beverlys Tür und raubte ihr diese Illusion. Sein hellbraunes Haar war noch dünner geworden, seit sie ihn zuletzt gesehen hatte, und auf seiner rechten Schläfe klebte ein Hautregenerationspflaster. Und in seinen Augen erkannte Beverly, wie tief auch er um Jack trauerte. Sie waren Freunde gewesen, länger als Beverly auch nur einen von ihnen kannte, und Picard hatte jahrelang täglich mit ihm zusammengearbeitet. Als sie seinen Schmerz sah, wollte sie ihre Arme um ihn legen und ihren Verlust gemeinsam mit ihm beweinen.

Doch natürlich bewahrten sie beide die Form, das Sternenflottenprotokoll, auch wenn sie zivile Kleidung trug. Einen Moment lang stand Picard da und sah zuerst sie, dann ihren Sohn unbehaglich an. Wesley war so tapfer; wie ein kleiner Kadett während einer Inspektion. Picard ging in die Knie, blickte ihm direkt in die Augen.

»Wesley ... Wes ... Man nennt dich Wes, oder?«

Der Junge nickte und kämpfte sichtlich darum, seinen tapferen Erwachsenengesichtsausdruck beizubehalten.

»Das mit deinem Vater tut mir sehr leid, Wes. Ich ... äh.« Es war deutlich, dass Jean-Luc nicht wusste, wie er mit Kindern sprechen sollte, erst recht nicht über ein solches Thema, und nachdem er ein wenig gestammelt hatte, klopfte er Wesley schlicht auf die Schulter und stand wieder auf. »Beverly, ich kann dir gar nicht sagen, wie sehr ...«, begann er, doch der kleine Junge dort unten, der ihn mit einer Mischung aus Schmerz, Scheu und Hass anstarrte, schien ihn zu verunsichern.

Beverly kam ihm entgegen. »Schatz, Captain Picard und ich müssen etwas erledigen«, sagte sie zu Wesley. »Lies doch ein wenig in deinem Buch, okay? Wir sind gleich wieder zurück.«

»Okay«, flüsterte Wesley, schenkte Picard einen letzten, mürrischen Blick und wandte sich ab. Beverly trat in den Flur hinaus und entfernte sich gemeinsam mit Jean-Luc von der Tür.

»Ich bedaure deinen Verlust so sehr«, sagte er, während sie durch die leeren und seltsam friedlich wirkenden Korridore des Wohnbereichs der Station schritten. »Du sollst wissen, dass Jack sein Leben gegeben hat, um sein Schiff und den Rest der Besatzung zu retten.« Beverly hörte kaum hin, als Jean-Luc fortfuhr, zu erklären, dass eine der Warpgondeln der *Stargazer* überlastet worden sei und zu explodieren gedroht habe. Jack und ein anderes Besatzungsmitglied, Lieutenant Joseph, hatten sich freiwillig gemeldet, um sie mit Phasergewehren vom Schiff abzutrennen. Doch dabei war es zu einer Explosion gekommen, und Jack hatte schwere Verletzungen erlitten. Jean-Luc persönlich hatte das Schiff verlassen, um seine Offiziere zu retten. Er erreichte den bewusstlosen Joseph und brachte ihn in Sicherheit, doch für Jack war es bereits zu spät ...

Picard hielt inne, als er bemerkte, dass Beverly ihn in eine Sackgasse und zu einer Turbolifttür geführt hatte. »Wohin gehen wir?«, fragte er, als sie den Rufknopf betätigte.

»In die Leichenhalle«, antwortete Beverly ausdruckslos. »Ich muss sehen ...«

Picard erblasste. »Beverly ... Dafür gibt es wirklich keinen Grund. Jack ...«

»Ich muss ihn sehen.«

»Beverly, er wurde sehr schwer verletzt. Ich glaube nicht, dass du ...«

Die Turboliftkabine kam und Beverly trat ein, ohne darauf zu achten, geschweige denn sich darum zu scheren, ob der Captain sie nun begleitete oder nicht. »Leichenhalle«, befahl sie dem Computer, und erst nachdem sich die Türen geschlossen hatten, fiel ihr auf, dass sie nicht allein war.

Während der Aufzug auf die oberen Bereiche der Basis und damit die zentralen medizinischen Einrichtungen zusteuerte, begann Jean-Luc erneut. »Du musst das nicht tun.«

Ohne ihn anzusehen, schüttelte Beverly den Kopf. »Doch, das muss ich. Es ist mir wichtig. Ich muss der Tatsache ins Auge sehen, dass er fort ist.«

Daraufhin stellte der Captain seinen Protest ein. In diesem Fall würde er sich nicht auf seinen Rang berufen, das wusste sie. Schweigend setzten sie ihre Fahrt fort, und schweigend schritten sie durch die weißen, sterilen Korridore der unteren Ebene der medizinischen Sektion. »Danke, dass du mich begleitest«, sagte sie schließlich und beendete die unangenehme Stille zwischen ihnen.

»Das ist das Mindeste, was ich tun kann.«

Danach schwiegen sie wieder, bis sie die Leichenhalle erreicht hatten. Sie betraten den Autopsieraum, eine zweigeschossige Kammer mit Bioanalyse-Station und einem Bordcomputerkontrollfeld. In der unteren Ebene des Raumes stand ein zwei Meter langer Tisch, auf dem ein weißes Tuch ausgebreitet worden war. Unter diesem zeichnete sich die Gestalt eines menschlichen Körpers ab. Beverly zwang sich dazu, weiterzugehen, die Treppe hinab und auf den Tisch zu ...

Sie erstarrte. Das war's. Wenn sie das Tuch anhob und das Gesicht der Person darunter sah, würde es keine Chance zum Selbstbetrug mehr geben. Dann würde Jacks Tod Teil ihrer Wirklichkeit sein. Eine halbe Ewigkeit lang stand sie da und blickte auf die verhüllte Gestalt hinab.

Dann war Jean-Luc an ihrer Seite, musterte sie, las in ihrem Gesicht. Und ohne sie aus den Augen zu lassen - jederzeit bereit, auf eine Änderung ihres Verhaltens zu reagieren -, griff er zu, nahm das Laken in die Hand und hob es an.

Es war Jack. Ein groteskes Netz aus Schnittwunden zog sich von seinem Hals über sein Kinn bis hinauf auf die Stirn, verunstaltete die rechte Seite seines Gesichtes. Haut und Muskeln waren notdürftig wieder verbunden worden, das Blut hatte man abgewischt. Dennoch konnte die Ärztin sich nur zu gut ausmalen, wie grausam die von der Explosion verursachten Verletzungen gewesen sein mussten: zertrümmerte Knochen, abgerissene, lose herabhängende Hautfetzen, Blut und Eingeweide, die in der Schwerelosigkeit trieben und die Innenseite seines Helms besudelten ...

Jean-Luc ließ das Tuch wieder sinken. »So hättest du ihn nicht in Erinnerung behalten sollen«, sagte er, und seine Stimme klang überraschend sanft und mitfühlend. Beverly nickte, dankbar für seine Unterstützung in diesem Moment.

Und doch war dieses letzte Bild von Jack von nun an für immer in ihr Gedächtnis eingebrannt.

Es war Jacks letzter Wunsch gewesen, dass seine Asche über dem Hermosa-Korallenriff südlich von San Francisco verstreut wurde. Beverly hatte keine Ahnung, warum ihm der Ort so viel bedeutete, und nun konnte sie ihn nicht mehr fragen. Pflichtbewusst begaben Wesley und sie sich auf die Reise zur Erde und erfüllten in stummem Ernst die Bitte. Irgendwie war es sogar heilsam, dass Mutter und Sohn für eine Weile fort waren und nur für sich ein wenig gemeinsame Zeit verbringen konnten. Und das Hermosa-Riff - ein Ort unglaublicher Schönheit, den eine vor Jahrhunderten geschehene, furchtbare Katastrophe hatte entstehen lassen - war tatsächlich ein zutiefst ruhiger, friedlicher Ort. Ideal für den Abschluss, den sie und Wes beide brauchten.

Als sie neun Tage später zur Sternenbasis 32 zurückkehrten, entdeckten sie, dass die Schusters fort waren. Elle war nach Salzburg geschickt worden, wo sie bei Cousins leben sollte, und Christof hatte eine sich kurzfristig bietende Karrierechance beim Schopf gepackt: den Posten des neuen Leitenden Wissenschaftsoffiziers an Bord der *U.S.S. Stargazer*. Beverly war sprachlos. Sie fühlte sich, als hätte Christof sie betrogen - ihre Freundschaft, wie auch die zwischen seiner Tochter und Wesley, und sogar Jack, einen Mann, dem Schuster nie begegnet war.

Am nächsten Tag schaute Jerusalmi in der Krankenstation vorbei und bat darum, mit Beverly unter vier Augen in Meathers Büro sprechen zu dürfen. Der Admiral zeigte sich über ihre Rückkehr erfreut und wiederholte noch einmal die Beileidsbekundungen, die sie bereits vor zwei Wochen ausgesprochen hatte. Es schien, als sei das eine halbe Ewigkeit her. Dann erwähnte sie ganz nebenbei, dass an Bord der *U.S.S. Hammarskjöld* kürzlich der Posten des Leitenden Medizinischen Offiziers frei geworden wäre. Beverly, die sich die ganze Zeit gefragt hatte, warum der Admiral mit ihr hatte sprechen wollen, vernahm überrascht, dass Jerusalmi sie für diesen Posten vorschlagen wollte.

Beverly war wie vor den Kopf gestoßen. Der Admiral sagte irgendetwas davon, dass sie verstehe, dass dies eine schwierige Entscheidung wäre, und dass sie sich durchaus im Klaren sei, Beverly zu einem ziemlich schlechten Zeitpunkt darauf anzusprechen. Zudem hob sie hervor, dass es sich hierbei um eine großartige Gelegenheit handele, die Beverly mehr als verdient hätte, und dass sie doch ernsthaft darüber nachdenken solle.

Beverly wog das Für und Wider des Angebots ab, während sie ihre ruhige Schicht beendete. Leitender Medizinischer Offizier an Bord eines Schiffes der *Ambassador*-Klasse - mal alles andere außer Acht gelassen, war es in der Tat eine unglaubliche Chance, etwas, wovon sie auf der Akademie immer geträumt hatte. Damals hatte sich alles um ihre Karriere gedreht, darum, die Rangleiter nach oben zu klettern. Statt eines Ringes hatte Jack ihr das Buch *Wie man seine Karriere durch Heirat vorantreibt* geschenkt - seine Art, um ihre Hand anzuhalten.

Aber nun konnte sie den Posten natürlich nicht annehmen. Die Vorstellung, Wes in ihrer gegenwärtigen Situation zu verlassen, ihn einfach so in ein Schiff zu setzen und zu seiner Urgroßmutter zu schicken, war undenkbar. Nicht dass sie von der Sternenflotte erwartet hätte, sich über solche Dinge Gedanken zu machen; diese schob ihre Leute einfach dorthin, wo sie sie brauchte, behandelte sie wie einfache, leicht ersetzbare Zahnrädchen, dachte nie über die Folgen für Ehepartner, Kinder, Freunde nach ...

Im Anschluss an ihre Schicht kehrte sie in ihr Quartier zurück. In dem Moment, da sie durch die Tür trat, wurde sie von einem stürmischen Angriff willkommen geheißen, der sie beinahe von den Füßen geholt hätte. Als sie nach unten blickte, sah sie ihren Fünfjährigen, der seine Arme wild um ihre Hüfte geschlungen und sein Gesicht in ihre Seite vergraben hatte.

»Wes?« Sanft schob sie ihn von sich und ging in die Hocke, um in seine geröteten Augen zu blicken. »Wes, was ist los, Liebling? Was hast du?«

Er holte ein paar Mal abgehackt Luft, bevor er auch nur ein Wort hervorbringen konnte. »Ich ... ich hatte Angst, ich wär ... wär allein.«

Beverly hielt den Atem an, und ihr Herz zog sich zusammen. Ihr Dienstplan in dieser Woche entsprach zeitlich fast perfekt seinem Stundenplan in der Schule. Er konnte nicht viel mehr als zehn Minuten vor ihr zu Hause angekommen sein. Doch als sie über seine Schulter schaute, sah Beverly die Kiste mit Jacks persönlichen Sachen, die während Wesleys und ihrem Ausflug zur Erde von der *Stargazer* geschickt worden war und nun am hinteren Ende des Raums stand. Eine der alten, rötlichbraunen Uniformjacken hing halb herausgezogen aus der Kiste. Der Anblick allein musste schlimm genug sein, um Gefühle von Verlust und Unsicherheit in einem kleinen Kind auszulösen - jedenfalls löste er genau diese Gefühle in seiner Mutter aus.

»Nein, Wes«, sagte sie sanft und blickte ihm dabei direkt in seine großen, nussbraunen Augen. »Du bist nicht allein. Du hast mich. Du wirst mich *immer* haben, Liebling. Verstanden?«

Wes schaute seine Mutter an. Sie sah, dass er ihr glauben wollte, aber ... »Aber, Elle ... Ihr Vater ...«

»Ich werde dir niemals etwas Derartiges antun, Wesley«, sagte Beverly zu ihm, und die Worte kamen aus tiefstem Herzen.

»Versprichst du es?«

Beverly blickte erneut zu Jacks Uniform und anschließend an sich selbst hinab auf das moderner geschnittene Blau, das sie trug. Und dann sah sie ihren Sohn wieder an. »Ich verspreche es dir, Wes.«

Am nächsten Morgen ging Beverly Crusher zu Admiral Jerusalmis Büro, um ihren Kommunikator und ihre Rangabzeichen abzugeben. Danach verließen sie und Wesley Sternenbasis 32 und die Sternenflotte mit der Absicht, niemals wieder zurückzukehren.

KAPITEL 8

Worf betrat den Maschinenraum und stellte fest, dass dort dasselbe Durcheinander herrschte wie immer. Zielstrebige und selbstsicher wirkende Männer und Frauen bewegten sich von links nach rechts, während sie damit beschäftigt waren, den Warpkern, das Herzstück des mächtigen Raumschiffs, und all seine peripheren Systeme jederzeit optimal betriebsfähig zu halten. Worf war zugleich beeindruckt und erfreut. Würden nicht so viele rote und blaue Uniformen zwischen dem üblichen Gold umherlaufen, käme man niemals auf den Gedanken, dass es der Abteilung schmerzlich an regulärem Personal fehlte.

»Kann ich Ihnen helfen, Sir?«

Der Klingone wandte sich um und erblickte Lieutenant Taurik, der an der Hauptsystemanzeigekonsole arbeitete. »Ja, Lieutenant. Können Sie mir sagen, wo Commander La Forge ist?«

Sein Gegenüber wirkte einen Augenblick lang etwas durcheinander. Worf fiel auf, dass der stellvertretende Chefingenieur, ungeachtet seiner vulkanischen Widerstandsfähigkeit, vollkommen erschöpft aussah. »Er wollte den Hauptcomputerkern überprüfen«, antwortete Taurik nach einem Moment des Nachdenkens. »Aber ich glaube, ich höre ihn gerade kommen.«

Worf folgte ihm mit seinen Blicken, als Taurik sich in Richtung der wandgroßen Hauptsystemanzeige umdrehte. Einen Moment später hörte auch er La Forges Stimme herannahen, dann kam dieser um eine Ecke und betrat den Maschinenraum. »... ist nicht gut genug, Sonol«, erklärte er dem Payav-Ensign, der ihn begleitete. »Suchen

Sie sich zehn der Helfer und lassen Sie sie die Auslösemechanismen der Notfallkraftfelder auf den Decks zwei bis sechs noch einmal überprüfen.«

Sonol bestätigte den Befehl und drehte sich in eine andere Richtung, während er nach Freiwilligen rief. La Forge bemerkte Worf und ging auf ihn zu, doch als er ihn erreicht hatte, wandte er sich zunächst an seinen Assistenten. »Taurik, als ich gegangen bin, habe ich Ihnen doch gesagt, dass ich Sie hier nicht mehr sehen will, wenn ich wiederkomme. Gehen Sie in Ihr Quartier und gönnen Sie sich eine Pause.«

»Das ist nicht nötig, Sir«, sagte der Junior-Offizier und versuchte - erfolglos -, seine Erschöpfung abzuschütteln.

Der erste Offizier bedachte ihn mit einem finsteren Blick. »Widersetzen Sie sich dem Befehl eines vorgesetzten Offiziers, Lieutenant?«

Taurik blickte zu Worf hoch. »Nein, Sir«, sagte er ruhig. »Wenn Sie mich entschuldigen, Sirs.« Er machte auf dem Absatz kehrt und verließ den Maschinenraum.

La Forge schüttelte den Kopf, als er dem jüngeren Mann nachschaute, dann richtete er sein Augenmerk auf Worf. »Also ... Was führt Sie hier herunter?«, fragte er, als er sich wieder in Bewegung setzte, um einen Rundgang entlang der Kontrolldisplays in diesem Teil des Maschinenraums zu unternehmen.

Worf schloss sich ihm an. »Ich wollte mich erkundigen, wie es mit den Reparaturen vorangeht.«

Geordi seufzte. »So gut, wie man es unter den gegebenen Umständen erwarten darf, denke ich. Wir haben die internen Sensoren alle überprüft und dabei einen ganzen Haufen anderer Dinge entdeckt, die wir uns noch mal ansehen müssen. Aber alles in allem machen wir gute Fortschritte.«

»Gut«, sagte Worf. Er bedachte La Forge mit einem Lächeln. »Sie können stolz darauf sein, wie tapfer sich Ihre Abteilung angesichts der außergewöhnlichen Herausforderungen, denen wir uns gegenübersahen, geschlagen hat und noch immer schlägt.«

»Danke«, erwiderte La Forge und wirkte dabei ein wenig überrascht. »Das ist ein großes Lob, besonders wenn es von Ihnen kommt.«

»Sie haben es verdient ... Es war schon längst fällig, mein Freund«, sagte der Erste Offizier. Seit La Forge sich gegen den Captain aufgelehnt und sich geweigert hatte, dessen illegalen und ehrlosen Befehl, eine Thalaron-Waffe zu bauen, zu befolgen, betrachtete der Klingone seinen langjährigen Kollegen in einem ganz anderen Licht. In den vielen Jahren, seit die beiden als Lieutenants Junior Grade der Besatzung der alten *Enterprise* beigetreten waren, hatte Worf mehr als ein halbes Dutzend verschiedene Posten innegehabt, während Geordi stets an einem Ort geblieben war, an dem er allem Anschein nach festsaß wie eine in Harz gefangene Glob-Fliege. Dennoch hatte er, zu einem Zeitpunkt, als die gesamte Galaxis an der Schwelle zur Vernichtung zu stehen schien, große innere Stärke und einen aufrechten Charakter bewiesen.

»Danke, Worf«, sagte La Forge und schenkte dem Klingonen ein breites, entspanntes Lächeln, wie es so typisch für ihn war. »Und jetzt bitten Sie mich um einen Gefallen, richtig?«

Worf blieb unvermittelt stehen. »Ich bin der Erste Offizier«, grollte er und erreichte damit, dass Geordi, der soeben sein Büro hatte betreten wollen, herumfuhr. »Wenn ich eine Aufgabe für Sie habe, die getan werden muss, bräuchte ich nicht zu falschen Komplimenten zu greifen, um Sie dazu zu bringen, sie zu erledigen.«

La Forge ruderte zurück. »Hey, ich habe mir nur einen Scherz erlaubt«, beeilte er sich zu sagen. »Ich wollte damit nicht andeuten ...«

Doch seine Stimme verlor sich, als er einen unerwarteten Gesichtsausdruck auf Worfs Zügen sah. »Ich bin ebenfalls mit dem Konzept des ‚Scherzens‘«vertraut, eröffnete der Klingone ihm mit einem Grinsen.

La Forge starrte ihn einen Augenblick lang an, dann brach er in Gelächter aus. »Okay, alles klar, du hast mich erwischt«, gab er zu. »Also ... gab es sonst noch etwas, das du wolltest?«

»Es gibt da etwas, von dem ich möchte, dass du es dir anschaust«, sagte Worf mit einem Nicken.

Mit einer Geste forderte La Forge Worf auf, ihm in sein Büro zu folgen, und sie setzten sich beide.

»Wir haben das Aufzeichnungensuchprotokoll durchlaufen lassen, um nach irgendwelchen verschwundenen Evakuierungsschiffen von Deneva zu fahnden. Im Verlauf der Datenanalyse wurde etwas Seltsames entdeckt. Kurz nachdem der globale Evakuierungsbefehl rausgegangen war, ließ Denevas Präsident etwas, das Plan 2757 genannt wurde, in Kraft treten. Das ist die einzige Stelle, an der dies erwähnt wird. Es gibt keine Hinweise darauf, ob der Plan durchgeführt wurde oder worum es sich dabei eigentlich handelte.«

»Das ist wirklich seltsam«, pflichtete Geordi ihm bei und lehnte sich auf seinem Stuhl zurück. »Hast du irgendeine Idee, was 2-7-5-7 bedeuten könnte? Ist es vielleicht eine Art Code?«

»Ich habe eine Theorie«, sagte Worf. »Ich glaube, dass es sich auf Ereignisse, die zu und um Sternzeit 2757 herum stattfanden, bezieht. Damals wurde Deneva von einem Schwarm außerplanetarer neuroparasitärer Lebensformen angegriffen. Die gesamte Bevölkerung des Planeten wurde durch diese fremden Kreaturen praktisch ausgeschaltet.«

»Richtig, ich erinnere mich«, sagte Geordi mit einem Nicken. »Es war Kirks *Enterprise*, die diese Vorkommnisse entdeckte und der es gelang, den Befall auszurotten.«

Worf nickte. »Ja, doch seit dem ersten Angriff waren acht Monate vergangen.« Es war ein unglaublich glücklicher Zufall für die Denevaner; wäre die *Enterprise* nicht bereits auf dem Weg zu ihnen gewesen, wäre die gesamte Kolonie ausgelöscht worden. »Zieht man das in Betracht und berücksichtigt dann den Zeitpunkt des Befehls des Präsidenten, liegt der Schluss nahe, dass Plan 2757 dann in Kraft treten sollte, wenn eine weitere globale Krise drohte.«

»Und du glaubst nicht, dass er Teil der allgemeinen Evakuierung war?«, fragte La Forge.

Worf schüttelte den Kopf. »Wir hatten mit mehreren Evakuierungsschiffen der Denevaner Kontakt. Keines von ihnen wusste von so einem Plan. Ich glaube, dass es eine zusätzliche Maßnahme neben den offiziellen Evakuierungsplänen war, die, für den Fall, dass die nächste Bedrohung durch intelligente Lebensformen erfolgen würde, geheim gehalten wurde.«

La Forge nickte gedankenvoll. »Na schön. Also wenn niemand über den Plan gesprochen hat, nachdem der Präsident ihn autorisiert hatte, dann sollten wir vielleicht mal nachschauen, worüber man stattdessen gesprochen hat.« Er schaltete seine Schreibtischkonsole ein, rief die Ergebnisse des Elfiki-Rosado-Suchprotokolls für Deneva auf und gab ein paar eigene Suchbefehle ein. Er berührte die Eingabetaste, und der Hinweis BEARBEITUNG LÄUFT erschien auf dem Bildschirm. Einen Moment lang blickten sie beide wortlos auf den Schirm, dann fragte La Forge: »Sag mal ... haben wir, jetzt, da der Deneva-Suchlauf durch ist, irgendetwas über den Verbleib von Jasminders Familie in Erfahrung bringen können?«

Worf machte ein finsteres Gesicht und schüttelte den Kopf. »Nein, wir haben noch immer keine Informationen, die bestätigen oder widerlegen, dass irgendein Mitglied der Familie des Lieutenants evakuiert wurde.« Es war schrecklich, ohne das Wissen leben zu müssen, ob eine geliebte Person verstorben war und wenn ja, wie. Geordis Gesichtsausdruck entsprach dem seinen, und Worf rief sich in Erinnerung, dass der Chefingenieur bis zum heutigen Tage nicht über das wahre Schicksal seiner Mutter im Bilde war.

»Sie wirkte ziemlich mitgenommen, als wir die Shratha-Schiffe gefunden haben«, bemerkte La Forge. »Geht es ihr mittlerweile etwas besser?«

Worf spürte, wie sich die Muskeln in seinem Nacken und seinem Kiefer verspannten. »Weshalb fragst du mich das?«

La Forges Lippen verzogen sich zu einem Grinsen, das er allerdings sofort wieder verschwinden ließ, als er den ziemlich klingonischen Ausdruck auf Worfs Zügen bemerkte. »Diesmal scherzt du nicht, oder?«

Worf wandte den Blick von dem Chefingenieur ab und schalt sich innerlich dafür, dass er so überreagiert hatte.

»Hey, Worf?«, sagte La Forge. »Hey ... ist mit *dir* alles in Ordnung?«

Worf blickte zu ihm zurück und setzte eine steinerne Miene auf. »Es geht mir gut.«

La Forges mechanische Augen verengten sich skeptisch. »Komm schon, Worf, ‚mein Freund' ...«

Zu hören, dass seine eigenen Worte in vorwurfsvollem Ton gegen ihn gerichtet wurden, beschämte den Klingonen. Und er hatte schließlich niemanden sonst, mit dem er seine Situation besprechen konnte - Jasminder mit Sicherheit nicht, und angesichts ihrer letzten Konversation fühlte er sich auch nicht besonders wohl dabei, mit Hegol zu sprechen. Worf holte tief Luft. »Jasminder und ich waren uns körperlich nahe«, sagte er.

Einen Moment lang starrte La Forge ihn sprachlos an. »Okay, das habe ich jetzt nicht erwartet«, bekannte er schließlich.

»Das erste Mal geschah es, als wir uns darauf vorbereiteten, den Borg im Azur-Nebel entgegenzutreten, und es war keine Absicht. Nach dem zweiten Mal, im Anschluss an den Besuch auf dem Land ihrer Familie auf Deneva, sagte sie, es sei ein Fehler gewesen.«

La Forge versuchte sichtlich, diese Information zu verdauen. »Nun ja, sie hat eine Menge durchgemacht, Worf. Sie trauert, und da weiß man manchmal nicht mehr, was man wirklich will.«

»Ja, das verstehe ich«, sagte Worf. »Allerdings ... bin ich mir auch nicht länger sicher ... Aus traditioneller Sicht ist es unter Klingonen verpönt, mit einer Frau das Lager zu teilen, ohne eine dauerhaftere Bindung anzustreben.« Worf erwähnte nicht, dass diese Weltsicht von den meisten in der heutigen klingonischen Gesellschaft als archaisch empfunden wurde. Ebenso wenig erwähnte er, dass er selbst diese Beschränkungen während seines Werbens um die entschieden untraditionelle Jadzia Dax weitestgehend ignoriert hatte. »Unser erstes intimes Zusammenkommen fand kurz nach Captain Dax' Besuch auf unserem Schiff statt«, gestand er stattdessen.

»Oooh«, sagte Geordi in verstehendem Tonfall, doch Worf wusste, dass er es nicht wirklich verstehen konnte, zumindest nicht völlig.

Selbst Worf hatte bis jetzt gebraucht, um es zu verstehen. »Irgendwie ist es mir niemals gelungen, daran zu glauben, dass Jadzia das *Sto-Vo-Kor* erreicht hat«, sagte er. »Denn ein Teil von ihr war immer noch hier, in Dax.« Es war bereits über fünf Jahre her, dass Ezri Dax und er nach dem Ende des Dominion-Krieges getrennter Wege gegangen waren. Zu diesem Zeitpunkt hatte sie gerade erst damit begonnen, mit der Tatsache ins Reine zu kommen, ein vereinigter Trill zu sein. Sie war zwar ein Counselor gewesen, hatte aber nicht einmal ihr eigenes Inneres gekannt und nicht gewusst, wie sie ihre persönliche Identität gegenüber dem Chor behaupten sollte, den all die vergangenen Leben des Dax-Symbionten bildeten.

Seit damals hatte sich Ezri gewaltig verändert. Jetzt war sie ein Raumschiffcaptain, befehligte eines der modernsten Schiffe der Flotte und hatte auch keine Angst, die Konfrontation mit einem berühmten Captain wie Picard zu suchen. »Ezri zu sehen ... die Person zu sehen, zu der sie geworden ist, zu erkennen, wie sehr sich diese Person von Jadzia unterscheidet ...« Er schwieg kurz, bevor er weitersprach: »Ich habe keine Zweifel mehr. Ich weiß jetzt, dass Dax genauso wenig Jadzia ist, wie ...«

»B4 Data.«

Worf bemerkte den nüchternen Tonfall, in dem Geordi diese Tatsache feststellte. Lange Zeit hatte der Ingenieur Schwierigkeiten gehabt, den Tod seines besten Freundes zu verarbeiten. Es tat gut, zu sehen, dass Geordi, genau wie Worf, bereit zu sein schien, weiterzumachen. »Genau«, sagte Worf.

La Forge nickte, nur um dann wieder den Kopf zu schütteln, nachdem er einen Moment lang über die Angelegenheit nachgedacht hatte. »Na schön, aber, warte, ich bin noch immer verwirrt. Es klingt für mich so, als hättest du einen innerlichen Befreiungsschlag geschafft. Also, warum ist deine ... Beziehung zu Jasminder noch gleich ein Fehler?«

»Weil sie ein Mensch ist. Sie ist eine ausgesprochen ruhige, friedliebende, fürsorgliche menschliche Frau. Klingonen sind selten auch nur eins davon - vor allem nicht, wenn es um unsere Urtriebe geht.«

»Oooh«, sagte La Forge erneut, aber diesmal in einem Tonfall, als hätte er schon mehr erfahren, als er eigentlich wissen wollte.

»Sie ist eine faszinierende Frau«, fuhr Worf fort, mehr an sich selbst als an Geordi gerichtet. »Brillant, einfühlsam, selbstlos. Ich glaube nicht, dass ich jemals die einfache Freundschaft zu einer anderen Person so genossen habe.« Er hielt inne und seufzte. »Es ist wohl das Beste, wenn wir diese Beziehung einfach halten.«

Geordi schenkte ihm einen Seitenblick. »Ja, klar. Viel Glück dabei ...«

Picard saß in seinem Bereitschaftsraum am Schreibtisch, überflog die Berichte, die von überall aus der Föderation eintrafen, und versuchte, zu verhindern, dass seine Stimmung noch schlechter wurde, als sie es ohnehin schon war, seit sie die Erde verlassen hatten.

Es fiel ihm nicht leicht.

Kanzler Martok hatte die Evakuierung von Qo'noS und die zeitweilige Versetzung des klingonischen Regierungssitzes nach Ty'Gokor angeordnet. Ein Möchtegernattentäter hatte aus Verärgerung über den Verlust ihrer Flotte im Azur-Nebel einen Anschlag auf die Kastellanin der Cardassianischen Union versucht. Warbirds des Romulanischen Imperiums hatten mindestens drei Schiffe voller Flüchtlinge aus dem abtrünnigen Imperialen Romulanischen Staat vernichtet, wobei sie sich den Berichten zufolge der Suchprotokolle der *Enterprise* bedient hatten, die von der Sternenflotte an alle lokalen Machtgruppen weitergegeben worden waren.

Dieses Protokoll wiederum, obwohl außerordentlich erfolgreich, da es doch bereits mehr als dreihundert Evakuierungsschiffe und Tausende von Leben überall in der Föderation gerettet hatte, schien mittlerweile die Grenzen seiner Möglichkeiten erreicht zu haben. Ein neues Problem lag nun in der Frage, was man mit all diesen Schiffen und seinen Passagieren anstellen sollte. Inzwischen verliehen mehr und mehr Welten nachdrücklich der Sorge Ausdruck, dass sie mit all den Flüchtlingen nicht fertigwerden würden, die aufzunehmen sie gebeten wurden. Einmal mehr wanderten Picards Gedanken zu Beverly, und er hoffte, dass es ihr auf Pacifica besser gelang, mit den Schwierigkeiten zurechtzukommen, als ihm hier draußen im All.

Das Türsignal zu seinem Bereitschaftsraum ertönte, und er nahm dies als willkommene Entschuldigung, um sein Padd beiseitezulegen. »Herein«, sagte er.

Lieutenant Choudhury trat ein. »Ich hoffe, ich störe Sie nicht, Sir«, begann sie, während sie direkt neben der Tür im Eingangsbereich stehen blieb.

»Nein, bitte«, sagte er und signalisierte ihr, näherzutreten und Platz zu nehmen, während er selbst aufstand, um seine leere Teetasse aufzufüllen. »Kann ich Ihnen etwas anbieten?«

»Nein danke, Sir.«

Picard gab seine benutzte Tasse in den Recycler und orderte einen weiteren Earl Grey. Während er darauf wartete, dass die Materialisierungssequenz endete, musterte er seine Sicherheitschefin aus den Augenwinkeln. Sie wirkte angespannt und ernst, aber sie schien auch ein wenig ausgeglichener zu sein als in der letzten Zeit. »Also, was kann ich für Sie tun, Lieutenant?«, fragte er, als er zur Couch hinüberging und sich ihr gegenüber hinsetzte.

»Sir ... Rosado, Elfiki und ich haben versucht, die Reichweite unseres Suchprotokolls auszuweiten. Bis jetzt waren die Parameter so eingestellt, dass sie nur Daten in einem Zeitraum seit Beginn der Invasion des Azur-Nebels sammeln. Wir haben diese Werte angepasst, sodass nun alle Informationen seit den Angriffen auf Barolia und Acamar verarbeitet werden.«

Picard nickte zufrieden. Diese beiden Welten waren als Erste von den Borg überfallen worden und hatten eine fünfwöchige Phase gelegentlicher Überraschungsangriffe eingeläutet, deren Höhepunkt schließlich die finale Offensive der Borg gewesen war. Schon zu diesem Zeitpunkt hatte es kleinere Evakuierungsmaßnahmen gegeben. Auch wenn die Wahrscheinlichkeit, Schiffe zu retten, die schon so lange als verschollen galten, deutlich geringer war, schuldeten sie es jenen Bürgern, jede erdenkliche Anstrengung zu unternehmen.

»Während wir eine Abfolge der Ereignisse zusammengestellt haben«, fuhr Choudhury fort, »fanden wir heraus, dass sich die erste wirklich nennenswerte Borg-Panik auf Cestus III ereignete, ausgehend von der Stadt Lakeside.« Sie hielt kurz inne und warf Picard einen vielsagenden Blick zu. »Wir haben außerdem in Funkverkehraufzeichnungen entdeckt, dass weniger als dreißig Minuten bevor die Panik begann, eine persönliche Subraumverbindung auf einem Sternenflottenkanal zwischen Commander Kadohata und Cestus III bestand.«

Picard senkte den Kopf und presste seine Hand auf die Augen. »Das muss nichts zu bedeuten haben, Sir«, beeilte Choudhury sich, hinzuzufügen. »Aber ich dachte, Sie sollten es erfahren, Sir, vor allem angesichts des ‚Zwischenfalls' im letzten Jahr.«

Picard seufzte. Bei dem »Zwischenfall« handelte es sich um die kurzlebige Meuterei, an der Kadohata beteiligt gewesen war, nachdem Picard im Verlauf des Vorfalls mit dem Borg-Superkubus einen direkten Befehl von Admiral Nechayev verweigert hatte. (Es schien angesichts des soeben beendeten Krieges an Übertreibung zu grenzen, irgendeine der früheren Begegnungen mit den Borg als Krise zu bezeichnen.) Angesichts der Umstände, Kadohatas Dienstakte und nicht zuletzt ihres Wunsches, sich sein Vertrauen erneut zu verdienen, hatte Picard entschieden, ihre Rolle in dem ‚Zwischenfall' offiziell zu vergessen. Er war so vollständig bereit gewesen, das alles hinter sich zu lassen, dass er, als ihr Name vor vier Monaten auf der Beförderungsliste aufgetaucht war, alle verbliebenen Bedenken von sich geschoben und sie vom Lieutenant Commander zum Commander befördert hatte. *Gütiger Himmel, ich habe ihr sogar die Sicherheit meiner Frau und meines ungeborenen Sohnes anvertraut*, dachte er, *und nun dieser Verrat.*

Dann fiel ihm auf, wie absurd dieser Gedanke eigentlich war. Was sie getan hatte - wenn sie es wirklich getan hatte -, war allein aus dem Grund geschehen, ihre Familie in Sicherheit zu bringen. War das nicht eigentlich ein Grund mehr, ihr zu vertrauen?

»Es ist wahrscheinlich nur ein Zufall«, sagte Picard schließlich zu Choudhury.

Choudhury nickte. »Ja, Sir. Als Sicherheitschefin hatte ich das Gefühl, Ihnen den Fall zur Kenntnis geben zu müssen ...«

»Was Sie hiermit getan haben. Nun ... haben diese neuen Parameter bereits irgendwelche erfolgversprechenden Spuren ergeben?«

Choudhury machte ein zurückhaltendes Gesicht und war soeben im Begriff, diese Reaktion in Worte zu kleiden, als das Türsignal erneut erklang. Picard bedeutete ihr, sich zu merken, was sie hatte sagen wollen und rief: »Herein.«

Commander Worf und Commander La Forge traten ein. Auf den Zügen des Ingenieurs lag ein optimistisches Lächeln, und in den Augen des Ersten Offiziers glitzerte - wenn auch weitaus weniger offensichtlich - ein Funken Begeisterung.

»Gentlemen, gehe ich recht in der Annahme, dass Sie uns ermutigende Neuigkeiten bringen?«

»Wir denken schon, Sir«, antwortete La Forge. »Jasminder, Sie werden das auch hören wollen«, fügte er hinzu, als Choudhury, die bei dem Eintreten der beiden Männer aufgestanden war, Picard in Erwartung, entlassen zu werden, anblickte. Sie nickte und trat hinter La Forge, um über seine Schulter zu schauen, als er sich zum Schreibtisch des Captains begab und dessen Computermonitor aktivierte. Der Captain gesellte sich zu ihnen, um zu sehen, was seine Offiziere dermaßen in Aufregung versetzt hatte.

Auf dem Bildschirm erschien das Bild von etwas, das wie eine Werbebroschüre aussah: das Abbild eines alten Frachtschleppers aus dem zweiundzwanzigsten Jahrhundert, der in einem Dock hing und von dem Schriftzug DAS KOLONIALMUSEUM DENEVAS - ERLEBEN SIE DENEVAS GESCHICHTE HAUTNAH! eingerahmt wurde. »Das ist die *S.S. Libra*«, erklärte La Forge, als Picard fragend das Gesicht verzog. »Sie war eines der am längsten dienenden Schiffe in der Frachtflotte des Ressourcen-Konglomerats Denevas. Nachdem sie schließlich Anfang des dreiundzwanzigsten Jahrhunderts ausgemustert wurde, versetzte man sie in ein permanentes Trockendock und verwandelte sie in ein Museumsschiff. Über ein Jahrhundert befand sie sich bereits in einem synchronen Orbit.«

La Forge berührte eine Taste am Sockel von Picards Computer, und das Bild wechselte von der unbewegten Illustration zu der Kameraansicht eines bewegten Sternenfeldes. In der unteren linken Ecke des Schirms wurde ein blau-weißer Planet rasch größer. Ein Identifikationscode und ein Zeitstempel wiesen die Aufzeichnung als von der *U.S.S. Musashi* gemacht aus. Picard wusste, dass das Schiff unter dem Kommando von Alex Terapane gestanden hatte und zu den sechs Schiffen gehörte, die bei der Verteidigung Denevas zerstört worden waren. »Nun schauen Sie«, sagte La Forge, während er einige Tasten berührte. »Hier ist das Museumsraumdock.« Ein gelbes Quadrat erschien knapp oberhalb der Planetenkurve. Dann zoomte das Bild heran, bis der Bereich innerhalb des Quadrats den ganzen Bildschirm füllte. Picard konnte das Raumdock jetzt deutlich ausmachen, aber ...

»Die *Libra* ist verschwunden«, hauchte Choudhury. Es fanden sich keinerlei Trümmer um die Dockeinrichtung herum, ebenso wenig offensichtliche Anzeichen von Schäden. »Sie ist verschwunden, bevor die Borg ... Aber das Schiff war jahrzehntelang ein Museumsstück!«

La Forges Lächeln wuchs in die Breite. »Exakt. Ein Ausstellungsstück, das jedes Jahr von Tausenden von Leuten besucht wurde, die das Schiff sehen und durch es hindurchlaufen wollten, natürlich auch durch die riesigen Frachträume mit ihren aus diesem Grund voll funktionsfähigen Lebenserhaltungssystemen!«

Picard hielt den Atem an, als ihm klar wurde, worauf La Forge abzielte: Das Schiff konnte potenziell Tausende von Flüchtlingen transportieren.

»*Dies* war Plan 2757«, erklärte Worf Picard und Choudhury.

»Plan 2757?«, fragte Picard.

»Ein irgendwie unklarer, einmaliger Hinweis, den wir in den Kommunikationsaufzeichnungen der denevanischen Regierung fanden«, sagte Worf. »Er schien auf Sternzeit 2757 hinzuweisen ...«

»... aber Organisationen auf Planeten verwenden keine Sternzeitdaten«, wandte Choudhury ein. Picard nickte zustimmend; das Sternzeit-System war entwickelt worden, um relativistischen Effekten und anderen Raumzeit-Verzerrungen Rechnung zu tragen, denen Schiffe mit Warpantrieb ausgesetzt waren. Obwohl es nicht unmöglich war, dass sich »2757« auf eine Sternzeit bezog, schien es nicht sonderlich wahrscheinlich.

»Ja und nein«, sagte La Forge. »Die Zahl hat eine doppelte Bedeutung. Ungefähr zu Sternzeit 2757 wurde Deneva von einer Parasitenplage getroffen - ich sage ‚ungefähr', weil, wie Sie schon sagten, Jasminder, ein Planet kein Raumschiff ist und die alten Umrechnungsformeln hier nicht ganz greifen. Aber wenn man 2-7-5-7 als Erdenkalenderdatum versteht ...«

La Forge streckte erneut die Hand zum Schreibtischmonitor aus und rief eine andere Seite der Broschüre des Kolonialmuseums Denevas auf, einen illustrierten Zeitstrahl der denevanischen Geschichte.

Picard sah das fragliche Ereignis im zweiundzwanzigsten Jahrhundert sofort: 2/7/57 Das R.K.D. trennt sich vom Erd-Frachtdienst und begründet Denevas ökonomische Unabhängigkeit. Die *E.C.S. Libra* wird in *S.S. Libra* umbenannt.

»Sie erwarteten, dass die Sternenflotte eine Sternzeit darin sehen würde«, sagte Worf und klang irgendwie, als wollte er sich rechtfertigen. »Und sie haben diesen Umstand dazu genutzt, selbige auf diese Informationen hier zu stoßen und uns alle auf den geheimen Start dieses Fluchtschiffes aufmerksam zu machen.«

»Das ist ziemlich weit hergeholt, finden Sie nicht?«, fragte Choudhury den Ersten Offizier. Es war ein berechtigter Hinweis, und

Jasminder formulierte ihn in einem respektvollen und ruhigen Ton, doch Picard hatte das Gefühl, eine ganz leichte Spitze in den Worten der Frau zu vernehmen.

Aber er hielt sich nicht lange mit dem Gedanken auf, sondern wandte sich an La Forge. »Haben Sie das mögliche Startfenster eingeengt?«, fragte er. »Könnte das Schiff mit einem modernen Warpkern ausgestattet worden sein? Und wenn ja, wie hoch wäre dann seine Maximalgeschwindigkeit?«

Alle drei Offiziere schienen von dem plötzlichen Eifer des Captains ein wenig überrascht zu sein. »Äh ... in maximal drei Stunden haben wir genauere Ergebnisse. Und mit aufgerüsteten Maschinen und verbesserter struktureller Integrität könnte es Warp sechs, vielleicht sieben erreichen.«

Picard lächelte und nickte begeistert. Dann drehte er sich um und machte sich auf den Weg zum Ausgang und zur Brücke.

»Sir?«, fragte Choudhury in seinem Rücken.

In Gedanken bereits die neuen Befehle an die Flugkontrolle vor Augen, hielt er noch einmal kurz inne und blickte über die Schulter. »Sie haben recht, Lieutenant«, sagte er zu ihr. »Es ist ziemlich weit hergeholt. Aber wenn man mit den naheliegenden Methoden nichts mehr erreicht, muss man eben seine Arme ausstrecken.«

KAPITEL 9

Beverly Crusher war nicht so leicht zu erschüttern. Sie war bereits seit über dreißig Jahren Ärztin, und in dieser Zeit hatte sie mit praktisch jedem nur vorstellbaren medizinischen Notfall zu tun gehabt - mehr als einmal auch mit eigentlich unvorstellbaren. Sie hatte mehr Patienten verloren, als sie jemals würde zählen wollen: manche durch brutale Angriffe, andere durch seltsame, exotische Krankheiten und wieder andere durch sinnlose Unfälle.

Doch der Beinahetod des kleinen Matthew hatte sie bis ins Mark getroffen. Hier stand sie, auf einer Mitgliedswelt der Föderation im späten vierundzwanzigsten Jahrhundert, und sie hatte fast ein Kind aufgrund von Darmentzündung und Dehydrierung verloren - Dehydrierung auf einem Planeten, der beinahe vollständig von Wasser bedeckt war! Derlei Probleme waren bereits vor dreihundert Jahren behoben worden - und zwar mit Leichtigkeit, indem man schlicht dafür sorgte, dass die Leute Zugang zu frischem Trinkwasser hatten. Es gab keinen Grund im ganzen Universum, warum dieses arme, harmlose Kind so kurz vor dem ...«

Crusher brach den Gedankengang ab, schloss ihre Augen und holte ein paar Mal tief Atem, während sie sich zwang, ihren Geist freizumachen. Natürlich waren es nicht nur die medizinischen Fakten des Falls, die sie so mitnahmen. Sie schlug die Augen wieder auf und blickte Peggy an, die auf einem der um den Tisch stehenden Stühle zusammengesunken war, eine kalte, unberührte Tasse Tee vor sich. Keine Eltern, kein Ehemann - und jetzt hatte Crusher ihr auch noch den Sohn nehmen müssen.

Betrübt schüttelte sie den Kopf und klappte ihre Kiste mit medizinischen Vorräten zu. Miranda hatte sich hinab zum Fluss, der das Lager in einer Schleife umfloss, begeben und dort im Wasser mehrere Dutzend exotischer Mikroben entdeckt. Crusher war es gelungen, daraus den Krankheitserreger zu isolieren, ein Gegenmittel herzustellen und sowohl Mutter als auch Kind zu impfen. Obwohl Matthew positiv auf das neue Medikament reagiert hatte, waren seine inneren Organe bereits zu stark beschädigt, als dass die Ärztin sich getraut hätte, ihn aus der Stasis zu holen.

Sie erklärte Peggy, dass es besser sei, ihren Sohn hier oben im Runabout zu lassen. Auf diese Weise konnten sie ihn zur nächsten Sternenbasis bringen und ihn in eine richtige Kinderpflegestation geben, sobald diese Evaluierungsmission vorüber war. Widerstrebend folgte Peggy ihr zum Transporter, und sie beamten sich zurück auf die Planetenoberfläche.

Nur Augenblicke später standen sie wieder außerhalb des hastig hochgezogenen Plastiform-Gebäudes, das als Krankenhaus des Lagers diente. Es gehörte zu den ersten, die man errichtet hatte - bevor die Sorge aufgekommen war, man könnte die Industriereplikatoren überlasten -, und wirkte daher deutlich solider als der Rest des Lagers. Dennoch war es genau genommen wenig mehr als eine graue und ziemlich traurig aussehende Baracke.

Im Inneren, so stellte Crusher zu ihrer Bestürzung fest, sah das Ganze kaum besser aus. Jenseits des Eingangs gab es einen kleinen Untersuchungsbereich, der von einem dünnen Vorhang umgeben war, und dahinter folgte ein Krankensaal, in dem sich zwei Dutzend Betten und ein Aufgebot veralteter und stark abgenutzter medizinischer Geräte befanden, einige davon um die vierzig Jahre alt. Einer dieser veralteten Apparate bemerkte ihre Ankunft und näherte sich ihr von der anderen Seite des Raumes. Crushers Augen weiteten sich beim Anblick der Gestalt mit der ausgeprägten Nase und der hohen Stirn. »Das glaube ich nicht ...«, murmelte sie kaum hörbar.

»Jemand, den Sie kennen?«, fragte Peggy.

Bevor Crusher antworten konnte, hatte die Gestalt sie erreicht und schenkte ihr ein künstliches Lächeln. »Guten Tag«, sagte das Medizinisch-Holografische Notfallprogramm. »Bitte nennen Sie die Art des medizinischen Notfalls.«

»Ein MHN Modell III?«, entfuhr es Beverly.

Das Hologramm lächelte unbeirrt weiter, ein Ausdruck, der sein Kinn beinahe verschwinden ließ. »Das ist korrekt. Ich bin die dritte Generation von Doktor Lewis Zimmermans lebensrettendem und arbeitssparendem holografischem Programm«, erklärte es überflüssigerweise. »Ich bin vollständig qualifiziert ...«

»Ja, ich weiß, ich weiß«, unterbrach Crusher es. Sie hatte diese Ansprache schon oft genug gehört. »Hatte die Aronnax-Station keine moderne Version?«

»Hatte sie.« Das Hologramm behielt seinen fröhlichen Ausdruck bei - eine der vielen Verbesserungen gegenüber den Vorgängermodellen -, aber es lag ein Hauch von Zimmermans Arroganz in seinem Tonfall, als es fortfuhr. »Im Medizinischen Zentrum der Aronnax-Station läuft gegenwärtig ein MHN Modell IX. Vor meiner jüngsten Aktivierung wurde mein Programm vier Jahre, zehn Monate und dreizehn Tage in inaktivem Zustand im Reservelager von Aronnax aufbewahrt.«

Crusher schnitt eine Grimasse. Obwohl sich ihr Verhalten gegenüber medizinischen Hologrammen im Laufe des letzten Jahrzehnts spürbar gemäßigt hatte, da diese doch in zahlreichen Situationen ihren Wert bewiesen hatten, beschlich sie das Gefühl, als würde sie demnächst wieder daran erinnert werden, warum sie mit diesen Dingern nur so schleppend warm geworden war. »Ich bin Doktor Beverly Crusher«, informierte sie das Hologramm. »Bericht.«

Das MHN lächelte noch immer unbeirrt, aber seine Augen verengten sich leicht. »Es arbeitet keine Doktor Beverly Crusher auf der Aronnax-Station und auch sonst nirgendwo auf Pacifica. Ich benötige eine eindeutige Identifizierung, bevor ich Patienteninformationen herausgeben darf, daher muss ich Ihren Befehl respektvoll verweigern.«

»Im Orbit befindet sich ein Runabout der Sternenflotte, die *Genesee*. Verbinden Sie sich mit seinem Computer. Er wird meine Identität und meine Befugnisse als medizinischer Offizier der Sternenflotte bestätigen«, sagte sie, obwohl sie befürchtete, die Antwort darauf bereits zu kennen.

Tatsächlich zögerte das MHN keine Sekunde, bevor es verkündete: »Ich fürchte, dass ich mich außerstande sehe, die Identität des Schiffes im Orbit zu verifizieren.« Seine Augen waren nun schmale Schlitze, aus denen sie winzige schwarze Perlen anstarrten.

Genau so etwas hatte sie befürchtet. Die Modell-III-Serie hatte auf der Höhe des Dominion-Krieges ihren Dienst versehen, und ihre Sicherheitsprotokolle waren extrem streng - was gut war, wenn ein Gründer versuchte, ein MHN zu missbrauchen, um Zugang zu privaten medizinischen Aufzeichnungen zu erhalten, die ihm dabei halfen, irgendjemanden besser zu imitieren. Es war allerdings nicht so gut, wenn jemand mit einem legitimen und dringenden Bedarf an diesen Informationen damit konfrontiert wurde. Aus genau diesem Grund war das Modell IV beschleunigt in Dienst gestellt worden, kaum dass der Krieg geendet hatte.

Glücklicherweise hatte das MHN ein bestimmtes Merkmal seiner Vorgängerversionen behalten. »Computer, MHN deaktivieren.«

»Nein, warten Sie eine Min…«, begann das MHN zu protestieren, dann schalteten sich die tragbaren Holoprojektoren widerspruchslos aus. Nachdem das Hologramm verschwunden war, führte Crusher Peggy zu einem der wenigen freien Betten. Körperlich und geistig völlig erschöpft legte diese sich nieder, und ihr Kopf hatte kaum das Kissen berührt, als sie bereits eingeschlafen war. Beverly studierte den tragbaren Biofunktionsmonitor neben Peggys Bett (mit genau so einem Modell hatte sie auf der medizinischen Hochschule gearbeitet) und stellte zufrieden fest, dass die junge Frau zumindest körperlich in guter Verfassung war.

»Sind Sie eine Ärztin? Eine *richtige* Ärztin?«

Crusher drehte sich um und erblickte eine große, dunkelhäutige

Frau mit blassen Augen. Sie trug eine kleine Scheibe auf ihrer Stirn, die sie als Risanerin zu erkennen gab, und wäre vermutlich hinreißend schön gewesen, wenn sie nicht so schmutzig und erschöpft ausgesehen hätte. »Ja, das ist richtig.«

»Dem Himmel sei Dank. Bitte schauen Sie sich diesen Mann an.«

Crusher nickte und ließ sich von der Frau zu einem Bett führen, auf dem ein bewusstloser S'ti'ach lag. Die einzigen sichtbaren Verletzungen hatte er an den Armen davongetragen, die beide in schmutzige, von getrocknetem braunem Blut besudelte Verbände gehüllt waren. Doch der Biofunktionsmonitor neben seinem Bett zeigte nur äußerst geringe Lebenszeichen. »Sein Name ist Sasdren. Das MHN vermochte nicht zu sagen, was ihm fehlt. Es hat ihm Polyadrenalin gegeben.«

»Natürlich hat es das«, knurrte Crusher, als sie ihren Trikorder über den Kopf und Torso ihres zwergenhaften, blaufelligen Patienten bewegte. »Aber die Wirkung lässt mit jeder Verabreichung nach, und daher hat es die Dosis erhöht.«

Die Risanerin nickte. »Ja.«

Crusher nickte ebenfalls. Bis vor ein paar Jahren hatte die Föderation kaum Kontakt zu den S'ti'ach gehabt. Sie waren vermutlich nicht einmal in der Datenbank des Modell III enthalten. Crusher legte ihren Trikorder beiseite und öffnete ihr Medikit, um einen Deltawellenerzeuger hervorzuholen. Vorsichtig brachte sie ihn an Sasdrens Stirn an, die kleiner als bei anderen Patienten war, und Augenblicke später driftete er in einen tiefen Schlaf ab. Seine Lebenszeichen begannen, zu steigen.

»Meine Güte«, entfuhr es der risanischen Frau, als sie die scheinbar wundersame Erholung des Patienten beobachtete. »Wie haben Sie das gemacht?«

»Die S'ti'ach besitzen bemerkenswerte natürliche Heilkräfte. Wenn sie verwundet sind, können sie sich in einen komaartigen Zustand versetzen, ähnlich der vulkanischen Heiltrance, und die gesamte Energie ihres Metabolismus darauf verwenden, ihre körperlichen Wunden zu heilen.«

»Aber wenn sie natürlich sind, wieso hat er sich dann nicht geheilt?«

»Weil er es nicht wollte.« Crusher nahm die Bandagen ab und enthüllte dadurch, wie sie befürchtet hatte, tiefe braune Furchen in den blauen Armen des S'ti'ach. Sie rührten zweifellos von seinen eigenen Klauen her, mit denen er versucht hatte, sich die Oberarmarterien aufzuschlitzen. »Der Deltawellenerzeuger versetzt ihn in einen tieferen Schlafzustand. Auf diese Weise kann sein Unterbewusstsein nicht seine Autoimmunfunktionen stören.« Sie fragte sich, was ihm während des Borg-Angriffs und der Evakuierung bloß widerfahren war, das ihn zu diesem Schritt getrieben hatte. Gleich darauf kam sie zu dem Schluss, dass sie es eigentlich doch lieber gar nicht so genau wissen wollte.

Die Ärztin hob den Blick von ihrem Patienten zu der Risanerin. »Entschuldigen Sie meine schlechten Manieren«, sagte sie und streckte die Hand aus. »Doktor Beverly Crusher.«

»Arandis«, sagte die Frau, nahm Crushers Hand und schenkte ihr die Andeutung eines Lächelns, dem es allerdings nicht im Geringsten gelang, die Sorge vom Rest ihres Gesichts zu vertreiben.

»Helfen Sie schon lange hier im Krankenhaus aus?«

Sie dachte darüber nach. »Ein paar Tage ... vielleicht eine Woche. So fühle ich mich immerhin ein bisschen nützlich. Als würde ich helfen.«

»Und hier ist eine Menge Hilfe nötig, wie es scheint«, sagte Crusher, als sie sich mit gerunzelter Stirn im Krankensaal umschaute. »Sind Ihnen viele Fälle von Leuten untergekommen, die krank geworden sind, nachdem sie aus dem Fluss getrunken haben?«

»Ja, in der Tat«, sagte Arandis.

Crusher nickte und lud das Hypospray mit einer frischen Ampulle ihres neuen Antibiotikums auf. »Na schön«, sagte sie, hielt das Instrument hoch und forderte Arandis auf, vorzugehen. »Lassen Sie uns diesen Leuten helfen.«

Byxthar stand am Rand des behelfsmäßigen Fußballfeldes und schaute zu, wie mehrere Dutzend Kinder einen Ball über das Feld jagten. Soweit sie es beurteilen konnte, spielten sie nach keinen festgelegten Regeln. Die Betazoidin war sich nicht einmal ganz sicher, dass es so etwas wie Teams gab oder ob jeder einzelne eigenständig entschied, welches Tor er verteidigte - manche von ihnen wirkten so, als änderten sie ihre Meinung von Minute zu Minute. Aber sie alle hatten ohne Ausnahme ihren Spaß. Die Widerstandsfähigkeit von Kindern erstaunte Byxthar immer wieder. Ganz gleich, was um sie herum geschah, ganz gleich, welcher Kultur oder Rasse sie angehörten oder unter welchen Umständen es zu ihrer Vertreibung gekommen war, fast nichts schien dazu imstande zu sein, das Bedürfnis eines Kindes, aufzuspringen und mit anderen zu spielen, zu zügeln.

»Sie gehören zu den Leuten von der Sternenflotte, nicht wahr?«

Byxthar zuckte zusammen. Sie hatte die Menge um sich herum ausgeblendet und daher nicht bemerkt, dass der junge Menschenmann mit dem gestreiften Strandtuch, der auf einmal neben ihr stand, sich ihr genähert hatte. »Hm? Was? Nein.« Sie deutete auf ihre einfache, dunkle Zivilkleidung. »Sehe ich aus, als wäre ich in der Sternenflotte?«, fragte sie mit einem Lächeln.

Der Mann verengte seine trüben Augen. »Ja ... Sie sind nicht völlig mit Dreck bedeckt. Und Sie kamen mit diesen neuen Flottentypen, der Rothaarigen und dem Tellariten und dem mit dem Schnurrbart.«

Byxthar übte sich in Zurückhaltung. Sie hatte die Interaktionen der verschiedenen Flüchtlingsgruppen beobachten wollen, ohne unnötige Aufmerksamkeit auf sich zu lenken. »Ich bin nicht in der Sternenflotte. Ich bin nur hier, um für die Regierung nach den Zuständen vor Ort zu schauen.«

»Wie, undercover?«, fragte der Mann.

Byxthar verzog das Gesicht. »Gewissermaßen.«

»Und?«

Byxthar starrte den Mann an. Sie verstand seine Frage nicht. Sie stellte fest, dass sie auch in seinen Gedanken nichts Zusammenhängendes finden konnte, eher ein Durcheinander aus halb gebildeten Gedanken und unausgesprochenen Gefühlen, die von einem dumpfen, pochenden Schmerz überlagert wurden. Den einzigen Eindruck, den sie klar und deutlich von ihm empfing, war sein beinahe körperliches Verlangen nach Alkohol.

Als er ihr Unverständnis sah, drehte der Mann sich um und deutete mit seinem Kinn hinter sie. »Wie sieht es mit den Zuständen aus?«

Byxthar wandte sich von dem Fußballspiel ab, um auf das Lager im eigentlichen Sinne zu schauen. »Und ...« Trotz ihrer Bemühungen, sich abzuschirmen, sickerte ein leises Murmeln des Schocks und der Niedergeschlagenheit und der Furcht, das vom Bewusstsein jedes einzelnen Flüchtlings herrührte, durch ihre mentalen Barrieren. »Und sie sind nicht ideal ... aber sie könnten viel schlimmer sein.«

Der Mann sagte nichts, gab keinerlei Zeichen einer Antwort. Nach einem Moment des Schweigens, wandte Byxthar sich von ihm ab und erneut den Kindern zu.

»Ich habe nicht für Bacco gestimmt.«

»Aha.« Byxthar hatte keine Ahnung, was diesen Kommentar ausgelöst hatte, und sie wollte ganz sicher nicht in eine politische Diskussion hineingezogen werden.

»Ich habe überhaupt nicht gewählt, wenn Sie es genau wissen wollen.« Er trat erneut neben sie und rieb sich mit der Hand über sein stoppelbärtiges Kinn. »Hab ich noch nie. Hat mich nie interessiert. Ich war genau wie sie.« Er deutete mit einem Kopfnicken auf die Kinder auf dem Feld. »Das Universum war mit egal. Wen kümmert's, ob Bacco oder Zife oder wer auch immer an der Spitze der Regierung steht? Es ist immer noch die gleiche Föderation, nicht wahr? Wir leben dieselben Leben, die wir immer gelebt haben, sind frei von Sorgen, es mangelt uns an nichts, und wir sind uns sicher, dass sich nichts jemals ändern wird. Und plötzlich ändert sich alles.« Ein Schauer durchfuhr seinen Körper. »Und wo ist die Föderation?

Was macht die Föderation?« Er lächelte höhnisch. »Sie schaut nach den Zuständen vor Ort. Sie sagt, es könnte viel schlimmer sein. Danke, Föderation! Geht es uns nicht gut?«

»Ich ... wollte damit nicht kleinreden, was ...«

Doch der junge Mann hatte sich bereits abgewandt und ging fort, direkt über das Fußballfeld hinweg, wobei er den Spielfluss unterbrach, wenn auch nur kurz. Kaum war der Eindringling aus dem Weg, ging das Spiel weiter, als hätte es niemals angehalten. Byxthar sah ihm nach, wie er hinter einer kleinen Anhöhe jenseits des Spielfelds verschwand. Dann seufzte sie und versuchte, sich erneut auf die einfache Freude zu konzentrieren, die es den Kindern bereitete, einen Ball über das Gras zu schießen.

Gliv grunzte triumphierend und entfernte den abweichend arbeitenden isolinearen Chip aus seiner Halterung im Inneren des Replikators. Er zog seinen Kopf und Arm heraus, drehte sich um und zeigte den Chip Amsta-Iber. »Sehen Sie sich das an«, sagte Gliv. »Das optische Trägermaterial wurde vollständig dekristallisiert.«

Der Grazerit-Wissenschaftler, der hinter ihm stand und ihm über die Schulter schaute, schüttelte den Kopf. »Ich weiß nicht, was das bedeutet.«

»Es bedeutet, dass Sie diese arme Maschine überfordern«, antwortete Gliv, als er den defekten Chip in seinen Werkzeugkasten fallen ließ und danach einen frischen in seinen Trikorder steckte. Das tragbare Gerät ließ seine Rekonfigurationsroutine durchlaufen und verwandelte den Chip in einen Klon des zuvor gescannten Originals.

»Bei Ihnen klingt das so, als würde es sich um ein lebendes Geschöpf mit einem eigenen Willen handeln«, brummte Amsta-Iber.

»So ein Unsinn«, sagte Gliv zu dem Grazeriten. »Stimmt doch, oder?«, wandte er sich an den Replikator. »Natürlich stimmt es.« Seinen menschlichen Kollegen auf Luna hatte das zumindest ein Glucksen abgerungen, doch Amsta-Iber reagierte überhaupt nicht. Gliv verstand einfach nicht, warum der menschliche Humor für die meisten anderen Rassen so schwer zu begreifen war. Er selbst war bereits in jungen Jahren darüber gestolpert, als er die Flachbildaufnahmen eines Menschen namens Groucho Marx gesehen hatte, dessen Beleidigungen ebenso subtil und clever waren wie die der kultiviertesten Tellariten. Als er auf die Sternenflottenakademie gegangen war, hatten ihm seine menschlichen Mitstudenten die ganze Bandbreite irdischen Humors nahegebracht, von Wortspielen bis hin zu Slapstick, und natürlich all seine bedeutendsten Anwender.

Bei dem Replikator hatte Gliv mehr Glück. Denn als er den Chip ersetzte, reagierte dieser zumindest insoweit, als dass er wieder in den Bereitschaftsmodus überging. »Das hätten wir«, sagte er, als er die aufklappbare Rückwand wieder einrasten ließ. Er trat einen Schritt zurück, um Platz für die Flüchtlinge zu machen, die bereits in einer Schlange auf Essen warteten. »Eine Weile wird er funktionieren, aber wir sollten wirklich die Anordnung des Lagers verändern, wenn Sie zukünftige Probleme minimieren wollen.«

»Wie verändern?«, fragte Amsta-Iber, der sich ihm anschloss, als Gliv losspazierte.

»Nun ja, Ihre Nahrungsreplikatoren befinden sich hier, aber Ihre Latrinen liegen dort drüben«, sagte Gliv und deutete auf die Notfall-Feldsanitäreinheiten, die am Rand der Zeltstadt aufgestellt worden waren.

Amsta-Iber starrte ihn völlig verständnislos an. »Und ...?«

Gliv vermochte ein Grinsen nicht zu unterdrücken. »Nun, ein Notfall-Feldreplikator kann, abgesehen von organischer Partikelsuspension, eine Vielzahl organischer Basiskomponenten verarbeiten, um daraus Standard-Menüpunkte zu replizieren.«

Amsta-Iber nickte. »Richtig. Der Lebensmittelrohstoff ist uns ziemlich schnell ausgegangen, deshalb haben wir die Replikatorreserven mit Wurzeln und Gräsern und Ähnlichem aufgestockt.«

»Die er zur Not auch eine Weile lang verarbeiten kann«, sagte Gliv. »Aber es verbraucht mehr Energie, solche komplexen Moleküle umzuwandeln. Sie verfügen allerdings über eine Quelle organischer Materie, die vom Replikator weitaus effizienter umgesetzt werden kann.« Erneut deutete er auf die Latrinen.

Der Grazerit verzog seine gespaltene Lippe. »Ihre Versuche, humorvoll zu sein, werden langsam anstrengend«, sagte er.

Der Tellarit lachte unwillkürlich. »Sie sind ein Sternenflottenwissenschaftler. Sie müssen doch wissen, dass die Systeme zur Abfallverwertung und zur Nahrungsreplikation auf all unseren Schiffen und Basen auf diese Weise verbunden sind.«

Der Meteorologe antwortete nicht gleich, sondern blickte Gliv nur weiterhin mit extremem Widerwillen an. »Ja«, gab er schließlich zu. »Aber dort muss man nie darüber nachdenken. Und wir können die Sanitäreinheiten unmöglich so nah an unsere Nahrungsquelle stellen!«

Gliv schüttelte den Kopf. »Die portablen Modell-VII-Notfall-Sanitäreinheiten sind luftdicht, wasserdicht, selbststerilisierend und zerlegen jedes bisschen fester, flüssiger oder gasförmiger Abfallprodukte in sichere, inaktive ...«

»Ich weiß das alles«, schnauzte Amsta-Iber, »aber Sie können nicht einfach jahrhundertealte Tabus ignorieren, die praktisch jede zivilisierte Rasse, die jemals in den Weltraum vorgedrungen ist, teilt.«

Gliv warf die Arme in die Luft. »Schön! Ich versuche nur, Ihnen kurzfristige Hilfe anzubieten, um eine langfristige Katastrophe abzuwenden. Aber ignorieren Sie meinen Rat ruhig.«

Der Grazerit blickte ihn einen Moment lang finster an, doch dann trat Sorge auf sein Gesicht. »Gehen Sie wirklich davon aus, dass all diese Leute langfristig hier sein werden?«

Gliv folgte Amsta-Ibers Blick zu den langen Reihen hungriger, heimatloser Leute. »Natürlich hoffe ich, dass diese Leute nur übergangsweise hier sein werden«, sagte Gliv. Andererseits hatte er selbst die letzten achtzehn Monate »übergangsweise« auf Luna verbracht, um dort die über dreihundert Jahre alten Atmosphärenkuppeln zu analysieren und zu reparieren, in denen sich die ersten

Siedlungen der Menschen jenseits der Erde befunden hatten. Das war keine sonderlich anspruchsvolle Aufgabe, aber er war absolut bereit gewesen, »seinen Beitrag zu leisten«, wie es sein Vorgesetzter bezeichnet hatte, bevor er einen besseren Posten antrat. Das Ärgerliche war nur, dass die Beiträge, die er leistete, nie auszureichen schienen, um wirklich vorwärts zu kommen. Er schüttelte den Kopf. »Aber um ehrlich zu sein, weiß ich nicht, wie lange sie hier sein werden.«

Schweigend standen die beiden Männer eine Weile nebeneinander, bis die Stille für den Tellariten irgendwann unerträglich wurde.

»Sagen Sie, kennen Sie den Witz über den Menschen, den Klingonen und den Ferengi ...?«

Als sie ihre erste Untersuchung des iy'Dewra'ni-Flüchtlingslagers beendet hatte, war Miranda Kadohatas Schock über die hiesigen Zustände Ärger gewichen.

Trotz ihrer ersten Reaktion, wusste sie, dass dies hier nicht annähernd so schlimm war, wie das, was sie in ähnlichen Lagern auf der Erde in den Jahren nach deren zahlreichen Kriegen vorgefunden hätte. Diese Leute hatten Nahrungsreplikatoren, Sanitäreinheiten und Zugang zu Medikamenten, die man sich vor Jahrhunderten noch nicht einmal erträumt hätte. Die Stoffunterkünfte waren, wenn auch spartanisch und nicht besonders geräumig, weitaus widerstandsfähiger, als sie aussahen. Alle Zelte besaßen batteriebetriebenes Licht und eine modulare Heiz-Kühl-Einheit für jene Spezies, die Pacificas gemäßigtes Klima nicht so angenehm fanden wie die Menschen. Die Zelte mochten nicht den Unterkunftsstandards entsprechen, die die meisten Besucher von Pacificas Hotelanlagen erwarteten, aber sie waren alles andere als unkomfortabel.

Und dennoch konnte sie, während sie den zunehmend matschig werdenden Fußwegen der Zeltstadt folgte, den Gedanken nicht abschütteln, dass ein Ort wie dieser in der Föderation nicht existieren dürfte. Es lag unter dem, was sie alle als Gesellschaft zu leisten imstande waren. Alles, was sie hier sah, stellte elende Behelfsmaßnahmen dar - selbst wenn man berücksichtigte, wie kurz die Vorwarnzeit vor dem massiven Angriff der Borg gewesen war. Obwohl es schon Wochen zuvor zu verstreuten Übergriffen gekommen war, hätte keiner davon einen Hinweis auf die Großoffensive im Azur-Nebel geben können. Nun sahen sich die Selkies gezwungen, auf einen unerwartet großen Zustrom hilfsbedürftiger Leute zu reagieren, weshalb die Zustände auf dem Planeten - wenn auch nur als Übergangslösung gedacht - zunehmend chaotisch wurden.

Und das erkannten auch die Flüchtlinge. Zu Beginn ihrer Inspektion war sie von Strömen aufgeregter und jubelnder Exilanten bedrängt worden, die ihre Uniform erkannt hatten und sofort davon ausgegangen waren, dass nun endlich Rettung nahte. Als Kadohata ihnen stattdessen hatte sagen müssen, dass sie nur Teil einer kleinen Vorabgruppe war - die natürlich tun würde, was im Augenblick in ihrer Macht stand -, hatte sie sich schuldig gefühlt, falsche Hoffnungen bei den Flüchtlingen geweckt zu haben. Sie waren wie verlorene Seelen, die im Fegefeuer saßen und darauf warteten, ins Paradies gelassen zu werden - oder, vielleicht noch passender, die in einer Art Limbus festsaßen.

Sie war gerade auf dem Weg zurück zum Verwaltungsgebäude, blieb aber stehen, um sich einer kleinen Menge anzuschließen, die einem Quartett Damiani lauschte, das in wundervoller vierstimmiger Harmonie etwas sang, das einem bajoranischen Choral ähnelte. Ein Lächeln trat auf ihre Lippen, und sie spürte, wie ihr Geist ganz in der Musik versank. In diesem Augenblick schreckte sie das Zirpen ihres Kommunikators auf. *»Dillingham an Kadohata. Könnten Sie hinunter zum Fluss kommen, Commander?«*

Sie unterdrückte ein Seufzen und berührte das Gerät auf ihrer Brust. »Ich bin auf dem Weg.«

Es hatte sich herausgestellt, dass zahlreiche Flüchtlinge, denen die Schlangen vor den Nahrungsreplikatoren zu lang gewesen waren, ihren Weg hinunter zum Flussufer gefunden hatten, um sich Wasser zu holen, woraufhin sie unterschiedlich schwer erkrankten. Während Miranda mit Musterscans für Doktor Crusher beschäftigt gewesen war, hatte Dillingham sich mit einem der Ordnungshüter der Selkies auseinandergesetzt. Als sie ihn vor zwei Stunden dort zurückgelassen hatte, war es immer noch um obskure Föderationsregeln bezüglich der rechtlichen Verpflichtungen Pacificas, sich um die Gesundheit und Sicherheit der Flüchtlinge zu kümmern, gegangen.

Zurück am Fluss fand Kadohata Dillingham nun in Gesellschaft eines anderen Offiziellen vor. Dem Schnitt seiner Uniform nach zu urteilen, handelte es sich um einen höhergestellten Mitarbeiter der lokalen Gesetzeshüter. Entsprechend schien er nicht geneigt, sich dem zivilen Anwalt zu beugen. »Hallo«, sagte sie, als sie sich zu den Männern gesellte. »Ich bin Commander Miranda Kadohata. Worum geht es hier?«

Der Selkie trat vor, streckte seine Hand aus und bedachte sie mit einem schmallippigen Lächeln. »Commander. Kommandant Thwa Minha, Sicherheitskräfte Pacificas, iy'Dewra'ni-Division.« Er war einen ganzen Kopf größer als Kadohata. Als sie seine Hand ergriff, drückte er die ihre mit festem Griff - nicht so stark, dass sie es ihm als Absicht hätte auslegen können, aber stark genug, damit es unangenehm war. »Commander, ich habe von dem Ausbruch einer Krankheit unter den Flüchtlingen gehört. Gehe ich recht in der Annahme, dass der Grund dafür gefunden wurde und man sich darum gekümmert hat?«

»Ja«, sagte Kadohata. »Unsere Ärztin war imstande, ein Heilmittel zu finden. Danke für Ihre Besorgnis, Kommandant.«

»Natürlich«, sagte er. »Seit Ewigkeiten zieht es Besucher zu den Gewässern Pacificas. Es ist schrecklich, dass diese besonderen Gewässer nun jemanden krank gemacht haben. Und natürlich wollen wir alle verhindern, dass es zu weiteren Erkrankungen der Außenweltler, die dem Wasser dieses Flusses ausgesetzt sind, kommt.«

An Minhas salbungsvollem Tonfall und Dillinghams plötzlich zusammengepressten Lippen erkannte Kadohata, dass sie nun endlich zu dem eigentlichen Problem kamen. »Und?«

»Und die einfachste Lösung wäre, einen Zaun entlang der Ränder des Lagers aufzustellen ...«

»Was Sie nicht tun dürfen!«, unterbrach Dillingham ihn in leisem, frustriertem Tonfall. Er blickte Kadohata an. »Es darf keine Zäune, keine Energiebarrieren, nichts, das eine Umgrenzung nahelegt, geben. Artikel 109, Sektion siebenundvier...«

Minha gab einen seltsamen Laut von sich, der ganz offensichtlich seine Verärgerung zum Ausdruck brachte. »Haben Sie auch die Paragrafen zur Regulierung der galaxisweiten Abfallbeseitigung auswendig gelernt, Mister Dillingham?«

»Das hier soll ein Zufluchtsort sein, kein Gefängnis!«, fuhr Dillingham ihn hitzig an. Er war ein sanfter Mann, der wie ein Gelehrter wirkte, aber Kadohata bekam den Eindruck, dass dies nur eine Fassade war, hinter der sich ein explosives Temperament verbarg. »Einen Zaun hochzuziehen, schafft ein falsches Bild.«

»Der Zaun wäre da, um sie zu beschützen«, sagte Minha, womit er offensichtlich ein bereits aufgeführtes Argument wiederholte. »Davor, unsicheres Wasser zu trinken, davor, die steileren Bereiche des Ufers weiter flussaufwärts hinunterzufallen. Wir sind einer Meinung, dass der *Schutz* - von Leben, von Gesundheit, von Rechten - unser gemeinsames, oberstes Ziel sein sollte, oder?«

Dillingham schüttelte seinen Kopf. »Ihre Absicht besteht allein darin, die Einheimischen vor der irrationalen Furcht zu schützen, dass diese Flüchtlinge ...«

»Es ist nichts Irrationales daran ...«

»Kommandant«, unterbrach Kadohata ihn und hob ihre Stimme dabei gerade so weit, um beide Männer zum Schweigen zu bringen. »Wie würden Sie vorschlagen, diese ... Sicherheitsbarriere zu konstruieren und aufzustellen?«

Dillingham blickte sie bestürzt an, während Minha überrascht wirkte. »Die Bauteile würden natürlich durch Industriereplikatoren hergestellt werden. Dann müssten wir Arbeiter anheuern, die sie aufstellen.«

Kadohata nickte. »Ich frage deshalb, weil die Replikatoren im Lager überlastet sind, und mit Sicherheit könnten wir jedes zusätzliche Paar Hände gut gebrauchen, das wir bekommen können.«

Minha schenkte ihr das erste echte Lächeln, das sie bislang von ihm zu Gesicht bekommen hatte. »Ich bin mir sicher, dass wir diesbezüglich etwas mit den ansässigen Produktionsstätten arrangieren können. Wie ich schon sagte, sorgen wir uns alle um Ihre Leute und ...«

»Unsere Leute, Kommandant«, verbesserte Kadohata ihn scharf. »Dies sind Bürger der Föderation, wissen Sie noch? Und ich bin mir sicher, dass Sie das im Kopf behalten, während Sie die genaue Form festlegen, die diese Barriere letztlich haben wird.«

»Commander«, sagte Dillingham mit leise drängender Stimme. »Sie dürfen das nicht erlauben. Es ist eine Verletzung der Würde dieser Leute. Jedwede Art von Einzäunung, die den Eindruck erweckt, diese Leute seien hier eingepfercht, birgt die Gefahr psychologischer Schäden bei den Flüchtlingen.«

Kadohata sah ihn einen Moment lang an, anschließend wandte sie sich dem Selkie zu. »Danke, Kommandant.« Dann packte sie den Anwalt am Ellbogen und begann, ihn wegzuführen. »Sie haben zwei Stunden damit verbracht, über Gesetze und Statuten und den Schaden, den diese Leute erleiden könnten, zu debattieren. Haben Sie sich das Lager überhaupt schon einmal angesehen?«

»Ich habe es gesehen«, erwiderte er verwirrt, »als wir uns hinuntergebeamt haben.«

Kadohata seufzte und zog ihn etwas schneller mit sich. »Kommen Sie«, sagte sie zu ihm, als sie den Rand der Zeltstadt erreichten. »Es wird Zeit, dass Sie die Leute kennenlernen, die Sie verteidigen.«

KAPITEL 10

Knisternde Statik kam aus den Audioempfängern der Brücke, dann drang eine Stimme durch das Hintergrundrauschen. *»Hier spricht die* Libra, Enterprise. *Wir hören Sie klar und deutlich!«* Freudenschreie und Hochrufe waren im Hintergrund der undeutlichen Tonverbindung, die von dem verloren geglaubten denevanischen Frachter stammte, zu hören.

Auf der Brücke der *Enterprise* war die Reaktion etwas verhaltener, aber ein spürbares Gefühl der Erleichterung und des Triumphes hüllte alle ein, als sie die Bestätigung erhielten, dass dies hier eine Rettungsaktion sein würde und nicht bloß eine Bergung von Überresten. Jasminder Choudhury musste sich zusammenreißen, um nicht laut aufzulachen, und fuhr sich rasch mit der Hand über die Augen, um Tränen der Freude wegzuwischen.

Captain Picard, der in der Mitte der Brücke vor seinem Sessel stand, drehte sich um und bedachte sie und den Rest der Brückenbesatzung mit einem breiten Lächeln. Dann hob er den Kopf ein wenig, als er sich wieder dem Sprechkanal widmete. »Wie ist Ihr Status, *Libra?«*

»Drei Tage nachdem wir Deneva verlassen hatten, mussten wir unsere Antimaterie-Vorräte abwerfen«, berichtete der Captain, eine Frau, die sich selbst als General Katherine Seton identifiziert hatte. *»Wir waren auf dem Weg nach Ingraham B. Seitdem haben wir uns mit Impulsgeschwindigkeit weitergeschleppt und versucht, ruhig zu bleiben und uns die Reise so angenehm wie möglich zu gestalten. Glücklicherweise erlaubte uns Plan 2757, für lange Zeit auszuharren.«*

Es war wirklich bemerkenswert, wie gut die denevanische Regierung ihren Evakuierungsplan durchdacht und vorbereitet hatte. Insbesondere Choudhury war beeindruckt. In ihrer Familie war Politik immer nur dann auf den Tisch gekommen, wenn ihr Vater oder Onkel Narayana sich über die Inkompetenz der Politiker in Lacon City aufgeregt hatten.

»Es wird nicht mehr lange dauern.« Picard wandte sich der jungen Frau an der Flugkontrolle zu. »Lieutenant Faur, wie lange, bis wir die *Libra* erreichen?«

Faur konsultierte ihre Konsole und antwortete: »Eine Stunde, zwanzig Minuten, Sir.«

»Gerade genug Zeit, um einen Kuchen zu backen«, witzelte Seton.

»Wir können Ihre Antimaterie auffrischen und jede Art von Reparaturen durchführen, die nötig sind, um Ihre Energieversorgung wieder voll herzustellen«, sagte Picard. »Benötigen Sie medizinische oder sonstige Hilfe?«

»Wir hatten seit unserem Abflug einige Verletzungen, dazu zwei Geburten. Wir kümmern uns um die Betroffenen, aber natürlich wäre es mir lieber, sie in einer echten, voll ausgestatteten Krankenstation zu sehen.«

»Natürlich«, sagte Picard, bevor er zu Worf hinüberblickte.

Dieser nickte zur Antwort, aktivierte seinen Kommunikator und sprach leise mit Doktor Tropp auf der Krankenstation.

»Ansonsten kommen wir klar«, fuhr Seton fort. *»Obwohl ich weiß, dass ich nicht die Einzige bin, die sich darauf freut, hier wieder herauszukommen.«*

»Und ... wie viele andere sind dort bei Ihnen?«, fragte Picard.

»Zweitausendsiebenhundertundvierzehn«, kam die Antwort.

Choudhury schnappte vor Überraschung leise nach Luft. Über zweitausendsiebenhundert gerettete Personen. Das war die bei Weitem beste Nachricht, die sie seit dem Angriff auf ihre Heimat vernommen hatte, auch wenn sie gleichzeitig nicht umhinkonnte, verbittert festzustellen, wie unglaublich winzig diese Zahl im

Vergleich zur Gesamtbevölkerung des Planeten war.

»Wir werden tun, was wir können, um dafür zu sorgen, dass Ihre Geduldsprobe ein rasches Ende hat«, versprach der Captain.

»Möge der Große Vogel Sie segnen, Captain Picard«, erwiderte Seton. *»Wir freuen uns auf Ihre Ankunft.* Libra *Ende.«*

Das Signal brach ab, und Picard nahm sich einen Augenblick, um diesen kurzen, lichten Moment nach den letzten Tagen der Finsternis zu genießen. Dann wandte er sich an Worf: »Setzen Sie sich mit Commander La Forge in Verbindung. Lassen Sie ihn ein Reparaturteam zusammenstellen, das zur *Libra* übersetzen wird.« Anschließend drehte er sich zu den rückwärtigen Brückenstationen um. »Lieutenant Choudhury, Lieutenant Chen, kommen Sie bitte mit mir«, befahl der Captain, bevor er sich zu seinem Bereitschaftsraum begab.

Choudhury sah zu T'Ryssa Chen an der Hilfswissenschaftsstation hinüber, die einen verwirrten Ausdruck auf ihrer vulkanischen Miene zur Schau stellte. Mit einem Blick, der *Was habe ich diesmal falsch gemacht?* zu fragen schien, schaute Chen von Picard zur Sicherheitschefin. Choudhury antwortete ihr mit einem Schulterzucken, bevor sie sich abwandte, um dem Captain zu folgen.

Picard wartete, bis Chen die langbeinige Choudhury im Eilschritt eingeholt hatte, und gebot dann beiden, auf der kleinen Couch neben der Tür Platz zu nehmen. Der Captain selbst setzte sich nicht, sondern ging stattdessen langsam auf und ab. Nach einem Augenblick sagte er: »Mir ist der Gedanke gekommen, dass die *Libra* eine recht ungewöhnliche Situation für uns darstellt. Dies ist bei Weitem die größte Gruppe Evakuierter, der wir bislang begegnet sind - es handelt sich schon beinahe um eine kleine Kolonie. Aus diesem Grund bin ich der Ansicht, dass das Außenteam vom Chefdiplomaten und Kontaktspezialisten der *Enterprise* geleitet werden sollte, sobald wir die *Libra* erreicht haben.«

Choudhury hob überrascht die Augenbrauen, aber ihre Verblüffung war nicht annähernd so groß wie die, die sich auf Chens

Gesicht abzeichnete, als ihr klar wurde, dass der Captain von ihr sprach. »Was? Ich?«, stammelte sie schließlich. »Aber ... das ist doch kein Erstkontakt. Denevaner sind Menschen ... oder?« Sie blickte Choudhury fragend an. »Also, ich meine, ich weiß natürlich, dass *Sie* ein Mensch sind«, fügte sie rasch hinzu. »Obwohl das nicht heißen muss, dass *alle* Denevaner Menschen sind. Was nichts heißen soll, schließlich sollte ich die Letzte sein, die Leute nach ihrer Spezies in Schubladen steckt, nicht wahr?« Sie schnippte gegen die Spitze ihres spitz zulaufenden rechten Ohrs.

»Lieutenant Chen ...«, sagte Picard, während er – nur ein ganz klein wenig – die Augen verdrehte.

»Verzeihung, Sir«, sagte sie. »Es ist nur ... ein Außenteam führen! Ich fühle mich so geehrt. Es kommt mir vor, als hätte ich soeben einen Orden ...« Chen bemerkte den strengen Blick, mit dem Picard sie bedachte, und klappte den Mund zu, wodurch ihr Strom an Geplapper sofort ein Ende fand. Nach einem Augenblick entließ sie die Luft, die sie angehalten hatte, und sagte: »Danke, Captain, Sir. Ich werde Sie nicht enttäuschen.«

Mit einem bedächtigen Lächeln auf den Lippen blickte Choudhury vom einen zum anderen. Chen war ein »bunter Hund«, wie ihr Großvater gesagt hätte. Choudhury hatte erst ein Mal enger mit der jüngeren Frau zusammengearbeitet, seit sie an Bord der *Enterprise* gekommen war. Während ihrer Begegnung mit den Noh-Engel-Clusterentitäten hatte sie ihr Meditationstechniken beigebracht. Zu ihrem Bedauern war Chen nicht bereit gewesen, den Unterricht auch nach dem Ende der Mission fortzusetzen. Sie beharrte darauf, dass es ihr lieber sei, so mit ihrem turbulenten Mix aus menschlichen und vulkanischen Emotionen umzugehen, wie sie es immer getan hatte – indem sie sie einfach auslebte.

»Sehen Sie zu, dass das nicht geschieht«, erklärte Picard ihr. »Ich gebe Ihnen hier eine Möglichkeit, zu beweisen, was in Ihnen steckt, Lieutenant. Nehmen Sie diese Angelegenheit nicht auf die leichte Schulter, nur weil es sich um Bürger der Föderation handelt. Es wäre wirklich unerfreulich, wenn sie nur Ihretwegen ihre Mitgliedschaft zurückziehen würden.« Der Hauch eines Lächelns stahl sich auf seine ernste Miene.

Es mochte aus übermäßiger Vorsicht geschehen, aber Chen sah davon ab, das Lächeln zu erwidern. »Aye, Sir.«

Picard nickte. »Wegtreten, Lieutenant.«

Chen schoss von ihrem Platz hoch und stürzte aus dem Bereitschaftsraum, wie ein übereifriger Hundewelpe. Picard lächelte ihr nach. Es war ein interessantes Wechselspiel, bemerkte Choudhury. Picard brachte Chens disziplinierte Seite zum Vorschein, während der Lieutenant die steiferen Teile der Persönlichkeit des Captains zu mäßigen schien.

»Wir Denevaner sind ein ziemlich tolerantes Völkchen, Sir«, sagte Choudhury zum Captain, als sich die Tür geschlossen hatte. »Ich würde mir keine Gedanken darüber machen, dass sie zu viel Schaden anrichtet.«

Picard schmunzelte, als er sich ihr gegenübersetzte. »Das tue ich nicht«, versicherte er ihr. »Nur leider werden wir in nächster Zeit nicht besonders viele Erstkontaktsituationen erleben, und ich möchte sicherstellen, dass die Entwicklung, die sich bei ihr in den letzten Monaten gezeigt hat, nicht wieder zum Stillstand kommt. In jedem Fall weiß ich, dass Sie ein wachsames Auge auf sie haben werden.«

Choudhury spürte, wie sich eine kalte Hand um ihr Herz legte. »Sir?«

Picard schaute sie mit einem verwunderten Ausdruck an. »Der Grund, weswegen ich Sie beide hier hereinbat, war der, dass ich beabsichtigte, Sie beide diesem Außenteam zuzuteilen. Selbstverständlich ging ich davon aus, Sie würden Ihre Leute begrüßen wollen.«

Choudhury bemühte sich, möglichst rasch ihr inneres Gleichgewicht wiederzufinden und ihre Miene unter Kontrolle zu behalten. »Nun, die Zusammenstellung des Außenteams dürfte Lieutenant Chens Entscheidung obliegen, nicht wahr? Sie ist die Teamleiterin.«

»Nun ja ...«, sagte der Captain, noch immer verwirrt.

»Offen gestanden neige ich dazu, Ihnen zuzustimmen, Sir«, fuhr sie fort. »Ich denke, dies wäre eine ideale Mission für einen meiner Junior-Offiziere.«

Picard sagte nichts, aber er musterte sie mit durchdringendem Blick. »Sind Sie besorgt, dass jemand das Gefühl hegen könnte, Sie würden den Vorteil Ihres Rangs ausnutzen, um sich selbst dieser Mission zuzuteilen?«

»Nein, Sir«, sagte Choudhury ohne weitere Erklärung.

Picard blickte sie noch immer skeptisch an. »Also schön«, sagte er schließlich. »Treffen Sie zusammen mit Chen alle Sicherheitsvorkehrungen, die Sie für nötig erachten.«

»Ja, Sir«, sagte sie, erhob sich und verließ den Bereitschaftsraum, bevor er irgendwelche weiteren unangenehmen Fragen stellen konnte. Es war einfach nicht gut, wenn ihr kommandierender Offizier erfuhr, welch gemischte Gefühle sie hinsichtlich der Frage hatte, was sie vorfinden würden, wenn sie auf dieses Schiff trafen - oder genauer gesagt, was sie *nicht* an Bord vorfinden würde.

Lieutenant Trys Chen betrat den Transporterraum, wo der Rest des Außenteams bereits versammelt war und auf sie wartete - *meines Teams*, wiederholte sie innerlich, nur um noch einmal diesen Schauer des Stolzes ihr Rückgrat emporkriechen zu spüren. Geordi La Forge hatte einen seiner Junior-Ingenieure, Ensign Maureen Granados, bei sich, und der andorianische Assistenzarzt Doktor th'Shelas wurde von Schwester Mimouni begleitet. Komplettiert wurde das Team durch einen einzelnen Sicherheitsoffizier, Rennan Konya. Chen hätte noch immer gerne gewusst, warum Jazz nicht selbst an der Mission hatte teilnehmen wollen. Aber da das bedeutete, dass sie stattdessen ihren Freund als Sicherheitsoffizier ins Team bekam, hatte sie keinen Grund, sich zu beschweren. Sie schenkte allen ein breites Lächeln. »Also dann, Leute, sind wir bereit, loszulegen?«

Die anderen antworteten ihr mit einem Nicken, und Rennan sagte: »Bereit, Lieutenant.«

Chen widerstand dem Drang, ihm zuzuzwinkern, und signalisierte dem Team, auf die erhöht liegende Transporterplattform zu steigen.

Als ihr Team seine Plätze einnahm, blieb La Forge kurz zurück und schob sich an ihre Seite. »Wissen Sie, es gilt gemeinhin als schlechter Stil, als Teamleiter der Letzte zu sein, der vor dem Beginn einer Mission auftaucht.«

Chen wandte sich dem Commander zu und starrte ihn an. Auf seinen Lippen lag ein Lächeln, aber in seinen von Schaltkreisen durchzogenen Augen erkannte sie die Ernsthaftigkeit, die hinter seinen Worten steckte. »Sie sind also meine Anstandsdame?«, fragte sie, wobei es ihr irgendwie gelang, ihre Stimme genauso gedämpft zu halten wie er seine.

»Eher so etwas wie Ihre Rückendeckung.« Sowohl seine Augen als auch sein Lächeln wurden etwas freundlicher, als er das sagte, und Chen schluckte den Protest, der in ihrer Kehle aufstieg, herunter. Sie konnte weder Geordi noch dem Captain wirklich zum Vorwurf machen, dass sie noch nicht bereit waren, die Stützrädchen abzunehmen - und immerhin war sie nominell nach wie vor die Teamleiterin.

»Danke«, sagte sie. »Ich werde daran denken, sollte es ein nächstes Mal geben.«

La Forge nickte nur, bevor er ihr den Vortritt auf die Transporterplattform ließ. Als das unangenehme Gefühl, in Atome zerlegt und anschließend wieder zusammengesetzt zu werden, abklang, fand sich Chen auf der Brücke der *S.S. Libra* wieder. Hätte sie nicht bereits im Vorfeld gewusst, dass der Frachter ein Museumsstück war, wäre womöglich die Sorge in ihr erwacht, dass sie gleichzeitig durch eine temporale Spalte transportiert worden war. Jeder Apparat und jedes Stück Einrichtung schrie in seiner Technik und Bauweise geradezu seinen Ursprung im zweiundzwanzigsten Jahrhundert heraus.

Die Brücke der *Libra* war mit vier Besatzungsmitgliedern besetzt: Drei trugen militärische Uniformen, außerdem war ein Mann mit zerfurchtem Gesicht und dunkler Haut anwesend, der Zivilkleidung anhatte. Nachdem sich das Team von der *Enterprise* vollständig materialisiert hatte, erhob sich eine große, aschblonde Frau von ihrem Platz in der Mitte der Brücke und trat vor. »Willkommen an Bord«, sagte sie mit einem breiten Lächeln. »General Katherine Seton, Verteidigungsstreitkräfte Deneva.«

Chen warf La Forge einen raschen Seitenblick zu, dann trat sie ihrerseits vor. »Lieutenant T'Ryssa Chen, *U.S.S. Enterprise*«, sagte sie und hob ihren rechten Arm.

Der General verstand die Geste offensichtlich falsch, denn rasch hob sie ihre eigene Rechte in die Höhe und spreizte die Finger. »Frieden und langes Leben, Lieutenant.«

»Äh ... ja, und Ihnen auch«, erwiderte Chen und hob und senkte ihre Hand in einer schnellen Bewegung, wobei sie hoffte, dass niemand merkte, dass sie in Wahrheit nicht imstande war, die V-Form des Grußes mit den Fingern zu bilden. Sie neigte den Kopf in dem Versuch, unauffällig ihr Haar über ihr unbedecktes linkes Ohr fallen zu lassen.

Der General drehte sich um und deutete auf den Zivilisten. »Und dies ist Gar Tiernan, Denevas Vizepräsident.«

Diesmal achtete Chen darauf, dass ihre Hand so positioniert war, dass Tiernan gezwungen war, sie zu schütteln. »Herr Vizepräsident.«

Tiernan ergriff die dargebotene Hand. »Gibt es bereits Neuigkeiten von den Passagieren, die in Ihre Krankenstation gebeamt wurden?«, fragte er.

Chen wandte sich um und trat einen Schritt zur Seite. »Doktor th'Shelas?«

»Die Neugeborenen und ihre Mütter erfreuen sich alle bester Gesundheit«, berichtete der Arzt. »Die verletzten Passagiere, die Sie herübergebeamt haben, wurden behandelt und sollten eine baldige und vollständige Genesung erfahren.«

Die Denevaner lächelten erfreut, als sie das hörten. »Exzellent«, sagte der General.

Das läuft wirklich exzellent, nicht wahr? Chen nickte und warf Commander La Forge ein rasches, selbstzufriedenes Lächeln zu, bevor sie sich umdrehte, um den Rest ihres Außenteams vorzustellen. »Dies hier ist Schwester Antoinette Mimouni. Der Doktor und sie sind hier, um sich die nicht ganz so dringenden medizinischen Fälle anzusehen. Chefingenieur Geordi La Forge und Ensign Maureen Granados - Sie werden Ihnen dabei helfen, Ihren Weg nach Ingraham B fortsetzen zu können ...«

»Ingraham B?« Die ganze Gruppe schien von diesen Worten etwas überrascht, aber es war Vizepräsident Tiernan, der die Frage stellte. »Warum sollten wir nach Ingraham B weiterfliegen und nicht zurück nach Deneva?«

»Nun, weil Deneva ...«, begann Chen zu antworten, doch dann brachte sie ihre übereifrige Zunge gerade noch rechtzeitig unter Kontrolle, als ihr klar wurde, was sie soeben gehört hatte. »Sie wissen es nicht?«

Setons Augen weiteten sich besorgt. »Wissen? Was wissen?«

Chen verfluchte erneut ihr vorschnelles Mundwerk. Die Denevaner blickten sie fragend an. Sorgenvolle Erwartung lag auf ihren Gesichtern. Chen drehte sich zu La Forge um, der ganz offensichtlich auch nicht viel erpichter darauf war, den Denevanern ihre Frage zu beantworten, als sie selbst. Dennoch trat er vor, stellte sich zwischen Chen und Seton und fing an, zu erklären, was geschehen war, als die Borg ihre Heimatwelt erreicht hatten.

Chen musste sich abwenden, als sie mit dem Rest ihres Teams respektvollen Abstand nahm. Sie vermochte die Reaktion der Denevaner einfach nicht zu ertragen.

Die dunkelgraue Kugel in der Mitte des Sternenfeldes war nicht wiederzuerkennen - nur eine weitere tote Welt, eine weitere aus Myriaden planetarer Körper, auf denen das Leben niemals Fuß gefasst hatte.

So hätte man wenigstens annehmen können, zumindest bis die

Sonde, die die Aufzeichnungen machte, den Orbit erreichte und die staubgefüllte Atmosphäre durchbrach. Verstärkte optische Sensoren drangen durch Dunstfelder aus dichtem, toxischem Rauch und brachten jede Einzelheit der Planetenoberfläche mit furchtbarer Klarheit zum Vorschein. Es ließ sich nicht länger verhehlen, um welche Welt es sich handelte: Da sah man die auffällige westliche Küstenlinie des Iapetus-Ozeans, dort lagen die Sommerinseln, direkt jenseits der Meerenge von Bealtaine. Und an der südlichen Küste der größten Insel, wo einst die Hauptstadt Lacon City gelegen hatte, befand sich nicht mehr als ein hässlicher schwarzer Schorf aus geschmolzenem Glas und Metall.

Garson Tiernan, Vizepräsident des Planeten Deneva - jetzt vermutlich Präsident Tiernan der Denevanischen Diaspora -, saß auf seinem zum Wandschirm hin gedrehten Stuhl in der abgedunkelten Beobachtungslounge, während Jean-Luc Picard ihm in stiller Andacht auf der anderen Seite des Tisches gegenübersaß. Gemeinsam sahen sie zum siebten Mal zu, wie der Rest der bekannten Geografie Denevas vorbeizog. Auf allen Kontinenten waren alle Anzeichen menschlicher Besiedlung zu kaum mehr als Flecken auf verbrannter Erde reduziert worden. Die Sonde ging tiefer, um während einer zweiten Umkreisung einen Scan aus geringerer Höhe vorzunehmen. Störungen tauchten im Bild auf, hervorgerufen von der Reststrahlung, die nach dem Angriff verblieben war. Als das Fluggerät die Grenze zu Denevas Nachtseite überquerte, wurde der Bildschirm vollständig schwarz. Der Transmitter der Sonde war unter der Belastung ausgefallen.

Nach einem kurzen Moment der Stille berührte Tiernan die Kontrolle auf der Oberfläche des Konferenztischs und startete die optische Aufzeichnung aufs Neue. »Sie helfen niemandem damit, indem Sie sich dermaßen quälen, Mister Tiernan«, sagte Picard mitfühlend.

Der Vizepräsident zeigte keinerlei Reaktion, dass er ihn gehört hatte, und richtete weiterhin all seine Konzentration auf die Bilder, die vor ihm abliefen. Die ersten vier Mal war Tiernan nicht imstande gewesen die ganze Aufzeichnung durchzustehen, ohne sich der Wahrheit dessen, was er dort sah, zu verweigern oder den Kopf wegzudrehen oder die Aufnahme anzuhalten, um sich zu übergeben. Beim fünften Mal war es ihm gelungen, die ganze grauenvolle Aufnahme vom Anfang bis zum Ende anzuschauen, und er hatte verlangt, sie ein sechstes Mal zu sehen. »Ich schulde es Ihnen, Captain«, sagte er mit rauer Stimme. »Ich schulde es jenen Leuten dort unten, dass ich Zeuge dessen werde, was geschehen ist, dass sich mir diese Bilder ins Gedächtnis einbrennen.« Minuten später beendete die Sonde ihre Umkreisung erneut, doch bevor der Schirm auch nur dunkel werden konnte, hatte Tiernan das Ganze ein neuntes Mal gestartet.

Schließlich lehnte Picard sich nach vorne und berührte seine eigene Kontrollkonsole, um den Schirm auszuschalten und die Raumbeleuchtung zu aktivieren. »Sir, bei allem Respekt für die Verstorbenen, Sie sind jetzt der voraussichtliche Führer der *Überlebenden* Denevas. Sie wurden deswegen Teil des Evakuierungsplans 2757, damit diese Leute einen Führer haben. Und auch wenn Sie mein tiefstes Mitgefühl haben, gibt es dringende Angelegenheiten, um die wir uns kümmern müssen.«

Der Denevaner drehte seinen Stuhl in Picards Richtung. Er schien körperlich in sich zusammengefallen zu sein, seit man ihn in die Lounge gebracht hatte, und sein erschlafftes Gesicht wirkte, als drohte es, von seinem Schädel abzugleiten. »Sie haben recht, Captain«, sagte er, ergriff die Armlehnen seines Stuhls und zog sich in die Höhe. »Wissen wir, wie vielen anderen Denevanern es gelungen ist, zu entkommen?«

»Unsere gegenwärtigen Schätzungen liegen bei etwas über einer Million«, sagte Picard.

»Nein ...«, murmelte Tiernan, und ein Schauer durchlief seinen Körper.

»Das so viele gerettet wurden, ist ein Zeugnis der vorausschauenden Organisation und Planung der denevanischen Regierung.«

»So viele, sagen Sie ... dabei handelt es sich um weniger als ein

Zehntel eines Prozents ...« Für einen Moment senkte Tiernan den Kopf und rang um Fassung. »Richte deinen Blick auf die Lebenden«, murmelte er zu sich selbst, dann hob er den Kopf wieder. »Wie geht es mit den Reparaturen an der *Libra* voran?«

»Sie sollte innerhalb dieser Stunde wieder einsatzbereit sein«, versicherte Picard ihm, bevor das Interkom ihn unterbrach. »Entschuldigen Sie mich«, bat er, bevor er seinen Kommunikator berührte. »Picard.«

»Captain«, meldete sich Ensign Šmrhová, die gegenwärtig die Taktikstation bemannte. *»Wir empfangen eine Nachricht vom Föderationsrat auf der Erde. Ratsmitglied Lynda Foley von Deneva.«*

Als er dies hörte, hellte sich Tiernans Miene sichtlich auf.

»Bitte stellen Sie sie durch, Ensign«, sagte Picard, und im nächsten Moment erschien das Gesicht einer dunkelhaarigen Frau mittleren Alters auf dem Schirm.

»Lynda!«, rief Tiernan, erhob sich von seinem Stuhl und bewegte sich auf den Sichtschirm zu, als wollte er sie umarmen. »Ich freue mich so, Sie zu sehen!«

»Nicht halb so sehr, wie ich mich freue, Sie zu sehen, Gar!«, erwiderte das Ratsmitglied, und auf ihren Wangen bildeten sich tiefe Lachfalten. *»Und Captain Picard, haben Sie vielen Dank, dass Sie unsere verlorenen Schafe gefunden haben.«*

»Ein Dank ist nicht notwendig, Ratsmitglied«, sagte er mit einem Lächeln.

Die Miene des Ratsmitglieds wurde wieder ernster, als sie Tiernan anblickte. »Präsidentin Cordaro?«, fragte sie.

Tiernans Gesicht verdüsterte sich ebenfalls. »Dickköpfig bis zuletzt. Sie schickte ihren ganzen Stab und ihre Sicherheitsleute nach Hause zu ihren Familien, weigerte sich aber selbst, ihren Schreibtisch zu verlassen.«

Picard erhob sich. »Ich nehme an, Ratsmitglied, dass Sie beide eine ganze Menge zu besprechen haben. Wenn Sie mich entschuldigen würden ...«

Er ließ die beiden Denevaner allein und ging hinaus auf die Brücke. Direkt vor der Tür zur Beobachtungslounge erwartete ihn Lieutenant Chen. »Sir, ich wollte Ihnen nur noch einmal sagen, wie leid es mir tut, dass sich die Dinge so entwickelt haben«, sagte sie niedergeschlagen, kaum dass sich die Tür hinter ihm geschlossen hatte. »Sieht so aus, als könnte ich sogar eine Kontaktmission mit Menschen vermasseln.«

»Unsinn«, schalt Picard sie. »Ich hätte Sie gar nicht erst in solch eine untragbare Situation bringen dürfen.« Reumütig schüttelte er den Kopf. Er hätte die Information während ihres ersten Kontakts mit der *Libra* persönlich übermitteln sollen, aber im Augenblick des kurzen Triumphs hatte er den Schicksalsschlag, der diesem vorhergegangen war, aus seinem Bewusstsein verdrängt. »Es ist niemals leicht, derart tragische Nachrichten zu überbringen.«

»Man fühlt sich beinahe schuldig.«

Picard hob seine rechte Augenbraue. »Wie meinen Sie das?«

»Nun ja«, sagte Chen, »wir haben den Krieg ziemlich gut überstanden. Wir haben weder unsere Heimat noch Familienmitglieder verloren. Verdammt, ich habe diesbezüglich sogar Zuwachs erhalten.« Picard verstand nicht ganz, was dieser Nachsatz zu bedeuten hatte oder warum eine solche Bitterkeit hinter ihren Worten stand. »Aber diese Leute ... Wohin sollen sie jetzt gehen? Was stellt man an, wenn man alles auf diese Weise verloren hat?«

»‚Der herben Trübsal will ich mich ergeben, denn Weise sagen, weise sei's getan'«, sagte Picard. »Shakespeare«, fügte er nach kurzem Schweigen für Chen hinzu.

Sie schenkte ihm ein kleines Lächeln. »Ja, Sir. Das habe ich mir fast gedacht.«

Picard erwiderte das dünne Lächeln. »Ich hege keinen Zweifel, dass diese Leute, die so entschlossen sind, zu überleben, einen Weg finden werden, mit dieser Tragödie fertigzuwerden, und sie werden gestärkt daraus hervorgehen.«

»Also waren die Übrigen, die auf Deneva getötet wurden, nicht entschlossen genug?«

Picard antwortete der jungen Frau mit einem zornigen Blick. Dann schaute er über die Brücke zur Taktikstation. Er war erleichtert, zu sehen, dass Ensign Šmrhová noch immer Choudhurys Station bemannte, auch wenn das seine Verärgerung über Chens gedankenlosen Kommentar nicht milderte.

Man musste ihr zugutehalten, dass ihr umgehend die Verlegenheitsröte ins Gesicht stieg. »Nein! Ich weiß, dass Sie das damit nicht zum Ausdruck bringen wollten, Captain«, beeilte sie sich, zu sagen, wobei sie so leise sprach, dass nur Picard sie hören konnte. »Ich habe nur laut nachgedacht, wissen Sie ... Welchen Sinn hat das alles? Warum diese Leute und nicht jene? Warum wir und nicht sie? Auf die Gefahr hin, dass es wie ein Klischee klingt.« Ein bitteres Auflachen kam über ihre Lippen. »Das ist nicht logisch.«

Der Captain seufzte. »Weitaus größere Philosophen, als ich einer bin, haben über die Jahrhunderte hinweg versucht, diese Frage zu beantworten«, sagte er und schüttelte den Kopf. »Warum widerfahren guten Leuten schlechte Dinge? Ich weiß es nicht. Ich bezweifle, dass irgendjemand eine Antwort darauf hat. Wir können nur versuchen, Trost in dem Wissen zu finden, dass der Feind, der all dieses Unheil über uns gebracht hat, fort ist, und ansonsten alles in unserer Macht Stehende tun, um jenen zu helfen, die gelitten haben.«

Chen war gerade im Begriff, eine Antwort zu geben, doch in diesem Moment glitt die Tür des Konferenzraums auf. »Captain Picard ... Lieutenant«, sagte Tiernan und hielt abrupt inne, als er sah, dass die beiden *Enterprise*-Offiziere direkt in seinem Weg standen. Er erweckte den Anschein, als wären seine Lebensgeister aufs Neue erwacht; die Leere, die Picard zuvor in seinen Augen erblickt hatte, schien jetzt von neuer Entschlossenheit erfüllt. »Captain, wie lautet Ihr Bestimmungsort, nachdem die Reparaturen an der *Libra* beendet wurden und sie wieder auf dem Weg ist?«

Schnell schüttelte Picard seine Überraschung über den plötzlichen Sinneswandel des denevanischen Führers ab. »Wir befinden uns auf einer Rettungs- und Bergungsoperation«, sagte er. »Wir haben keinen festen Bestimmungsort, aber ...«

»Dann muss ich Sie bitten, mich zur Erde zu bringen«, unterbrach Tiernan ihn. »Ich muss Präsidentin Bacco so rasch wie möglich treffen.«

»Warum?«, fragte Chen, die von dessen unerwartet guter Stimmung ebenso verwirrt war.

»Mir wurde soeben die Rede vorgespielt, die sie nach dem Krieg gehalten hat«, erklärte er. »Sie sagte: ‚Wir werden diese Welten wiederaufbauen.' Das soll ab jetzt mein oberstes Ziel sein: dafür zu sorgen, dass dieses Versprechen, das meinem Volk gemacht wurde, eingehalten wird.«

Picard schürzte die Lippen, als er sich an das kürzliche Gespräch mit Präsidentin Bacco erinnerte, in dessen Verlauf sie ihre Rede als ‚zu inspirierend' bezeichnet hatte. Er schwankte einen Moment, während er daran dachte, welch erstaunlich belebenden Effekt die Worte der Föderationspräsidentin auf Tiernan gehabt hatten, dann sagte er: »Herr Präsident, ich bin mir sicher, Ihnen ist bewusst, dass es noch einige Zeit dauern wird, bis die Föderation ein solch ehrgeiziges Projekt wie das erneute Bewohnbarmachen Denevas in Angriff nehmen kann. Unsere augenblickliche Sorge muss unseren heimatlos gewordenen Bürgern gelten, wie jenen an Bord der *Libra* ...«

»Nun ja, natürlich«, sagte Tiernan. »Aber Ingraham B war ohnehin stets nur als zeitweiliger Zufluchtsort gedacht. Diese Leute brauchen einen Planeten, zu dem sie letzten Endes nach Hause zurückkehren können.«

Picard sagte nichts. Es lag nicht in seinem Verantwortungsbereich, planetaren Führern zu sagen, wie sie ihr Volk führen sollten. »Also schön. Sobald die *Libra* wieder unterwegs ist, nehmen wir Kurs auf die Erde. Lieutenant Chen, wenn Sie so freundlich wären, Präsident Tiernan zu einem unserer VIP-Quartiere zu begleiten?«

Tiernan lächelte dankbar. »Danke, Captain«, sagte er, bevor er Chen in den Turbolift folgte. Picard erwiderte das Lächeln des Mannes, aber innerlich war er sich ziemlich sicher, dass er ihm keinen Gefallen tat, indem er ihm seine Bitte erfüllte.

Worf stand in der Mitte der Brücke, die Hände hinter dem Rücken gefaltet, und sah zu, wie die in die Hülle eingelassenen Positionslichter der *Libra* eines nach dem anderen wieder aufleuchteten. Als das Schiff langsam zu neuem Leben erwachte, gestattete er sich ein seltenes Lächeln.

Heute ist ein guter Tag zum Leben.

In dem jüngsten Krieg gegen die Borg hatte wenig Ruhm gelegen. Seine Kameraden bei der Sternenflotte wie auch die Krieger der Klingonen - und, so musste er sich eingestehen, selbst die Romulaner - hatten sich den Invasoren mit großer Ehrenhaftigkeit entgegengestellt, und es hatte auch einige Siege zu feiern gegeben, etwa bei Troyius und Ardana. Aber viele der Toten waren Kinder, Alte und Gebrechliche gewesen, die ohne eine Chance, sich zu verteidigen, niedergemetzelt worden waren. Ein Klingone schreckte nicht vor dem Tod zurück, doch Zeuge eines solch sinnlosen Massenmordens zu werden, hätte selbst Kahless innehalten lassen.

Die Reparatur der *Libra* dagegen war, angesichts aller Widrigkeiten, ein großer Triumph. Die Voraussicht der Denevaner und ihre Bereitschaft, Opfer zu bringen, um ein paar Wenigen das Überleben zu ermöglichen, brachte ihrem ganzen Volk Ehre. Ihre Heldentat und die des veralteten, jahrhundertealten Frachters dort draußen waren es wert, besungen zu werden.

»Nummer Eins?« Worf drehte sich um und sah, dass der Captain sein Gespräch mit Lieutenant Chen und dem denevanischen Vizepräsidenten beendet hatte und nun auf dem Weg zur Steuerbordseite der Brücke war. »Würden Sie sich mir bitte anschließen«, sagte er.

Worf nickte, übergab das Kommando an Rosado und schloss sich Picard an, als dieser in seinen Bereitschaftsraum ging. Es freute ihn, zu sehen, dass der *K'jtma*-Kelch einen markanten Platz im persönlichen Refugium des Captains erhalten hatte. Picard ging direkt zum Replikator hinüber. »Ich habe Sie noch nicht für die außergewöhnliche Schlussfolgerung gelobt, die uns zur *Libra* geführt hat, Nummer Eins«, sagte er über die Schulter, während er manuell seinen Wunsch eingab.

»Danke, Sir. Aber ich war nicht der Einzige ...«

»Nein, aber es war Ihr Instinkt«, sagte der Captain, als er sich wieder zu ihm umdrehte. Er hielt zwei identische Metallschalen in seinen Händen. »Sie waren derjenige, der diesen einzelnen Hinweis hinterfragte, und das führte uns zu dem glanzvollsten Augenblick unserer gegenwärtigen Mission.« Worf drang der unverkennbare Duft von Blutwein in die Nase, als Picard ihm eine der Schalen reichte und die andere hob. »*Qapla'*, Worf.«

Worf lächelte und erwiderte den Gruß. »*Qapla'*!« Replizierter Blutwein war nie besonders gut, aber dieser hier, den er gemeinsam mit seinem Captain einnahm, war mehr als akzeptabel.

Picard bedeutete ihm, auf der Couch Platz zu nehmen, und setzte sich auf einen der dazugehörigen Sessel, die im Winkel versetzt dazu standen. Als die beiden sich niedergelassen hatten, schlug der Captain ein Bein über das andere. »Ich darf wohl nicht davon ausgehen, dass Sie irgendwelche anderen brillanten Gedanken hegen, wo wir noch weitere Vertriebene in Not finden können?«, fragte er.

»Bedaure, Sir. Aber Lieutenant Elfiki zieht die Möglichkeit in Betracht, dass einige Evakuierungsschiffe versucht haben könnten, sich im Paulson-Nebel zu verstecken, und nun immer noch dort sind.«

Der Captain nickte gedankenvoll. Der Paulson-Nebel war reich an Elementen, die jegliche Sensoren störten, und da er normalerweise unbewohnt war, hätten die Borg ihn während ihres Vernichtungsfeldzuges theoretisch ignorieren müssen. »Besitzen wir irgendwelche handfesten Hinweise darauf, dass sich dort tatsächlich Schiffe verbergen?«

»Nein, Sir. Angesichts der Tatsache, dass der Paulson-Nebel in direkter Nachbarschaft des Azur-Nebels liegt, sind unsere Daten aus verständlichen Gründen begrenzt.«

»Es wäre auf jeden Fall einen Versuch wert«, sagte Picard, dann seufzte er. »Allerdings wurden wir von Präsident Tiernan gebeten, ihn zurück zur Erde zu bringen.«

»Er beabsichtigt nicht, mit seinem Volk nach Ingraham B zu fliegen?«

»Nein. Allem Anschein nach will er Präsidentin Bacco darum bitten, den Zeitplan zur Wiederherstellung Denevas zu beschleunigen.«

Worfs Augen weiteten sich vor Überraschung. Ungebeten stiegen in seinem Geist die Bilder der Wanderung mit Jasminder über die verheerte Planetenoberfläche auf. Er musste einen weiteren Schluck Blutwein zu sich nehmen, um den in seiner Erinnerung allzu lebendigen Geschmack und Geruch der Asche in der Luft Denevas zu verdrängen. »Das wäre eine Verschwendung seiner Energien«, sagte der Klingone ruhig. »Es dauert selbst unter den besten Umständen Jahrzehnte, einen Planeten zu terraformen. Die Zustände auf Deneva ... Ihm muss doch klar sein, was für eine Herausforderung es darstellt, diese Welt auch nur zu einem fernen Echo ihres früheren Zustands wiederherzustellen.«

Picard seufzte. »Nein, Nummer Eins. Ich glaube nicht, dass ihm das klar ist. Er ist weder ein Planetologe noch ein Terraformer; er ist ein Politiker.«

Worf antwortete mit einem kurzen trockenen Glucksen. Als Botschafter hatte er mit genügend Regierungsangehörigen zu tun gehabt, die Ergebnisse forderten, ohne im Ansatz zu begreifen - oder sich auch nur dafür zu interessieren -, wie diese Ergebnisse zu erreichen waren. Manchmal hatte Worf das Gefühl, diese Politiker glaubten, es gäbe einen Knopf auf ihrem Schreibtisch, den sie einfach nur drücken mussten, damit all ihre Probleme automatisch gelöst wurden.

Picard beugte sich auf seinem Sessel nach vorne. »Ich wäre Ihnen für jeden Vorschlag, wie wir diese Angelegenheit gegenüber Mister Tiernan am besten zur Sprache bringen, dankbar, Nummer Eins«, sagte er. »Ich halte es für möglich, dass die Erfahrung, die Sie in Ihrem früheren Tätigkeitsfeld gesammelt haben, einen neuen Ansatz bieten könnte.«

Worf neigte den Kopf. »Sir ... Ich fühle mich geehrt, dass Sie glauben, ich könnte in diesem Fall einen besonderen Beitrag leisten.«

»Kein Grund für falsche Bescheidenheit, Worf«, sagte Picard lächelnd.

»Daran ist nichts falsch, Sir«, antwortete Worf mit vollkommenem Ernst. »Sie haben als Diplomat weit mehr Erfahrung als ich. Ich glaube nicht, dass es in den vier Jahren meiner Zeit als Botschafter auch nur eine Situation gab, in der ich mich nicht gefragt habe ‚Was würde Captain Picard tun?'«

Picard grinste und schüttelte den Kopf. »Ich habe mich in erster Linie immer als Entdecker betrachtet. Und ich hatte bei meinen Kontakten mit Politikern stets die Möglichkeit, mich einfach an Bord des Schiffes zu beamen und sie zurückzulassen, sobald meine jeweilige Aufgabe erfüllt war. Diesen Luxus hatten Sie während der Zeit in der Botschaft nicht.«

»Nein, das ist wahr«, sagte Worf in düsterem Tonfall, während er sich an mehr als nur einen Regierungsangehörigen erinnerte, mit dem er zur Zusammenarbeit gezwungen gewesen war und vor dem er am liebsten mit Warpgeschwindigkeit geflohen wäre.

Bevor er Captain Picard allerdings irgendeinen Rat geben konnte, wurden die beiden Männer von dem Geräusch des Interkoms gestört. *»Brücke an Captain Picard«*, meldete sich Ensign Šmrhová. *»Wir empfangen eine Prioritätsnachricht vom Sternenflottenkommando für Sie.«*

»Stellen Sie sie durch, Ensign.« Picard erhob sich und ging zu seinem Schreibtisch. Er umrundete ihn und aktivierte seinen Bildschirm. Worf folgte ihm, blieb aber am Rand des Schreibtischs stehen, von wo aus er das Bild Admiral Akaars erkennen konnte, das auf dem Schirm erschien.

»Admiral«, begrüßte Picard ihn.

»Captain Picard, die Enterprise *muss sich sofort nach Alpha Centauri III begeben«*, sagte der Capellaner mit dem zerfurchten Gesicht ohne Vorrede.

»Alpha Centauri?«, fragte Picard. »Warum? Was ist passiert?«

»Auf den Straßen der Hauptstadt findet ein Aufruhr statt«, sagte der Admiral, dessen bleiches Gesicht beinahe so weiß wie sein langes Haar war. *»Es gibt Berichte von Gewalt, Bränden und sogar Plünderungen!«*

Auf Alpha Centauri?, wollte Worf ausrufen, aber er besaß genug Selbstkontrolle, um die Worte des Admirals nicht laut in Zweifel zu ziehen. Alpha Centauri gehörte zu den Gründungswelten der Föderation. Der Gedanke, dass dort etwas Derartiges geschehen mochte, war nur etwas weniger verstörend als die Vorstellung, dass sich solche Dinge auf der Erde zutragen könnten. Worf wechselte einen Blick mit dem Captain und sah auf seinem Gesicht einen Ausdruck des Unglaubens, der seinem eigenen glich.

»Es liegen widersprüchliche Berichte vor - entweder gingen die Proteste von Flüchtlingsgruppen aus, die dorthin gebracht wurden, oder von Einwohnern, die sich gegen die Anwesenheit der Flüchtlinge zur Wehr setzen wollten«, fuhr Akaar fort. Auch er war von den Nachrichten offenkundig zutiefst erschüttert. *»Die lokalen Ordnungsbehörden tun, was sie können, aber ...«*

Doch der Captain sah das Bild des Admirals schon nicht mehr an, sondern hatte stattdessen den Kopf leicht gehoben. »Picard an Brücke«, rief er über das Interkom. »Setzen Sie Kurs auf das Alpha-Centauri-System, und gehen Sie auf maximale Warpgeschwindigkeit!«

Der Admiral war über diese Unterbrechung nicht verärgert. Stattdessen bedachte er den Captain mit einem knappen Nicken. *»Alles Gute,* Enterprise«, sagte er und beendete die Übertragung.

»Alpha Centauri ...« Picard stütze seine Hände auf der Tischplatte vor sich ab, so als lastete ein schweres Gewicht auf seinen Schultern.

Worf wartete respektvoll, während Picard einen Augenblick in der Pose verharrte. Der Erste Offizier fragte sich, ob der Geist des Captains, den die Caeliar jüngst erst aufs Neue belebt hatten, einmal mehr gebrochen worden war.

Doch dann schüttelte Picard den Kopf, richtete sich auf und wandte sich Worf zu. In seinen Augen glühte das Feuer der Entschlossenheit. »Wir haben bereits zu viele Welten verloren, Nummer Eins«, sagte er, als er sich in Richtung Brücke aufmachte. »Wir werden nicht zulassen, dass eine weitere fällt.«

KAPITEL 11

Zwei volle Monde waren über Pacifica aufgegangen und tauchten das iy'Dewra'ni-Lager in ihren ätherischen Schein. Beverly Crusher lehnte erschöpft am Türpfosten des Krankenhauses, atmete die kalte Nachtluft ein und genoss, wie friedlich und still das Lager in diesem Augenblick wirkte.

Den größten Teil des Tages über war es alles andere als friedlich oder still gewesen. Sie hatte einen Großteil ihrer Patienten nach der Verabreichung des neuen Impfstoffs entlassen können. Doch kaum hatte die Neuigkeit die Runde gemacht, dass jetzt ein »echter Arzt auf Fleisch und Blut« das Krankenhaus leitete, war eine Schlange aus Leuten mit kleineren Erkrankungen und Verletzungen um das Gebäude entstanden. Beverly verstand die Vorbehalte, die die meisten Leute gegenüber MHNs hegten, und ihr war zudem bewusst, dass kaum jemand außerhalb der Sternenflotte jemals zuvor einem begegnet war. Doch es überraschte sie, wie viele Zivilisten den Umgang mit einem computerisierten Hologramm tatsächlich rundweg verweigerten und stattdessen lieber stumm litten.

Zu ihrem Glück gab es da aber noch Arandis, die ihr weiterhin eine große Hilfe gewesen war, indem sie sich um die weniger schweren Fälle gekümmert hatte - darunter noch eine ganze Menge mehr Patienten, die mit der aus dem Wasser stammende Mikrobe infiziert waren. Außerdem hatte sie ihre Gutmütigkeit auf die erschöpften und reizbaren Patienten projiziert, während diese einer nach dem anderen das Krankenhaus betraten und wieder verließen. Die Risaner waren für ihr wohlwollendes, großzügiges Wesen berühmt, und Arandis war der lebende Beweis dafür, denn sie hatte bis über den Punkt normaler Erschöpfung hinaus gearbeitet, nur um schließlich aufrecht auf einem Stuhl in der Ecke des Krankensaals sitzend einzuschlafen.

Crushers Blick hob sich vom Lager hinauf zu dem größeren der beiden Monde und darüber hinaus. *Ich frage mich, wo Jean-Luc gerade ist*, dachte sie, während sie abwesend über die Rundung ihres Bauchs strich.

»Bev? Bist du immer noch hier?«

Crusher senkte den Kopf und sah Miranda Kadohata näher kommen, die einen kleinen Antigrav-Schlitten hinter sich herzog. Ihr dunkles Haar war vollkommen zerzaust und stand in alle Richtungen ab. Die Knie ihrer Uniformhose waren mit getrocknetem Schlamm bedeckt, ebenso die Manschetten ihres Hemds. Dennoch bedachte sie Crusher mit einem Lächeln. »Ich bin immer noch hier«, bestätigte die Ärztin. »Und du siehst sehr zufrieden mit dir aus.«

Kadohata nickte, als sie sich an Crusher vorbei ins Innere des Krankenhauses schob, zu einer schmalen Lagereinheit in der Ecke ging und sich eines der kleinen Trinkpäckchen mit Wasser nahm. »Kommandant Minha hat einen zusätzlichen Industriereplikator zur Verfügung gestellt«, sagte sie. »Wir haben ihn aufgebaut, in Betrieb genommen und einige Verbesserungen der Sicherheit in dem Familienteil des Lagers vorgenommen.« Ihr Lächeln verblasste ein wenig. »So viele von diesen Kindern wurden ohne auch nur einen einzigen Elternteil in die Schiffe gesteckt ...« Sie schüttelte den Kopf, und ihre Stimme verlor sich, als sie einen großen Schluck nahm.

Crusher fiel nichts ein, was sie dazu hätte sagen können. Sie wusste, dass Miranda auf dem Weg nach Pacifica ausführlich mit ihrem Mann gesprochen hatte, und dass sich die Dinge zwischen den beiden ein wenig beruhigt hatten. Dennoch war ihr klar, dass es niemals einfach sein würde, den Geliebten fern zu sein. Ihre Gedanken begannen erneut, abzuschweifen ...

»Bev!«

Crushers Kopf zuckte hoch, und sie konzentrierte sich auf die Frau, die mit ihr sprach. »Bev, du bist erschöpft. Geh zum Schiff zurück und schlaf ein wenig.«

Die Ärztin schüttelte den Kopf. »Ich habe Patienten, um die ich mich kümmern muss«, sagte sie, während sie zurück in den Krankensaal ging.

»Nicht mehr so viele«, stellte Kadohata fest, als sie Crusher folgte. »Was ist mit dieser risanischen Frau, die bei dir ... Oh.« Sie brach ab, als sie die schlafende Arandis entdeckte. »Trotzdem brauchst auch du deinen Schlaf, meine Liebe. Vor allem in deinem Zustand.«

Crusher neigte den Kopf und hob eine Augenbraue. »Ich erinnere mich nicht daran, dass du kürzer getreten wärst, als du während der Delta-Sigma-IV-Mission im dritten Monat warst«, sagte sie. »Und das, obwohl dir eine *Ärztin* gesagt hatte, du solltest es tun.«

»Eine weise und brillante Ärztin, deren Rat ich besser befolgt hätte«, erwiderte Kadohata.

»Miranda ...«, setzte Crusher an, doch so sehr sie es auch hasste, es sich selbst einzugestehen: Sie war keine vierundzwanzig mehr. Sie musste feststellen, dass sie die Erschöpfung und die anderen Nebenwirkungen dieser Schwangerschaft nicht mehr so leicht abschütteln konnte wie bei ihrem ersten Mal. Schließlich sackten ihre Schultern herab und sie sagte: »Du wirst nicht zögern, mich zu rufen, wenn es hier irgendwelche Schwierigkeiten gibt.« Es war eher ein Befehl als eine Bitte.

»Medizinische Schwierigkeiten«, schränkte Kadohata ein.

»In Ordnung«, sagte Crusher, die sich auf einmal außerstande fühlte, dem Lockruf einer schönen weichen Schlafkoje zu widerstehen. Ein kurzer Anfall von Schuld überkam sie, als sie daran dachte, dass alle anderen in diesem Lager die Nacht auf dünn gepolsterten Feldbetten und Schlafmatten verbrachten, aber das Gefühl hielt ihre Hand nicht davon ab, ihren Kommunikator zu aktivieren. »Crusher an *Genesee*. Eine Person zum Hochbeamen.«

Als sie auf der Transporterplattform des Runabouts rematerialisierte, wurde sie von einem lautstarken Streitgespräch im Wohnbereich begrüßt. Crusher ging nach hinten und fand Dillingham, Byxthar und Gliv um den Tisch herum versammelt vor, auf dem die Überreste eines guten Abendessens verteilt lagen. »Was geht hier vor?«, verlangte sie zu wissen.

»Ah, Doktor-Commander«, sagte Byxthar, als sich alle drei zur Tür umdrehten. »Sie werden sicher imstande sein, dies hier zu schlichten.«

»Was zu schlichten«, fragte sie argwöhnisch.

»Wir sprachen über die Berichte, die jeder von uns an Direktor Barash zu schicken beabsichtigt«, erwiderte Byxthar, die sich zwar an Crusher richtete, deren Augen aber auf Dillingham lagen. »Die sachkundigen, umfassenden Berichte, die von einem Team aus Experten erwartet werden ...«

Der Mensch bedachte sie seinerseits mit einem ätzenden Blick. »Und während Sie an Ihrem nächsten Buch - oh, Verzeihung, Ihrem ‚umfassenden Bericht' - arbeiten, leben diese Leute dort unten in dem Äquivalent eines Kriegsgefangenenlagers!«

»Übertreibung hilft Ihrer Argumentation nicht, Herr Rechtsberater«, sagte Byxthar mit einem herablassenden höhnischen Lächeln.

»Ein Kriegsgefangenenlager wäre besser geplant und aufgebaut«, warf Gliv ein. »Wir würden die Seldonis-IV-Konvention verletzen, wenn wir hier Kriegsgefangene halten würden.«

Crusher rieb sich den Nasenrücken. »Entschuldigen Sie«, sagte sie laut genug, um die anderen zum Verstummen zu bringen. »Aber über was genau streiten Sie sich eigentlich?«

»Wir haben die Grenzen dessen, was wir hier für diese Leute tun können, erreicht«, antwortete Dillingham mit verdrießlicher Miene. »Ich weiß, dass Direktor Barash keinen Termin für die Übermittlung unserer Ergebnisse gesetzt hat ...«

»Weil er uns keine Beschränkungen für die Art, wie wir unsere Arbeit machen, auferlegen wollte«, unterbrach ihn die Soziologin.

»... aber ich fürchte, je länger wir diese Untersuchungsmission hinauszögern«, sagte Dillingham, wobei er seiner Teamkollegin einfach über den Mund fuhr, »desto länger verzögern wir die Ankunft echter Hilfe.«

»Verzeihung?«, sagte Crusher, und ihre Müdigkeit wurde von einem Moment zum anderen von einer Woge der Empörung fortgespült. »*Echte* Hilfe? Was glauben Sie, was wir hier machen?«

Dillingham setzte eine entschuldigende Miene auf. »Ich wollte sicherlich nicht andeuten ... Ich weiß, dass Sie den ganzen Tag im Krankenhaus waren, und Gliv hier war mit Reparaturen beschäftigt. Aber alles, was ich tun kann, ist Vorschläge machen und Rechtsschreiben einreichen - was ich im Übrigen im Fall von Kadohata und dieser Zaungeschichte zu tun gedenke ...«

Crusher hatte keine Ahnung, was es mit dieser »Zaungeschichte« auf sich hatte, aber es war ihr auch egal. »Was soll das heißen: Das ist alles, was Sie tun können? Wie können Sie auf das, was dort unten vorgeht - und das Sie mit einem Kriegsgefangenenlager vergleichen -, blicken und dann hier hochkommen, ein schönes, üppiges Abendessen zu sich nehmen und sagen: ‚Es gibt nichts, was ich tun kann'? Ich bin mir sicher, Gliv könnte zwei weitere helfende Hände sehr gut gebrauchen.«

»Um ehrlich zu sein, Sir, können wir kaum die grundlegendsten Bedürfnisse dieser Leute stillen«, sagte Gliv und erntete dafür die überraschten Blicke der anderen beiden. »Wir bräuchten ein komplettes Team aus Ingenieuren und ein Raumschiff zur Unterstützung, um all die Dinge zu reparieren, die repariert werden müssen. Ein Paar Hände würde kaum einen Unterschied machen.«

»Kaum einen heißt nicht gar keinen, oder?«, forderte Crusher ihn heraus. »Oder wollen Sie damit sagen, dass wir nichts tun sollten, Ensign?«

Der junge Tellarit hatte zumindest den Anstand, beschämt zu wirken. Doch dann meldete sich Byxthar zu seiner Verteidigung zu Wort. »Verzeihen Sie, Doktor-Commander, aber wir wurden nicht hierhergeschickt, um das Lager aus eigener Kraft instand zu setzen.« Sie erhob sich und umrundete den Tisch, um Crusher direkt gegenüberzutreten. »Ich bewundere euch Sternenflottenoffiziere dafür, dass ihr eure Ärmel hochkrempelt und gleich an die Arbeit geht, sobald ihr seht, dass etwas getan werden muss. Aber ich bin schon sehr lange in Flüchtlingsangelegenheiten unterwegs, und ich kann nur betonen, wie wichtig es ist, dass Sie Ihren Abstand nicht verlieren.« Beinahe mitfühlend blickte Byxthar Crusher an. »Unsere einzige Aufgabe bestand darin, Informationen für Direktor Barash zu sammeln. *Er* wird sich darum kümmern, was als Nächstes geschehen wird. Das liegt nicht in unserer Verantwortung.«

Crusher funkelte sie wütend an, während sie versuchte, ihre Gedanken unter Kontrolle zu bringen, bevor die Betazoidin etwas aufschnappen konnte, das alles andere als schmeichelhaft war. Doch sie wurde von einem lauten Doppelton der Komm-Verbindung gestört, und dann meldete sich Miranda Kadohatas Stimme von der Oberfläche.

Die Ärztin berührte ihren Kommunikator. »Crusher hier. Was gibt es, Miranda?«

»Bev, entschuldigen Sie, aber es ist die risanische Frau. Arandis. Sie ist in irgendeine Art von Zuckungen verfallen.«

Crusher fluchte leise. »Atmet sie noch?«, fragte sie Kadohata und deutete gleichzeitig auf Gliv. Mit einer Geste schickte sie ihn ins Cockpit des Runabouts und zu den Transporterkontrollen.

»Ja. Ich habe sie flach auf den Boden gelegt ...«

»Gut. Gehen Sie zur Seite, wir beamen sie hoch«, sagte sie zu Kadohata. Dann rief sie nach vorne: »Gliv, wann immer Sie so weit sind!«

»Ich schicke sie direkt zu Ihnen, Doktor«, sagte der Ensign über das Interkom. *»Aktiviere Transporter.«*

Die drei zogen sich zu den Wänden zurück, um Platz für die Frau zu machen, die zitternd und sich windend auf dem Deck erschien. Crusher kniete sich mit ihrem Trikorder über sie. Ein lauter Flucht kam über ihre Lippen. Dillingham und Byxthar standen stumm daneben, während sie frustriert ein paar weitere Kraftausdrücke von sich gab und dabei ein Hypospray auf Arandis' Hals presste. Ihre Zuckungen ließen sofort nach, und ihr gesamter Körper wurde schlaff.

»Was ist passiert?« Dillingham war der Erste, der die Frage stellte.

»Die Mikrobe ist mutiert«, knurrte Crusher. Was bedeutete, dass sich möglicherweise ein Großteil der Impfungen, die sie dem Rest des Lagers verabreicht hatte, als komplett wirkungslos erweisen würde - je nachdem, wann die Mutation eingetreten war und wie weit sie sich schon verbreitet hatte. Sie rieb sich über das Gesicht und blickte dann zu den zwei anderen Teammitgliedern hoch. »Legen Sie sie in eine der freien Kojen«, sagte sie und deutete auf die kleinen Privatkabinen, die vom Wohnbereich abgingen.

»In eine unserer Kojen?«

»Hören Sie«, fauchte Crusher Byxthar an. »Ich leite dieses Missionsteam. Ihr Job ist es, zu tun, was ich Ihnen sage! Wenn Sie eine Beschwerde einreichen wollen, sobald wir zurückkehren ...« Sie blickte auch Dillingham an. »... dann tun Sie das, aber im Augenblick befolgen Sie meine Befehle!« Crusher machte sich auf den Weg zum Cockpit des Schiffes und überließ es Dillingham und Byxthar, sich um die bewusstlose Frau zu kümmern.

Als sie eintrat, drehte Gliv sich um. »Ist alles in Ordnung, Commander?«

Crusher antwortete nicht, sondern trat einfach um den Ingenieur herum und ließ sich auf den Pilotensitz gleiten. Ohne ein Wort schaltete sie den Autopiloten aus und gab ein Abbremsmanöver in die Kontrollkonsole ein.

»Doktor?«, rief der Ensign, sprang von seinem Platz auf und kam erst direkt hinter dem ihren zum Stehen. »Sir, was machen Sie da?«

»Unsere Mission hat sich verändert, Ensign«, sagte sie. Einen Augenblick lang wanderten ihre Gedanken zu dem kleinen Matthew und den anderen Patienten im Krankenhaus, die mehr Hilfe benötigten, als sie ihnen mit den ihr gegenwärtig zur Verfügung stehenden Mitteln zuteilwerden lassen konnte. Aber sie befanden sich nicht in unmittelbarer Gefahr; mit dem Rest des Lagers sah das ganz anders aus, wenn sie nicht sofort und mit aller Macht eingriffen. »Es sieht so aus, als würden wir eine Weile lang nirgendwohin gehen«, sagte sie und regelte den Fluglagenwinkel des Schiffes, als es in die obere Atmosphäre Pacificas eintrat. »Wir können uns hier also auch genauso gut häuslich einrichten.«

Worf näherte sich Jasminder Choudhurys Quartier und betätigte das Türsignal. Nach einer kurzen Pause betätigte er es ein zweites Mal. Nach dem dritten Läuten öffnete Choudhury die Tür mit Tränen in den rot verquollenen Augen. »Lieutenant«, sagte er. »Kann ich mit Ihnen sprechen?«

»Worf«, sagte sie. »Kann das vielleicht warten? Ich bin ...«

Doch er wartete gar nicht darauf, dass sie ihre Entschuldigung beendete, sondern marschierte einfach durch den offenen Eingang und zwang sie dazu, zurückzutreten. Das Licht war gedämpft und die Fenster, die hinaus in den Raum jenseits des Schiffes zeigten, auf undurchlässig gestellt. Er hielt inne, um ein kleines Holo auf ihrem Computerarbeitsplatz zu betrachten - ein Bild von Choudhury, die mit ihrem Vater neben einem majestätischen alten Eichenbaum stand, den die beiden Jahrzehnte zuvor gemeinsam gepflanzt hatten. Es war das gleiche Bild, das sie ihm gezeigt hatte, als sie von der Zerstörung der Heimatwelt ihrer Familie erfuhr. Sie hatte ihm damit die Bande, die sie mit ihrer Familie und ihrem Heim teilte, zu verdeutlichen versucht. Er hörte, wie die Tür hinter ihm zuglitt, und dann umrundete Jasminder ihn und baute sich mit trotziger Miene vor ihm auf. »Was ist los, Worf?«

»Lieutenant Konya befindet sich gerade auf dem Holodeck und trainiert mit deinem Sicherheitsteam Deeskalationstaktiken in Stadtgebieten, um sich auf unsere Ankunft auf Alpha Centauri vorzubereiten. Warum trainierst du nicht mit ihnen?«, fragte er.

»Rennan ist dazu absolut qualifiziert«, antwortete sie.

Worf fixierte sie mit einem durchdringenden klingonischen

Starren. »Natürlich ist er das. Aber das beantwortet nicht meine Frage. Du bist die Sicherheitschefin.«

»Und ich habe ihm die Verantwortung übertragen, wie es mein Recht ist.« Sie ließ sich nicht unterkriegen und zeigte kein Anzeichen von Furcht vor dem größeren Mann.

»Du hast ebenfalls die Verantwortung für die Sicherheit des Teams delegiert, das zur *Libra* übergesetzt hat«, merkte Worf an. »Darf ich fragen, warum?«

Jasminder versteifte sich sichtlich. »Muss ich Ihnen jetzt alle meine Entscheidungen erklären, Commander?«, erwiderte sie scharf, und auf einmal stand sein Rang zwischen ihnen.

»Nur diejenigen, für die ich eine Erklärung verlange, *Lieutenant*«, schoss er zurück, wobei er instinktiv auf die Herausforderung seiner Autorität reagierte. Worf wusste, dass diese Anmaßung im Grunde nur ein Schutzmechanismus war, der ein tieferliegendes Problem verbarg. Er schnaufte kurz, um seinen Ärger verpuffen zu lassen, und fuhr dann in gemäßigtem Tonfall fort. »Vor allem deine Entscheidungen seit der Entdeckung der *Libra* und des Plans 2757 bedürfen einer Erläuterung.«

Ein Ausdruck nackter Wut erschien auf Jasminders normalerweise freundlichem und friedlichem Gesicht. »Warum? Weil du die Dinge anders gehandhabt hast, als du Sicherheitschef warst?«

Diesmal weigerte er sich, auf ihren aggressiven Tonfall einzugehen. Worf schaute ihr in die Augen und versuchte, das zu finden, was unter der Oberfläche ihres Zorns lag. »Deine Eltern hätten auf diesem Schiff sein können.«

Jasminder zuckte zusammen, als hätte er sie geschlagen.

»Oder deine Schwestern, oder ihre Kinder. Sie hätten auf jedem dieser denevanischen Evakuierungsschiffe sein können«, fuhr Worf fort. »Ich weiß, dass du deine Familie ehrst, doch du benimmst dich, als hättest du Angst davor, sie zu finden.« Er versuchte, neutral zu klingen, aber er hörte selbst den Hauch von Anklage und Unglauben in seiner Stimme durchscheinen.

»Angst davor, sie zu finden?«, schrie Jasminder mit hochrotem Gesicht zurück. »Du elender Mistkerl! Du glaubst, dass ich Angst hatte, dass ich mich so davor *fürchten* würde, meine Familie lebend vorzufinden?« Tränen schossen ihr aus den Augen und rannen über ihre Wangen. »Ich würde alles dafür geben, wenn ich wüsste, dass ich sie irgendwann wiedersehen kann, das kannst du mir glauben! Aber das *werde ich nicht*!«

»Das kannst du nicht wissen ...«

»Ich *weiß* es!«, schnitt sie ihm das Wort ab. »Ich kenne meine Familie, Worf. Sie hätten niemals einen Platz auf irgendeinem Evakuierungsschiff angenommen, wenn es bedeutet hätte, dass dadurch jemand anders zurückgelassen werden müsste.« Dann verging ihr Zorn wie Funken, die von einem Feuer aufgewirbelt worden waren. Sie wandte sich ab und ließ sich auf die Couch im Wohnbereich ihrer Kabine fallen. »Jeder dieser Leute stellt jemanden dar, für den sich mein Vater und meine Mutter geopfert haben«, sagte sie und senkte voller Scham den Kopf. »Aber warum sie? Ich weiß, dass es furchtbar ist, das zu denken, aber warum durften sie leben? Was macht sie wertvoller?«

Worf durchquerte den Raum und setzte sich auf die andere Seite der Couch. »Mit diesem selbstlosen Akt haben sie sich selbst und dir Ehre bereitet«, sagte er zu ihr.

»Ja, sie starben voller Ehre«, sagte sie verbittert. »Und mit gutem Karma und in einem Zustand der Gnade oder welche Umschreibungen du auch immer wählen möchtest, um es schönzureden. Aber nichts von alldem wird den Umstand ändern, dass sie fort sind.«

»Natürlich wird es das nicht. Am Tod ist nichts schön, wie du sehr wohl weißt.« Vor Worfs innerem Auge huschte ein verschwommenes Durcheinander zusammenhangsloser Erinnerungen vorbei; an den um ihn herum einstürzenden Außenposten auf Khitomer, an den Geruch von Blut und an die Schmerzensschreie. »Zu sagen, dass sie gut starben - ganz gleich, wie man es ausdrückt -, heißt allerdings, anzuerkennen, wie sie gelebt haben, und zu verstehen, dass es unsere Pflicht ist, ein ebenso gutes Leben zu führen wie sie, bevor uns der Tod ereilt.«

Er vermochte nicht zu sagen, ob seine Worte irgendeinen Eindruck hinterließen. Sie saß mit gesenktem Kopf einfach nur da, und eine dicke Strähne ihres schwarzen Haars, die sich aus ihrem Pferdeschwanz gelöst hatte, fiel über die rechte Seite ihres Gesichts. Worf verspürte das dringende Bedürfnis, den Arm auszustrecken und ihr sanft über den Rücken zu streichen. »Deine Eltern haben ihr Leben für andere gegeben, genauso wie du der Sternenflotte beigetreten bist, um andere zu schützen, selbst unter dem Einsatz deines eigenen Lebens. Du schuldest es ihnen und ihrem Andenken, dass du damit fortfährst.«

Jasminder hielt ihre Augen weiter zu Boden gerichtet, doch zumindest weinte sie nicht mehr. Worf saß noch einen Moment an ihrer Seite. Als er erkannte, dass es nichts mehr zu sagen gab, stand er auf und begab sich zur Tür.

»Worf?«

Er hielt inne und drehte sich um, nur um zu sehen, dass sie ihren Kopf hob und die lose Strähne hinter ihr Ohr schob. »Worf ...«, wiederholte sie und schien dann über eine Reihe von Dingen nachzudenken, die sie ihm sagen wollte. Schließlich entschied sie sich für ein schwaches Lächeln und ein: »Danke, Worf.«

Er nahm das als sehr gutes Zeichen und erwiderte das Lächeln, bevor er nach draußen trat.

In der Kinderabteilung der Krankenstation hockte Trys Chen auf ihren Fersen und schaute durch die Seitenwand des durchsichtigen Kinderbettchens auf das neugeborene Baby. »Er ist ein ziemlich hässliches Baby, finden Sie nicht?«

Doktor Tropp verschränkte die Arme vor der Brust und fixierte sie mit einem übertriebenen Stirnrunzeln. »Wissen Sie was, Lieutenant? Ich argwöhne, dass der Großteil der scheinbar gedankenlosen, sozial völlig unangemessenen Kommentare, die Sie von sich geben, absolut beabsichtigt ist, nur um Ihrem Publikum eine Reaktion abzuverlangen.«

Chen hob kurz den Blick und schaute den Denobulaner an, danach wandte sie sich wieder dem Kind zu. »Ernsthaft. Schauen Sie nur, wie zerknautscht sein Gesicht ist. Sind Sie sich sicher, dass es ihm gut geht?«

»Es ist alles in Ordnung«, sagte Tropp mit einem Seufzen, nahm sie beim Ellbogen und half ihr auf die Füße. »Allen Patienten von der *Libra* geht es gut. Ihre Besorgnis ist lobenswert, aber unnötig.«

Chen nickte, doch ihr Blick blieb weiter auf den kleinen Jungen und das hübschere kleine Mädchen in dem Kinderbettchen direkt neben ihm gerichtet. »Diese Kerlchen werden niemals verstehen, wie viel alle anderen um sie herum verloren haben. Was sie angeht, sind die Dinge schon immer so gewesen wie in diesem Moment.«

Tropp dachte darüber nach und nickte. »Sie sind beinahe zu beneiden.«

Der Gedanke verfolgte Chen, als sie die Krankenstation verließ und zurück zu ihrem Quartier lief. Sie hatte es persönlich auf sich genommen, den Denevanern, die in die Krankenstation gebracht worden waren, mitzuteilen, dass sie dank ihres neuen Präsidenten nicht direkt nach Ingraham B weiterfliegen würden. Sie hatten diese Neuigkeit ziemlich gut aufgenommen, wenn auch vor allem deshalb, weil die meisten von ihnen noch immer damit beschäftigt waren, über die frühere Nachricht hinwegzukommen, dass sie nicht nach Deneva zurückkehren würden.

Als sie ihre Kabine betrat, bemerkte sie ein Symbol, das auf ihrem Computermonitor blinkte. »Computer, spiel meine Nachrichten ab«, sagte sie, während sie ihre Stiefel achtlos durch den Raum und gegen die Außenwand schoss.

Der Computer zwitscherte wie ein mechanischer Sittich und verkündete dann: »Antwortprotokoll aktiviert. Initiiere Verbindung zum Sternenflottenhauptquartier Erde.«

»Was zum Teufel ist jetzt los?«, fragte Chen die körperlose Stimme und ging hinüber, um sich ihren Monitorschirm anzusehen. Sie hatte keine Zeit, den Informationstext zu lesen, der unter dem Sternenflottenemblem auf dem Schirm erschien, denn schon im nächsten Moment verschwand beides und wurde durch das Bild einer Gallamitin ersetzt, die zwei goldene Rangabzeichen an ihrem Kragen trug. *»Lieutenant T'Ryssa Chen?«*

»Ja. Wer will das wissen?«

»Mein Name ist Lieutenant Joham«, erwiderte die Frau. Dann fragte sie: *»Ist Ihre Mutter Lieutenant Commander Antigone Chen?«*

»Äh ... ja?« In ihrem Kopf ging der Rote Alarm los. Sie war lange genug im Dienst und zuvor im Dunstkreis der Sternenflotte gewesen, um das Prozedere zu kennen, aber sie wusste, dass das nicht möglich war ...

»Ich bedaure, Ihnen mitteilten zu müssen, dass Antigone Chen, Dienstnummer GB-018-494, bei Sternzeit 58119 in Ausübung Ihrer Pflicht ums Leben gekommen ist.«

»Nein. Nein, das muss ein Irrtum sein«, sagte Chen, obwohl ihr klar war, dass Joham diese Art von Verleugnung vermutlich von jedem Familienmitglied zu hören bekam, das sie kontaktierte. In diesem Fall hingegen entsprach es der Wahrheit. »Meine Mutter ist Wissenschaftsoffizier an Bord der *U.S.S. Wounded Knee.* Sie waren während des Krieges draußen auf dem Weg nach Berengaria; die Borg kamen ihnen nicht einmal nahe.«

Ein Ausdruck des Erschreckens huschte über das Gesicht der Gallamitin, und sie senkte den Kopf, wobei sie Chen einen wundervollen Blick auf das Gehirn in ihrem transparenten Schädel gewährte. Chen holte tief Atem. Sie hatte gar nicht gemerkt, dass sie die Luft angehalten hatte. Joham würde ihre Aufzeichnungen überprüfen, feststellen, dass jemand zwei Ziffern in der Dienstnummer vertauscht oder einen ähnlich dummen Fehler begangen hatte und sich dafür entschuldigen, sie zu Tode erschreckt zu haben. Trotz all der Streitereien zwischen ihr und ihrer Mutter, ungeachtet all der Male, die sie behauptet hatte, dass diese Frau sie nicht kümmere ...

»Lieutenant Commander Antigone Chen hat bei Sternzeit 57809 von der Wounded Knee *auf die* Grace Hopper *gewechselt. Dieses Schiff wurde zerstört, während es im Zeta-Fornacis-System gegen die Borg kämpfte. Niemand hat überlebt.«* Der Lieutenant hob wieder den Blick und schaute Chen direkt in die Augen. Sie wirkte sich ihrer Sache absolut sicher. *»Die Präsidentin und der Oberkommandierende der Sternenflotte drücken Ihnen ihr tiefstes Mitgefühl aus.«*

»Nein!«, schrie Chen. »Nein, das ist ein kranker, kranker Scherz ...«

»Ich versichere Ihnen, dass es sich nicht um einen Scherz handelt, Lieutenant«, sagte die Gallamitin.

»Es muss einer sein!«, beharrte Chen. »Wenn meine Mutter von den Borg getötet worden wäre, dann wäre ich schon vor Wochen informiert worden!«

»Ihre Mutter hatte in ihrer ursprünglichen Bewerbung bei der Sternenflotte ihre Eltern, Xun Chen und Ismene Zavos, als nächste Verwandte angegeben, und sie hat nach deren Tod vor drei Jahren versäumt, diese Information zu aktualisieren.«

Ich hatte Großeltern, dachte Chen. Das hätte eigentlich keine besondere Überraschung sein dürfen, aber Antigone hatte niemals von ihren eigenen Eltern gesprochen. Und jetzt waren sie tot. Eine Großmutter und ein Großvater, die sie nie gekannt hatte.

Und eine Mutter, die sie kaum besser gekannt hatte. Auch tot.

Joham fuhr fort, zu erklären, wie sie nach anderen Verwandten von Antigone gesucht hatten, aber Chen hörte ihr nicht mehr zu. Sie achtete überhaupt nicht mehr auf sie, bis Lieutenant Joham sich verabschiedete und der Monitor schwarz wurde. Sie saß nur stocksteif da und starrte ins Leere, und hätte sie irgendjemand so gesehen, hätte man ihr Verhalten leicht als Zurschaustellung von perfekter vulkanischer Emotionskontrolle missverstehen können.

Natürlich nur bis zu dem Moment, in dem sie ihren Computermonitor packte und gegen die nächste Wand warf.

KAPITEL 12

Beinahe drei Jahrzehnte lang hatte Meron Byxthar die soziologischen Aspekte der Lebensweise von Flüchtlingen studiert. Doch bis heute hatte sie niemals wirklich verstanden, wie es sich anfühlte, an einem Ort festzusitzen, ohne realistische Hoffnung, jemals wieder nach Hause zu kommen.

Die Betazoidin stand am Rand des Lagers, als die Sonne am Horizont auftauchte und die helle weiße Hülle der *Genesee* zum Glänzen brachte, die neben dem Eingang des Lagers, direkt neben dem Krankenhaus stand. Die beiden Nahrungsreplikatoren waren aus der Kabine gerissen worden und befanden sich nun direkt neben der Steuerbordgondel, wo die Frühaufsteher unter den Flüchtlingen für ihr Frühstück anstanden. Auf die andere Seite, entlang der Backbordgondel, hatte Ensign Gliv die mobilen Sanitäreinheiten aufgestellt und sie dann aus irgendeinem Grund direkt mit dem Reserveanschluss des Schiffes verbunden. Und aus dem Heck ragte ein dickes Kabel, das hinüber zur Verwaltungsbaracke verlief, damit der Impulsantrieb die Notfallgeneratoren ersetzen konnte, die bislang für den Betrieb der Ausrüstung innerhalb des Lagers zuständig gewesen waren.

Das Schiff war nun unwiderruflich ein Teil des iy'Dewra'ni-Lagers. Es würde niemals wieder fliegen.

Was bedeutete, dass sie an diesem elendem Ort festsaß, genau wie alle anderen auch.

»Doktor Byxthar!«

Sie zuckte zusammen. Sie war so in Gedanken versunken gewesen, dass sie gar nicht gespürt hatte, wie sich ihr Amsta-Iber von hinten genähert hatte. »Doktor, ich wollte Ihnen nur noch einmal sagen, was es für mich bedeutet, dass Sie und Ihr Team diesen entschiedenen Schritt gemacht haben, um der Krise hier vor Ort zu begegnen.«

»Danken Sie nicht mir«, knurrte Byxthar düster.

Der Grazerit sah sie überrascht an. *Sie war netter, als es den Flüchtlingen noch schlecht ging und sie keine Hoffnung hatten*, hörte sie ihn denken, und sie musste sich zusammenreißen, um ihn nicht zu ohrfeigen. Wie konnte er es wagen, sie für solch ein herzloses Monster zu halten?

Sie wandte sich von ihm ab und blickte erneut auf das gelandete Schiff und die Scharen von Leuten, die es umringten. Sie öffnete ihre mentalen Sinne ein wenig weiter. Sie konnte nicht glauben, dass die Hoffnungslosigkeit und das Elend wirklich abgenommen hatten, wie Amsta-Iber es impliziert hatte, aber sie überprüfte es dennoch.

Ich bin kein herzloses Monster, sagte sie zu sich selbst, als ein Aufwallen von neuem Optimismus durch ihre Sinne rauschte.

Arandis' Augenlider flatterten und öffneten sich gerade so weit, um sie vor dem Licht zurückschrecken zu lassen. »Guten Morgen«, sagte Doktor Crusher und lächelte zu ihr hinunter, während sie ihren Trikorder zuschnappen ließ. »Wie fühlen Sie sich?«

Die risanische Frau rollte ihren Kopf zur einen Seite, dann zur anderen. »Wo bin ich?«, fragte sie mit rauer Stimme.

»Sie sind in unserem Runabout.«

Sie blickte Crusher an. »Fliege ich nach Hause?«

Das Lächeln der Ärztin verblasste etwas. »Nein, noch nicht.«

Ein Schatten schien hinter den Augen der Frau vorbeizuziehen, doch sie blinzelte und schüttelte ihren Kopf, als wollte sie düstere Erinnerungen einmal mehr verdrängen.

»Was ist passiert?«, fragte Arandis.

»Sie haben das Bewusstsein verloren«, erklärte Crusher ihr. »Sie hatten sich mit einer mutierten Mikrobe infiziert, aber jetzt sind Sie geheilt.«

Arandis ließ das auf sich wirken. »Müde«, sagte sie.

Crusher nickte und bedachte sie mit einem freundlichen, aber ernsten Blick. »Kein Wunder, Sie haben sich gestern den ganzen Tag über ziemlich geschunden. Sie hätten etwas sagen sollen, wenn Sie sich krank oder fiebrig gefühlt haben.«

Die Risanerin seufzte. »Es liegt in unserer Natur, zu geben.«

»Nun ja, Sie werden sich im Augenblick an ein wenig Nehmen gewöhnen müssen«, sagte Crusher und tätschelte ihre Hand, bevor sie sich umdrehte und die Kabine verließ. Als sie den Wohnbereich durchquerte, glitten ihre Augen zu der jetzt leeren Nische, in der der Nahrungsreplikator gestanden hatte, und sie dachte daran, wie gerne sie jetzt einen verflucht starken Kaffee gehabt hätte. Sie unterdrückte ein Gähnen und trat aus dem Runabout, wodurch sie die Aufmerksamkeit der Flüchtlinge auf sich zog, die anstanden, um Zugang zu den neu aufgestellten Geräten zu bekommen.

Zunächst hatte sie das Gefühl, sie bilde es sich nur ein, dass die Leute an diesem Morgen ein wenig glücklicher und ein bisschen weniger niedergeschlagen wirkten als am Tag zuvor. Doch dann rief ein Mann, den sie nicht sehen konnte, aus der Menge: »Danke, Sternenflotte!« Seine Worte lösten eine Welle aus Beifall und Dankesbekundungen aus. Crusher nahm sie mit einem bescheidenen Winken zur Kenntnis, während sie vom Runabout zum Krankenhaus hinüberging.

Im Eingang des Gebäudes traf sie auf Miranda Kadohata, die von dem Tumult nach draußen gelockt worden war. »Beverly«, sagte diese und runzelte die Stirn. Ihr schwarzer Pony hing ihr schlaff in die Augen, die von dunklen Ringen gezeichnet waren. »Das waren nicht einmal *annähernd* acht Stunden.«

»Mhm«, erwiderte die Ärztin, als sie sich an ihr vorbeidrängte.

»Bev, meine Liebe, wie lange warst du gestern Nacht wach, um diesen Mutationen nachzugehen?«, fragte der zweite Offizier, die Arme vor der Brust verschränkt.

»Gibt es keinen anderen Ort in diesem Lager, wo du dich nützlich machen kannst?«, brummte Crusher, ohne auf die Frage einzugehen, und ihre Worte waren nur halb scherzhaft gemeint. Sie fing langsam an, den Jean-Luc gegenüber gemachten Vorschlag, Miranda als Aufpasserin mitzunehmen, zu bereuen. Ihr war klar, dass Miranda es nur gut meinte, aber es kam der Punkt, an dem sie weiteres Bemuttern einfach nicht ertragen konnte.

»Es gefällt mir hier sehr gut«, sagte ihr Gegenüber fest, und der Ausdruck auf ihrem Gesicht veränderte sich unmerklich. »Mittendrin im Geschehen.«

Crusher warf ihr einen musternden Blick zu. »Peggy war die ganze Nacht hier, sehe ich das richtig?«, fragte sie. Bevor sie sich um Arandis gekümmert hatte, war sie kurz bei Matthew gewesen. Sein Zustand hatte sich nicht verändert, seit er in der Stasiskammer lag. Auf mehr durfte sie gegenwärtig nicht hoffen.

Kadohata nickte erneut, und Crusher bemerkte einmal mehr die leichte Verkniffenheit in ihren Augenwinkeln. Da sie selbst Mutter war, konnte sie sich gut vorstellen, dass Miranda gemischte Gefühle hinsichtlich der Tatsache hatte, dass sie sich hier um die Kinder von Fremden kümmerte, während ihre eigenen Lichtjahre entfernt waren. Das war zwar ihr Job als Sternenflottenoffizier, aber dieses Wissen machte es nicht leichter.

Sie ließ ihren Blick durch den Krankensaal schweifen und bemerkte, dass ein Bett leer war, das nicht leer sein sollte. »Wo ist Sasdren?«, fragte die Ärztin, während sie zu der freien Ruhestätte hinüberging.

»Er hat sich verdünnisiert«, erwiderte Kadohata. »Hat darauf bestanden, sich selbst zu entlassen.« Sie seufzte. Crusher war sich nicht sicher, was der Grund dafür war: der Patient oder ihr eigenes hartnäckiges Beharren, ihre Arbeit zu machen. »Er behauptete, er sei wieder gesund, und der Trikorder behauptete das Gleiche.« Kadohata reichte Crusher das Gerät, und die Ärztin sah, dass die körperlichen Verletzungen des S'ti'achs in der Tat vollständig verheilt waren. Was die anderen Wunden betraf, die er erlitten hatte, war sich Crusher weit weniger sicher.

Die Ärztin schüttelte den Kopf. »Nun ja, wir können ihn schließlich nicht gegen seinen Willen hierbehalten.« Sie hoffte nur, dass er nicht versuchen würde, das zu wiederholen, was ihn erst ins Krankenhaus gebracht hatte.

Kadohata legte ihr beruhigend eine Hand auf die Schulter. »Du darfst nicht darüber nachdenken, was als Nächstes geschieht«, sagte sie, als hätte sie Beverlys Gedanken gelesen. »Du hast bei ihm dein Bestes gegeben. Überhaupt hast du hier schon so viel Gutes geleistet ...«

»Es fühlt sich kaum so an, als hätte ich überhaupt etwas bewirkt«, sagte Crusher. Sie ließ sich auf Sasdrens leeres Bett fallen. Auf einmal schien es ihr, als lastete das ganze Gewicht dieser Welt auf ihren Schultern.

Kadohata bedachte sie mit einem ungläubigen Lächeln. »Machst du Witze? Hast du die Leute dort draußen eben nicht gehört?«

Crusher schmunzelte und ließ ihre Augen zufallen, als der Jubel der dankbaren Menge erneut in ihrer Erinnerung aufstieg ...

Der Vorhang fiel und dämpfte den Applaus des Publikums. Auf der Bühne gingen die Lichter an. Beverly und ihre Schauspielkollegen fielen sich in die Arme und gratulierten einander für diese erfolgreiche Premierendarbietung. Auch wenn sie anfangs im Zweifel gewesen war, wie gut sich die vierhundert Jahre alte Adaption einer achthundert Jahre alten Shakespeare-Komödie im Jahr 2357 aufführen ließ, schien die Inszenierung der Schauspielklasse des St. Louis Theaters von *Kiss Me, Kate* ein Riesenhit zu sein. Das erste Mal in der Öffentlichkeit zu tanzen und zugleich das erste Mal an einer richtigen Theaterproduktion teilzuhaben, war eine ebenso erstaunliche wie furchteinflößende und zugleich beglückende Erfahrung gewesen. So aufregend der All-City-Tanzwettbewerb früher in diesem Jahr auch gewesen war, dies hier hatte eine ganz andere Dimension.

Als sie sich umgezogen hatte und durch die Bühnentür in die warme, feuchte Missouri-Sommernacht hinaustrat, befand sich ihr Adrenalinspiegel wieder auf halbwegs normalem Niveau. Die anderen Mitglieder der Tanzgruppe machten sich auf den Weg zu einer nahen Bar, um dort ihren erfolgreichen Einstand zu feiern, aber Beverly musste am nächsten Morgen in die Klinik, und außerdem hatte sie einen Babysitter, der vor Mitternacht zu Hause erwartet wurde. Sie wünschte den anderen eine gute Nacht und wandte sich gerade ab, um den Heimweg anzutreten, da erblickte sie ein altes, bekanntes Gesicht, das unter einer Laterne am Straßenrand wartete. »Walker? Walker Keel?«

Der große, distinguiert aussehende, ältere Mann überquerte den Bordstein, um sie in eine herzliche Umarmung zu schließen. »Beverly. Es ist so schön, dich zu sehen.«

»Dich auch! Walker, wie lange ist es her?«

»Zu lang«, erwiderte er und sein Lächeln verblasste. »Es tut mir leid, dass ich es nicht zu Jacks Beerdigung geschafft habe«, fügte er in vertraulichem Tonfall hinzu.

Beverly holte scharf Luft, setzte für ihren Freund, den Sternenflottencaptain, dann aber ein Lächeln auf. »Ich weiß.« Seit drei Jahren hatte sie die Uniform abgelegt, aber sie hatte nicht vergessen, dass die Pflicht Vorrang vor allem hatte. Die *Horatio* hatte sich zu besagtem Zeitpunkt an der Grenze zum Tzenkethi-Raum befunden, und Walker hatte ihr eine sehr berührende Kondolenzbotschaft geschickt. Er hatte Jack länger gekannt als jeder andere - er war es auch gewesen, der sie beide einander vorgestellt hatte -, und Beverly glaubte, dass er, ohne zu zögern, zurück zur Erde geflogen wäre, um Jack die letzte Ehre zu erweisen, wenn er dadurch nicht einen größeren interstellaren Zwischenfall riskiert hätte. »Was führt dich denn jetzt hierher?«, fragte sie ihn.

»Machst du Witze? Ich liebe Cole Porter.« Beverly verabreichte ihm einen spielerischen Klaps auf den Arm, und Walker lächelte wieder, was ein paar zusätzliche Falten auf sein auf herbe Weise gutaussehendes Gesicht zauberte. »Nein, im Ernst: Die *Horatio* wird in der Utopia-Planitia-Werft generalüberholt, und daher beschloss ich, hier auf der Erde einige alte Freunde zu besuchen. Hast du schon zu Abend gegessen?«

»Ich ... nun, nein«, antwortete sie. Vor der Aufführung hatte sie eine kleine Mahlzeit zu sich genommen, und sie hatte vorgehabt, später zu Hause noch etwas zu essen. Aber natürlich konnte sie zu ihrem alten Freund nicht Nein sagen, und daher begaben sie sich zu einem kleinen, warm erleuchteten Steakhaus einige Blöcke vom Theater entfernt.

»Ich muss sagen, Bev, du hast mich heute Abend verdammt beeindruckt«, sagte Keel, als er an seinem Getränk nippte. »Ich wusste gar nicht, dass du so gut tanzen kannst.«

»Ich auch nicht«, gestand sie mit einem Lachen. »Ich entdeckte damals einen Aushang des lokalen Gemeindezentrums, auf dem Tanzstunden angeboten wurden, und entschied einfach so, es zu versuchen. Aber ich liebe es. Es ist wirklich erstaunlich, wenn man feststellt, dass man dieses verborgene Talent in sich trägt, und dann plötzlich imstande ist, es hervorzubringen, zu entwickeln ... Es ist eine sehr bereichernde Erfahrung.«

Walker nickte, während er Crushers Gesicht eingehend musterte. »Mehr als die Medizin?«

»Na ja, ich habe nicht vor, meine Praxis aufzugeben, um ins Tanzgeschäft einzusteigen«, wehrte Beverly ab. Ihre Partnerschaft mit Doktor Tina Halloway war sehr angenehm. Sie erlaubte ihr, einer geregelten Arbeit nachzugehen und bot ihr gleichzeitig viel Freizeit, um sie mit Wesley zu verbringen oder ihren eigenen Interessen nachzugehen. »Seit ich ein kleines Mädchen war, wusste ich, dass ich Ärztin werden wollte. Daran hat sich nichts geändert. Aber ich kann beides sein.«

»Der tanzende Doktor«, sagte Walker mit einem leichten Lachen. »Aber eine Privatpraxis auf der Erde zu haben - insbesondere so weit weg von San Francisco oder Paris -, muss doch eine große Veränderung gewesen sein, nachdem du zuvor die Krankenstation einer Sternenbasis mitgeleitet hast.«

»Oh, natürlich, mit Sicherheit.« Beverly nickte. »Es ist schon ein seltenes Ereignis, wenn mir etwas Ernsteres als eine Verdauungsstörung unterkommt. Da wir gerade davon sprechen ...« Sie blickte zur Kellnerin, die soeben mit ihren Gerichten näher kam. Die Frau stellte einen Caesar Salad mit Geflügelstreifen vor Beverly, und Captain Keel brachte sie ein gegrilltes Lendensteak mit Backkartoffeln und Brokkoli.

Der ältere Mann setzte Messer und Gabel an, schnitt ein mundgerechtes Stück Fleisch ab, steckte es sich in den Mund und seufzte genießerisch, als er es langsam kaute. »Oh, kein Replikator in der ganzen Sternenflotte kann einem so etwas bieten ...«

Beverly schmunzelte über sein übertriebenes Behagen, während sie ihrerseits eine Gabel mit Grünzeug aufspießte. Ihr Salat rief nicht ganz die Reaktion hervor wie Walkers Steak, aber er war ebenfalls ziemlich gut.

»Hast du sie jemals vermisst?«

Beverly schluckte. »Die Sternenflotte? Nein«, erwiderte sie rasch. »Nein, ich bedaure nicht, gegangen zu sein. Ich habe hier ein gutes Leben, und ich kann Wesley eine schöne, sichere Umgebung bieten, um aufzuwachsen.«

Walker hob eine Augenbraue. »Na komm, Bev. Denk doch daran, mit wem du redest. Oder hast du die *Prague* vergessen?«

Beverly antwortete nicht, aber natürlich hatte sie ihre Zeit an Bord des winzigen Schiffes nicht vergessen, auf dem sie im vierten Jahr ihrer Vorbereitungszeit auf das Medizinstudium an der Akademie gedient hatte. Walker war Lieutenant Commander und als Aufsichtsoffizier während des einmonatigen Kadettentrainingsfluges - von Sternenbasis 218 nach Memory Alpha und dann zurück zur Erde - an Bord gewesen. Unter den wachsamen Augen von Keel und einem Dutzend anderer aufsichtführender Offiziere waren die Brücke, der Maschinenraum und die Sicherheit komplett von Kadetten im dritten und vierten Jahr geführt worden. Die Krankenstation der *Prague* hingegen war mit einem professionellen medizinischen Stab besetzt worden, dem die angehenden Medizinstudenten während des Fluges nur über die Schulter schauen sollten. Für Beverly war das ein wenig frustrierend gewesen, denn im Grunde hatte sie bereits seit dem fünfzehnten Lebensjahr als Medizinerin gearbeitet, indem sie sich unter anderem um die Überlebenden des Absturzes eines Kevrata-Schiffes auf Arvada III gekümmert hatte.

Diese Frustration hatte sie rasch vergessen, als die *Prague* plötzlich selbst in eine Krisensituation geraten war. Auf dem Weg zurück zur Erde, dem letzten Teil ihrer Mission, waren sie auf ein unverzeichnetes Tetryonen-Feld gestoßen, das den Warpantrieb abrupt ausgeschaltet und dabei einen Großteil der Besatzung gewaltsam auf das Deck und gegen die Wände geschleudert hatte. Niemand war zu Tode gekommen - was sie zu einem nicht geringen Teil Crusher verdankten, die einen kühlen Kopf bewahrt hatte und, ohne zu zögern, in die Bresche gesprungen war, um während der Krise zu helfen.

»Du hast das geliebt«, erklärte ihr Keel jetzt mit einem wissenden Grinsen. »In Aktion zu sein. Da zu sein, um zu helfen, als die Lage am brenzligsten war, und durch dein Eingreifen das Ruder ein klein wenig herumzureißen.«

»Das war vor Jahren ... vor Jack.« Sie fühlte, wie diese kleine, dunkle Leere in ihrer Brust erneut aufriss, als sie an ihren verstorbenen Ehemann dachte. Der Schmerz war noch nicht vollkommen vergangen - und sie argwöhnte, dass er das vielleicht nie ganz sein würde -, aber sie hatte ihren Verlust akzeptiert und mit ihrem Leben weitergemacht, einem Leben, mit dem sie glücklich war. »Ich habe jetzt einen Sohn, an den ich denken muss.«

»Und wo ist er heute Abend?«

»Zu Hause, bei einem Babysitter.«

»Mhm«, sagte Keel.

Beverly warf ihm einen finsteren Blick zu. »Und dieses Zuhause liegt nur eine rasche Bahnfahrt entfernt, sodass ich ihm jeden Abend einen Gutenachtkuss geben kann und jeden Morgen da bin, wenn er sich auf den Weg zur Schule macht. Das hätte ich bei der Sternenflotte nicht haben können.«

»Ihr beide hättet auf Sternenbasis 32 bleiben können«, merkte Walker an.

Beverly schüttelte den Kopf. »Nicht, wenn ich hätte aufsteigen wollen.«

»Und das wolltest du, nicht wahr? Aufsteigen, dich weiterentwickeln.«

Sie starrte auf ihren Salat. »Ich wollte das Beste für meinen Sohn.«

»Ich weiß, dass du das wolltest, aber wie steht es mit dem, was am besten für dich war?«, fragte Walker und deutete mit seiner Gabel auf sie.

Irgendwie, so stellte sie fest, hatte sie keine unmittelbare Antwort darauf.

»Ich war wirklich erstaunt von dem, was ich heute Abend auf der Bühne gesehen habe, Beverly«, sagte er nach einer kurzen Pause und spießte eine Kartoffel auf. »Weißt du, was ich sah?«

»Was?«

»Leidenschaft«, sagte Walker, und seine Augen fixierten die ihren. »Die Art von Leidenschaft, die ich vor Augen habe, wenn ich mich an dich an Bord der *Prague* erinnere oder später an deine Zeit auf Tau Ceti III. Du warst stets eine Frau, die ihr Leben in vollen Zügen leben wollte, die aus jeder Erfahrung so viel wie möglich herausholen wollte, die sich zu jeder sich bietenden Gelegenheit an ihre Grenzen trieb und ihre Fähigkeiten auf den Prüfstand stellte. Ich sah dich diese Leidenschaft durch das Tanzen ausleben, aber ich konnte nicht anders, als zu denken: Sie interessiert sich nicht die Bohne fürs Tanzen. Das hier ist nur ein Sicherheitsventil. Du bist so frustriert über die Art, wie du deine medizinische Karriere ausgebremst hast, dass du dieses aktive, körperlich und geistig herausfordernde Hobby einfach brauchst, um deine Gefühle zu kanalisieren und rauszulassen.«

»Das ist …«, begann Beverly in der festen Absicht, alles, was er gesagt hatte, abzustreiten. Doch tatsächlich war sie sich angesichts der Erinnerungen an die *Prague* und Tau Ceti III und sogar Sternenbasis 32 gar nicht so sicher, ob er so vollkommen falsch lag. Sie war nach St. Louis, in der Mitte des Kontinents, gekommen, um sich so weit wie möglich von der Unvorhersehbarkeit dieses alten Lebens zu entfernen. Doch es gab noch immer diesen Teil von ihr, der sich danach sehnte. Statt also alles abzustreiten, fragte Beverly: »Warum erzählst du mir das alles?«

»Es geht um die Generalüberholung der *Horatio*«, sagte Walker. »Es werden vor allem Umgestaltungen des Innenraums vorgenommen, der Kabinen. Man schafft Platz für Familien.«

»Für Familien?«

»Die Föderation wächst immer schneller, und die Missionen laufen daher immer länger und führen weiter nach draußen. Das bedeutet, dass den Besatzungen die Möglichkeit gegeben werden muss, ihre Familien mitzunehmen. Die Schiffe der *Galaxy*- und der *Nebula*-Klasse werden bei ihren Stapelläufen in den nächsten Jahren voll integrierte Einrichtungen aufweisen, um Familien zu unterstützen, doch unsere Nachrüstung sollte ebenfalls recht annehmbare Unterkünfte zur Folge haben.« Walker lehnte sich über den Tisch vor. »Ich möchte dich und den Jungen an Bord haben, Beverly. Als Leitenden Medizinischen Offizier.«

Beverly schüttelte den Kopf. »Walker, du weißt, dass ich das nicht kann. Es wäre das Gleiche, wie zu versuchen, ihn auf einer Sternenbasis großzuziehen, nur schlimmer. Die Risiken ...«

»Es ist nicht so sicher wie ein Leben in St. Louis«, gab Walker zu. »Aber es wäre so unglaublich viel befriedigender als das Behandeln von Magenschmerzen und Halsweh. Bei allem Respekt deiner Kollegin, deinen Patienten und deinem Choreografen gegenüber, du verschwendest hier sowohl dein Talent als auch deine Leidenschaft. Du musst dort draußen sein, in der Mitte des Geschehens, du musst die Grenze immer ein wenig weiter verschieben, diejenige sein, die Wellen schlägt, statt nur hier zu sitzen und zuzuschauen, wie die kleinen Ausläufer ans Ufer rollen.«

»Aha, ich soll also zugleich in der Mitte und an der Grenze sein?«, sagte Beverly scherzhaft, aber sie nahm nichts von dem, was ihr alter Freund sagte, auf die leichte Schulter.

Er schmunzelte. »Analogien waren noch nie meine Stärke«, gab er zu. »Aber du weißt, dass das, was ich sage, die Wahrheit ist.«

Beverly seufzte. »Walker, Wesley hat bereits seinen Vater verloren. Wie könnte ich ihm so etwas antun?«

Keel sagte einen Moment lang nichts, sondern musterte sie nur mit eindringlichem Blick. »Beverly ... was wäre, wenn ich dir sagen würde, dass du dich hinter deinem Sohn versteckst? Dass du ihn als Entschuldigung vorschiebst, um nicht der Tatsache ins Auge zu blicken, was Jack getan hat?«

Beverly spürte, wie ihr heiß im Gesicht wurde. »Was soll das nun ...«

»Ja, ein Leben in der Sternenflotte birgt Risiken«, unterbrach Walker sie. »Jack ging ein Risiko ein, als er sich freiwillig meldete, das Schiff zu verlassen und diese Gondel abzuschneiden. Er hätte auf Nummer sicher gehen und jemand anders den Job machen lassen können. Er hätte auch auf Nummer sicher gehen und die *Stargazer* verlassen können, als Wesley geboren wurde. Aber so ein Mensch war er nicht. Du bist es genauso wenig. Und ich gehe jede Wette ein, dass der Apfel auch nicht weit von einem der beiden Stämme fiel.«

Walker Keels Worte hallten in Beverlys Kopf nach, noch lange nachdem sie ihr Essen beendet und sich getrennt hatten - nicht ohne dass sie dem Captain hatte versprechen müssen, über sein Angebot nachzudenken und zwei Wochen zu warten, bevor sie ihm ihr endgültiges Nein schickte. Auf der Rückfahrt nach Hause, während die gleichförmige Landschaft ihrer Wahlheimat vor dem Fenster vorbeizog, zwang sie sich, die Entscheidungen, die sie in den vergangenen drei Jahren getroffen hatte, und auch die, die nun vor ihr lagen, einer genauen Betrachtung zu unterziehen. So schön ein Ort wie St. Louis auch war, Walker hatte recht: Von der Geografie abgesehen, lag er fern von jedweder Art von Zentrum. Und obwohl sie Tina Halloway mochte und respektierte - und wusste, dass sie ihren Patienten in der Praxis Gutes tat -, war ihr doch klar, dass sie sich selbst beschränkte.

Aber zur Sternenflotte zurückkehren - konnte sie das wirklich? Oder vielleicht noch wichtiger: Konnte sie es Wes antun, nicht nur ihrer beiden Leben zu riskieren, sondern ihn darüber hinaus mit Erinnerungen an den Tod seines Vaters zu umgeben? Oder hatte Walker vielleicht recht damit, dass sie das Potenzial ihres Sohnes einschränkte, indem sie ihr eigenes beschnitt und das unter dem Vorwand, ihn zu schützen?

Nachdem sie zu Hause angekommen war und den Babysitter heimgeschickt hatte, schlich sie auf Zehenspitzen in das Zimmer ihres Sohnes. Er schlief tief und fest, das Padd, das er gelesen hatte, noch immer umklammert. Beverly setzte sich auf die Bettkante und legte eine Hand auf seinen Arm. »Wesley? Ich bin's, Mom. Wach auf. Ich muss mit dir über etwas sprechen.«

Der Junge murmelte im Schlaf, und Beverly schüttelte ihn ein wenig fester ...

»Ich muss mit ihr sprechen«, sagte sie - oder irgendjemand - erneut, und sie wiederholte das kräftige Schütteln ...

Mit einem Ruck wachte Crusher auf und katapultierte sich beinahe aus dem Bett des Krankenhauses. Sie blinzelte verschlafen und blickte direkt in die großen, dunklen Augen von Kommandant Minha. »Doktor, ich muss mit Ihnen sprechen«, forderte er, während Miranda Kadohata, die direkt hinter ihm stand, gleichzeitig sagte: »Es tut mir leid, Bev, ich konnte ihn nicht ...«

»Kommandant«, sagte Crusher, als die letzten Reste ihres Traums von ihr abfielen. »Was ist denn nun los?«

»Meine Truppen erkranken. Aufgrund Ihrer Leute.«

Crusher schloss ihre Augen wieder und stöhnte leise. »Und wieder zurück mitten ins Geschehen«, murmelte sie, als sie sich aus dem Bett hievte.

Die *Enterprise* fiel am Rand des Alpha-Centauri-Doppelsternsystems aus dem Warp und raste den Welten entgegen, die den Primärstern umkreisten. Bald kam Alpha Centauri III in Sicht, und Picard dachte darüber nach, wie vollkommen ruhig und friedlich die weiß-blaue Kugel aus dieser Entfernung doch wirkte.

»Sir, ich empfange nur geringe Zivil- und Notfallkommunikation«, meldete Ensign Šmrhová von der taktischen Konsole. »Es gibt keinerlei Anzeichen für irgendeine Art weitverbreiteter Unruhen oder Gewalt.«

Picard drehte sich um und warf ihr einen fragenden Blick zu. »Nichts?« Nach Akaars Bericht hatte er befürchtet, bei ihrer Ankunft die Hauptstadt in Flammen vorzufinden.

»Nichts, Sir«, bestätigte Šmrhová. »Es existieren einige Hinweise darauf, dass in New Samarkand kürzlich größere Feuer gewütet haben, aber gegenwärtig brennt es dort nirgendwo.«

Picard richtete seinen Blick auf Worf. »Vielleicht eine Überreaktion der planetaren Führer?«, mutmaßte der Erste Offizier. »Die Anspannung ist mit Sicherheit nach wie vor hoch.«

Der Captain seufzte. Obwohl er natürlich hoffte, dass man sich um den hier aufgekommenen Ärger - welcher Art er auch gewesen sein mochte -, bereits gekümmert hatte, war er alles andere als begeistert von dem Gedanken, dass ein in Panik geratener Regierungsangehöriger sie von ihrer eigentlichen Aufgabe abgezogen und auf eine sinnlose Mission geschickt hatte. »Standardorbit«, befahl er. »Rufen Sie die Hauptstadt.«

Šmrhová gab den Befehl in ihre taktische Konsole ein. »Wir empfangen eine Antwort vom Büro des planetaren Gouverneurs, George Barrile«, meldete sie nach einem Moment.

»Auf den Schirm«, sagte Picard, als er sich erhob und die Vorderseite seiner Uniform glattzog.

Der Anblick des Planeten wurde durch das Bild eines Menschen in mittleren Jahren ersetzt, auf dessen Kopf dichtes, weißes Haar wuchs. Er saß an einem Schreibtisch vor einem großen Fenster, durch das Picard die vertraute Silhouette New Samarkands erkannte. *»Captain Jean-Luc Picard von der* U.S.S. Enterprise«, sagte er und schenkte ihnen ein breites, wenn auch aufgesetzt wirkendes Lächeln. *»Ich nehme an, ich sollte mich geehrt fühlen.«*

Picard war sich nicht ganz sicher, wie er diese Worte verstehen sollte, daher entschied er sich, sie gegenwärtig zu ignorieren. »Danke, Gouverneur Barrile. Wir sind bereit, Ihnen auf jede erdenkliche Art Hilfe zu leisten.«

»Ja, schön«, erwiderte der Gouverneur. *»Die unmittelbare Krise befindet sich bereits unter Kontrolle. Wir mussten einige unserer ‚Gäste' festnehmen und einige strenge Maßnahmen gegenüber der Gruppe als Ganzes verfügen, um eine Wiederholung dieser Gewalt zu verhindern.«*

In Picards Hinterkopf begannen Alarmsirenen zu schrillen. »Welche Art strenger Maßnahmen?«

»Darüber müssen Sie sich keine Gedanken machen, Captain.«

Bei diesen Worten versteifte Picard sich, und seine Miene nahm einen finsteren Ausdruck an. »Tatsächlich *ist* es meine Sache«, antwortete er. »Ich wurde aufgrund dieses Ausbruchs von Gewalt hierher beordert, und es ist meine Pflicht ...«

»Die Pflicht der Sternenflotte sollte es sein, den Bürgern der Föderation zu dienen«, unterbrach Barrile ihn. *»Beabsichtigen Sie, dieses Büro zu übernehmen und das Kriegsrecht auszurufen, Captain?«*

Erneut wurde Picard von der ungewöhnlichen Frage des Gouverneurs aus dem Konzept gebracht. »Wie bitte? Nein, natürlich nicht!«

»Dann schlage ich als rechtmäßig gewählte Führungsperson dieses Systems vor, dass Sie mir und den Bürgern, die ich repräsentiere, ein wenig mehr Respekt entgegenbringen!«

»Gouverneur«, sagte Picard und drängte den Zorn zurück, den dieser selbstherrliche Bürokrat in ihm geweckt hatte. »Ich wollte mit Sicherheit weder Ihnen noch dem Volk von Alpha Centauri gegenüber respektlos sein, und ich entschuldige mich dafür, wenn ich den Eindruck erweckt haben sollte. Ich bin allerdings ein wenig verwirrt über Ihre offensichtliche Feindseligkeit in Bezug auf unsere Anwesenheit.«

»Bitte verzeihen Sie, wenn ich Ihnen gegenüber zu unfreundlich war, Captain«, sagte Barrile, ohne allerdings auch nur im Mindesten zerknirscht zu wirken. *»Aber sich höflich zu verhalten, scheint nicht mehr die gewünschten Ergebnisse zu erbringen.«* Er holte tief Luft. *»Ich denke, es wäre besser, wenn wir dieses Gespräch von Angesicht zu Angesicht weiterführen würden.«*

Picard nickte. »Ich kann zu Ihnen hinunterbeamen, sobald ...«

»Bei allem Respekt, Captain, aber mir wäre es lieber, wenn Sie das nicht täten.«

Picard biss die Zähne zusammen. »Dann lade ich Sie ein, auf die *Enterprise* zu kommen. In fünf Minuten?«

Barrile nickte und beendete die Übertragung ohne weitere Worte.

»Reizend«, bemerkte Worf.

Picard hätte geschmunzelt, wenn er genug gute Laune dafür hätte aufbringen können. »Lassen Sie den Gouverneur zur Beobachtungslounge eskortieren, wenn er ankommt.« Die nächsten fünf Minuten verbrachte er damit, die vergangene Konversation im Geiste erneut durchzuspielen, um einen Hinweis darauf zu finden, woher die Feindseligkeit des Mannes rührte. Er war noch immer so verwirrt wie zuvor, als sich die Tür des Konferenzraums öffnete und Gouverneur Barrile von Ensign Šmrhová hereingeführt wurde. »Willkommen an Bord«, sagte Picard und lächelte freundlich. Er wollte mit dieser Begegnung einen zweiten Anlauf nehmen.

»Captain.« Der Gouverneur begrüßte ihn mit einem festen Händedruck.

Mit einem Nicken entließ Picard Šmrhová.

Kaum hatte sich die Tür hinter ihr wieder geschlossen, räusperte sich der Gouverneur. »Bevor wir anfangen, möchte ich, dass Sie wissen, dass ich mir der Rolle, die Sie bei der Beendigung dieses letzten Borg-Zwischenfalls gespielt haben, durchaus bewusst bin. Dafür gebührt Ihnen der Dank aller Einwohner Alpha Centauris.«

Picard nickte dankbar. Er wusste diese versöhnliche Geste zu schätzen. »Sehr freundlich, Gouverneur. Meine Rolle war jedoch nicht ganz so tragend, wie es die Nachrichten darstellen.«

Barrile tat dies mit einem Kopfschütteln als irrelevant ab. »Allerdings sind Sie gegenwärtig der einzige hochrangige Sternenflottenoffizier in diesem System, sodass dieser Protest über Sie laufen muss.«

»Was für ein Protest?«, erkundigte sich Picard, während er dem Gouverneur mit einer Geste anbot, einen Platz am Konferenztisch einzunehmen.

Gouverneur Barrile setzte sich, faltete die Hände auf der Tischplatte und lehnte sich vor. »Wir, das Volk des Alpha-Centauri-Systems, wurden von der Föderation und der Sternenflotte verraten.«

Ungläubig hob Picard die Augenbrauen. »Wie bitte? Was meinen Sie damit: verraten?«

»In Anbetracht Ihrer Rolle im Krieg mögen Sie es wirklich nicht wissen«, gestand ihm Barrile zu. »Aber in den ersten Stunden der Invasion entsandte Admiral Jellico einen Befehl an die Flotte. Er teilte ihr mit, dass der Krieg als verloren gelte, sollte die Erde fallen. Alle verbliebenen Schiffe wurden instruiert, sich in diesem Fall selbst zu retten und die übrigen Welten der Föderation ihrem Schicksal zu überlassen.«

Auf Picards Miene breitete sich Erschrecken aus. »Wie haben Sie davon erfahren?«, fragte er mit einem erstickten Flüstern.

»Ich habe meine Quellen, denen ich vorbehaltlos traue«, sagte der Gouverneur. Er musterte Picard einen Augenblick lang. »Und Sie *kannten* diesen Befehl«, stellte er fest.

Picard schwieg. Natürlich konnte er die Anklage nicht abstreiten. Der Befehl war in einer der dunkelsten Stunden des Krieges ausgegangen. Die Armada, die den Azur-Nebel blockierte, war ausgelöscht worden, und die Borg hatten alles, was sich in ihrem Weg befand, zerschmettert. Ungeachtet einiger kleinerer Siege hatte man letztendlich eingesehen, dass Widerstand in der Tat zwecklos war.

Es dauerte fast eine Minute, bevor sich Picard dazu imstande fühlte, erneut das Wort zu ergreifen. »Gouverneur ... Ich verstehe gewiss Ihre Reaktion. Aber ... aus einem militärischen Blickwinkel betrachtet, hätte die Zerstörung des Sitzes der Föderation das Ende des Krieges bedeutet.«

»Den Teufel hätte es bedeutet!«, schnauzte Barrile. »Wir alle wissen, dass sie nicht einfach angehalten und ihren Sieg erklärt hätten, Picard. Die Borg beabsichtigten, uns alle zu töten. Nur wurde unsere Welt für nicht wichtig genug erachtet, um verteidigt zu werden. Mir liegt eine Liste von wenigstens dreitausendfünfhundert centaurianischen Sternenflottenoffizieren und Besatzungsmitgliedern vor, die in diesem Krieg umkamen. Männer und Frauen, die sich selbst geopfert haben, um Hunderte anderer fremder Welten und Kolonien zu verteidigen. Wie sage ich ihren Verwandten, dass die Sternenflotte keine Lust hatte, als es darum ging, sie zu verteidigen?«

Picard öffnete den Mund, um zu antworten, doch der Gouverneur überrollte ihn einfach. »Und nun, da der Krieg vorbei ist? Uns wurden nicht nur all diese Flüchtlinge aufgebürdet, und das ohne jedwede Unterstützung der Föderation, nein, gleichzeitig werden auch noch unsere Mienen und Produktionsbetriebe föderalisiert. Paris droht uns, zu kommen und unsere Topalin-Anlagen und Fabriken zu übernehmen und dann alles nach Vulkan und Andor und Tellar zu verschiffen! Wo soll das hinführen?«

Picard wartete, bis Barrile geendet hatte. Dann sammelte er seine eigenen Gedanken. »Gouverneur, ich verstehe Ihren Zorn über Admiral Jellicos Befehl. Ich gehe allerdings davon aus, dass, wäre es jemals so weit gekommen, nur sehr wenige Captains - wenn überhaupt jemand - solch einem Befehl Folge geleistet und zugelassen hätten, dass Milliarden sterben, nur damit sie ihr eigenes Leben retten können. Von diesem hypothetischen Szenario abgesehen, hat das Alpha-Centauri-System den Krieg letzten Endes unbeschadet überstanden, während die anderen Welten, die Sie erwähnten, massive Schäden durch die Borg erlitten ...«

»Captain, die vier Schiffe, die wir während des Krieges hier im System hatten, wurden alle zu anderen Pflichten abberufen, gerade als diese Flut an Flüchtlingen über uns hereinbrach - das ist nicht hypothetisch. Es bedurfte eines Aufstands, um ein Raumschiff hierher zurückzubringen. Wie viel müssen wir Ihrer Meinung nach noch geben, wenn wir im Gegenzug nichts zu erwarten haben?«

»Sir, die Föderation hat gerade die schlimmste Katastrophe in ihrer Geschichte erlebt.« Picard spürte, wie seine Wut langsam die Oberhand gewann, und er rang darum, seine Stimme ruhig zu halten. »Bei allem gebührenden Respekt, dies ist nicht der richtige Zeitpunkt, um neidisch auf das zu blicken, was andere Welten erhalten, oder sich in irgendwelchen sonstigen kleinlichen Animositäten zu ergehen.«

»Nennen Sie sie so kleinlich, wie Sie wollen, Captain«, sagte Barrile, als er sich auf seinem Sessel zurücklehnte. »Ich kann Ihnen versichern, dass das Volk von Alpha Centauri das nicht so sieht.«

Es lag etwas in den Worten des Gouverneurs, das Picard aufhorchen ließ. »Verzeihung?«

»Sobald sich die Lage mit den Flüchtlingen ein wenig entspannt hat, plane ich, einen systemweiten Volksentscheid zu verkünden, um über die Frage einer Abspaltung von der Vereinigten Föderation der Planeten nachzudenken.«

Picard glaubte, sich verhört zu haben. »Das kann nicht Ihr Ernst sein!«, sagte er. »Alpha Centauri ist eines der Gründungsmitglieder der Föderation!«

»Ja, dessen bin ich mir bewusst, vielen Dank«, erwiderte Barrile abfällig. »Aber wir befinden uns nicht mehr im zweiundzwanzigsten Jahrhundert. Die Galaxis hat sich in den letzten zwei Jahrhunderten drastisch verändert.«

Die Galaxis hat sich in den letzten zwei Monaten *drastisch verändert*, war Picard versucht, zu brüllen. Während er noch damit beschäftigt war, eine angemessenere Antwort zu formulieren, wurde er von Worfs Stimme unterbrochen, die durch das Interkom drang. *»Brücke an Captain Picard.«*

»Ja, Nummer Eins?«

»Wir empfangen eine Übertragung von Doktor Crusher auf Pacifica.«

»Verstanden«, sagte Picard. Er wandte sich Barrile zu. »Ich muss Sie bitten, mich zu entschuldigen, Gouverneur.«

Barrile zuckte mit den Schultern. »Ich wüsste ohnehin nicht, was wir noch dringend zu besprechen hätten, Captain«, sagte er.

Erneut schluckte Picard die scharfe Erwiderung, die ihm auf der Zunge lag, hinunter. »Ich versuche, mich kurzzufassen«, sagte er stattdessen.

Sekunden später trat er durch die Tür auf die Brücke. »Legen Sie die Nachricht auf den Hauptschirm«, sagte er, während er zu der Stelle direkt vor seinem Kommandosessel hinüberging.

Einen Augenblick später erschien das wunderschöne Gesicht seiner Frau auf dem Schirm, und sofort war sein Ärger über den centaurianischen Gouverneur so gut wie vergessen.

»Doktor«, begrüßte er sie. Während sie sich auf der Brücke befanden, war er stets darauf bedacht, Ihre Beziehung rein beruflich zu halten. Doch er war sich sicher, dass sein Lächeln um einiges breiter war, als es bei irgendeinem anderen Besatzungsmitglied der Fall gewesen wäre.

»Captain«, erwiderte Beverly und schenkte ihm ebenfalls ein strahlendes Lächeln, das jedoch sogleich wieder verblasste und durch eine deutlich grimmigere Miene ersetzt wurde. *»Die Situation auf Pacifica wird kritisch. Wir haben hier eine sich verschärfende Gesundheitskrise, die lokalen Behörden sind alles andere als hilfreich, und Direktor Barash hat mir mitgeteilt, dass es zwei weitere Wochen dauern könnte, bevor er ein anderes Schiff für eine Entlastungsmission schicken kann.«*

Picard setzte ebenfalls eine ernste Miene auf. »Was brauchen Sie, Doktor?«

»Wir müssen so viele Leute wie möglich aus diesem Lager herausholen und sie an einen geeigneteren Ort bringen, an dem es mehr

Raum und mehr verfügbare Unterkünfte gibt. Außerdem benötige ich meine eigene Krankenstation.«

Picard zögerte. Seine unmittelbaren Verpflichtungen lagen zweifellos hier, bei dem Problem mit Gouverneur Barrile. Wenn er jetzt abreiste, riskierte er, dass dieser seine Drohung, sich gegen die Föderation aufzulehnen, wahr machen würde - und bereits nach der kurzen Zeit, die er mit dem Mann verbracht hatte, glaubte er durchaus, dass es jenem absolut ernst damit war. Darüber hinaus mochte man zu der - nicht gänzlich falschen - Annahme gelangen, sein Handeln sei von seiner Sorge um seine Frau und ihren ungeborenen Sohn beeinflusst worden, wenn er sich dazu entschied, Kurs auf Pacifica setzen zu lassen.

Sein Zögern währte nicht länger als eine Sekunde. »Ensign Weinrib, berechnen Sie einen Kurs nach Pacifica. Ensign Šmrhová, bitte eskortieren Sie Gouverneur Barrile zum Transporterraum. Sagen Sie ihm ...« Eine Reihe möglicher Botschaften zuckte durch seinen Geist, bevor er fortfuhr. »Sagen Sie ihm, die Pflicht ruft.«

Crusher schenkte ihm erneut ein Lächeln. *»Jetzt erinnere ich mich, warum ich mich in dich verliebt habe.«*

»Unsinn«, sagte Picard und setzte seine sachlichste Miene auf. »Ich werde nur meiner Verpflichtung als Sternenflottenoffizier gerecht.«

»Genau«, erwiderte Crusher mit einem neckenden Glitzern in den Augen. *»Danke, Captain. Crusher Ende.«*

Crushers Bild verschwand, und gleichzeitig hörte Picard, wie sich die Tür zum Konferenzraum öffnete. Er drehte sich um, und Gouverneur Barrile bedachte ihn mit einem knappen, wortlosen Nicken, als er Šmrhová zum Turbolift folgte.

Worf begab sich an Picards Seite. »Wurde die Krise auf Alpha Centauri vollständig beigelegt, Captain?«, fragte er.

»Nein, Nummer Eins«, sagte Picard mit einem Seufzen. »Nein, keineswegs. Gouverneur Barrile ist unglücklich darüber, wie seine Welten in jüngster Zeit behandelt wurden, und er droht, sich von der Föderation abzuspalten.«

»Was?!« Mit seinen Worten hatte er die Aufmerksamkeit der ganzen Brückenbesatzung auf sich gezogen, die sich ihm nun zuwandte und ihn mit einer Mischung aus Erschütterung und Unglauben auf den Gesichtern anstarrte. Aber es war - natürlich - Lieutenant Chen, die ihrer Überraschung lautstark Ausdruck verlieh. »Das kann nicht Ihr Ernst sein!«

Picard warf ihr einen strengen Blick zu.

»Also ich meine, es kann nicht *sein* Ernst sein«, verbesserte sie sich. »Sie, Sir, meinen es bestimmt. Ernst und so.«

»Gerade jetzt«, knurrte Worf gepresst, und man merkte, dass er seine Wut kaum zurückhalten konnte. »Da so viel verloren wurde. Das grenzt an Hochverrat.«

»Ich bezweifle, dass er auch nur ansatzweise versteht, wie viel wir tatsächlich verloren haben«, erwiderte Picard. »Der Krieg gegen die Borg war ein kurzes, fernes Ereignis, das ihn nie direkt betroffen hat. Er denkt nur an sein System und sein Volk. Ich glaube, er versteht einfach nicht, wie verzweifelt die Situation der Föderation als Ganzes gegenwärtig ist.«

»Vielleicht sollte man es ihm zeigen, Sir.«

Picard drehte sich erneut zu Chen um.

»Vielleicht sollte er das Grauen und den Tod und den ganzen Mist unmittelbar zu sehen bekommen«, fuhr sie hitzig fort, »sollte es unter die Nase gerieben bekommen, damit er *versteht*, was vor sich geht.«

Der leidenschaftliche Ausbruch verblüffte Picard ein wenig. Dass auf Chens vulkanischem Gesicht ein Ausdruck von Fröhlichkeit lag - daran hatte er sich mittlerweile gewöhnt. Aber diese Aggression, die sie nun zur Schau stellte, war etwas vollkommen Neues.

»Lieutenant«, warnte Worf sie leise.

»Entschuldigung, Sir«, sagte sie, auch wenn sie nicht so wirkte, als meinte sie es ernst. Sie blickte Picard an und weigerte sich, die Augen abzuwenden.

Einen langen Augenblick dachte Picard stumm über ihre Worte

nach, anschließend berührte er seinen Kommunikator. »Picard an Transporterraum eins.«

»Luptowski hier, Sir.«

»Wurde Gouverneur Barrile bereits auf den Planeten hinuntergebeamt?«

»Nein, Sir«, kam die Antwort.

Picard nickte. »Danke, Ensign«, sagte er und unterbrach die Verbindung. Ein Grinsen stahl sich auf sein Gesicht, als er sich der Flugkontrolle zuwandte. »Lieutenant Weinrib, wir verlassen den Orbit.«

»Aye, Sir«, sagte Weinrib, und das Schiff begann, sich von dem Planeten zu entfernen.

»Nehmen Sie Kurs auf Pacifica«, befahl Picard. Er setzte sich auf seinen Sessel. »Und Energie.«

Worf wandte sich ebenfalls wieder seinem Platz zu, doch zuvor hielt er kurz inne und stützte den Arm auf die Lehne des Kommandosessels. »Sie hatten recht, Sir. Das hier ist viel besser, als ein Botschafter zu sein«, sagte er mit einem hintergründigen Lächeln.

KAPITEL 13

Eine Gruppe Selkie-Arbeiter sprang von der hohen Uferböschung in das Wasser zu ihren Füßen und planschte nur wenige Meter flussaufwärts von einem kleinen, floßartigen Wasserfahrzeug, das mit Metallpfosten beladen am Ufer lag. Es war noch immer deutlich vor Mittag, aber schon jetzt ziemlich heiß, und die Arbeiter erfreuten sich ganz offensichtlich an der kurzen Linderung, wieder im kühlen Nass sein und tauchen und herumtollen zu können, statt an Land zu arbeiten.

»Hört auf damit, ihr Faulenzer!«, rief die Aufseherin der Arbeiter, eine Selkie namens Yyeta'a, von oben. »Wir werden hierbleiben, bis die Arbeit erledigt ist, und ich für meinen Teil würde gerne nach Hause kommen, bevor meinen Kindern Flossen gewachsen sind!«

Die Männer grummelten Beleidigungen von denen sie dachten, sie könne sie auf die Entfernung nicht hören, und erklommen das Floß, um weiteres Baumaterial aufzunehmen, das sie dann zurück zum Ufer und danach die Böschung hinauftrugen.

Yyeta'a runzelte die Stirn, als sie stumm dem langsamen Voranschreiten ihrer Arbeit zusah. Tatsächlich war nur die Hälfte ihrer sechzehn Kinder so jung, dass sie noch keine Flossen hatten, und genau genommen hatte sie es auch absolut nicht eilig, zu ihnen zurückzukommen. Sie war als Teil der Sicherheitsreservisten an die Oberfläche berufen worden, als die erste Welle an Flüchtlingen von anderen Welten die Außenweltler-Enklaven überrollt hatte. Und obwohl es alles andere als schön war, all diese armen Leute um sich herum zu haben, denen die Borg ihre Heimat geraubt hatten, bot es zumindest eine interessante Abwechslung von der alltäglichen Langeweile, nichts weiter als eine Mutter zu sein.

»Verzeihen Sie.«

Yyeta'a wirbelte herum, riss den Lauf ihres Gewehrs hoch und richtete ihn auf den Menschenmann, der sich ihr genähert hatte.

Seine Hände schossen sofort in die Höhe, die leeren Handflächen nach vorne gerichtet, und er trat einen Schritt zurück. »Oha, hey, ich wollte Sie nicht erschrecken.«

»Haben Sie nicht«, sagte Yyeta'a zu dem Fremden, auch wenn er mit seinem ungekämmten sandfarbenen Haar und der zerknitterten Kleidung durchaus einen leicht furchteinflößenden Anblick bot. »Sie sollten sich nicht vom Lager entfernen.«

»Hey, ich sollte überhaupt nicht in diesem Lager sein, aber die Borg sahen das irgendwie anders«, sagte er und verzog das Gesicht. »Was machen Sie hier?«

»Wir markieren die Grenzen des Lagers.«

»Ein Käfig, was?«, sagte der Mensch und klang dabei eigentümlich resigniert.

»Nein«, erwiderte sie. »Kein Käfig. Nur ...« Sie brach ab, als ihr Blick über den Teil der Begrenzung schweifte, den sie bereits errichtet hatten, und ihr auffiel, wie treffend diese Beschreibung im Grunde war.

»Und da heißt es immer, dass die Pacificaner so gastfreundliche Leute wären«, sagte der Mann. »Insbesondere die Frauen.«

Yyeta'a zuckte zusammen. Sie wusste sehr genau, von welcher Art Selkie-Frauen er sprach - denjenigen, die sich gegen die gesellschaftlichen Beschränkungen, die Frauen im gebärfähigen Alter auferlegt wurden, sträubten und dagegen rebellierten, die ihre Kinder zurückließen, um Außenweltler-Enklaven wie Eden Beach zu besuchen und sich dort Beschäftigungen hinzugeben, mit denen keine anständige Frau in ihrer fruchtbaren Periode ihre Zeit verbringen würde. »Wenn es diese Art von Gastfreundschaft ist, nach der Sie suchen, dann vergessen Sie es«, knurrte sie und packte den Griff ihres Gewehrs ein wenig fester.

»Nein, keineswegs«, sagte der Mann so schnell, dass Yyeta'a sich fragte, ob er sie eben beleidigt hatte. »Ich will nur ... Das ist nicht die Art, wie ich mir den Rest meines Lebens vorgestellt habe«, gestand er und blickte auf den fertiggestellten Teil der Begrenzung. »Zugegeben, ich habe nie allzu intensiv über den Rest meines Lebens nachgedacht ...«

Irgendetwas an dem Mann - vielleicht war es die Traurigkeit in seinen kleinen, tiefliegenden Augen oder die Verletzlichkeit, die sich auf seinem fahlhäutigen Außenweltlergesicht zeigte - ließ Yyeta'a ihre Ausbildung beiseiteschieben und ihr Gewehr senken. »Das hier ist nur übergangsweise, wissen Sie. Die Sternenflotte wird bald weitere Schiffe schicken, und dann werden die Dinge wieder normal sein.«

»Wie? Schauen Sie sich diesen Ort an«, sagte er und wedelte in einer allumfassenden Geste mit seinen Armen herum. »Schauen Sie uns an. Wäre ich stattdessen vor drei Monaten nach Pacifica gekommen, würden wir uns nicht auf diese Weise begegnen.«

Yyeta'a behielt für sich, dass sie sich gar nicht begegnet wären. Es war das erste Mal überhaupt, dass sie einem Außenwelter von Angesicht zu Angesicht gegenüberstand.

Er senkte die Arme und ließ die Schultern hängen. »Dies alles hier ist viel zu weit von ‚normal' entfernt. Normal ist aus und vorbei, und dieser Ort ist das, was übrig geblieben ist.«

Mittlerweile hatte Yyeta'a beinahe vergessen, warum sie hier war. Sie trat einen Schritt näher an den Außenweltler heran und legte ihm eine freie Hand auf den Arm. »Es wird besser werden, und das bald«, sagte sie zu ihm.

»Danke«, erwiderte er leise, aber er glaubte es offensichtlich nicht. Seine Haut fühlte sich eigentümlich warm an und war mit einem dünnen Flaum feiner Härchen bedeckt. Als Heranwachsende hatte Yyeta'a die anderen Mädchen über Menschen reden hören. Sie hatten gesagt, diese hätten als Landbewohner besondere Pheromone, die an der Luft besonders stark seien.

Doch daran dachte sie im Augenblick genauso wenig wie an ihr normales Leben und die Familie, zu der sie zurückkehren würde, nachdem dieser Einsatz beendet war. »Das wird es. Da bin ich mir sicher.«

Der Mann blickte ihr in die Augen, und endlich lächelte er, ein Anblick, der ein unbeschreibliches Prickeln durch ihren Körper jagte.

Doch bevor einer von ihnen noch etwas sagen konnte, wurden sie durch das krachende Gepolter von einem Dutzend Metallpfosten aufgeschreckt, das hinter ihnen fallen gelassen wurde. »Was zur Tiefe?«, schrie einer der beiden Arbeiter, die mit ihrer Ladung aus Zaunbauteilen endlich den oberen Rand der Böschung erreicht hatten.

Yyeta'a merkte, wie diese Szene aussehen musste und riss sofort ihr Phasergewehr hoch. »Tritt zurück!«, schrie sie, als der Lauf gegen die Unterseite des Kinns des Mannes schlug, sich kurz verhakte und dann eine hellrote Scharte in sein fahles Fleisch riss.

Schmerzerfüllt schrie er auf, und seine Hand zuckte zu seinem blutenden Gesicht. »Was zum Teufel?« Er streckte die Hand aus, und Yyeta'a - noch halb benommen von eben und nun zudem geschockt vom Anblick des Außenweltlerbluts - konnte nicht verhindern, dass er ihr das Gewehr aus den Händen riss. Er schleuderte es zu Boden und trat einen bedrohlichen Schritt auf sie zu. »Verdammt sollen Sie sein, Sie ...«

Er sollte diesen Satz nie beenden, denn einer der Arbeiter war von hinten auf ihn zugekommen, einen drei Meter langen, metallenen Zaunpfahl in den Händen. Pfeifend fuhr dieser durch die Luft, bevor er mit dem Hinterkopf des Menschen kollidierte, diesen von den Füßen riss und ihn mit dem Gesicht voran auf den Rasen warf.

Mittlerweile hatte das Geschrei der Arbeiter und des Menschen nicht nur die Aufmerksamkeit anderer Selkie-Wachen, sondern auch weiterer Flüchtlinge auf sich gezogen. Yyeta'a war sich nicht ganz sicher, was als Nächstes passierte. In dem ausbrechenden Lärm und Getümmel vermochte sie kaum noch einen klaren Gedanken zu fassen. Sie wusste, dass sie ihr Gewehr aufnehmen und die wütenden Außenweltlerhorden hätte zurückdrängen sollen. Doch der Mann war direkt darauf gefallen, und als sie sich neben ihm hinkniete, bemerkte sie unvermittelt, wie sie ihm über die seltsamen, weichen Strähnen auf seinem Kopf strich. »Es tut mir leid«, flüsterte sie. Im nächsten Augenblick traf sie ein geworfener Stein an der Schläfe - woher er kam, vermochte sie nicht zu sagen. Sie taumelte und fiel neben dem bewusstlosen Mann zu Boden. Als sich ihr Blick trübte, flüsterte sie ihren Kindern eine weitere Entschuldigung zu.

Kadohata hob den Kopf, als vom Rand des Lagers auf einmal aufgebrachte Schreie zu hören waren und sich eine Welle zunehmender Panik in ihre Richtung und damit auf den mittleren Teil des Lagers zu bewegte. Peggy und sie hatten eine Gruppe kleiner Kinder um sich herum versammelt und lasen ihnen aus *Die Abenteuer von Flotter* vor, und die junge Frau stockte, als sie Kadohatas beunruhigtes Gesicht sah.

»Machen Sie weiter. Halten Sie sie still«, befahl Kadohata ihr in ruhigem Tonfall, der zwar sanft klang, aber bestimmt war. Nachdem sie ein zögerliches Nicken von Peggy bekommen hatte, stand sie auf und lief auf den Unruheherd zu. Sie bewegte sich mit gleichmäßigen, langsamen Schritten, obwohl jeder Muskel und jeder Nerv in ihrem Körper danach schrie, wie verrückt loszustürmen.

Der Commander durchquerte die Zeltstadt. Als sie den Rand erreichte, war sie gezwungen, sich ihren Weg durch eine wachsende Menge an Schaulustigen zu bahnen. Sie war im Begriff, sie alle dazu aufzufordern, zu ihren jeweiligen Unterkünften zurückzukehren, vergaß diese Absicht jedoch, als sie sah, was sich vor ihren Augen abspielte.

Ein Mob wütender Flüchtlinge schüttelte die Fäuste und schrie auf eine Verteidigungslinie aus Selkie-Wachen ein, die ihre Phasergewehre fest umklammert hielten. Kadohata war erleichtert, zu sehen, dass sie die Gewehre nicht auf die Zivilisten gerichtet hatten, aber das war nur ein kleiner Trost und mochte sich in der momentanen Situation für ihren Geschmack auch viel zu schnell ändern. Direkt hinter der Reihe der Selkies und vor einem Teil des neuen Zauns sah sie eine Gruppe Einheimischer, die in einem Kreis auf dem Boden hockte, der etwa der Größe eines Humanoiden entsprach. Es bedurfte nicht viel Fantasie, um zu erraten, was diese augenblickliche angespannte Pattsituation geschaffen hatte.

Dann teilte sich die Reihe der einheimischen Wachen, und Kommandant Minha trat hindurch. Er zögerte einen Augenblick, offensichtlich überrascht von der Menge an Nicht-Pacificanern, denen er sich gegenübersah. Aber schon im nächsten Moment hatte er sich wieder gefangen. »Sie alle, begeben Sie sich ins Lager zurück. Hier ist nichts geschehen, das Sie zu kümmern hätte«, rief er.

»Sie haben einen von uns umgebracht!«, schrie eine Stimme. »Einen Menschen!« Ein zorniges Gemurmel breitete sich in der Menge aus. Kadohata bemerkte, dass einige der Wachen ihre Gewehre etwas fester packten.

»Niemand ist tot«, sagte Minha. »Wir haben hier eine kleinere Verletzung, um die wir uns kümmern ...«

»Eine, die Sie verursacht haben!«, fuhr ihm die Stimme über den Mund.

Endlich hatte Kadohata sich durch den Mob hindurchgezwängt und überquerte den schmalen Rasenstreifen, der die Flüchtlinge von den Soldaten trennte. »Was geht hier vor sich, Kommandant?«

Minha warf ihr einen finsteren Blick zu, dann ergriff er sie am Ellbogen und beugte sich zu ihr hin, als wollte er ihr ins Ohr flüstern. »Einer Ihrer Leute hat versucht, ein Mitglied meines Bautrupps anzugreifen.«

»Sind wir wieder bei ‚meinen Leuten‘ und ‚Ihren Leuten‘ angekommen, Kommandant?«, fragte Kadohata.

»Ersparen Sie mir Ihre patriotischen Reden, Commander«, knurrte Minha. »Es ist doch eine Tatsache, dass wir nicht an diesem Punkt angelangt wären, wenn die Sternenflotte hier den Job gemacht hätte, den sie hätte machen sollen.«

Kadohata schüttelte den Kopf. »Ich habe keine Lust auf diese kindischen Schuldzuweisungen«, erklärte sie ihm. Sie war es langsam leid, und das begann, auf ihr Verhalten abzufärben. »Was auch immer vorher passiert ist, im Augenblick steht hier jedenfalls ein Trupp bewaffneter Wächter, der droht, eine bereits angespannte Lage noch viel, viel schlimmer werden zu lassen.«

»Dann schicken Sie diese Leute zurück«, beharrte Minha.

»Und sie?«, schoss Kadohata zurück und deutete auf die Wachen.

»Commander«, sagte Minha und erhob dabei die Stimme, um die Menge als Ganzes anzusprechen. »Sie vergessen, dass Sie Gäste auf dieser Welt sind. Sie ...«

»Behandeln Sie so Ihre Gäste?«, schrie eine zornige weibliche Stimme hinter Kadohata. »Sie treiben sie in Pferchen zusammen wie Tiere und geben ihnen nur das Minimum dessen, was sie zum Leben brauchen - wenn überhaupt?« Eine Vielzahl anderer unzufriedener Stimmen fiel in ihre Worte ein, wiederholte sie und brachte noch weitere Missstände zur Sprache. Als sie an Lautstärke und Wut gewannen, wurden die Selkie-Wachen zunehmend nervöser.

Kadohata wandte sich an die immer unruhiger werdende Menge. »Bitte, hören Sie mir zu. Ich weiß, dass Sie alle müde und frustriert sind, aber das hier hilft niemandem.«

»Aber wann bekommen wir endlich echte Hilfe zu sehen, Commander?«, wollte die gleiche Stimme wissen. »Wie lange sollen wir das hier noch tolerieren?«, fragte sie über lauter werdende Anfeuerungsrufe hinter ihr hinweg.

In diesem Moment hatte Minha ganz offensichtlich genug. Er drehte sich zu der nächsten Wache um und befahl ihr mit leiser Stimme: »Feuern Sie einen Warnschuss über ihre Köpfe.«

»Nein!«, schrie Kadohata so laut, dass die junge Frau, der Minha den Befehl gegeben hatte, zusammenschrak und lange genug zögerte, um dem Commander die Möglichkeit zu geben, sich an den

Kommandanten zu wenden. »Wovor wollen Sie sie warnen? Dass Sie eine Menge traumatisierter und unbewaffneter Leute erschießen können, wenn Sie es wollen? Ist das die Botschaft ...«

Doch Minha hörte ihr nicht zu. »Soldat!«, bellte er die weibliche Wache an, und sofort hob sie ihre Waffe und drückte den Feuerknopf. Ein Phaserstrahl schoss in den Himmel hinauf und übertönte mit seinem charakteristisch hellen Jaulen jedes andere Geräusch. Die Menge schrie auf. Viele der Leute setzten zur Flucht an und warfen sich zitternd zu Boden.

Praktisch ohne darüber nachzudenken, streckte Miranda die Hand nach dem noch immer gehobenen Phasergewehr aus, und mit einer raschen Bewegung, die sie in Commander Worfs *mok'bara*-Unterricht gelernt hatte, entwand sie es der Wache. Jetzt hielt sie die Waffe in der Hand ...

... und sah sich unvermittelt mehr als dreißig Selkies gegenüber, die ihre eigenen Waffen auf sie gerichtet hielten. Jene Flüchtlinge, die verblieben und noch immer auf den Beinen waren, wirkten verzweifelt genug und bereit, die Einheimischen anzugreifen, ganz gleich, wie ihre Chancen auf Erfolg standen. *Bitte, lass mich nicht einen weiteren blutigen Krieg begonnen haben*, bat sie das Universum lautlos ...

»Feuer einstellen!«

Von Adrenalin getrieben und ohne nachzudenken, rannte Jasminder Choudhury die Flanke des kleinen Hügels hinab, auf der der Transporter ihr Team abgesetzt hatte. Ihr Ziel war die Linie zwischen den uniformierten Selkies und der Menge aus Nicht-Einheimischen.

Die *Enterprise* war gerade erst in den Orbit eingetreten und soeben damit beschäftigt gewesen, Doktor Crushers kritischste Patienten in die Krankenstation zu beamen, als ihre Sensoren auf einmal einen einzelnen Phaserschuss unweit der Grenze des Lagers anzeigten. Ohne zu zögern, war Choudhury in den Transporterraum gestürmt und hatte dabei die in Bereitschaft stehenden Sicherheitsoffiziere zusammengerufen, um sich mit ihnen auf die Plattform zu stellen.

Sie hatte bereits die Hälfte der Strecke den Abhang hinunter hinter sich gebracht, als Choudhury auffiel, dass sie sich in Verletzung des Sicherheitsprotokolls unbewaffnet nach unten gebeamt hatte. Glücklicherweise genügten ihre Uniform und ihr entschlossenes Auftreten, um beide Seiten davon abzuhalten, die Situation noch weiter eskalieren zu lassen. Sie erreichte Kadohata, die gemeinsam mit einem streng aussehenden Selkie, der die Abzeichen eines hohen Offiziers auf der uniformierten Brust trug, zwischen den zwei Gruppen stand. »Commander«, begrüßte sie den zweiten Offizier. Dann drehte sie sich um und bot dem Mann die Hand an. »Kommandant. Lieutenant Jasminder Choudhury, *U.S.S. Enterprise*.«

»Endlich«, sagte er, während er ihre Hand - eindeutig nur der Form halber - drückte. »Werden Sie dieses Gesindel nun endlich von hier fortbringen?«

Choudhury gab sich Mühe, einen ungerührten und möglichst unbedrohlichen Ausdruck zur Schau zu stellen. »Wir sind hier, um die gegenwärtige Situation zu entschärfen und die Sicherheit und den Schutz aller Bürger der Föderation zu gewährleisten.«

Der Selkie-Kommandant zuckte mit den Schultern. »Ich hoffe nur, Sie sind dieser Aufgabe gewachsen«, sagte er und blickte vielsagend von Choudhury zu Kadohata. Dann wandte er sich seinen Truppen zu. »Wir kehren zur Basis zurück.«

Die Selkies zogen ab. Nur ein Sanitäter blieb an der Seite eines verletzten Menschen, der auf dem Boden lag. Lieutenant Guidice ging hinüber, um die Situation einzuschätzen, und im nächsten Moment verschwanden er und der zu Boden geschlagene Mann in einem Notfalltransporterstrahl. Unterdessen stellte Choudhury ihren Kommunikator auf Stimmverstärkung und richtete sich an die Flüchtlinge: »Sie alle hier, bitte begeben Sie sich zum Lager zurück. Weitere Hilfsgüter befinden sich auf dem Weg.«

Diese Aussicht erwies sich als verlockend genug, um auch die

Letzten, die noch immer hier versammelt waren, in Bewegung zu versetzen, und die Menge löste sich rasch über die Anhöhe hinweg auf. Choudhury schaltete ihren Kommunikator wieder um. »Choudhury an *Enterprise*«, meldete sie. »Der bewaffnete Zwischenfall wurde beendet. Ein mögliches Opfer wurde an Bord gebeamt.«

»Hervorragende Arbeit, Lieutenant Choudhury«, sagte Commander Worf. Sie konnte das stolze Lächeln in seiner Stimme hören.

»Und Sie kamen genau zum richtigen Zeitpunkt, Jasminder«, sagte Kadohata, nachdem sie die Übertragung beendet hatte. »Ich weiß nicht, wie ich mich aus dieser Lage hätte befreien sollen.«

»Sie hätten erst gar nicht gezwungen sein dürfen, in sie hineinzugeraten«, sagte Choudhury und musterte sie von oben bis unten. Dunkle Ringe zeichneten sich unter Kadohatas mandelförmigen Augen ab, ihr schwarzes Haar hing schlaff um ihr ovales Gesicht, und getrockneter Schlamm bedeckte annähernd jeden Zentimeter ihrer kaum noch erkennbaren Uniform. »Wie geht es Ihnen?«

»Ich bin bloß müde, das ist alles«, erwiderte Kadohata. »Aber sorgen Sie sich nicht um mich.« Sie blickte Choudhury mit einem Ausdruck tief empfundenen Mitgefühls an. »Wie geht es *Ihnen?*« Die beiden Frauen hatten sich seit ihrem Landurlaub im Anschluss an die Rückkehr der *Enterprise* zum Raumdock der Erde nicht mehr gesehen, und Choudhury konnte sich nicht einmal daran erinnern, seit dem Verlust Denevas überhaupt mit Kadohata gesprochen zu haben.

»Es geht mir ... Es geht mir besser. Es ist nicht leicht«, gab Choudhury erstmals aus eigenem Antrieb zu. »Aber es wird schon werden.«

»Da bin ich mir sicher, Jasminder«, sagte Kadohata, streckte die Hand aus und drückte kurz ihren Arm. »Es freut mich, dass es Ihnen gut geht, und ich bin froh, dass Sie und das Schiff hier sind. Es gibt eine Menge zu tun.«

»Also dann, Commander«, sagte Choudhury und forderte ihr Außenteam auf, ihnen zu folgen. »Lassen Sie uns diesen Leuten helfen.«

Während der gesamten Reise nach Pacifica hatten sich der amtierende Präsident Tiernan und Gouverneur Barrile aufgeregt. Das schloss sogar den von der Sicherheit begleiteten Marsch von ihren VIP-Kabinen zum Transporterraum mit ein. Captain Picard beachtete ihre Schimpfkanonade gar nicht mehr, während er Ensign Luptowski instruierte, sie drei gemeinsam mit ihrer Sicherheitseskorte auf die Oberseite des Runabouts zu beamen, von wo aus er sich einen guten Ausblick auf das ganze iy'Dewra'ni-Lager erhoffte.

Als sie auf dem Planeten materialisierten, ließen die Neuankömmlinge die Flut aus Eindrücken, Geräuschen und Gerüchen der Tausenden heimatlosen Föderationsbürger über sich hinwegspülen, die unter Umständen lebten, die eher an das vierzehnte als an das vierundzwanzigste Jahrhundert erinnerten. »Oh, mein ...«, war alles, was Tiernan hervorbrachte. Seine vorherigen Beschwerden blieben ihm in der Kehle stecken, als ihm das Ausmaß der Katastrophe bewusst wurde. Auch Barrile wurde von der grimmigen Realität vor seinen Augen endlich zum Schweigen gebracht.

»Ich hoffe, dass Sie nun verstehen, warum ich es für so wichtig hielt, dass Sie diesen Ort mit eigenen Augen sehen«, erklärte Picard ihnen in leisem, ruhigem Tonfall. »Denn das hier ist aus der Föderation geworden. Wir alle sollten uns schämen, zuzulassen, dass etwas wie dieses Lager auf einer unserer Mitgliedswelten existieren kann.«

»Teufel auch«, murmelte Barrile und schüttelte den Kopf, als wäre er unfähig, zu akzeptieren, was seine Sinne ihm mitteilten. »Wie konnte so etwas geschehen? Wo sind die Selkies? Warum haben sie nicht ...?«

»Nein!«, sagte Picard streng. »Wir dürfen uns nicht zurücklehnen und mit anklagendem Finger auf andere zeigen, während wir uns selbst abschotten und uns unter Ausgrenzung alles anderen nur auf unsere eigenen Probleme konzentrieren.« Picard blickte beide Anführer bedeutungsvoll an. »Diese Leute sind unsere Mitbürger. Es liegt in unser aller Verantwortung, das zu tun, was in dieser Zeit der Krise notwendig ist.«

Die beiden Politiker widersprachen nicht. Sie versuchten noch immer, sich von dem Entsetzen und Unglauben zu erholen, die von ihnen Besitz ergriffen hatten. Captain Picard, der im Laufe seiner Karriere viel Furchtbares gesehen hatte - insbesondere in den letzten Wochen -, vermochte seine Fassung etwas schneller zurückzugewinnen. In gewisser Weise beneidete er diese Männer, deren Emotionen noch nicht so abgestumpft waren. Dennoch zeigte er kein Mitleid mit ihnen.

»Kommen Sie«, sagte er und gebot dem Rest der Gruppe, ihm zu folgen, als er zum Heck des Schiffes lief und sich zu der Reihe von Trittsprossen hinabließ, die an der rückwärtigen Außenhaut hinunterliefen. »Lassen Sie uns das Ganze aus der Nähe anschauen.«

»Computer«, sagte Ensign Gliv, als er sich von seinen Knien erhob. »Aktiviere Medizinisch-Holografisches Notfallprogramm.«

Die frisch ersetzten Holoprojektoren im Krankenhaus erwachten zum Leben, und die Gestalt einer kleinen menschlichen Frau erschien in der Mitte des Krankensaals. »Hallo. Wie kann ich Ihnen helfen?«

»Sie lebt! Sie leeebt!«, rief Gliv.

Crusher überging den eigenwilligen Scherz. »Hallo, Nina«, sprach sie das MHN Model IX an. »Bitte lassen Sie eine Selbstdiagnose durchlaufen.«

Ein nachdenklicher Ausdruck huschte über das Gesicht des hochmodernen Hologramms. »Mein verfügbarer Speicher wurde deutlich verringert, aber ansonsten funktioniere ich unter akzeptablen Parametern«, berichtete sie.

Die Ärtzin nickte zufrieden. »Nina, Ihr Programm wurde in das Krankenhaus des iy'Dewra'ni-Flüchtlingslagers auf Pacifica transferiert. Wir hoffen, dass es nicht gebraucht wird, aber für alle Fälle.«

»Was ist mit der *Enterprise*, Doktor Crusher?«, fragte das Hologramm.

»Wir werden bis auf Weiteres ohne MHN auskommen.« Crusher

ließ ihren Blick durch den Raum schweifen. Die *Enterprise* hatte Ausrüstung für eine hochmoderne medizinische Einrichtung heruntergebeamt oder repliziert, doch trotz der neuen Biobetten, der Sensorausrüstung, der Monitore und des Operationsaufsatzes ließ sich nicht verhehlen, dass sie sich in einer schlichten, behelfsmäßigen Plastiform-Baracke befanden. »Dieser Ort ist die Gestalt gewordene Definition eines medizinischen Notfalls.«

»Ja, Doktor«, sagte das MHN und wirkte ein wenig elend, als Crusher seine Deaktivierung befahl und es verschwand.

»Sie schien nicht sonderlich glücklich darüber zu sein, hierbleiben zu müssen«, stellte der tellaritische Ingenieur fest.

»Mit jeder Generation werden sie noch ein bisschen lebensechter«, stimmte Crusher nickend zu. »Könnten wir einen der Computerkerne des Runabouts verwenden, um ihr mehr Speicher zu geben?«

»Wenn wir noch irgendwelche Computerkerne im Runabout hätten«, sagte Gliv. »Commander Kadohata hat mich die Datenbankstation drüben in der Administration installieren lassen, um die Daten der Lagererfassung zu verwalten.«

Crusher machte ein finsteres Gesicht, aber sie konnte Miranda schlecht vorwerfen, dass diese die gleiche Idee wie sie zuerst gehabt hatte. Während sie noch nach einer Alternative suchte, näherte sich ihr Doktor th'Shelas. »Doktor Crusher? Doktor Tropp hat mich gerade gebeten, Sie wissen zu lassen, dass das Kleinkind, Matthew, die Operation gut überstanden hat. Alle Organschäden konnten behoben werden, und der Patient befindet sich nun in stabilem Zustand.«

Mit einem Mal fühlte sich Crusher, als hätte sich die Schwerkraft des Planeten halbiert. »Oh, dem Himmel sei Dank«, sagte sie. Sie war sich nicht sicher, ob sie es sich jemals vergeben hätte, wenn sie das Kind durch ihre Entscheidung, das Runabout dauerhaft zu landen, in noch größere Gefahr gebracht hätte.

»Wir haben die Dinge hier jetzt unter Kontrolle«, fuhr der Andorianer fort und musterte sie, eine Antenne gekrümmt. »Sie können, wann immer Sie es wünschen, zum Schiff zurückkehren.«

Crusher dachte darüber nach, und dann richtete sie ihr Augenmerk auf die Patienten, die noch immer das Krankenhaus belegten. Sie waren nicht so krank, dass man sie auf die Krankenstation hätte transferieren müssen. Aber sie benötigten nach wie vor Pflege. »Danke, th'Shelas«, sagte sie, als sie ein Padd aufnahm und ihrem verständnislos dreinschauenden Kollegen den Rücken zukehrte, um ihre Visite zu beginnen.

So machtvoll die Wirkung des ersten Anblicks von iy'Dewra'ni gewesen war, mit den einzelnen Lagerbewohnern zu sprechen, die hier festsaßen, war wie ein Photonengranatenschuss zwischen die Augen. Frauen, getrennt von ihren Geliebten. Kinder, die ihre Eltern verloren hatten. Leute, die ihr ganzes Leben lang keine Not gekannt hatten und nun fürchteten, sie könnten ihre nächste Lebensmittelration nicht bekommen oder die mitten beim Verrichten ihrer täglichen Geschäfte unvermittelt in Tränen ausbrachen, ohne genau sagen zu können, weshalb. Doch die Schlimmsten waren jene, die ihre Geschichten nicht erzählten, die einfach nur stumm und mit glasigen Augen zurückstarrten, weil sich ihr Verstand hinter schützende Mauern zurückgezogen hatte, die von ihrem Bewusstsein errichtet worden waren.

Irgendwann teilten sich die Männer auf. Tiernan blieb zurück, um sich ausführlich mit einer Gruppe seiner Landsleute zu unterhalten, und Barrile erstarrte regelrecht, als ein zwei Jahre altes Kind angerannt kam, sich an ihn klammerte und »Pa-pa!« rief. Der Junge erkannte seinen Fehler, als der Gouverneur zu ihm herabschaute und ihn direkt ansah. Unglücklich und voller Angst rannte er davon.

»Captain Picard!« Der Captain drehte sich um und erblickte Commander Kadohata, die sich ihm in Begleitung von Lieutenant Choudhury näherte. »Oh, Sie sind ein Lichtblick für meine Augen, wenn ich das so sagen darf.«

»Es tut auch gut, Sie zu sehen, Commander«, sagte Picard herzlich.

»Ich habe gehört, dass die *Enterprise* das einzige Schiff ist, das wir in absehbarer Zeit hier erwarten dürfen«, sagte sie und wechselte einen bedauernden Blick mit Choudhury. »Stimmt das, Sir?«

Picard seufzte, als er sich umschaute und daran dachte, was für eine Aufgabe ihn hier umgab. »Im Augenblick gibt es nur uns, ja.« Der Captain drehte sich um und begann, langsam zum Runabout und dem Eingang des Lagers zurückzugehen.

»Das habe ich befürchtet«, sagte Kadohata, die ihn begleitete. »Andererseits bin ich schon äußerst erleichtert, dass überhaupt irgendwelche Hilfe eingetroffen ist.« Sie hielt ein Padd hoch, um es dem Captain zu zeigen. »Ich habe die Bedürfnisse des Lagers und der Leute priorisiert.«

»Wir kümmern uns bereits um die grundlegendsten Dinge, wie medizinische Versorgung und Lebensmittelvorräte«, warf Choudhury ein.

»Exzellent«, sagte der Captain. »Bitten koordinieren Sie beide sich mit den entsprechenden Abteilungsleitern. Wir sind hier, um alles in unserer Macht Stehende für diese Leute zu tun.«

»Gut, dass Sie das sagen, Sir«, ließ sich Kadohata vernehmen. »Denn was diese Leute am dringendsten benötigen, ist eine Umsiedlung an einen anderen Ort.«

Picard hatte das Gefühl, in sich zusammenzusacken. Es befanden sich annähernd achtzigtausend Leute allein in diesem Lager. Und er wusste, dass es noch weitere Flüchtlinge in anderen Regionen des Planeten gab, ganz zu schweigen von Unmengen auf anderen Welten. Die *Enterprise* konnte einen Bruchteil dieser Leute an Bord nehmen und sie nach Omicron Ceti oder Typerias umsiedeln, aber würde das irgendetwas helfen oder würde es die humanitäre Krise einfach nur von einem Ort zum anderen verschieben?

»... Auf diese Weise könnten wir bis zu zehntausend dieser Leute auf die *Enterprise* bringen. Das würde die Situation hier deutlich entlasten, die ...«

»Zehntausend?«, fragte Picard, dem plötzlich auffiel, dass sein zweiter Offizier noch immer mit ihm sprach. Ein Anflug von Verlegenheit überkam ihn, weil er Kadohata ausgeblendet hatte. »Das Rettungsprofil der *Sovereign*-Klasse sieht eine Höchstmenge von sechstausendfünfhundert Evakuierten vor.«

»Zugegeben, es wäre ein wenig unbequem, Sir«, sagte Kadohata, »aber es wäre machbar ... wenn wir es wirklich wollen.«

Picard entschied sich, die Herausforderung in ihrem Tonfall für den Augenblick zu übergehen. »Lassen Sie uns gegenwärtig erst einmal die unmittelbaren Probleme lösen. Alles Weitere können wir zu einem späteren Zeitpunkt diskutieren.«

»Aye, Sir«, bestätigte Kadohata mit einem Nicken, aber sie wirkte ein wenig unzufrieden.

Er erwiderte das Nicken, und dann hatten sie das Fertigbaugebäude neben dem gelandeten Runabout erreicht, in dem sich das Krankenhaus befand. Als Picard auf den Eingang zu trat, hielt Kadohata ihn zurück. »Da wäre noch eine persönliche Angelegenheit, die ich gerne mit Ihnen besprechen würde, Sir. Zu einem passenderen Zeitpunkt.«

Der Captain wandte sich zu ihr um und musterte seinen zweiten Offizier. Der seltsame Tonfall in ihrer Stimme verwirrte ihn, aber ihr Gesicht gab keinen Hinweis darauf, was sie beschäftigte. Daher nickte er nur, bevor er das Krankenhaus des Lagers betrat. Wie erwartet fand er Beverly bei der Arbeit vor. Sie überprüfte den Zustand jedes ihrer verbliebenen Patienten einzeln, obwohl ihr andorianischer Assistenzarzt hinter ihr herlief und leise darauf beharrte, wie unbedeutend die verbliebenen Fälle seien und dass er absolut imstande sei, den Krankensaal zu übernehmen. »Doktor Crusher«, rief der Captain und erreichte damit, dass seine Frau endlich anhielt und sich umdrehte.

»Captain Picard«, erwiderte sie. Sie gestattete sich nur die Andeutung eines Lächelns. Das Krankenhaus war ihr Reich, und sie bewahrte absolute professionelle Distanz.

»Ich habe einen Bericht von Ihnen erwartet, Doktor.«

»Natürlich, Captain. Ich ... habe eine Kopie im Runabout liegen. Doktor th'Shelas?«

Der andere Doktor gab sich keine Mühe, seine Belustigung zu verbergen, als sie sich entschuldigte und den Captain zu dem Schiff führte. Kadohata und Choudhury instruierten gerade ein kleines Team Techniker, zusätzliches Material aus dem Hauptrumpf des Runabouts auszubauen, während Crusher und Picard sich zum Cockpit durchkämpften. Kaum dass sich die Tür geschlossen hatte und sie allein waren, schlang Beverly die Arme um seinen Hals, und sie versanken in einem leidenschaftlichen Kuss.

Nachdem sie einige Momente so verweilt und ihr erneutes Zusammensein gefeiert hatten, schob Jean-Luc sie sanft von sich fort und blickte ihr tief in die Augen. »Dir ist hoffentlich klar, dass du nicht die Befugnis hattest, dieses Schiff hier zu landen und auseinanderzunehmen«, sagte er. »Jede Entschädigung, die an die BHV gezahlt werden muss, kommt aus deiner Tasche.«

»Wie bitte?«, erwiderte sie und bedachte ihn mit einem gespielt empörten Blick. »Versucht etwa der gleiche Mann, der zwei hochrangige Föderationspolitiker entführt hat, um sie gegen ihren Willen hierherzubringen, mich zu belehren?«

»Entführung ist so ein unschöner Begriff ...«

»Aber nicht vollkommen unpassend«, beendete Beverly seinen Satz. »Jean-Luc, wirklich, was hast du dir dabei gedacht?«

»Das Gleiche wie du, nehme ich an«, gab Picard zurück. »Dass gewöhnliche Maßnahmen in der gegebenen Situation nicht mehr ausreichend waren. Dass ich nicht einfach nichts tun konnte, während die Föderation, wie wir sie immer gekannt haben, um uns herum in sich zusammenstürzt.« Er lachte trocken auf und bedachte sie dann mit einem freudlosen Lächeln. »Verrückt, wenn man bedenkt, dass ich noch vor wenigen Tagen absolut euphorisch bei dem Gedanken war, in einem Universum ohne Borg zu leben und endlich wieder die Freiheit zu haben, ein Entdecker zu sein.«

Crusher schenkte ihm ein aufrichtigeres Lächeln. »Nach all dem, was du im Leben durchgemacht hast, Jean-Luc, ist der Umstand, dass es dir gelungen ist, an deiner Leidenschaft festzuhalten ...« Sie hielt inne und schien sich unsicher zu sein, ob sie den Gedanken, den sie gehabt hatte, wirklich laut aussprechen sollte. »Weißt du, ich habe in den letzten paar Tagen viel über Jack nachgedacht.«

»Tatsächlich?«, sagte Picard. Obwohl dessen Tod schon annähernd dreißig Jahre zurücklag, verspürte er noch immer einen stechenden Schmerz, wann immer seine Gedanken zu seinem alten Freund und dem ersten Ehemann seiner Frau zurückkehrten.

»Na ja, eigentlich nicht über Jack direkt«, berichtigte sich Crusher, »sondern vielmehr über ... den Umstand, ihn verloren zu haben, und wie ich mich selbst danach verloren habe. Es ist wichtig, dass du dich deiner Leidenschaften stets erinnerst, vor allem in Zeiten wie diesen. Wir alle müssen uns an so viel wie möglich vom dem klammern, was uns noch geblieben ist, und es so fest halten, wie wir können.«

Bevor Picard darauf antworten konnte, zirpte sein Kommunikator, und Worfs Stimme erklang. »Enterprise *an Picard.«*

»Ja, Nummer Eins?«

»Sir, wir haben eine eintreffende Prioritätsnachricht von Admiral Akaar für Sie.«

Picards Schultern sackten herab. Genau genommen war er ein wenig überrascht, dass es so lange gedauert hatte, bis der Admiral ihn kontaktierte, aber das bedeutete nicht, dass er dem anstehenden Gespräch deswegen freudiger entgegensah. Er schaute wortlos um Beistand heischend zu Beverly hinüber. Danach zog er seine Uniform gerade und sagte: »Leiten Sie die Nachricht durch das Kommunikationssystem der *Genesee.*«

Crusher trat aus dem Sichtfeld, während Picard sich auf dem Pilotensitz niederließ und sich dem Monitor zu seiner Linken zuwandte. »Admiral.«

Der über hundert Jahre alte Capellaner funkelte ihn quer durch den halben Föderationsraum wütend an. *»Picard, erklären Sie mir, was zum Donnerwetter Sie zu tun glaubten!«*, verlangte er.

»Sir, die *Enterprise* folgte Berichten einer Notfallsituation auf Pacifica ...«

»Glauben Sie, dass es im Augenblick irgendwo in der Föderation eine Situation gibt, die nicht als Notfall bezeichnet werden könnte?«, unterbrach ihn Akaar.

»Es werden wohl nur sehr wenige sein, nehme ich an«, gab er zu.

»Wie kamen Sie dann zu dem Schluss, dass die Notsituation auf Pacifica drängend genug sei, um dafür Ihre Mission auf Alpha Centauri III abzubrechen?«

»Doktor Crusher informierte mich über die sich verschlechternde Lage ...«

»Es war also Ihre Frau«, höhnte der Admiral regelrecht.

Picard biss sich auf die Zunge. Akaar war ein Traditionalist in der Sternenflotte, der sich offen gegen Will Rikers Entscheidung ausgesprochen hatte, eine der Schlüsselpositionen an Bord der *Titan* mit seiner Frau Deanna Troi zu besetzen, und er war auch nicht allzu glücklich darüber gewesen, als die Nachricht von Beverlys und seiner Hochzeit das Sternenflottenhauptquartier erreicht hatten. »Es war mein Leitender Medizinischer Offizier«, erklärte Picard dem Admiral, »der sich auf einer Mission für den Direktor der Behörde für Heimatvertriebene befand.«

»Dann waren es also diesmal keine ätherische Stimme und keine mentale Verbindung, die Sie dazu getrieben haben, Ihre Befehle zu missachten?«

Alles in Picard sträubte sich angesichts des spöttischen Tonfalls des Admirals »Nein, Sir«, sagte er durch zusammengebissene Zähne.

Akaar fuhr sich mit einer Hand über die müde aussehenden Augen und das stoppelbärtige Kinn. *»Picard, ich nehme an, Sie stimmen mir zu, dass Ihnen bei Ihrer gegenwärtigen Mission extreme Handlungsfreiheit zugestanden wurde, nicht wahr?«*

»Ja, Sir«, gestand Picard.

»Und ich hatte wirklich gehofft, dass Sie sich trotz der langen Leine, die wir Ihnen gelassen haben, nicht daran aufhängen würden, aber nein. Auf Alpha Centauri schreien sie nach Ihrem Kopf, und das dene-

vanische Ratsmitglied ist ebenfalls alles andere als erfreut über Ihr Handeln.«

»Sir, wenn ich nur ...«

»Sparen Sie sich das, Picard!«, schnauzte der Admiral. *»Welche Entschuldigungen Sie auch immer vorbringen möchten, dies hier ist nicht die richtige Zeit für Eigenmächtigkeiten. Sie werden Pacifica umgehend verlas...«*

Der Schirm wurde dunkel.

»Admiral?«, fragte Picard, trotz des deutlichen Hinweises, dass das Signal unterbrochen worden war. Er berührte eine Reihe von Kontrollen an der Konsole, aber der Admiral war fort.

Die Cockpittür glitt auf, und als sowohl er als auch Crusher sich umdrehten, sahen sie Kadohata und Choudhury, die einen Schritt ins Innere traten. »Verzeihen Sie, Sirs«, sagte der zweite Offizier. »Es tut mir sehr leid. Wir haben gerade die Kommunikationsrelais des Runabouts ausgeschlachtet, um sie für das Lager zu verwenden. Ich habe zu spät bemerkt, dass sie in Benutzung waren.«

»Tatsächlich?«, fragte Picard und blickte erst sie, dann Choudhury zweifelnd an. »Das war sehr nachlässig von Ihnen. Sie haben Admiral Akaar unterbrochen, als er gerade im Begriff war, der *Enterprise* neue Befehle zu erteilen.«

»Oh«, sagte Kadohata und setzte angesichts dieser Nachricht einen recht brauchbaren Ausdruck von Überraschung auf.

»Verzeihung, Sir«, fügte Choudhury hinzu. Sie wirkte alles andere als zerknirscht oder erschrocken. Vielmehr schien sie endlich wieder einen Großteil der ruhigen Selbstsicherheit gewonnen zu haben, an die Picard sich bei ihr so gewöhnt hatte.

»Ich nehme an, es ist kein Schaden entstanden«, sagte Picard schließlich. »Er wird uns einfach erneut kontaktieren.«

»Ich habe gerade mit Commander La Forge gesprochen«, informierte Choudhury ihn. »Der Langstreckenempfänger gehörte zu den Systemen, die nicht vollständig repariert worden waren, bevor wir die McKinley-Station verlassen mussten, und es gibt noch gelegentlich Ausfälle. Er kann nicht garantieren, dass wir irgendwelche Signale von der Erde empfangen können ... zumindest eine Weile lang nicht.«

»Tatsächlich?« Picard blickte die beiden Frauen mit dem strengsten Blick, den er zustande brachte, an. Dann seufzte er. »Nun gut. In diesem Fall, denke ich, bleibt uns nur die Option, hier auch weiterhin so gut wie möglich Hilfe zu leisten, bis wir imstande sind, den Kontakt zum Admiral wiederherzustellen.«

»Aye, Sir«, stimmten ihm alle drei seiner Offiziere zu, darunter auch Crusher, die sich nicht einmal die Mühe machte, eine ernste Miene zu bewahren. Kadohata und Choudhury schlüpften aus dem Cockpit, und Picard wandte sich an seine Frau. »Weiß du was, Beverly«, brummte er, während er mit Zeigefinger und Daumen seinen Nasenrücken massierte. »Wir hatten im vergangenen Jahr so viele Schwierigkeiten, diese Besatzung neu aufzubauen. Zu versuchen, Will und Data und Deanna und Christine zu ersetzen ... und dabei mussten wir auf die harte Tour feststellen, dass wir diese besondere Chemie, die so lange Zeit zwischen uns geherrscht hat, wohl niemals wieder erleben würden. Und nun konspirieren mein Ops-Offizier und meine Sicherheitschefin in der Absicht, die Befehlskette zu umgehen ...«

Er ließ die Hand sinken, hob den Kopf und grinste seine Liebste an. »Ich glaube, dieses neue Team beginnt endlich, zusammenzufinden.«

KAPITEL 14

»Das ist inakzeptabel!«

Worf bedachte den Mann auf dem Sichtschirm mit dem höflich ungerührten Gesichtsausdruck, den er während seiner vier Jahre als Botschafter perfektioniert hatte. »Worauf, Minister Bemidji, beziehen Sie sich genau?«

Verbittert stieß der Selkie-Politiker einen zischenden Strom aus Luftblasen aus. *»Wir haben die Föderation gerufen, um diese … Außenweltler aus iy'Dewra'ni zu entfernen. Und jetzt errichten Sie dort eine permanente Kolonie!«*

Worf lehnte sich auf dem Konferenzraumsessel zurück und verschränkte die Arme vor der Brust. »Wir ersetzen die Stoffzelte, die ursprünglich für die Flüchtlinge hergestellt wurden, durch stabilere Unterkünfte, aber sie sind nicht dazu gedacht, dauerhaft …«

»Wenn sie nicht von Dauer sind, wann werden sie dann wieder abgerissen?«, wollte Bemidji wissen. *»Wann wird die Sternenflotte endlich tun, wofür sie hierhergeschickt wurde, und uns unseren eigenen Planeten zurückgeben?«*

Vor ein paar Jahren hätte Worf auf dieses angriffslustige Getue in gleicher Weise geantwortet, indem er die Zähne gefletscht und die Ehre seiner Offizierskameraden bei der Sternenflotte mit einem kehligen Grollen verteidigt hätte. Heute war er deutlich ruhiger. »Ich kann Ihnen versichern, dass die Sternenflotte und die Regierung der Föderation alles in ihrer Macht Stehende unternehmen werden, um sich um Ihre Probleme zu kümmern.« Es waren nichtssagende und, obwohl absolut wahr, weitgehend bedeutungslose Worte. Doch Worf war nicht der Ansicht, dass diese lärmende *Grishnar*-Katze etwas anderes wert war.

»Beleidigen Sie mich nicht, Commander! Es ist schlimm genug, dass Captain Picard sich weigert, persönlich mit mir zu sprechen und mich stattdessen mit seinen Untergebenen verhandeln lässt.« Worf hätte über diesen offensichtlichen Versuch, ihn mit dieser zweifachen Schmähung zu reizen, beinahe spöttisch gelacht. Bemidji wusste sehr gut, dass Picard sich gerade im iy'Dewra'ni-Lager befand und sich um genau die Lösungen bemühte, nach denen der Minister schrie. Allem Anschein nach war er der Meinung, dass es seine Verhandlungsposition stärken würde, wenn er von dem klingonischen Offizier einen politisch unklugen Ausbruch provozierte. *»Ich werde diese Angelegenheit bis zum Föderationsrat tragen, wenn es sein muss!«*

»Das ist Ihr gutes Recht, Sir«, antwortete Worf. »Ich für meinen Teil würde sehr gerne hören, wie Pacifica sich vor dem Rat erhebt und verkündet, dass es nicht willens ist, jenen Föderationsbürgern zu helfen, deren Welten vernichtet wurden. Angesichts der Tatsache, dass so viele der zerstörten Planeten ehemalige Erdenkolonien waren und dass die Mehrzahl der Flüchtlinge auf Pacifica aus Menschen besteht, bin ich mir sicher, dass ganz Paris solch eine Verlautbarung mit größtem Interesse aufnehmen wird.«

Darauf hatte der Minister keine Erwiderung, und Worf nutzte diesen Vorteil, indem er sagte: »Wenn Sie mich nun entschuldigen würden, Herr Minister. Es gibt andere Dinge, um die ich mich kümmern muss.« Er beendete die Übertragung.

Dass seine Worte keine leere Entschuldigung waren, zeigte sich, als Worf eine in der Warteschleife hängende Nachricht von der Brücke bemerkte, kaum dass der Schirm dunkel geworden war. Er erhob sich von seinem Platz, während er den Befehl zum Öffnen eines neuen Komm-Kanals eingab. »Hier spricht Commander Worf, *Enterprise*.«

Auf dem Wandschirm tauchte eine menschliche Frau mit rundlichem Gesicht und dunklem, lockigem Haar auf, die hinter einem Schreibtisch in einem kleinen Bereitschaftsraum saß. *»Commander Worf. Es ist eine Weile her. Es freut mich, Sie wieder in Uniform zu sehen.«*

»Danke, Captain Cukovich«, antwortete Worf. Vor zehn Jahren, während des kurzen Krieges der Föderation mit dem Klingonischen Imperium, war Martina Cukovich Kommandantin der *Litvyak* gewesen. Als Offizier für strategische Operationen auf DS9 hatte Worf während des Konflikts ein paar Mal mit Cukovich zu tun gehabt, und dann noch einmal während des nachfolgenden Krieges gegen das Dominion. Mittlerweile war sie Captain der *Nansen*, einem der Schiffe, die die Borg bei ihrer jüngsten Invasion über Beta Rigel bekämpft hatten. »Was kann ich für Sie tun, Sir?«

»Sie können mich mit Captain Picard sprechen lassen«, sagte sie, und ihr zuvor höfliches Lächeln verschwand.

Worf hatte etwas Derartiges erwartet. »Ich fürchte, er ist gegenwärtig nicht an Bord«, sagte er.

Cukovich schnaubte verärgert. *»Commander, mir wurde von Admiral Akaar befohlen, die* Enterprise *abzufangen, Captain Picard seines Kommandos zu entheben und ihn, wenn nötig, wegen Entführung unter Arrest zu stellen. Ganz unter uns: Ich bin nicht sonderlich begeistert von der Vorstellung, einen der Captains, denen es am Ende gelang, die Borg zu stoppen, in Ketten zu legen. Aber mir bleiben nicht viele Alternativen, nicht wenn Sie weiterhin all diese ‚Probleme mit der Kommunikation' haben.«*

Worf biss die Zähne zusammen, als er nickte. Er hatte Captain Picards Plan, Barrile nach Pacifica zu bringen, bereitwillig unterstützt, aber mittlerweile überkam den Klingonen das ungute Gefühl, dass sie die möglichen Folgen ihres Handelns falsch eingeschätzt hatten. Der Captain und seine »Gäste« befanden sich nun seit knapp sechs Stunden auf der Planetenoberfläche, und abgesehen von den Befehlen des Captains, Vorräte und Ausrüstung hinunterzubeamen, war ihm nichts zu Ohren gekommen, das auf irgendwelche Fortschritte hinwies. Nicht zum ersten Mal fragte sich Worf, ob sich Will Riker eigentlich ähnlichen Situationen ausgesetzt gesehen hatte oder ob es dem Captain einfach Spaß machte, seinen klingonischen Ersten Offizier in Schwierigkeiten zu bringen. »Ich werde Ihre Nachricht so schnell wie möglich an Captain Picard weiterleiten«, sagte er zu Cukovich.

»Nun, ich hoffe, das wird in den nächsten zweieinhalb Stunden sein, denn das ist der Zeitpunkt, zu dem wir in den Orbit eintreten«, sagte Cukovich. »Nansen *Ende.«*

Nachdem sich Cukovich abgemeldet hatte, starrte Worf einige lange Sekunden auf den schwarzen Schirm. Schließlich rief er die Brücke. »Ensign Rosado, stellen Sie für mich eine Verbindung zum Captain her.«

Picard lehnte sich auf dem Pilotensessel des Runabouts zurück und blickte finster auf den leeren Schirm. Bis jetzt war ihm die Verwegenheit dessen, was er getan hatte, gar nicht richtig bewusst geworden. Sie passte besser zu einem frechen jungen Ensign, der Cory Zweller vor einem halben Jahrhundert geholfen hatte, eine Gruppe Nausicaaner beim *Dom-Jot* zu beschummeln, als zu dem Mann, der er seitdem geworden war. Dennoch bereute er nicht, was er getan hatte. Sie hatten die Lebensbedingungen auf iy'Dewra'ni um das Zehnfache verbessert, und Präsident Tiernan hatte angeboten, weiteren zweihunderttausend nichtdenevanischen Flüchtlingen eine dauerhafte neue Heimat auf Ingraham B zu schaffen. Und auch wenn George Barrile von all dem, was er hier gesehen hatte, unberührt geblieben war, vermochte Picard zumindest Trost aus dem Wissen ziehen, dass er alles versucht hatte, was in seiner Macht stand. Natürlich war ihm klar, dass das in der Brig ein sehr geringer Trost sein würde.

Ein kratzendes Geräusch richtete Picards Aufmerksamkeit auf die Cockpittür des Runabouts. Dann wurde sie manuell aufgezogen – die automatischen Servos waren entfernt worden, um in ein Ausrüstungsteil des Krankenhauses eingebaut zu werden -, und Commander Kadohata trat ein. »Sir«, sagte sie mit hoffnungsvollem Lächeln. »Sind Sie mit Ihrer Übertragung fertig?«

»Hm? Oh, ja, natürlich ...«, sagte der Captain und machte Anstalten, vom Sessel aufzustehen.

»Nein, Sir, bleiben Sie ruhig hier«, sagte sie und griff an ihm vorbei, um einige Einstellungen zu verändern. »Tatsächlich glaube ich sogar, dass Sie sich das hier anhören möchten.« Sie drückte eine Taste. »Kadohata an Rosado. Ist alles bereit, Jill?«

»Wir sind bereit, Commander«, erwiderte der stellvertretende Ops-Offizier von Bord des Schiffes.

Picard warf der jüngeren Frau einen fragenden Blick zu. »Was geht hier vor sich?«, fragte er.

Kadohata antwortete ihm mit einem weiteren Grinsen. »Wir haben unsere Probleme mit der Langstreckenkommunikation gelöst, Sir«, erklärte sie ihm, danach berührte sie ihren Kommunikator. »Kadohata an Choudhury. Wir sind so weit, wenn Sie es sind.«

Picard schaute noch immer Kadohata an, als er aus den Augenwinkeln bemerkte, dass sich der Kommunikationsmonitor wieder einschaltete und ein Bild von George Barrile zeigte, der direkt außerhalb des Runabouts stand. Hinter ihm war das Lager zu sehen. Für einen Mann, der als langjähriger Politiker zweifellos daran gewöhnt war, über Subraum öffentliche Reden zu halten, schien er sich überraschend unbehaglich zu fühlen. Nachdem er sich einen kurzen Moment gesammelt hatte, richtete er seinen Blick vom Schirm auf sein Publikum und begann, zu sprechen.

»Hier ist Gouverneur George Barrile von Alpha Centauri, und ich spreche heute vom Planeten Pacifica zu Ihnen. Hinter mir liegt das iy'Dewra'ni-Flüchtlingslager auf Pacifica ...« Das Bild bewegte sich von ihm fort und schwenkte über die Siedlung hinter ihm. *»... wohin ungefähr achtzigtausend Föderationsbürger umgesiedelt wurden, nachdem sie von den Borg von ihren Heimatwelten vertrieben worden sind. Bis vor ein paar Stunden lebten diese Leute in Zelten,*

hatten nur eingeschränkten Zugang zu angemessener medizinischer Versorgung, hatten mit viel zu geringen Ressourcen an ...« Barriles Stimme verstummte. Der Videosensor schwenkte zu ihm zurück und zeigte, wie er auf die Szenerie blickte, die Faust gegen den Mund presste und den Kopf schüttelte. *»Diese Bilder werden dem nicht gerecht.«* Langsam löste er seinen Blick und wandte sich wieder seinem Publikum zu. *»Meine Worte werden dem nicht gerecht. Wir alle haben in den letzten paar Wochen die Berichte gehört und Bilder wie diese in den Nachrichten gesehen, aber ... sie sind für uns einfach nicht real. Es gibt ein Lager, diesem hier nicht unähnlich, nur zehn Laufminuten von meinem Büro in New Samarkand entfernt. Ich habe mir nie die Mühe gemacht, es zu besuchen. Wir Menschen haben Orte wie diesen - Orte der Armut und der Krankheit und des Hungers - bereits vor Jahrhunderten hinter uns gelassen. Wir leben in der Föderation schon so lange im Wohlstand, dass wir uns überhaupt nicht vorstellen können, dass solche Übel einmal mehr über uns kommen und uns überrollen könnten. Schlimmer noch, wir sind nicht mal in der Lage, zu sehen, dass sie jetzt direkt unter unserer Nase existieren.«*

Er hielt kurz inne. *»Bürger von Alpha Centauri ... Bürger der Föderation ... sie existieren hier und jetzt. Noch vor wenigen Tagen saß ich in meinem Büro und ärgerte mich darüber, dass mein gemütliches Leben durch die Nachwehen des Krieges gestört worden war, und in meiner Selbstbefangenheit entschloss ich mich, eine Kampagne ins Leben zu rufen, um meine Mitbürger darum zu bitten, darüber abzustimmen, ob wir uns von der Föderation abspalten sollten. Nun jedoch, dank eines geradezu verwegenen Akts, der mich aus meiner Selbstgefälligkeit gerissen hat, habe ich entschieden, dieser Volksabstimmung eine zweite Frage hinzuzufügen, nämlich jene, ob wir als Centaurianer nicht vielmehr unsere Hingabe den Idealen gegenüber, die in den Gesetzen der Föderation niedergelegt sind, aufs Neue bekräftigen sollten. Ob wir nicht unser Versprechen erneuern sollten, das wir vor über zwei Jahrhunderten den Völkern der Erde,*

Vulkans, Tellars und Andors sowie all jenen Völkern, die danach zu uns stießen, gegeben haben, das Versprechen, eine vereinigte Gemeinschaft zu sein, die sich unser aller Wohl und Überleben verschrieben hat. Und ich hoffe, wir werden nicht die Einzigen sein, die an diesem Scheideweg der Geschichte, an dem wir heute stehen, ihre Hingabe zu jenen Idealen einmal mehr in klare Worte fassen. Ich danke Ihnen für Ihre Zeit und Ihre Aufmerksamkeit.« Er blickte in den Videosensor, und dann wurde der Schirm dunkel.

Picard sah zu Kadohata hoch, die ein triumphierendes Lächeln zur Schau stellte. Er bedachte sie mit einem leichten Nicken. »Gut gemacht, Commander«, sagte er.

»Die Lorbeeren gebühren Ihnen, Captain«, sagte sie bescheiden. »Sie haben den Gouverneur hierhergebracht. Ich habe ihn nur auf den letzten paar Metern an die Hand genommen.«

Picard nickte erneut, als sie das Cockpit verließ und den Captain mit seinen Gedanken über die Rede allein ließ. Würde sie etwas erreichen oder auch nur im Nichts verpuffen? Gleich darauf kam ihm der Gedanke, dass er nun, da sich ihr »Problem mit der Kommunikation« gelöst hatte, wohl bald von Akaar hören würde, vermutlich noch bevor die *Nansen* eintraf.

»Hoffen wir, dass Barriles Worte nicht auf taube Ohren stoßen«, murmelte er leise zu sich selbst.

Worf hatte sich zum Transporterraum begeben, um den Captain dort zu treffen. Picards Stiefel und Hosenaufschläge waren mit getrocknetem Schlamm bedeckt, und ein dünner Schweißfilm lag auf seinem Gesicht und seinem Schädel. »Nummer Eins«, begrüßte er Worf, als er von der Plattform stieg. »Wartet Captain Cukovich noch immer?«

»Ja, Sir«, sagte Worf.

»Dann wollen wir sie unter keinen Umständen länger warten lassen«, sagte er zu dem Ensign, der hinter der Kontrollkonsole stand. Picard stellte sich neben Worf. Seine verschmutzte Uniform stand in auffälligem Kontrast zur makellosen des Klingonen, und Worf fühlte sich seltsam unzureichend neben ihm. »Energie.«

Nur Augenblicke später materialisierte die menschliche Frau und trat ihnen entgegen.

»Captain Cukovich. Willkommen an Bord der *Enterprise.*«

»Captain Picard. Commander Worf«, begrüßte sie die beiden mit einem Nicken. Sie war einen halben Kopf kleiner als Picard, hielt sich aber auf eine Art und Weise, die ihr den Anschein von Größe verlieh. »Ich nehme nicht an, dass Sie seit Gouverneur Barriles Ansprache eine Verbindung zu Admiral Akaar herstellen konnten?«

»Nein, ich habe nichts von ihm gehört«, sagte Picard. Sie hatten gehofft, die Worte des Centaurianers würden dazu beitragen, Akaars Zorn zu mildern und ihn zu bewegen, seine Befehle Cukovich gegenüber abzuändern. Bedauerlicherweise schien das nicht der Fall zu sein.

»Ich ebenfalls nicht, trotz mehrfacher Versuche.«

»Er zahlt es mir mit gleicher Münze heim«, vermutete Picard.

Der andere Captain zuckte mit den Schultern. »Was auch immer der Grund sein mag, meine Befehle bestehen nach wie vor unverändert.« Es gelang ihr, sich noch ein wenig weiter aufzurichten. »Captain Jean-Luc Picard.« Picard nahm ebenfalls Haltung an. »Auf Befehl von Admiral Leonard James Akaar, Sternenflottenkommando, enthebe ich Sie hiermit Ihres Kommandos über die *U.S.S. Enterprise* bis zu einer formellen Anhörung.«

Picard ließ sich nichts anmerken. »Ich übergebe das Kommando.«

Cukovich drehte sich zu Worf. »Commander Worf. Ich übergebe Ihnen das einstweilige Kommando über die *Enterprise.*«

»Sir«, sagte er. »Bei allem Respekt, ich kann das Kommando nicht annehmen.«

Cukovichs Augen verengten sich. »Und warum nicht, Commander?«

Worf verlagerte sein Gewicht von einem Fuß auf den anderen. »Weil ich Captain Picards Entscheidungen unterstützt habe, und weil ich glaube, dass es von höchster Wichtigkeit ist, dass unsere Bemühungen hier auf Pacifica nicht unterbrochen oder eingestellt werden.«

»Wer hat Sie darum gebeten, irgendetwas zu unterbrechen oder einzustellen?«

Sowohl Worf als auch Picard blickten den Captain der *Nansen* überrascht an, was der Frau ein amüsiertes Schnaufen entlockte. »Natürlich hat Captain Picard ein Anrecht auf eine rasche Anhörung, aber solange er es nicht eilig hat, zur Erde zurückzukommen ...«

Picard blickte die Frau misstrauisch an. »Ich bin bereit, auf dieses spezielle Anrecht zu verzichten«, sagte er.

»Ausgezeichnet.« Cukovich wandte sich erneut Worf zu. »Denn ich stimme mit Ihrer Einschätzung überein, Commander, dass die Situation hier höhere Priorität hat.«

Der Klingone musterte Cukovich noch einen Moment länger, dann gestattete er sich ein schmales Lächeln. »In diesem Fall akzeptiere ich das Kommando.«

»Sehr gut«, sagte Cukovich mit einem Nicken. »Captain Worf, ich denke, die *Nansen* und die *Enterprise* sollten ihre Bemühungen hier koordinieren. Und wenn Captain Picard, der die Situation am Boden gesehen hat, irgendwelche Vorschläge hat ...«

Worf schüttelte den Kopf. »Commander Kadohata und die anderen Mitglieder des BHV-Teams haben bereits sehr ausführliche Berichte abgeliefert. Ich denke, die Vorschriften sehen vor, dass Captain Picard zumindest in sein Quartier gesperrt werden sollte.«

Beide Captains starrten Worf entgeistert an. »Nummer Eins«, sagte Picard warnend.

Worf wandte sich dem Transportertechniker zu. »Kontaktieren Sie Doktor Crusher, und lassen Sie ihr Team sofort hochbeamen. Ich bin der Ansicht, das unautorisierte Demontieren der *Genesee* verdient ähnliche Maßnahmen.«

Umgehend änderte sich Picards Ausdruck. »Ah. Tja, nun ja ... Vorschriften sind Vorschriften«, sagte er. Cukovich lächelte hinter vorgehaltener Hand. Worf dagegen gab sich nicht einmal Mühe, sein eigenes Grinsen zu verbergen.

Es war unmöglich, wie eine ernsthafte und achtbare Respektsperson zu wirken, wenn man einen Hydrationsanzug trug. Im besten Fall konnte man darauf hoffen, nicht vollkommen lächerlich auszusehen.

Glücklicherweise war Minister Bemidji zu alt und zu wütend, um sich über solche Dinge Gedanken zu machen. Mit verzerrter Miene zog er die Kapuze des Anzugs über seine Kiemenkämme, während das Acroshuttle die Oberfläche des Ozeans durchbrach und in Pacificas Troposphäre eindrang. Er war in einem Alter, in dem er mehr als zwei Drittel seines Lebens unter Wasser verbracht hatte, und die Erinnerungen an seine Jugendtage auf der Oberfläche wurden mit jedem verstreichenden Jahr schemenhafter. Während der Transporter den Scheitelpunkt seines Aufstiegs erreichte und kurz darauf holprig am Rand des iy'Dewra'ni-Feldlagers landete, fiel Bemidji auf, dass er sogar Schwierigkeiten hatte, sich daran zu erinnern, wann er das letzte Mal den Fuß auf trockenes Land gesetzt hatte. Schon vor langer Zeit hatte er eine Stellung erreicht, die es ihm erlaubte, luftatmende Außenweltler zu ihm hinunter nach hi'Leyi'a zu zitieren oder aber jüngere Untergebene loszuschicken, um sich um Angelegenheiten an der Oberfläche zu kümmern.

Nachdem das Shuttle entwässert und der Druck angeglichen worden war, öffnete sich die Luke, und Bemidji trat hinaus auf die Oberfläche des Planeten. Er stützte sich auf einen polierten Wurmschalenstock mit Perlenverzierungen, um seinen Mangel an Beweglichkeit an der Luft auszugleichen, wobei ihm erneut gleichgültig war, welchen Eindruck das erwecken mochte. Langsam aber stetig bewegte er sich auf die Stelle zu, an der Kommandant Minha zusammen mit einem Menschenmann, Dillingham, stand. »Herr Minister«, begrüßte der Anwalt ihn, während der Kommandant in Habachtstellung schnellte.

»Mister Dillingham, Kommandant«, erwiderte Bemidji. Seine Stimme, die durch dünne Luft an seine Ohren drang, kam ihm seltsam fremd vor. »Wie geht es dem verletzten Mann?«

»Mister Wheeler hat eine Subduralblutung davongetragen, zusammen mit einer leichten Gehirnerschütterung und einigen kleineren Verletzungen. Dank des Eintreffens der *Enterprise* ist er jedoch vollständig genesen.«

»Gute Neuigkeiten«, sagte Bemidji, danach wandte er sich an den Kommandanten. »Minha, hätten Sie die Güte, mir zu erklären, wie dieser Mann verletzt werden konnte, während er sich in einem Gebiet befand, das ein sicherer Zufluchtsort für die Borg-Flüchtlinge sein sollte?«

»Ich habe hinsichtlich meiner Verantwortlichkeiten versagt, Herr Minister.«

Bemidji nickte, und aus den Augenwinkeln sah er, dass Dillingham es ihm gleichtat. Natürlich kannte er die ganze Geschichte und verstand, aus welchen Gründen die Männer Mister Wheeler angegriffen hatten. Aber das war keine Entschuldigung, weder in seinen Augen noch, da war er sich sicher, in denen Dillinghams oder der Föderationsoffiziellen, denen er Bericht erstatten würde. »Thwa Minha, es ist meine Pflicht, Sie davon in Kenntnis zu setzen, dass Sie hiermit Ihres Postens in der iy'Dewra'ni-Division enthoben werden.«

In einer scheinbaren Geste der Zerknirschung senkte Minha den Kopf. Tatsächlich näherte sich Minhas amphibische Phase ihrem Ende, und er hätte seinen Posten ohnehin in einigen Monaten aufgeben müssen, wenn er nicht mehr imstande war, seine Lungen zu verwenden, um außerhalb des Wassers zu atmen. Indem Bemidji ihm diese kleine Schmach in Anwesenheit des Föderationsbeobachters zufügte, verlor Minha wenig, während sich Pacifica in den Augen von Paris hoffentlich zumindest ein bisschen neuen Respekt verdiente. Nachdem diese Bilder in der ganzen Milchstraße verbreitet worden waren, würde Pacifica in dieser Hinsicht alle Hilfe brauchen, die es kriegen konnte.

Dillingham schenkte ihm ein breites, zahnreiches Lächeln und trat mit ausgestreckter rechter Hand vor. »Minister Bemidji, ich weiß es zu schätzen, dass Sie sich dieser Angelegenheit persönlich angenommen haben. Danke.«

Bemidji ließ Dillingham seine behandschuhte Hand drücken. »Gern geschehen, Mister Dillingham. Und«, fügte er hinzu, als er sich auf den Rückweg zu seinem Shuttle machte, »haben Sie eine gute und rasche Heimreise zurück zur Erde.«

Arandis befand sich in einer schlichten, sterilen Krankenstation und atmete Luft, die nach absolut nichts roch. Sie trug ein locker anliegendes Krankenhemd, das beinahe ihren gesamten Körper bedeckte, vom Hals bis zu ihren Handgelenken und den Fußknöcheln.

Noch niemals in ihrem ganzen Leben hatte sie sich so zufrieden gefühlt.

Die Risanerin lauschte der gleichmäßigen Melodie der medizinischen Geräte, die mit ihren klingenden, piependen Geräuschen die offene Station erfüllten und dabei an algolianische Zeremonienmusik erinnerten. Sie schloss die Augen und ließ sich von ihr beruhigen, bis sie hörte, dass sich Schritte näherten. Als sie ein Auge öffnete, sah sie Doktor Tropp, der sie von oben herab angrinste. »Hallo, Arandis. Wie fühlen Sie sich?«

»Immer besser«, erwiderte sie ebenfalls lächelnd.

»Exzellent«, sagte der Denobulaner, während er auf den Monitor an ihrem Bett blickte. »Wir servieren bald das Mittagessen. Fühlen Sie sich bereit für ein wenig feste Nahrung?«

Arandis legte eine Hand auf ihren Bauch und stellte fest, dass das Unwohlsein, das sie in den letzten anderthalb Tagen in ihrer Magengegend und den Eingeweiden verspürt hatte, vollkommen verschwunden war. Sie erinnerte sich, gehört zu haben, wie Tropp einem anderen Sternenflottenoffizier erzählt hatte, dass der Computer der *Enterprise* das genetische Irgendwas mit Leichtigkeit gefunden habe, deutlich schneller, als es dem Computer des Runabouts möglich gewesen wäre. Dadurch war er in der Lage gewesen, eine effektivere Heilungsmethode zu entwickeln, die bei allen rassenbedingten Mutationen des Infekts wirksam sein würde. »Ja, bitte«, sagte sie. »Aber ... könnte ich trotzdem diesen weichen Nachtisch haben? Diese ... wie wurde es genannt?«

»Kirschgelatine?« Arandis nickte, und der Doktor schenkte ihr ein nachsichtiges Lächeln. »Ich denke, das lässt sich einrichten.« Er tätschelte ihre Hand, und Arandis strahlte ihn an, bevor er zum nächsten Bett weiterging. Nachdem sie sich ein Leben lang nur um die Bedürfnisse und Sehnsüchte anderer gekümmert hatte, war es zur Abwechslung wirklich mal ganz schön, dass sich andere um die ihren sorgten.

Sie hatte ihr zum Mittag aufgetischtes Nudelgericht bereits aufgegessen und grub gerade ihren Löffel in die kühle, glibberige Masse ihres Nachtischs, als sich eine weitere Person näherte. »Hey, Schätzchen, wie geht es Ihnen?«

Arandis blickte zu Don Wheeler auf und lächelte aus reiner Gewohnheit. »Gut, danke. Und Ihnen?«

»So gut wie neu«, verkündete er und rieb sich über die Unterseite seines jetzt glattrasierten Kinns. Wenn er sich dort eine Verletzung zugezogen hatte, war zumindest keinerlei Narbengewebe oder sonst etwas zu sehen. »Sie verlegen mich aus der Krankenstation in ein normales Quartier. Ich teile mir eine Kabine für zwei mit acht anderen, aber nur bis Sternenbasis 18.«

»Und wohin reisen Sie von dort?«, fragte Arandis.

Sein Lächeln verblasste. »Ich weiß es ehrlich gesagt noch nicht. Ich habe darüber nachgedacht, vielleicht nach Tellar zu gehen.«

»Gibt es dort guten Wein?«, wollte sie wissen.

»Nein«, erwiderte Wheeler mit säuerlichem Gesicht. »Der tellaritische Gaumen ist ungefähr so wie der menschliche Blinddarm.«

Arandis begriff die Analogie zwar nicht ganz, aber sie verstand die Stoßrichtung. »Warum wollen Sie dann dorthin?«

»Irgendwas muss ich ja machen.« Er zuckte mit den Schultern.

»Und was ist mit Ihnen?«, fragte er.

»Ich habe noch nicht viel darüber nachgedacht«, erwiderte sie. Als sie es nun tat, war alles, woran sie zu denken vermochte, das, was sie nicht tun konnte: nach Risa zurückkehren. Und was machte es ohne diese Möglichkeit schon für einen Unterschied, wohin sie ging? Für den Moment wandte sie sich einfach ab und schob sich einen weiteren Klumpen Gelatine in den Mund.

Dieser Augenblick ist wie jeder andere: nur vorübergehend, dachte sie, während sie das süße Dessert auf ihrer Zunge zergehen ließ. Sie würde ihn genießen, solange sie konnte, ohne sich über die, die folgten, Sorgen zu machen. Letzten Endes lag es in der Hand der Spender, was als Nächstes geschehen würde.

Die Kinder waren von ihrem Fußballfeld verscheucht und rennend zu ihren Eltern und Aufsichtspersonen zurückgeschickt worden. Ihren Platz hatten einhundertvierundachtzig Kazariten, Cygneti, Dopterianer, Pentamianer und andere eingenommen, die während der Krise auf Pacifica gestrandet waren, aber eine Heimat auf benachbarten Welten besaßen, zu der sie zurückkehren konnten. In Sechsergruppen verschwanden sie, als sie an Bord der *Nansen* gebeamt wurden.

Miranda Kadohata verfolgte das Geschehen vom Rand des Feldes aus. An ihrer Seite stand der Captain des Schiffes. »Es ist, als versuchte man mit einem Löffel einen See zu leeren«, sagte Cukovich leise.

Kadohata nickte beipflichtend, obwohl sie deutlich größeren Optimismus verspürte als der Captain. *Zumindest haben wir jetzt einen Löffel, und es besteht die Hoffnung, dass wir nicht alle einfach untergehen.* Nicht nur die *Nansen* nahm um die fünftausend Flüchtlinge an Bord. Es befanden sich zudem zwei weitere Schiffe im Orbit: Transporter von Bre'el, die soeben mehrere Hundert ihrer eigenen Evakuierten nach Hause gebracht hatten und nach Pacifica gekommen waren, nachdem sie Gouverneur Barriles

Ansprache gehört hatten. Sie nahmen einige Hundert Trill-Autoren und -Verleger an Bord, die an einer Literaturmesse in einem Hotel in Eden Beach teilgenommen hatten und während der Invasion dort gestrandet waren. Obwohl sie es da im Vergleich zu jenen im iy'Dewra'ni-Lager ziemlich gut gehabt hatten, waren sie mehr als glücklich, abreisen zu können - und machten damit ihre Räume für Hunderte von iy'Dewra'ni-Durchreisenden frei, die bis jetzt noch keinen anderen Ort hatten, an den sie gehen konnten.

»Es reicht immer noch nicht«, knurrte Cukovich, während ein weiteres halbes Dutzend Leute in Säulen aus Licht und Energie verschwand. »Admirals und ihre unausgegorenen ...« Sie brach ab und warf der Frau neben sich einen raschen Blick zu.

»Verzeihung Sir, ich habe Sie nicht ganz verstanden«, versicherte Kadohata ihr trocken.

Cukovich grinste, wirkte jedoch immer noch leicht verärgert. »Danke, Commander.« Sie wandte sich ab und wieder dem Feld zu.

»Ich glaube kaum, dass Picard so zurückhaltend mit seiner Meinung über die Admiralität wäre, ganz gleich wie unangebracht es wäre«, fügte sie, wohl noch immer zu sich selbst sprechend, einen Augenblick später hinzu. »Das hier zu sehen und zu wissen, dass die in San Francisco hocken und das Ende des Krieges feiern ... Es war genau der gleiche verdammte Mist nach dem Dominion-Krieg. Betazed hat sich bis heute nicht vollständig von seiner Besetzung während des Krieges erholt, wussten Sie das?«

Kadohata kam zu dem Schluss, dass diese Frage kein Risiko barg und sie daher ruhig antworten konnte. »Ja, Sir. Ich war vor etwas über einem Jahr dort.« Auf Will Rikers und Deanna Trois betazoider Hochzeitsfeier hatte sich Lwaxana Troi bei jedem, der ihr zuzuhören bereit war, über ihre anhaltenden Schwierigkeiten aufgeregt, ihrer Heimatwelt weitere Hilfsmittel zuzuführen.

»Und sie sind weiß Gott nicht so schlimm weggekommen«, fuhr Cukovich fort. »Doch statt unmittelbar nach dem Krieg konzentrierte Wiederaufbaubemühungen einzuleiten, haben wir nur hin und wieder hier und dort ein wenig getan und die Dinge manchmal auch so lange schleifen lassen, bis sie zu einem akuten Notfall wurden, wie der beschädigte Weltraumlift, der beinahe auf diese Tellariten-Kolonie gestürzt wäre. Es war kriminell. Und wenn wir glauben, dass wir auch diesmal vier oder fünf Jahre vor uns hinbummeln können ...« Cukovich ließ ihren Blick über das Lager schweifen und schnaubte gereizt. »Ich fürchte, wir werden feststellen, dass wir den Krieg gegen die Borg gewonnen haben, nur um den Frieden durch unsere eigene Selbstgefälligkeit wieder zu verlieren. Und wenn wir das zulassen ...«

Wortlos dachte Kadohata über diese Möglichkeit nach. Sie konnte sich nicht vorstellen, dass es dazu kommen würde. Dieser Krieg war ungleich zerstörerischer und einschneidender gewesen, als der gegen das Dominion, und er erforderte zweifellos eine andere Antwort. Dennoch musste Kadohata sich eingestehen, dass die Antwort, die sie bisher gesehen hatte, nicht sonderlich ermutigend war. »Wir alle müssen einfach tun, was wir können«, sagte sie leise.

Ihr Kommunikator zirpte. *»Commander, wir haben Ihre Verbindung nach Cestus III hergestellt«*, meldete Ensign Gliv.

»Danke, Gliv«, sagte sie, dann wandte sie sich Cukovich zu. »Entschuldigen Sie mich, Captain.«

Der Captain lächelte sie an. »Danke dafür, dass Sie nicht zugehört haben.«

Kadohata erwiderte das Lächeln. Anschließend durchquerte sie eilig das Lager, und als sie die *Genesee* erreichte, schlüpfte sie ins Cockpit und auf den Sitz an der aktiven Kommunikationskonsole. Sie gab den Übertragungsschlüssel ein, und ihr Lächeln wurde breiter, als das Bild ihres Zuhauses auf dem Schirm erschien. »Hallo, Vicenzo. Hallo, Aoki.«

»Hi, Mami!«, schrie ihre Tochter, die auf dem Schoß ihres Vaters saß.

»Liebling, die Babys schlafen«, tadelte Vicenzo sie sacht.

»Hi, Mami«, wiederholte Aoki im Flüsterton. *»Ich vermisse dich.«*

»Oh, ich vermisse dich auch, mein Schatz, ganz furchtbar«, sagte sie. »Und dich ebenfalls, mein Liebster«, fügte sie an Vicenzo gerichtet hinzu.

»Ich dich auch, Süße«, erwiderte Vicenzo mit einem halben Lächeln. *»Du bist also noch immer auf Pacifica?«*

»Ja«, sagte sie und nickte müde. »Hier herrscht nach wie vor ein furchtbares Chaos. Ich fürchte, es wird noch eine ganze Weile dauern, das hier aufzuräumen.«

»Ich habe die Bilder gesehen«, sagte Vicenzo mit einem Nicken. *»Und Gouverneur Barriles Ansprache. Es sieht wirklich schlimm aus.«*

»Das ist es auch«, sagte Miranda nur.

Vicenzo nickte noch ein paar Mal leicht. Dann, nach einem etwas unangenehmen Augenblick des Schweigens, holte er tief Luft. *»Miranda, es tut mir leid«*, sagte er.

»Leid, Liebster?«, fragte Kadohata verwirrt.

»Ich weiß, dass das, was du machst, wichtig ist. Und ich bin wirklich ...« Er brach ab und verbesserte: *»... wir sind wirklich stolz auf dich, weil du tust, was du tust, auch wenn es einige Opfer bedeutet.«* Er drückte Aoki an sich, die sich daraufhin auf seinem Schoß wand und kicherte.

Miranda rang darum, die Tränen zurückzuhalten, als sie diesen wundervollen Mann anlächelte, der ihr mehr bedeutete als alles andere im Universum. »Ich habe Neuigkeiten, Liebling. Wie schon gesagt, wird es einige Zeit dauern, bis die Dinge hier wieder in Ordnung sind. Daher habe ich mich entschlossen ... Wenn die *Enterprise* abfliegt ... Ich werde hierbleiben.«

Vicenzo blinzelte. *»Was heißt das denn jetzt?«*, fragte er.

»Ich habe Captain Picard darum geben, zur Behörde für Heimatvertriebene abgestellt zu werden und weiterhin hierbleiben zu dürfen«, erklärte sie. »Ich möchte gerne weiter helfen, die Flüchtlingskrise zu bewältigen. Es ist eine gewaltige Herausforderung - so als wäre man der Ops-Offizier eines halben Dutzends Raumschiffe -, und es ist eine so wichtige Arbeit. Außerdem …« Sie schenkte ihnen ein breites Lächeln. »… wäre ich genau hier, fest an einem Ort.«

Aoki schien die Bedeutung dieser Worte rascher als ihr Vater zu begreifen. *»Wie weit is' Pafizica weg?«*, fragte sie aufgeregt.

»Pacifica, Liebling«, verbesserte Miranda sie liebevoll. »Und es sind nur ein paar Tage mit einem Runabout.«

»Aber so beschäftigt, wie du sein wirst …?«, setzte Vicenzo an.

»Mir wurde weitere Hilfe in der nächsten Woche versprochen«, sagte Kadohata. »Und sobald hier alles eingerichtet, organisiert und am Laufen ist, sollte mein Dienstplan flexibler werden.« Sie spürte, wie ihr Lächeln ihr ganzes Gesicht aufhellte. »Das heißt, wir müssen Pläne für eine große Geburtstagsparty machen!«

Die Freude, die auf den Gesichtern ihrer Familie erblühte, würde Miranda Kadohata ihr Leben lang nicht vergessen.

KAPITEL 15

Lieutenant Taurik musste zugeben, dass er beeindruckt davon war, wie gut durchdacht und geplant die Rolle war, die die *Enterprise* bei der Evakuierung iy'Dewra'nis spielen sollte. Obwohl die Spezifikationen für die Schiffe der *Sovereign*-Klasse angaben, dass sie maximal sechstausendfünfhundert Passagiere zusätzlich zur Besatzung transportieren konnten, war jedes bisschen Platz an Bord genutzt worden, um neuntausendachthundertundsieben Flüchtlinge von Pacifica nach Ingraham B verlegen zu können. Neben den bis zum Anschlag belegten Frachträumen, Shuttlehangars, Laboratorien, Holodecks, dem Happy Bottom Riding Club und anderen, kleineren Aufenthaltsräumen, war die reguläre Besatzung für die Dauer des Fluges doppelt und dreifach zusammengerückt. Der gesamte Sicherheitsstab hatte seine Quartiere zur Verfügung gestellt und sich stattdessen dafür entschieden, auf Pritschen in den Ecken der Arsenale und der Waffenkontrollräume zu campieren. Captain Picard hatte verkündet, es falle ihm schwer, sich an eine Zeit zu erinnern, zu der er stolzer auf seine Besatzung gewesen sei als jetzt.

Unglücklicherweise sorgte die Situation dafür, dass zugangsbeschränkte Bereiche des Schiffes attraktiver denn je für jeden wurden, der sich nach ein bisschen Abgeschiedenheit sehnte. Gegenwärtig schien die Jefferies-Röhre oberhalb des Beobachtungsdecks des Hauptshuttlehangars auf eine dieser Personen einen unwiderstehlichen Reiz ausgeübt zu haben.

Taurik zuckte unfreiwillig zusammen, als er sich auf Hände und Knie niederließ, um die Zugangsluke zu öffnen. Tagelang hatte er nicht sonderlich gut geschlafen, und die augenblicklichen Umstände waren diesbezüglich auch nicht gerade hilfreich. Ebenso wenig hatte er seit dem Aufbruch von Pacifica die Möglichkeit gehabt, zu meditieren. All diese Umstände führten dazu, dass sich einige ziemlich unvulkanische Gedanken in ihm regten, die davon handelten, was er demjenigen antun würde, den er unerlaubterweise in diesem zugangsbeschränkten Bereich des Schiffes vorfand.

Er aktivierte seinen Trikorder und hielt ihn mit einer Hand vor sich, während er durch die Wartungstunnel kroch. Wie sich herausstellte, brauchte er den Apparat gar nicht - nach nur ein paar Metern des Kriechens hörte er jemanden weinen. Ein paar Meter weiter und hinter einer scharfen Linkskurve traf er auf T'Ryssa Chen, die dort mit an die Brust gezogenen Beinen und auf die Knie gelegtem Kopf saß. Taurik erstarrte, instinktiv abgestoßen von einer derart offenen Zurschaustellung von Gefühlen durch diese Frau, die, zumindest dem äußeren Anschein nach, nicht weniger vulkanisch war als er selbst. Einige Sekunden lang beobachtete er sie schweigend und beinahe wie in Bann geschlagen, dann sagte er: »Lieutenant Chen.«

Ihr Kopf zuckte hoch, und sie blickte ihn an. »Oh, verflucht, Sie sind es«, entfuhr es ihr mit einem erschrockenen Ausdruck auf dem Gesicht. »Gehen Sie weg! Lassen Sie mich allein!«

»Sie haben keine Autorisierung, sich in diesem Bereich aufzuhalten«, ließ sie der Ingenieur wissen.

»Hier haben Sie Ihre Autorisierung«, fauchte sie und bedachte ihn mit einer Handgeste, die ein vulkanischer Gruß hätte sein können, wenn dazu nicht drei Finger gefehlt hätten. »Ich fasse nichts an. Ich will nur allein sein ... Ich muss allein sein, nur zehn verdammte Minuten lang. Also lassen Sie mich einfach.«

Vor Tauriks innerem Auge stieg ein Bild auf, wie seine Hand vorschnellte, den Hals dieser unerträglichen Frau mit gezieltem Griff berührte und ihren bewusstlosen Körper anschließend aus den Jefferies-Röhren zog, um ihn vielleicht einfach irgendwo in den Korridor fallen zu lassen. Rasch blinzelte er diese Gedanken fort, erschrocken darüber, wie sehr ihn Chens unverhüllte Emotionen beeinflussten. Bemüht, diesen Vorstellungen entgegenzuwirken, ließ er sich auf seine Fersen nieder und fragte: »Was fehlt Ihnen?«

»Als würde Sie das interessieren?«, schoss sie zurück.

»Es ist oft hilfreich, die eigenen Gedanken zusammenhängend zu artikulieren«, sagte Taurik und paraphrasierte damit eine der Lehren Suraks zur emotionalen Kontrolle für die halbmenschliche Frau.

Chen starrte ihn finster an und zog schniefend die Nase hoch. »Sie wollen es wissen?«, fragte sie. »Okay. Meine Mutter, von der ich dachte, sie würde leben, ist tot. Mein Vater, den ich immer als tot angesehen habe, lebt. Meine Großeltern, von denen ich niemals wusste, dass es sie gibt, gibt es nicht mehr. Und die eine Person, die mir endlich geholfen hat, meine Verlustängste zu überwinden, die ich immer dank meiner Mutter hatte, ist gerade von Bord gegangen, ohne auch nur ‚Auf Wiedersehen' zu sagen!«

»Sie sprechen von Commander Kadohata?«, fragte Taurik. Angesichts des Durcheinanders ihrer Abreise von Pacifica war es kaum logisch, dem Commander vorzuwerfen, dass sie sich nicht von jedem Einzelnen verabschiedet hatte.

Chen lachte freudlos. »Nichts von all dem anderen Zeug ist überhaupt bei Ihnen angekommen, oder? Mutter? Vater? Großeltern? Das sind nichts als bedeutungslose Worte für Sie, nicht wahr, Sie kaltblütiger Bastard?«

»Ganz im Gegenteil!«, entfuhr es Taurik unerwartet scharf. »Glauben Sie nicht, dass Ihr Verlust größer ist als der meine, nur weil Sie gemischtes Blut haben!«

Sofort schalt er sich innerlich für diesen unkontrollierten Ausbruch. Jetzt war es Chen, die ihn aus großen Augen verwundert anstarrte. »Mein Blut hat nichts damit zu tun«, sagte sie abwehrend. »Sie sind derjenige, der so tut, als wäre es ihm gleichgültig, dass seine Frau und Tochter getötet worden sind.«

Taurik erwiderte ihren Blick, unfähig, seinen Unglauben zu

verbergen. »Welchem empfindsamen Wesen könnte so etwas gleichgültig sein? Sicherlich wissen Sie von der Kraft vulkanischer Gefühle.«

»Nun ja, es war nicht meine menschliche Hälfte, die mich mitten beim Frühstück wie ein Baby zusammenbrechen ließ«, murmelte sie.

»Dann müssen Sie doch eine Ahnung davon haben, wie stark ich fühle ...«

»Ich habe überhaupt keine Ahnung von Vulkaniern. Ich meine, was soll das? Sie haben mir gerade geraten, es sei besser, die eigenen Gedanken zusammenhängend auszusprechen. Doch Sie sind nicht einmal zu der Gedenkveranstaltung gegangen. Was sollen andere davon halten?«

Mit nicht geringem Erschrecken realisierte Taurik, dass Chen recht hatte. Möglicherweise hatte sie sogar den Kern des Problems erkannt, das Taurik seit der Zerstörung ShiKahrs den Schlaf raubte.

»Ich trauere«, proklamierte er laut. »Ich trauere um meine Gefährtin. Ich trauere um meine Tochter. Ich trauere um alle in ShiKahr, und ich trauere um alle auf Vulkan. Ich trauere ...« Er musste abbrechen und seine ganze Kraft aufbringen, um seine Zurschaustellung von Emotionen auf diese einfachen Worte beschränkt zu halten.

Nach einem Augenblick sagte Chen: »Ich trauere mit Ihnen ... äh, dir.«

Eine unbestimmte Zeitspanne lang saßen die beiden gemeinsam in der Jefferies-Röhre und sagten kein Wort.

Obwohl Ingraham B ein Klasse-M-Planet war, konnte man ihn weder als ausgesprochen gastliche noch als angenehme Welt bezeichnen. Die ursprüngliche Erdenkolonie, die hier im frühen dreiundzwanzigsten Jahrhundert gegründet worden war, hatte bereits ihre liebe Mühe gehabt, an diesem Ort zu überleben, bevor sie von den außerplanetaren Neuralparasiten vollständig ausgelöscht wurde, die später auch Deneva angriffen. Kurz darauf gab es zwar einen halbherzigen Versuch, die Kolonie wieder zu bevölkern, aber die meisten Möchtegern-Pioniere entschieden sich auf Drängen der Föderation in jenen Tagen stattdessen dafür, die neuen Welten der Taurus-Region zu besiedeln. In der Folgezeit kam es gelegentlich zu erneuten Versuchen, Ingraham B wieder zu erschließen, aber nie interessierten sich mehr als eine Handvoll Siedler dafür, und auch diese verschwanden binnen weniger Jahre wieder, um sich grüneren Gefilden zuzuwenden.

Jetzt machte allein der Umstand, dass der Planet noch eine atembare Atmosphäre aufwies, diese Welt zu einem erstrebenswerten Zuhause. Und dank seines enormen Bevölkerungszuwachses und der Technologien des vierundzwanzigsten Jahrhunderts, die es ermöglichten, die weitestgehend unberührten Ressourcen des Planeten zu erschließen, bestand Anlass zur Hoffnung, dass Ingraham B diesmal aufblühen würde.

»Aber es wird niemals Deneva sein«, murmelte Gar Tiernan betrübt, als er seinen Blick über das unstete, graue Wasser des größten Ozeans des Planeten schweifen ließ.

Jasminder Choudhury, die neben ihm an der felsigen Küste stand, sagte nichts.

Während des Besuchs in dem Lager auf Pacifica hatte sie endlich den Mut gefunden, mit ihm zu sprechen. Sie hatte sich ihm als Denevanerin vorgestellt, was bei ihm die in Fleisch und Blut übergegangene Reaktion eines Politikers auslöste ...

»Es ist mir ein Vergnügen, Lieutenant«, sagte er und schenkte ihr ein breites, strahlendes Lächeln sowie einen festen, verbindlichen Händedruck. »Im Namen des denevanischen Volkes möchte ich Ihnen sagen, wie erfreut und stolz wir über Ihren Dienst in der Sternenflotte sind, vor allem in diesen Zeiten ...«

Choudhury ließ ihn einen Moment reden, doch dann konnte sie nicht länger an sich halten. »Sir, können Sie mir irgendetwas über die Evakuierung Mallarashtras sagen?«, fragte sie.

Der Mann brach mitten im Satz ab. »Kommen Sie von dort?«

Choudhury nickte. »Es war meine Heimatprovinz. Dort lebten meine Eltern und der Rest meiner Familie.«

In Tiernans Augen trat Mitgefühl. »Ich hätte es an Ihrem Akzent erkennen müssen.« Er schwieg einen Moment lang, um seine Antwort zu formulieren. »Es war eine der wenigen Regionen, aus denen während der Evakuierung keine Berichte von Gewalt und anderen Problemen eintrafen«, sagte er schließlich. »Das lag bedauerlicherweise daran, dass sich beinahe alle weigerten, zu gehen. Nur kleine Kinder und ihre Eltern. Der Rest der Gemeinschaft ...« Fassungslos schüttelte er den Kopf. »Sie füllten nur die Hälfte der Plätze des ihnen geschickten Transporters. Diese Art von Selbstlosigkeit zu sehen, im Angesicht des ... Es war wirklich außergewöhnlich.«

»Ich verstehe ...«, sagte Choudhury leise. Ein halbvoller Standardtransporter bedeutete nur drei- bis vierhundert Evakuierte. Und zehntausende andere, die sich geweigert hatten, auf Kosten eines anderen Lebens zu fliehen. Zu wissen, dass ihre Familie eine Entscheidung traf, dass es nicht mit irgendetwas zusammenhing, was sie getan oder unterlassen hatte ... nun, es sorgte nicht dafür, dass der Schmerz verging. Aber zu hören, dass ihre Familie ihrem Schicksal furchtlos und mit offenen Augen entgegengetreten war, gab Choudhury zumindest einen Teil ihres inneren Friedens zurück.

»Ich war einmal dort«, unterbrach Tiernan ihre Gedanken. »In der Provinz Mallarashtra. Mit meiner Exfrau. Im Crescent-Valley-Refugium. Wunderschöne, alte Anlage; kennen Sie sie?«

»Ich habe als Jugendliche im Crescent Valley gearbeitet«, erwiderte Choudhury und grinste gegen ihren Willen.

»Das war vermutlich nach mir«, sagte er mit einem Augenzwinkern. »Wir liebten die Wasserspiele, die sie dort hatten. Jeden Abend nach Sonnenuntergang, wenn sie durch die ganzen bunten Lichter erhellt wurden, gingen wir nach draußen und spazierten Arm in Arm an ihnen entlang ...«

»Ich habe dort meinen ersten Kuss erhalten«, gestand Choudhury, und sie lächelte, als sie zum ersten Mal nach fünfundzwanzig Jahren an Geeta Jalal dachte.

Sie unterhielten sich stundenlang, sowohl auf iy'Dewra'ni als auch während der Reise nach Ingraham B. Tiernan erzählte ihr, dass er als Zuschauer Zeuge des Überraschungssieges Denevas über Bolarus beim Föderationscup 2338 gewesen war, und Choudhury berichtete ihm von dem furchtbaren Schneesturm, der Mallarashtra heimgesucht hatte, als sie fünf gewesen war. Sie tauschten Erinnerungen an ihren jeweiligen Besuch der *Libra* als Schulkinder aus, an die Weltausstellung zur Zweihundertjahrfeier und an Ausflüge zum Schauspielhaus auf den Sommerinseln und zur Winston-Memorial-Kunstgalerie ...

Doch als sie auf Ingraham B ankamen, wurde Tiernan seltsam still und zog sich in sich zurück. Choudhury, die ihm als persönliche Leibwächterin und Eskorte diente, begleitete ihn, als er regelrecht teilnahmslos den Platz umkreiste, der das spätere Zentrum der neuen Kolonie werden sollte. »Kein Wunder, dass dieser Planet über ein Jahrhundert lang verlassen war«, murmelte er nach Beendigung seines Rundgangs gerade so laut, dass Choudhury es verstehen konnte.

Er wandte sich der nahen Küste zu und kletterte, kaum dort angekommen, auf einen großen, von Wind und Wetter glattgeschliffenen Felsen. Dort hockte er sich mit angewinkelten Knien hin und blickte auf den Horizont. Choudhury folgte ihm auf den Felsen und wartete stumm ein paar Meter hinter ihm.

»Wir werden niemals all das wieder aufbauen können, was wir einst hatten«, fuhr er schließlich fort. »Nicht hier. Nicht auf Deneva - selbst wenn wir den Planeten wiederaufbauen, wird es ein anderer Planet sein. Es wird dort niemals wieder Mallarashtra geben oder Lacon City. Es wird nicht die gleichen Sommerinseln geben und auch nicht das gleiche Crescent Valley ... Deneva ist verloren.«

»Nein.« Choudhury trat näher, um sich direkt neben den Präsidenten zu stellen. »Die Landschaft mag fort sein und die Wahrzeichen mag es ebenfalls nicht mehr geben. Aber wie können Sie nach all der Zeit, die wir zusammen verbracht und das Gegenteil bewiesen haben, sagen, dass Deneva verloren ist. Es existiert noch.« Sie berührte ihre Stirn und die Mitte ihrer Brust. »Hier. Und hier.«

Tiernan bedachte sie mit einem zynischen Seitenblick aus tränenfeuchten Augenwinkeln. »Ja, natürlich. Lieutenant, ich weiß zu schätzen, was Sie mir zu sagen versuchen, aber *das hier* ...« Er deutete auf seine eigene Brust. »... ist nicht das, wovon ich spreche. Ich interessiere mich nicht fürs Metaphysische.«

Choudhury wollte ihm scharf antworten, doch dann hielt sie sich zurück. Ihr Glaube war etwas Persönliches, genauso wie es Verlust und Trauer waren. Tiernan zu erklären, dass alles Physische vergänglich war und dass es nur zu Leid führte, wenn man sich daran klammerte, hätte ihm nicht geholfen. Tatsächlich half ihr dieses Wissen selbst kaum.

Da sie spürte, dass der Präsident allein sein wollte, wanderte sie ein wenig die Küste hinauf, ohne ihn jedoch aus den Augen zu lassen. Hinter sich vernahm sie das Geräusch schwerer Schritte, die sich ihr über das struppige Gras hinweg näherten. »Stimmt etwas nicht?«, fragte Worf.

Choudhury blickte ihn über die Schulter an und zuckte mit den Achseln. »Es braucht nur etwas Zeit, das ist alles«, sagte sie. »Wenn man so viel verloren hat, darf man nur nie vergessen, wie viel einem noch geblieben ist.« Sie streckte den Arm aus und nahm seine Hand in die ihre. Worf blickte leicht überrascht nach unten. Dann hob er den Blick wieder, schaute sie an und lächelte.

Wie es das Glück so wollte, gehörte Chens Quartier zu den ersten, das von Flüchtlingen geleert wurde, kaum dass sie Ingraham B erreicht hatten. Nun saß sie alleine in der Abgeschiedenheit ihrer Kabine und starrte seit fast einer halben Stunde auf den dunklen Monitor auf ihrem Schreibtisch.

Wovor hast du Angst?, fragte sie sich. *Es gibt nichts, was er dir antun könnte, das er dir nicht schon vor fünfundzwanzig Jahren angetan hat.* Und trotzdem bedurfte es noch einer weiteren halben Stunde und zwei Gläser flüssigen Mutes, bis sie sich dazu durchgerungen hatte, auf die Taste am Sockel ihres Monitors zu drücken.

Augenblicke später tauchte er auf dem Bildschirm auf. Er hatte sich seit ihrem letzten Gespräch sichtlich erholt. Sein Haar war nachgewachsen, und der Verband, der einen Großteil der rechten Seite seines Kopfs bedeckt hatte, war fort. Nur eine leicht grünliche Verfärbung zeugte davon, dass hier neue Haut transplantiert worden war. In ein paar Tagen würde sie vollkommen natürlich aussehen. Deutlich auffälliger war das rechte Auge, das durch ein mechanisch-optisches Implantat ersetzt worden war, wie auch Geordi La Forge sie besaß. *Großartig. Das wird mir das nächste Mal, wenn ich mit ihm spreche, eine schöne Gänsehaut bescheren*, dachte sie.

»Lieutenant Chen«, sagte der Vulkanier und neigte den Kopf.

Chen atmete tief ein, zögerte und sagte dann in einem Schwall ausgeatmeter Luft: »Antigone ist tot.«

Der Vulkanier schwieg kurz. *»Ich verstehe.«*

Oh, du verstehst. Irgendwie gelang es Trys, die Worte nicht laut auszusprechen. *Ha, na super, ich bin ja so froh, dass ich mir die Mühe gemacht habe, es dir zu sagen, angesichts der tiefen Betroffenheit, die diese Neuigkeit bei dir auslöst.* Selbst nach ihrer eigenartigen Begegnung mit Taurik in der Jefferies-Röhre konnte sie immer noch nicht ganz begreifen, dass die Gefühle, die ein Vulkanier zeigte, nicht notwendigerweise dem entsprach, was er empfand. Natürlich war es etwas anderes, wenn ihre Mutter das angebliche Subjekt seiner angeblichen Gefühle war ...

»Es tut mir leid.«

Trys riss die Augen so weit auf, dass sie befürchtete, sie könnten herausfallen. »Was?«, fragte sie. »Meinten Sie nicht ‚Ich trauere mit dir'?«

Sylix legte den Kopf zur Seite. *»Ich dachte, unter den gegebenen*

Umständen wäre eine menschliche Beileidsbekundung angemessener.«

Trys schüttelte den Kopf. Lachhaft, dass sie beinahe geglaubt hatte, er könne damit gemeint haben, dass er wirklich Kummer verspürte. »Dann sind es also nichts als leere, ritualisierte Worte für Sie, nicht wahr?«

»Es tut mir leid«, wiederholte er, und seine Worte klangen alles andere als leer. *»Ich bedauere den verfrühten Tod Ihrer Mutter.«* Genau genommen klangen sie, als wären sie voll bis zum Überlaufen.

Eine Million Fragen schossen durch Trys' Kopf. *Wirklich? Warum? Was empfindest du jetzt für sie? Warum hast du es nicht empfunden, als du sie verlassen hast? Was empfindest du für die Tochter, die du mit ihr gezeugt hast? Was jetzt?* Doch stattdessen sagte sie nach einer längeren Pause: »Nun ja, ich wollte nur, dass Sie es wissen, und jetzt wissen Sie es.«

»In der Tat.«

»Also …« Erneut machte sich eine unangenehme Stille zwischen ihnen breit. Trys glaubte, ihn über die gleichen Fragen nachdenken zu sehen, die sie hatte. *Was empfindest du jetzt für den Vater, den du niemals kanntest, T'Ryssa Chen?*

Was jetzt?

»Ich sollte Schluss machen«, sagte Trys.

»Natürlich.« Sylix begann, seine Hand zum vulkanischen Gruß zu heben, schien sich dann allerdings eines Besseren zu besinnen und zog die Finger unbeholfen zur Handfläche zurück, bevor er seine Hand in den Schoß fallen ließ. *»Auf Wiedersehen, T'Ryssa Chen.«*

Und genau wie zuvor zögerte ihre Hand knapp über der Taste, die sie zu drücken beabsichtigte. »Eine Sache noch.« Der ältere Mann, der den Kopf bereits abgewandt hatte, ließ diesen wieder herumschnellen, um sie noch einmal anzuschauen. »Wenn Sie jemals das Bedürfnis haben sollten, mich noch einmal zu kontaktieren …«, sagte Trys und blickte ihm dabei unverwandt in die Augen. »Dann wäre ich diesem Ansinnen nicht vollständig abgeneigt.«

Der Bastard zeigte noch immer kein Lächeln, bis Trys die Verbindung unterbrochen hatte, aber sie hatte den Eindruck, dass er es tief in seinem Inneren irgendwie gewollt hatte. Das war immerhin etwas.

Es war das produktivste Chaos, das Picard jemals gesehen hatte.

Beinahe zweihundert Transporter und kleinere Schiffe befanden sich im Orbit von Ingraham B, die meisten von ihnen denevanischer Bauart, die meisten von ihnen zum fünften oder sechsten Mal hierher unterwegs. Sie flogen zu Welten wie Aldebaran und Kreetassa, die genau wie Pacifica von Borg-Flüchtlingen überlaufen worden waren, und brachten jene mit sich hierher zurück, die bereit waren, diese raue Welt ihr neues Zuhause zu nennen. Darüber hinaus waren - genau genommen in Missachtung ihrer eigenen Befehle - zwei weitere Sternenflottenschiffe eingetroffen, um dabei zu helfen, die Flüchtlingskrise zu bewältigen.

»Commander Hendericks Team glaubt, dass sie das alte Wasserwerk der Kolonie wieder zum Laufen bringen können«, sagte Captain Zilssom von der *T'Pora* und meinte damit den Leiter des Ingenieurkorps seines Schiffes. Das Schiff der *Saber*-Klasse war ursprünglich ausgesandt worden, um in einem nicht weit entfernten, unbewohnten System nach Topalin-Vorkommen zu suchen. »Der größte Teil davon ist, kaum verwunderlich, in furchtbarem Zustand, aber sie glauben, dass es ihnen gelingen könnte, die ...«

»Ja, sehr gut«, sagte Picard und nickte ihm über den Konferenzraumtisch der *Enterprise* hinweg zu. Worf hatte sich großzügigerweise dazu durchgerungen, ihm Freigang aus seinem Quartier zu gewähren, doch Beverly hatte sich entschieden, weiterhin die Vorzüge ihrer Haft zu genießen - nachdem sie den ganzen Flug von Pacifica hierher durchgeschlafen hatte. Picard blickte von seinem Padd auf und bemerkte, wie ihn der Tiburonianer verblüfft anstarrte. Picard bedachte ihn mit einem schiefen Grinsen. »Wenn ein Ingenieur des Korps sagt, dass es möglich ist, dann sind Erklärungen diesbezüglich für gewöhnlich überflüssig.«

»Bitten Sie sie nur nicht, *diesen* Planeten verschwinden zu lassen«, scherzte Captain Mary Beth Sterling von der *Courage*, die, auf Patrouille in Sektor 009, gegenwärtig mit einer »geringfügigen Fehlfunktion in der Navigation« zu kämpfen hatte.

»Wenn Sie das Wasserversorgungssystem wieder aufbauen, sollten Sie alle Pläne der alten Kolonie in Ihre Übersichtskarten eintragen«, fügte Doktor Byxthar hinzu, die sich sehr für den Aufbau der neuen denevanischen Heimatwelt interessierte. »Und Sie sollten sie sich genau anschauen, bevor Sie mit dem Bau irgendwelcher neuen Gebäude beginnen. Ansonsten haben Sie nachher die gleichen Probleme wie die bajoranischen Kolonisten auf Golana, als sie das erste Mal die alten Ruinen ...«

Ein Ruf von der Brücke unterbrach den Doktor. *»Captain, ein weiteres Schiff kommt aus dem Warp und dringt in das System ein«*, meldete Ensign Balidemaj, die an der taktischen Station stand. *»Es ist die* Esquiline.*«*

»Oh, oh«, entfuhr es Zilssom. Als die anderen ihn anblickten, erklärte er: »Genau in diesem Augenblick drückt sich jeder Ingenieur auf meinem Schiff mit heraushängender Zunge die Nase am Fenster platt, um einen ersten unmittelbaren Blick auf ein Schiff der *Vesta*-Klasse zu erhaschen.«

Sterling prustete amüsiert.

»Sie rufen explizit nach Ihnen, Captain Picard«, fügte Balidemaj hinzu.

»Stellen Sie sie durch, Ensign«, sagte Picard und begab sich zu dem Wandschirm am fernen Ende des Raums. Er berührte eine Taste, und die Brücke der *Esquiline* erschien. Picard erkannte ihren Captain, Parimon Dasht. Doch seine Aufmerksamkeit wurde auf den hünenhaften Mann gezogen, der zur Rechten des Captains stand. *»Captain Picard.«*

»Admiral Akaar«, erwiderte Picard und nahm Haltung an.

»Bereiten Sie sich darauf vor, mich an Bord zu empfangen.«

»Ich bin bereit.«

Der Admiral blickte an Picard vorbei. *»Sterling. Zilsom. Es wäre das Beste, wenn mir keiner von Ihnen beiden über den Weg läuft.«*

»Ja, Sir«, sagten beide, während der Schirm schwarz wurde.

Picard verabschiedete sich von den beiden anderen im Raum, und dann stand er da und wartete allein in der stillen Beobachtungslounge auf die Ankunft seines vorgesetzten Offiziers. Auch wenn er erwartet hatte, dass ihn der Hammer irgendwann treffen würde, war er trotzdem vom Erscheinen des Admirals überrascht. Dass der Oberkommandierende der Sternenflotte den ganzen Weg von der Erde hierherkam, ließ ihn befürchten, in diesem Fall nicht mit einem gewöhnlichen Tadel davonzukommen - vielleicht plante er, ihn persönlich kielholen zu lassen.

Dennoch verspürte Picard eine erstaunliche innere Ruhe, und als Akaar in den Konferenzraum gebracht wurde, lächelte der Captain ihn freundlich an und schüttelte seine Hand, als wären sie sich auf einer Party zu irgendeinem Feiertag zufällig über den Weg gelaufen. »Guten Tag, Admiral«, begrüßte der Captain ihn. »Sie haben es außergewöhnlich schnell von der Erde hierher geschafft.«

»Die *Esquiline* wurde gerade erst mit ihrem neuen Slipstream-Antrieb ausgestattet«, sagte Akaar. »Dieser Ausflug diente primär dem Test der neuen Maschinen.«

»Und sekundär?«, fragte Picard.

Der Admiral blickte ihn finster von oben herab an. »Wir haben ein Problem, Picard«, sagte er und begann, im Raum umherzugehen. »Ist Ihnen klar, wie die Befehlskette eigentlich funktionieren sollte?«

»Ich denke schon, Sir«, antwortete er so höflich wie möglich.

»Die Befehlskette sollte so funktionieren«, fuhr der Admiral fort, ohne Picards Antwort zu beachten, »dass sich die erfahrensten, kenntnisreichsten und intuitivsten Leute an der Spitze befinden, um zu entscheiden, was getan werden muss, und dann all jenen unter ihnen zu befehlen, genau das zu tun.« Akaar hielt inne und deutete auf die Padds, die noch immer auf dem Tisch in der Mitte des Raums verstreut lagen. »Offensichtlich ist das hier nicht der Fall. Selbst Ihres Kommandos enthoben, gelingt es Ihnen, all das hier zu erreichen ...«

Picard verblieb in Habachtstellung, als der Admiral den Kopf schüttelte und seinen Rundgang wiederaufnahm. »Ihnen war befohlen worden, sich um eine Krise auf Alpha Centauri zu kümmern, doch stattdessen entführten Sie den Gouverneur und brachten ihn auf Geheiß Ihrer Frau ans ferne Ende der Föderation. Ganz gleich, wie folgenreich Barriles Ansprache war oder wie laut er Sie jetzt dafür preist, ihm geholfen zu haben, einen Blick über seine eigene Nasenspitze hinaus zu werfen, überschreitet die Entführung eines Regierungsangehörigen die Grenzen des Zumutbaren, Picard.«

»Aye, Sir«, sagte Picard, der sein bestes Pokerface aufgesetzt hatte. Als er Alpha Centauri verließ, war er entschlossen gewesen, alle Konsequenzen zu tragen, die sein Handeln mit sich bringen mochte. Trotzdem hoffte er nach wie vor sehr, dass Barriles Fürsprache einiges an Gewicht beigemessen werden würde, sobald das Urteil über ihn gesprochen wurde.

»Und dennoch lässt sich nicht verleugnen, wie deplatziert Sie in der Befehlskette sind«, fuhr Akaar fort. »Daher werden wir Sie befördern.«

Hätte er wirklich Poker gespielt, hätte Picard in diesem Augenblick seine Hand preisgegeben. »Wie bitte?«

»Wir haben Janeway, Ross und Jellico verloren, dazu Owen Paris und Dutzende anderer während des Krieges«, erklärte Akaar, und in seinen Augen stand deutliche Trauer um den Verlust seiner Kollegen. »Wir stehen vor einer vollkommen veränderten und nur mit Mühe zusammengehaltenen Föderation, und offen gestanden wäre es viel leichter, mit einem lästigen Gleichgestellten umzugehen, als mit einem lästigen Untergebenen. Sie wären der Leiter unserer Nachkriegs-Aufbaubemühungen, würden entscheiden, wie Schiffe und Personal und Ausrüstung zugeteilt und wohin sie geschickt werden.

Es ist eine extrem wichtige Position, Jean-Luc, und eine, die Sie meiner Meinung nach mit Bravour ausfüllen würden.«

Endlich gelang es Picard, seine Beherrschung zurückzugewinnen, und aufmerksam hörte er zu, als der Admiral diese überraschende Beförderung in weiteren Einzelheiten beschrieb. Als Akaar geendet hatte, räusperte sich Picard. »Ich fühle mich tief geehrt, Admiral. Aber ich muss ablehnen«, sagte er.

»Nun, Jean-Luc, handeln Sie nicht überstürzt.«

Picard hob eine Augenbraue, leicht amüsiert ob der Tatsache, dass er und der Admiral sich plötzlich anscheinend beim Vornamen nannten. »Vergeben Sie mir, aber es klang so, als hätte man mir diese Position gerade wegen meiner Tendenz zu überstürzten Entscheidungen angeboten.«

»Zu *richtigen* Entscheidungen«, verbesserte Akaar. Picard wollte soeben anmerken, dass seine überstürzten Entscheidungen sich immer erst rückblickend als richtig erwiesen hatten, doch der Admiral fuhr bereits fort: »Sie haben sich mehr als bewiesen. Sie verdienen dies. Wir geben Ihnen hier die Chance, tatsächlich etwas zu bewegen.«

Picard schmunzelte. »Ein weiser Mann sagte einst zu mir: ‚Lassen Sie sich nicht von denen befördern, nicht versetzen. Lassen Sie nicht zu, dass man Sie von der Brücke dieses Schiffes holt, denn solange Sie dort sind, *können* Sie etwas bewegen.‘«

Akaar verdrehte die Augen. »Und welcher Narr hat Ihnen das erzählt?«

»Admiral James T. Kirk.«

In diesem Augenblick erlebte Picard zum ersten Mal überhaupt, dass Leonard James Akaar sprachlos war. Vor über einem Jahrhundert, noch vor Picards Geburt, hatte der legendäre Sternenflottencaptain das Leben des Capellaners gerettet. Seine Mutter hatte ihm seinen zweiten Vornamen, James, gegeben, um diesen Mann zu ehren. Und als Picard diesen Namen nannte und den Rat wiederholte, den Kirk seinem Nachfolger als Captain der *Enterprise* in den letzten Stunden vor seinem Tod auf Veridian III gegeben hatte, ließ Akaar seine spöttisch herablassende Fassade fallen. »Es hat wenig Sinn, dem zu widersprechen«, murmelte er.

Der Admiral drehte sich um und begann, den Raum zu durchqueren. Dabei bewegte er sich, als drohte er, unter dem Gewicht, das auf seinen Schultern lastete, zusammenzubrechen. Dieses Treffen war ganz offensichtlich nicht so verlaufen, wie er es sich vorgestellt hatte. In den letzten zwei Monaten war allerdings ohnehin sehr wenig so verlaufen, wie man es sich vorgestellt hatte. Akaars Aufmerksamkeit wurde erneut auf die Ansammlung von Padds auf dem Tisch gezogen, und er hob das eine hoch, das den geplanten Aufbau der neuen Kolonie auf Ingraham B zeigte, die in Zukunft anderthalb Millionen Vertriebene beheimaten sollte. »Es wird noch so viel bewegt werden müssen, Captain«, sagte er. »Und auch wir müssen uns bewegen und bereit sein, neue Wege zu gehen, um dies zu schaffen.«

Er wandte sich Picard zu und hielt das Padd in die Luft. »In gewisser Weise wurden wir in Kirks Ära zurückgeschleudert: Unser Gebiet ist nun viel kleiner, und Millionen von Leuten befinden sich auf dem Weg zu neuen Welten, die noch jahrelang unsere Unterstützung benötigen werden, bevor sie sich selbst zu erhalten vermögen ... Vielleicht ist es wirklich am besten, Sie hier zu belassen, Picard.« Er warf das Padd zurück auf den Stapel. »Vielleicht benötigen wir wirklich weniger einen weiteren Admiral als vielmehr einen weiteren James Kirk.«

Nun war Picard sprachlos. Der Admiral schenkte ihm ein kurzes Lächeln und ein Nicken, dann ging er und ließ Picard zurück, um über diese letzten Worte nachzudenken.

Und dieser vermochte sich des Gefühls nicht zu erwehren, dass der alte capellanische Admiral, indem er seine Parallelen zwischen den beiden Zeitaltern und den beiden Captains der *Enterprise* zog, einen Fluch auf ihn herabgerufen hatte.

EPILOG

Sternzeit 58357,1

Fromander IV war letzten Endes gar kein so übler kleiner Planet.

Jean-Luc Picard stand auf der Kuppe eines kleinen Hügels und blickte über die weite, grasbewachsene Ebene die sich bis zum Horizont erstreckte. Nicht weit entfernt graste eine Herde großer Tiere mit grünem Fell, die ein wenig an Bisons erinnerten und die sich kein bisschen an dem Kader aus Wissenschaftsoffizieren der Sternenflotte störten, die sich mit Trikordern an ausgestreckten Armen um sie herum bewegten. Die vor vierzig Jahren durchgeführte, ursprüngliche Langstreckenüberprüfung des Systems hatte diesen Planeten als Klasse P kategorisiert - vereist und unfähig, humanoides Leben zu beherbergen. Neuere Erkenntnisse hatten diese frühere Festlegung jedoch fraglich erscheinen lassen, und die *Enterprise* war - im Anschluss an ihren letzten Versorgungsflug nach Cestus III - ausgesandt worden, um einen zweiten Blick zu riskieren. Sie hatten eine Welt vorgefunden, die, obwohl sie sich in der Mitte einer Eiszeit zu befinden schien und weitgehend von Gletschern und Permafrost bedeckt war, in Äquatornähe einen Landgürtel von ungefähr fünftausend Kilometern Breite aufwies, der reich an Flora und Fauna war.

Eine kalte Brise ließ die langen Gräser wogen wie die Wellen eines Ozeans und fuhr durch Picards Uniformjacke wie eine eisige Klinge. Doch es kümmerte ihn nicht; die Aufregung, eine neue Klasse-M-Welt zu entdecken, die niemand vorzufinden erwartet hatte, und dann zu den Ersten zu gehören, die über ihre Oberfläche spazierten, genügte, um ihn die Elemente ignorieren zu lassen.

Doch die Gedanken, die ihm durch den Kopf gingen, während er die Aussicht genoss, wurden durch ein Zirpen seines Kommunikators gestört. Er berührte ihn und sagte: »Was gibt es, *Enterprise.*«

»Captain, Sie haben eine eintreffende Nachricht von Admiral DeSoto.«

Picard lächelte erneut. Seinem alten Freund, dem langjährigen Captain der *Hood*, war die Beförderung angeboten worden, die Picard abgelehnt hatte. Er hatte sie angenommen und bis jetzt hervorragende Arbeit dabei geleistet, die Wiederaufbaubemühungen der Sternenflotte zu überwachen. Der Captain lief den Abhang des kleinen Hügels hinab zum Landeplatz seines Shuttles, kletterte ins Innere und aktivierte den kleinen Monitor. »Hallo, Admiral«, begrüßte er den weißhaarigen Mann, der auf dem Schirm erschien.

DeSoto seufzte und bedachte Picard mit einem gequälten Lächeln. Er hatte sich noch immer nicht ganz an den Titel gewöhnt und Picard mehrfach darum gebeten, ihn weiterhin Robert zu nennen. Diesmal jedoch übersprang er das kollegiale Scherzen. *»Jean-Luc, Sie müssen Ihre Leute von Fromander IV abziehen und in den eigentlichen Föderationsraum zurückkehren«*, sagte er.

Picard war sowohl von DeSotos Befehl als auch dem dringlichen Tonfall in seiner Stimme überrascht. »Was? Warum? Der Planet macht einen außerordentlich vielversprechenden Eindruck, um als neue Flüchtlingskolonie zu dienen ...«

»Aus meiner Perspektive leider nicht mehr«, sagte DeSoto. *»Er liegt zu nah an der Grenze zu den Gorn.«*

»Den Gorn?«, wiederholte Picard ungläubig. Vor sieben Jahren hatte eine Fraktion namens »Die Schwarze Krone« kurzzeitig die alte Führungsriege gestürzt und mehrere benachbarte Föderationswelten angegriffen. Doch seitdem galten die Gorn nicht mehr ernsthaft als Gefahr. »Hat es einen weiteren Umsturz gegeben?«

DeSoto schüttelte den Kopf. *»Nein, keinen Umsturz. Ich schicke Ihnen ein verschlüsseltes Datenpaket, das all die hässlichen Details enthalten wird. Ich bin mir sicher, dass wir in den kommenden*

Tagen viel zu besprechen haben.« Er seufzte. *»DeSoto Ende.«*

Während sich die *Enterprise* auf den Weg zu Sternenbasis 120 machte, ging Picard den Bericht durch. Er musste ihn sich mehrere Male durchlesen, um sich davon zu überzeugen, dass er ihn nicht irgendwie falsch verstanden hatte, und dennoch dauerte es bis zum nächsten Tag, an dem Präsidentin Bacco die Föderation offiziell informierte, bis ihm langsam klar wurde, was das alles bedeutete.

Die Gorn, das Romulanische Imperium, die Tzenkethi, die Breen, die Tholianer und die Kinshaya hatten sich zu einem Bündnis zusammengeschlossen, das sie den Typhon-Pakt nannten. Dadurch stellten sie eine externe Bedrohung dar, die imstande war, die Sternenflotte von ihrer lebenswichtigen Aufbauarbeit abzulenken. Die Präsidentin versicherte jedoch, dass die Aufbaubemühungen weiterhin Priorität haben würden - und vielleicht entsprach das, soweit es das Palais betraf, sogar der Wahrheit. Doch die Sternenflotte, die erste Verteidigungslinie der Föderation, würde ihre Prioritäten verlagern müssen.

»Jean-Luc«, sagte Beverly sanft, als sie ihm das Padd aus den Händen nahm. »Es hat keinen Sinn, darüber zu brüten. Komm ins Bett.«

Picard ließ zu, dass sie das Padd an sich nahm, aber er machte keine Anstalten, sich von der Couch zu erheben. Stattdessen setzte sich Beverly neben ihn. »Sieh es von der guten Seite: Zalda hat seine Verpflichtung gegenüber der Föderation erneut bestätigt und ist bereit, Flüchtlingen zu helfen.«

Dass dies eine gute Nachricht war, konnte Picard zwar nicht leugnen, andererseits wurde sie von der Entdeckung geschmälert, dass der Typhon-Pakt die Geschichte, Zalda würde sich weigern, Flüchtlinge aufzunehmen, überhaupt erst in die Welt gesetzt hatte. Trotzdem war der Planet bereits das fünfzehnte Mitglied, das sich entschlossen hatte, Alpha Centauri nachzueifern. Die Abstimmung von Gouverneur Barriles Volksentscheid war mit mehr als einer Vier-zu-Eins-Mehrheit im Sinne der Föderation ausgefallen und hatte sich als großer Segen erwiesen, andere Völker überall in der Föderation davon zu überzeugen, sich einmal mehr den Idealen des Planetenbunds zu verschreiben.

»Ich habe heute tagsüber noch einen weiteren Bericht erhalten«, sagte Picard geistesabwesend.

»Tatsächlich?«

Picard nickte. »Die *Titan* ist in die Canis-Major-Region aufgebrochen.«

Beverlys Reaktion zufolge hatte sie verstanden, was das bedeutete - Will Riker und seine Besatzung waren erneut in unbekannte Bereiche des Alls unterwegs, wo sie ihre Forschungsmission wiederaufnahmen. Und natürlich bemerkte sie das winzige Aufflackern von Neid, das ihr Mann gegenüber seinem ehemaligen Ersten Offizier empfand. »Du weißt natürlich, dass Will Admiral Masc gesagt hat, er wolle stattdessen mit der *Titan* beim Wiederaufbau helfen.«

»Ja, ich weiß«, sagte Picard mit einem zurückhaltenden Lächeln. »Es ist nur ... Es kommt mir so vor, als hätte ich mich in den vergangenen paar Monaten selbst belogen. Das Aufgehen des Borg-Kollektivs in der Gestalt der Caeliar war solch eine ... *tiefgreifende* Erfahrung. Was ich fühlte ...« Er brach ab, noch immer unfähig, das Ganze in Worte zu fassen. Und mit jedem verstrichenen Tag verblasste die Intensität des Ereignisses in seiner Erinnerung Stück für Stück ein wenig mehr.

»Doch das Ende der Borg war alles andere als das Ende des Kampfes, zumindest nicht für uns«, fuhr er niedergeschlagen fort. Tatsächlich befand sich genau in diesem Augenblick ein Flotte aus neun Schiffen auf dem Weg in den Delta-Quadranten, um dort nach den Caeliar zu suchen. Letzten Endes hatte die Admiralität seine Versicherungen hinsichtlich deren Gesinnung vollkommen ignoriert. »Es wird immer Bedrohungen geben; wir werden immer andere Probleme und Sorgen haben, und wenn wir sie uns selbst schaffen müssen. Es war töricht von mir, etwas anderes zu hoffen.«

Beverly schüttelte den Kopf und schenkte ihm ein Lächeln. »Du bist nicht töricht, Jean-Luc. Du bist ein Romantiker. Das ist ein großer Unterschied. Du warst bereit, an eine veränderte Welt, eine bessere Welt zu glauben. Ich denke, das tust du immer noch. Du glaubst noch immer, dass es möglich ist, daran zu arbeiten, eine bessere Zukunft zu gestalten.«

»Ja, das tue ich«, gestand er und erwiderte das Lächeln, während er ihr tief in die Augen blickte und seine Hand auf ihren immer noch anwachsenden Bauch legte.

Ein paar Minuten später lagen sie gemeinsam im Bett, und Beverly war schon bald tief und fest eingeschlafen. Mit dem Fortschreiten ihrer Schwangerschaft wurde sie schneller müde, auch wenn sie sich natürlich weigerte, das zuzugeben, und weiterhin darauf bestand, ihren regulären Dienst zu verrichten - zusätzlich zu all der Aufbauarbeit. Picard starrte auf die Wand, die sich über ihrem Bett wölbte und lauschte ihrem leisen Schnarchen, während er darüber nachdachte, was sie über den Einfluss der Caeliar auf ihn und dessen wahre Bedeutung gesagt hatte. Und er überlegte, wo ihrer Meinung nach in diesem Universum, in dem es nun keine Borg mehr gab, sein Schicksal lag.

Einen Augenblick später streckte er den Arm zu dem Nachttisch neben dem Bett aus und berührte ein Kontrollfeld auf der Oberfläche. Über seinem Kopf wechselte das äußere Aussichtsfenster, das über Nacht auf undurchsichtig gestellt worden war, zu seiner durchsichtigen Einstellung zurück. Picard ließ seinen Kopf zurück auf das Kissen fallen und blickte hinauf zu den Milliarden unerforschter Sterne über sich.

Und er träumte.

DANKSAGUNGEN

Zunächst möchte ich Margaret Clark, meiner Redakteurin, danken, die mir die Möglichkeit geboten hat, diese Geschichte zu schreiben, und mich dazu antrieb, sie immer noch zu verbessern.

Natürlich muss ich David Mack für seine epische, galaxisverändernde und absolut großartige Star Trek - Destiny-Trilogie würdigen. (Es fühlt sich nicht ganz richtig an, ihm für die Zerstörung der halben Föderation zu »danken«.)

Ich möchte hingegen den anderen Mitgliedern der Reinigungstruppe danken, die Macks Durcheinander aufgeräumt hat - Christopher L. Bennett (Star Trek - Titan *»Stürmische See«*), Kirsten Beyer (Star Trek - Voyager *»Full Circle«*) und Keith R. A. DeCandido (Star Trek *»Einzelschicksale«*) -, denn ihr Bestreben hat dafür gesorgt, dass die Post-Destiny-Romane so nahtlos wie möglich zusammenpassen. Ein besonderer Dank gebührt Christopher für die Gemeinschaftsarbeit bei der Entwicklung der Selkies, die er zeitgleich zu meinem Verfassen dieses Romans in seiner Titan-Geschichte verwendete.

Natürlich komme ich nicht umhin, den anderen Autoren der Prä-Destiny-Post-Nemesis-TNG-Bücher zu danken: Michael Jan Friedman (*»Tod im Winter«*), J. M. Dillard (*»Widerstand«*), erneut Keith DeCandido (*»Quintessenz*), Peter David (*»Heldentod«*) und erneut Christopher L. Bennett (*»Mehr als die Summe«*). Und es versteht sich von selbst, dass wir alle unglaublich viel den kreativen Köpfen hinter der Star Trek - The Next Generation-TV-Serie und ihren Filmfortsetzungen verdanken.

Für die Entwicklung des iy'Dewra'ni-Lagers habe ich mehrfach dem CBC-Artikel *»Anatomy of a Refugee Camp«* unter http://www.cbc.ca/news/background/refugeecamp/ Informationen entliehen. Ich möchte allerdings darauf hinweisen, dass mein fiktionales Flüchtlingslager des vierundzwanzigsten Jahrhunderts die furchtbaren Realitäten, unter denen heimatvertriebene Menschen in diesem Jahrhundert leben müssen, weder abbilden will noch abbilden könnte.

Darüber hinaus möchte ich all jenen wundervollen und informativen Websites, Wikis und Weblogs im Internet danken, die mir unterwegs eine Hilfe waren, und ebenso der Hennepin County Library für ihre traditionellere Art der Informationsbewahrung und -weitergabe sowie für die wundervoll ruhigen Plätzchen, an denen man schreiben kann.

Zu guter Letzt gilt ein Dank all denen, die »Gratuliere!« oder »Mann, ist das cool!« riefen, als sie erfuhren, dass ich einen STAR TREK-Roman schreibe. Unterschätzen Sie niemals den Wert eines ordentlichen Ego-Boosts für einen Autor, der sich allein mit seinem Laptop Nacht für einsame Nacht in einem Raum verbarrikadiert.

ÜBER DEN AUTOR

WILLIAM LEISNER ist dreifacher Gewinner des dahingegangenen und betrauerten *Star Trek: Strange New Worlds*-Wettbewerbs, und seine erste längere Geschichte, *»A Less Perfect Union«*, wurde 2008 in der Anthologie STAR TREK - MYRIAD UNIVERSES *»Infinity's Prism«* veröffentlicht. Dazwischen hat er das STAR TREK - STARFLEET CORPS OF ENGINEERS-E-Book *»Out of the Cocoon«* geschrieben (die Titelstory der 2010 gedruckten Anthologie), die Kurzgeschichte *»Ambition«* in *»Constellations«*, der Anthologie zum vierzigsten Geburtstag von STAR TREK, und die Novelle *»The Insolence of Office«*, die als Teil der *»Slings and Arrows«*-E-Book-Miniserie den zwanzigsten Geburtstag von THE NEXT GENERATION feierte. Noch so ein paar Erfolge, und er ist vielleicht endlich davon überzeugt, tatsächlich ein richtiger Autor zu sein.

In Rochester, New York, geboren, lebt er gegenwärtig in Minneapolis.

Übersicht der STAR TREK-Romane

Star Trek – Vanguard
1 *Der Vorbote*
2 *Rufe den Donner*
3 *Ernte den Sturm*
4 *Offene Geheimnisse*
5 *Vor dem Fall*

Star Trek – Titan
1 *Eine neue Ära*
2 *Der Rote König*
3 *Die Hunde des Orion*
4 *Schwert des Damokles*
5 *Stürmische See*
6 *Synthese* (in Vorb.)

Star Trek – The Next Generation
1 *Tod im Winter*
2 *Widerstand*
3 *Quintessenz*
4 *Heldentod*
5 *Mehr als die Summe*
6 *Den Frieden verlieren*

Star Trek – Deep Space Nine
8.01 *Offenbarung, Buch I*
8.02 *Offenbarung, Buch II*
8.03 *Sektion 31 – Der Abgrund*
8.04 *Dämonen der Luft und Finsternis*
8.05 *Mission Gamma I: Zwielicht*
8.06 *Mission Gamma II: Dieser graue Geist* NEU
8.07 *Mission Gamma III: Kathedrale* (in Vorb.)
Ein Stich zur rechten Zeit NEU

Star Trek – Destiny
1 *Götter der Nacht*
2 *Gewöhnliche Sterbliche*
3 *Verlorene Seelen*

Star Trek – New Frontier
1 *Kartenhaus* NEU
2 *Zweifrontenkrieg* NEU
3 *Märtyrer* NEU

Star Trek – Enterprise
1 *Das höchste Maß an Hingabe* (in Vorb.)

Star Trek
Feuertaufe: McCoy – Die Herkunft der Schatten (in Vorb.)

Star Trek – Roman zum Film
Star Trek – Die Gesetze der Föderation
Star Trek – Einzelschicksale

Stets aktuelle Informationen auch unter: STARTREKROMANE.DE

TIMELINE

2379 **2380**

T 1 | Titan 1 | T 2 | Titan 3 | Titan 4

TNG 1 | TNG 2 | TNG 3 | TNG 4

Nemesis | Gesetze der Föderation

2381

T 5 | T 5 | Titan 5

The Next Generation 5 | The Next Generation 6

Destiny 1-3 | Einzelschicksale

LESEPROBE

STAR TREK
DEEP SPACE NINE
MISSION GAMMA II
DIESER GRAUE GEIST

von Heather Jarman

»Was in aller Welt lesen Sie da, Nog?«

Das Padd, das Nog so gebannt gehalten hatte, fiel ihm fast aus der Hand, als die Stimme an seinem Ohr erklang. Das Display voran, ließ er es auf den Tisch in der Offiziersmesse fallen und legte schützend die Arme darüber. Dem Chefingenieur der *Defiant* war, als müsste sein Herz vor Scham stehen bleiben.

Hinter ihm stand Ezri Dax und grinste spitzbübisch. »Rühren, Lieutenant«, sagte sie. »Ich nehme an, das ist nicht der Maschinenraumbericht, um den ich gebeten habe.«

Den Blick auf Dax geheftet, tastete Nog mit der freien Hand zwischen der Schale mit den Rohrmaden und dem Glas Aalwasser auf dem Tisch herum, bis er das gefragte Padd fand. »Ähm, nein, das wäre dieser hier«, antwortete er und reichte es ihr. *Gesegneter Fiskus, bitte erspare mir diese Schmach ...*

»Danke.« Dax richtete sich auf und betrachtete den Bericht. »Bowers führt gerade eine taktische Diagnose durch. Mit etwas Glück helfen uns diese Daten, die Quelle der falschen Sensorresultate zu finden.«

»Daran hege ich keinen Zweifel«, stimmte Nog zu. *Sie wird mich nicht bloßstellen! Oh, danke, danke, danke ...*

»Das auf dem anderen Padd scheint ja eine faszinierende Lektüre zu sein«, murmelte Dax schließlich. »In den Ingenieurhandbüchern, die *ich* kenne, werden Lederkorsetts eher selten erwähnt.«

Nog seufzte gequält und spürte, wie seine Ohren warm wurden. *Wie würde Vic sagen? Aufgeflogen, Kleiner ...*

»Oh! *Brennende Herzen von Qo'noS*!«, rief die Ingenieurin Bryanne

Permenter, die am anderen Ende des Raumes stand, deutete in Nogs Richtung und setzte sich, ihr Tablett in Händen, in Bewegung. »Sind Sie schon an der Stelle, an der Ngara das *bat'leth*-Duell mit den niederen Lakaien des Hauses Rutark ausfechtet?«

Nog sah zu Dax. Sie verschränkte die Arme, hob eine Augenbraue und wartete ganz offensichtlich auf seine Antwort.

»Ja, gut - ich lese *Brennende Herzen von Qo'noS*. So, jetzt ist es raus. Sind Sie zufrieden?« Dann wandte er sich an Permenter. »Großartige Stelle, oder? Ich hätte nie gedacht, dass sie an den verzauberten *Targs* vorbeikommt, die den Burggraben bewachten.«

Dax verdrehte die Augen und schüttelte den Kopf. »So füllen Ingenieure also ihre Freizeit ...«

»Hey, das ist unfair, Lieutenant«, protestierte Permenter. »Ich bekam den Roman von T'rb aus der Wissenschaft. Die fingen damit an. Und wenn der Text für alle zugänglich im Bibliothekscomputer statt kopiergeschützt wäre, müssten wir nicht ein und dasselbe Padd von einem zum nächsten weiterreichen.« Sie sah zu Nog. »Hatte T'rb es nicht von Richter?«

»Nein, Richter bat mich, es ihr zu geben, wenn ich fertig bin«, antwortete er. »T'rb bekam es von Ensign Senkowski.«

Jason Senkowski, der sich gerade einen Chefsalat aus dem Replikator nahm, wehrte sich lautstark. »Wagen Sie es nicht, mich da reinzuziehen! Ich würde meine Zeit niemals mit dieser jämmerlichen Schmonzette vergeuden.« Er wandte sich an Dax. »Stellen Sie sich das mal vor, Lieutenant: ein klingonischer Nackenbeißer. Das Ding markiert das Ende jedweden literarischen Anspruchs, das sage ich Ihnen!«

Permenter schnaubte. »Und das von dem Mann, der mich praktisch anflehte, *Vulkanischer Liebessklave* lesen zu dürfen.«

Nog sah überrascht zu ihm. »Ernsthaft? Welche Fassung?«

»Selbstverständlich das Original«, antwortete Senkowski. »Von Krem.«

»Krems Autorschaft wurde nie nachgewiesen«, warf Nog ein.

Doch Senkowski hob nur die Schultern. »Und nie widerlegt«, sagte er, als er sich einen Tisch von der Gruppe entfernt niederließ. »Ich weiß, dass die Mehrheit Iskel als Urheber favorisiert, aber die Beweise für Krem sind echt unschlagbar. Ungeachtet der Autorschaft ist mir *Vulkanischer Liebessklave* jedenfalls tausendmal lieber als *Brennende Herzen von Qo'noS.*« Dann widmete er sich wieder dem Ersten Offizier der *Defiant.* »Und nur fürs Protokoll, Lieutenant: *Ich* mag die Ingenieurhandbücher der Sternenflotte. Sie sind prägnant und genau.«

»Ich weiß Ihre Aufrichtigkeit zu schätzen, Ensign«, gab Dax zurück und bemühte sich sichtlich, ein Lächeln zurückzuhalten. Jeder an Bord wusste, dass Senkowski sich auf dieser Mission einen zweiten Kragenpin verdienen wollte.

»Na, immer noch miesepetrig, weil Mikaela zum Schichtleiter befördert wurde?«, bohrte Permenter in seiner Wunde.

»Ich nehme bloß meine Ingenieurpflichten ernst«, erwiderte er und führte eine Gabel voller Salat zum Mund.

»Wie Sie es sollten«, ergänzte Dax und stupste Nog mit dem Ellbogen an.

Er verstand den Hinweis. »Sie sind ein wertvolles Mitglied unseres Teams, Ensign«, murmelte er schnell. Dann zog er sich sein Padd heran und wagte einen weiteren Blick auf das Display.

Ezri lachte.

»Was denn?«, protestierte Nog. »Ich komme gerade zu den guten Stellen!«

Die Tür zur Messe öffnete sich und machte den Weg für Lieutenant Sam Bowers frei. »Lieutenant Dax«, rief er, sobald er sie sah, und wedelte mit einem Padd.

Gut so. Soll sie den doch mal ein paar Minuten nerven. Nog konzentrierte sich wieder auf seinen Roman. *Ich will nur kurz sehen, was passiert, wenn Lughors Bruder …*

»Die Ergebnisse der taktischen Diagnose?«, fragte Dax und kam Bowers auf halbem Weg entgegen.

Widerwillig lenkte Nog seine Aufmerksamkeit von Ngaras und Lughors hitziger Begegnung weg. Er hatte dienstfrei, doch die Probleme mit den Waffensystemen könnten sich auf seine nächste Schicht auswirken. Da schadete es nicht, Vorabwissen zu erhalten.

Bowers hielt sein Padd nahezu triumphierend in die Luft. »Wie sich herausstellte, hatten wir es mit einem Programmierungsfehler zu tun. Nichts Ernstes.«

Dax nahm das Padd und scrollte durch die Daten. »Gut zu wissen. Das Letzte, was wir brauchen, ist eine Torpedostartsequenz, die im Gefecht ausfällt.«

Sam nickte. »Wem sagen Sie das? Ich bin zwar ganz gut im Improvisieren, aber auch ich ziehe ein volles Waffenarsenal jederzeit vor.«

Zufrieden mit der Lösung des Problems, widmete sich Nog abermals der Frage, ob Lughor Ngara schon das Schlüsselbein gebrochen hatte. Permenter schaute dabei über seine Schulter und gab begeisterte »Oh«- und »Ah«-Laute von sich.

Plötzlich wurde die Beleuchtung schwächer. Jedes Besatzungs-mitglied in der Messe richtete sich auf. Alle warteten angespannt.

Nogs sensible Ohren hörten die Veränderung in den EPS-Leitungen schon, bevor diese ungesund leise wurden. *Brennende Herzen von Qo'noS* unter dem Arm, war er bereits auf dem Weg in den Maschinenraum, als der Funkspruch von der Brücke über das Komm-System erklang: *»Roter Alarm! Alles auf Gefechtsstation! Wir werden angegriffen!«*

Beißender Rauch füllte den Korridor und reizte ihre Augen. Halb blind eilten Dax und Bowers durch das Chaos zur Brücke. An jeder Wand flackerten die Terminals, während Offiziere Brände einzudämmen und wichtige Funktionen auf andere Konsolen umzuleiten versuchten, wo sie abermals zu Fehlfunktionen führten. »Was zum Donnerwetter ist hier los?«, murmelte Ezri, konnte in dem Geräuschwirrwarr jedoch ihr eigenes Wort nicht verstehen.

Im Rauch machte sie Vaughn aus, der neben dem Kommandantensessel stand und mittels Kommunikator Befehle an den Maschinenraum durchgab. Ezri stolperte über verschmorte und abmontierte

Wandplatten hinweg, zerquetschte Abdeckungen und isolineare Chips unter ihren Schuhen. Die schlechte Beleuchtung war keine Hilfe. Irgendwo fluchte Sam - offenbar hatte er den Zustand der taktischen Station bemerkt.

»Captain«, rief Ezri über die Alarmsirenen hinweg.

Vaughn deutete auf eines der blinkenden roten Lichter, während er dem hereinkommenden Bericht zuzuhören versuchte. Ezri verstand den Fingerzeig, eilte zu einer funktionstüchtigen Konsole und bemühte sich, den Alarm auf stumm zu schalten.

Mit einem Mal konnte auch sie Nogs angespannte Stimme hören. *»... zielten mit Millionen von Nanobots auf unsere Energiesysteme. Die fressen sich wie Säure durch unser EPS-System, rauben uns unsere Energie. Der Warpkern ist inaktiv. Wir laufen schon komplett auf Notenergie. Und bei dem Tempo, das die Nanobots vorlegen, auch das nicht mehr lange.«*

»Verstanden«, sagte Vaughn. »Tun Sie, was Sie können, und halten Sie mich auf dem Laufenden. Vaughn Ende.«

»Was wissen wir bisher?«, fragte Ezri.

»Wir sind in eine Art Sensornetz geraten. Sobald wir drin waren, fielen diese Nanobots aus dem Subraum und via unsere Plasmaklappen über die *Defiant* her. Als wir begriffen, was geschah, war es bereits zu spät. Ich will sofort einen Statusbericht aller Stationen.« Vaughn wandte sich an Bowers. »Sam, sagen Sie mir, dass wir es mit dem Ende und nicht mit dem Anfang einer Bedrohung zu tun haben!«

Die Wissenschaftsstation war unbesetzt, aber noch halbwegs funktionstüchtig. Ezri setzte sich davor und versuchte, das Ausmaß der Schäden zu ermitteln. Nicht weit entfernt kniete Prynn Tenmei neben der bewusstlosen Ensign Leishman. Ihren Verletzungen und dem Zustand ihrer Konsole nach zu urteilen, musste die diensthabende Brückeningenieurin die Explosion ihres Arbeitsplatzes aus nächster Nähe miterlebt haben.

Ezri wollte schon einen Nottransport zur Krankenstation veranlassen, als ihr bewusst wurde, dass der Transporter nicht mehr zur Verfügung stand. Zum Glück eilte Ensign Richter gerade mit einem Medikit auf die Brücke. Tenmei trat beiseite, um der Krankenschwester Platz zu machen. Erleichtert, dass Leishman nun versorgt wurde, widmete sich Dax wieder der Aufgabe, dem unkooperativen Computer Informationen zu entlocken.

»Lieutenant Dax«, sagte Richter, und zog einige Hyposprays aus ihrem Kit. »Doktor Bashir bat mich, Ihnen auszurichten, dass alle Decks hoher Strahlung ausgesetzt sind. Die gesamte Besatzung wird Hyronalin-Injektionen benötigen, aber uns fehlt das nötige Personal.«

»Ich weiß nicht, wen wir entbehren können«, gab Ezri zurück.

»Ich kann helfen«, bot sich Tenmei an.

Richter hob Leishmans Kopf vom Boden und brachte einen Neuroüberwacher an ihrem Hinterkopf an. »Ich glaube, hier ist kein operativer Eingriff vonnöten. Aber das letzte Wort hat der Doktor.«

Dax winkte zwei Besatzungsmitglieder herbei, die an der hinteren Brückenwand arbeiteten. »Rahim, M'Nok - schaffen Sie Leishman auf die Krankenstation.« Dann sah sie zu Tenmei. Gesicht und Hände des jungen Ensigns waren schwarz vor Schmutz, und auf ihrem Kinn prangte eine böse aussehende Brandwunde. »Sind Sie sicher, Sie schaffen das, Prynn?«

»Mir geht's gut«, antwortete Tenmei. »Wirklich.«

Richter hob die Schultern. »Die Entscheidung liegt bei ihr.«

Ezri nickte Tenmei zu. Rahim und M'Nok hoben derweil die bewusstlose Ingenieurin vom Boden auf und nahmen sie in ihre Mitte. Als sie zur Tür gingen, folgte ihnen Richter auf dem Fuß. Das Hypospray hatte die Schwester bereits an Tenmei weitergereicht, die nun begann, Vaughn, Dax, Bowers und Ensign Cassini, dem einzigen weiteren Brückenoffizier, das Hyronalin zu verabreichen.

Endlich gelang es Ezri, die Maschinenraumberichte aufzurufen. Den ersten Angaben zufolge waren die Nanobots nun inaktiv. *Demnach sollten sie uns schaden, aber nicht töten*, folgerte sie. *Bleibt die Frage, wie viel Schaden die kleinen Monster angerichtet haben.* Die Auswertung der Diagnose, eine beruhigend lange Reihe übereinanderliegender grüner Striche, erschien auf dem Display. Einzig der Datenfluss blieb bei zwei oder drei Strichen. »Komm schon, du schaffst das«, redete Ezri auf die gebeutelte *Defiant* ein - vergebens. »Captain«, rief sie schließlich und versuchte, die Panik aus ihrer Stimme zu halten. »Wir haben da ein Problem.«

Vaughn stand gerade bei Bowers an der taktischen Station, kam aber sofort. »Bericht«, forderte er, als er die Hand auf Ezris Sessellehne legte.

»Auf diesem Schirm sehen Sie den Stand unserer Energievorräte, inklusive der Backups und Hilfssysteme«, meldete sie nüchtern.

Vaughn runzelte die Stirn. »Das reicht noch für maximal drei bis vier Stunden!«

»Drei, vermute ich, aber wenn wir alle nicht essenziellen Systeme abschalten, gewinnen wir vielleicht noch ein paar Minuten.«

»Tun Sie das«, befahl er. Dann kehrte er zu seinem Sessel zurück. »Mister Bowers?«

»Ja, Sir«, antwortete Sam.

»Schicken Sie einen Notruf raus, auf allen Frequenzen. Wir ...«

»Sir«, unterbrach ihn Cassini von seiner Station aus. »Ein Schiff nähert sich uns. Entfernung: vierhunderttausend Kilometer.«

»Auf den Schirm.«

Der Monitor kam nur widerwillig in Gang. Als Dax das Raumschiff endlich sah, war ihr, als rollte da ein breites Metallrad auf sie zu. Auf dessen momentan hinterer Seite prangte eine eigenartig geformte Antriebseinheit. Der Teil von Ezri, der Torias und Tobin war - Pilot und Ingenieur -, begann automatisch, das fremde Schiff einzuschätzen: Stärken, Schwächen, Funktionsweise. *Wie schnell kann es fliegen? Sind das da Waffenluken? Freund oder Feind?*

»Sie umrunden unsere Flugbahn absichtlich, Sir«, berichtete Bowers. »Ich vermute, sie wollen dem entgehen, was uns in diese Lage gebracht hat. Demzufolge stecken sie hinter der Existenz des Sensornetzes.«

»Oder sie haben gesehen, was geschehen ist, und wollen unser Schicksal nicht teilen«, warf Cassini ein.

»Sie kommen näher. Noch hundertfünfzigtausend Kilometer; sie werden langsamer.«

»Rufen Sie sie«, ordnete Vaughn an.

Sam gab den Befehl in seine Konsole ein, wartete und versuchte es erneut. »Unsere Transmitter sind inaktiv«, folgerte er schließlich.

»Sir, wir werden gescannt«, meldete Ezri. Die internen Sensoren der *Defiant* hatten den Scan soeben bemerkt.

»Wie sieht unsere taktische Situation aus, Sam!«

»Phaser und Torpedos sind inaktiv, Tarnvorrichtung und Deflektorschilde funktionsuntüchtig. Wir liegen auf dem Präsentierteller, Sir.«

Vaughn grunzte ungehalten und berührte seinen Kommunikator. »Brücke an Maschinenraum. Jetzt wäre ein guter Zeitpunkt, mir mitzuteilen, dass unsere Antriebssysteme wieder arbeiten, Nog.«

»Achtundfünfzig Prozent unseres EPS-Systems sind beeinträchtigt, Sir. Und es werden immer mehr. Wir tun, was wir können, aber eins ist sicher: In naher Zukunft kommen wir hier nicht weg.«

»Das unbekannte Schiff ist nur noch zehntausend Kilometer entfernt«, meldete Bowers. »Man ruft uns, aber ich verstehe den Inhalt der Nachricht nicht. Falls wir über die nötigen Übersetzungsalgorithmen verfügen, kann der Computer momentan nicht darauf zugreifen.«

»Audio«, befahl Vaughn.

Das gutturale Kauderwelsch aus den Lautsprechern des Komm-Systems ähnelte keiner der Sprachen, die Ezri in ihren vielen Leben schon gehört hatte. Das statische Rauschen, das die Laute untermalte, war ebenfalls keine Hilfe.

»Das fremde Schiff ist jetzt etwa dreihundert Meter entfernt und hat sich unserem Tempo angepasst. Die Distanz bleibt konstant.« Plötzlich fluchte Bowers und hob die Stimme. »Transportersignal im Hauptmaschinenraum erfasst!«

Vaughn war schon an der Tür, den gezückten Phaser in der Hand, bevor das Wort »Maschinenraum« über die Lippen des Lieutenants gekommen war. »Dax, Sie haben die Brücke. Sam, Sie kommen mit mir.«

50
Perry Rhodan
WeltCon 2011
PERRY RHODAN
wird fünfzig!
Das Jubiläum
in Mannheim vom
30.09. bis 02.10.2011
Kommt zur großen
Science-Fiction-Party!
Feiert mit allen
PERRY RHODAN-Autoren
und -Zeichnern!
Wagt mit uns einen Blick
in die Zukunft!
Jetzt informieren:
www.weltcon2011.de
© Pabel-Moewig Verlag GmbH. Illustration: Dirk Schulz